Kate McCahill
Patagonian Road:
A Year Alone Through Latin America

巴塔哥尼亚之路

〔美〕凯特·麦卡希尔 著 郑扬眉 译

人民文学出版社
PEOPLE'S LITERATURE PUBLISHING HOUSE

著作权合同登记号　图字 01-2019-5553

Patagonian Road: A Year Alone Through Latin America
by Kate McCahill
Copyright © 2017 by Kate McCahill
This edition arranged with Susan Schulman Literary Agency, Inc., through Big Apple Agency, Inc., Labuan, Malaysia.
Simplified Chinese edition copyright © 2021 Shanghai 99 Readers' Culture Co., Ltd.
All rights reserved.

图书在版编目(CIP)数据

巴塔哥尼亚之路 /(美)凯特·麦卡希尔著；郑扬眉译.
—北京：人民文学出版社，2021
（远行译丛）
ISBN 978-7-02-015697-9

Ⅰ.①巴… Ⅱ.①凯… ②郑… Ⅲ.①游记-作品集-美国-现代 Ⅳ.①I712.65

中国版本图书馆 CIP 数据核字(2019)第 293761 号

出 品 人　黄育海
责任编辑　朱卫净　邰莉莉
封面设计　汪佳诗

出版发行　人民文学出版社
社　　址　北京市朝内大街 166 号
邮　　编　100705
网　　址　www.rw-cn.com

印　　刷　上海盛通时代印刷有限公司
经　　销　全国新华书店等

字　　数　255 千字
开　　本　890 毫米×1240 毫米　1/32
印　　张　11.75
版　　次　2021 年 3 月北京第 1 版
印　　次　2021 年 3 月第 1 次印刷

书　　号　978-7-02-015697-9
定　　价　79.00 元

如有印装质量问题，请与本社图书销售中心调换。电话：010-65233595

谨以此书纪念我的两位祖母：伊丽莎白·巴契勒尔·麦卡希尔和赫尔米·里尔克韦斯特·希碧拉

为未知敞开一扇门,门外幽暗一片,那是最重要事物的萌生之地,亦是你的来路与归处。

——丽贝卡·索尔尼特《野外迷失指南》

目 录

1 序曲

11 第一部分 冬天
13 危地马拉　危地马拉城
22 危地马拉　萨拉城
47 危地马拉　安提瓜城
60 危地马拉　蒙特利哥
72 危地马拉　乌斯潘坦
89 萨尔瓦多　圣塔安那
97 萨尔瓦多　圣萨尔瓦多
100 在路上
104 尼加拉瓜　格拉纳达
122 尼加拉瓜　小玉米岛

127 第二部分 春天
129 厄瓜多尔　基多
159 新墨西哥州　圣达菲
166 在路上

168　厄瓜多尔　奥塔瓦洛

172　厄瓜多尔　巴尼奥斯

187　厄瓜多尔　昆卡

200　厄瓜多尔　维尔卡邦巴

207　秘鲁　利马

220　秘鲁　万卡约

233　秘鲁　阿亚库乔

248　在路上

256　秘鲁　库斯科

265　**第三部分　夏天**

267　马丘比丘

275　秘鲁　普诺

279　玻利维亚　科帕卡瓦纳

291　玻利维亚　拉巴斯

295　玻利维亚　苏克雷

302　玻利维亚　波托西

309　玻利维亚　图皮萨

314　在路上

321　**第四部分　秋天**

323　阿根廷　布宜诺斯艾利斯

354　在路上

363　阿根廷　布宜诺斯艾利斯

366　致谢

序　曲

我搭乘 152 路巴士去终点站，这路车的路线是沿着拉普拉塔河①行进。今日湛蓝的天空纤尘不染。这个钟点坐车的主要是带孩子的年轻妈妈，人不多，于是我也有了个座位。所有车窗都开着，咸腻腻、脏兮兮的风从河面上吹进来。

最后一站是大学的停车场，我们踩着重重的步伐下了车，司机将座椅靠背往后调，打起盹来。学生们慢悠悠地步向课堂，耳塞屏蔽了布宜诺斯艾利斯北部春天的回响：鸟儿的轻啾，来来往往的汽车，一个女人呼朋唤友之声。有一个人漫不经心地弹拨着吉他。

在学生中心敞开的门外，一场示威正在举行，现场很多硬纸板做的标语，还有嘟哝抱怨的人群。我之前就听说这所大学边上有一片小小的区域，隐藏在树林和湿地中。我还不得不提醒自己，这里是布宜诺斯艾利斯，尽管这感觉起来与我逐渐了解的那个充满野性的城市大相径庭。在布宜诺斯艾利斯市中心我住处所在的那条街上，大楼立面浪漫的波纹饰线和古老优雅的悬铃木掩映着污垢层层、尿渍斑斑的墙。这座城市彻夜灯火通明，咖啡馆在午夜醒来，

---

① 又称拉普拉塔河-巴拉那河，是南美洲第二大河流，位于乌拉圭和阿根廷之间。西班牙语中"拉普拉塔"是"银子"的意思。

探戈舞会则一直持续到日出时分。我若是独自闲逛，在岔路上走出太远，就会有男人站在汽修店车房里冲我咂嘴，发出啧啧声，突如其来的恐惧会使我连指尖都开始颤抖。然而到目前为止，这种情景也让我有一种奇异的熟悉感。我知道，如果我的脚步再快些，不要回头，应该不会有事。

在布宜诺斯艾利斯这个巴士终点站附近的这片区域，风夹杂着海水与青草的气息。纪念公园①就在拉普拉塔河边。我穿过一个无人看守也没有上锁的大门进入公园，映入眼帘的是一块小标志牌，上书"国家恐怖主义受害者纪念公园"。一条步道边上竖着一系列标志牌。我逐个慢慢看着，一些生词看得我磕磕绊绊的，只好拿出了自己的袖珍词典。

一开始的那些牌子记录的是 1950 年到 1975 年间的历史。当时拉丁美洲国家的军人被派遣到北美资助的军事学校里学习虐待、审讯和杀人。他们学习如何让一个人"消失无踪"，这个词描述的是那些被俘后被关押、而后往往遭到杀害的人。

微风拂过水面，长长的草叶掀起了波浪。我的身边，一个人也没有。

那些受过训练的军人回到各自的国家，价值观已经完全扭曲。这时他们满心相信自己要做的正经事就是杀害同胞。

在布宜诺斯艾利斯，人口的频频失踪始于二十世纪七十年代末。任何被认定为左倾的人（对腐败政府心存怀疑或是对根深蒂固

---

① 为了纪念在军事独裁统治时期（1976—1983）失踪人口所建造的公园，由建筑师、规划师博京宗·莱斯塔德·巴拉斯设计，由布宜诺斯艾利斯大学后的垃圾掩埋场改建而成。

的精英主义持批判态度者）都祸在旦夕。许多失踪者最终长眠于拉普塔拉河底，而且经常是从空中被抛进河里。

有一个标志牌勾勒出的是一辆福特猎鹰的形状，车辆黑色的轮廓映衬着明黄色的菱形底板。我知道，对布宜诺斯艾利斯人而言，这款车臭名昭著，因为当年在大街上搞绑架、使人们消失无踪的军人驾驶的正是这种车。有个标志牌记载了许多孕妇被秘密关押的情形，怀孕也没能使她们免受虐待。这些妇女通常沦为失踪者，她们的婴儿则落入军官及其妻子手中。

有一个标志牌显示出尸体的白色轮廓，下面是一个数字：30,000。

一块圆形的标志牌延伸到水面之上。牌上画的是街上的一群人，人群上方是一条粗粗的红线，冲人们劈头盖脸压下来。标志牌的远处是澄澈明亮的蓝天，河水在和风中泛着涟漪。

这依然是布宜诺斯艾利斯，我意识到，这里有着一种全然不同的绝望与荒凉：具有深沉的悲剧色彩，那是对深重死难克制有序的纪念。

1978年的冬天，旅行文学作家保罗·索鲁在波士顿南站登上了一列火车，历经四个月，纵贯墨西哥、中美洲和南美洲大陆。他搭乘火车穿越危地马拉、巴拿马、哥伦比亚、厄瓜多尔、秘鲁和玻利维亚，一路来到阿根廷，并写下了《老巴塔哥尼亚快车》——一本记录他的火车之旅的游记。三十年后，我读到了它。

索鲁是一位旅行在男性世界里的男士。他说着一口得体的西班牙语，资金充足，非常享受种族与身份赋予他的特权与尊重。

然而索鲁的旅行给我印象最深的一点是，他从没有停下脚步去好好领略一个地方，因为火车才是他真正的目的地。他对这些国家的观察都像是在看热闹，浅尝辄止，流于表面。每一次邂逅都很短暂，只充斥着许多对话。他从未留下来教书，或是演讲，甚至似乎连写作都没有。他是个彻头彻尾的游客，似乎从来都置身事外。我无法想象那样的旅行如何进行，不停驻脚步去尽情享受一片海滩，品味一个街区，感悟一份友谊，或体验树林中的一条通幽曲径。索鲁从来没有在一处地方待上足够长的时间，让自己爱上那里。

然而他的地图在我的脑海里播下了一颗种子。大学毕业后，我在酒店前台和餐馆里干杂活，直到存够钱买一张环游世界的机票。我在亚洲独自当了六个月的背包客。每天晚上，模糊潦草的文字从指端流淌到水渍斑斑的日志里。那时可写的东西真是太多了。

回到美国之后，琐碎的日子再次将我牢牢攫住。我搬到波士顿，参加了几十场面试，最终在一家小出版社里谋到了一份月薪三千、带薪年假十天的差事。我很高兴得到这份工作，确切地说是得到一份工作。糟糕的是，房地产泡沫就快破灭。时间和钱总也不够，我总是在为错过很多场合而道歉：婚礼、晚宴、婴儿洗礼。我老是加班到深夜。但不管时间排得多满，我的心里一直空落落。我开始申请各种研究员基金，在上班前和下班后做各种计划，想象着有了这笔钱之后可以进行的梦寐已久的旅行。我愿意学习成为一名教师，那是一个总让我充满好奇的职业。这次我想写一本书。我想将旅程延长到一年，独自旅行。在我的旅行计划、预算报告和意向书里，我不断回想起保罗·索鲁，按照他的路线重温他穿越拉丁美洲的旅程。我在办公室里打印申请资料，瞒着上司将它们偷偷带走。

到了下午，每当雪花飘落窗外，落在马萨公路①上时，我就幻想着那些我要去的地方：危地马拉、洪都拉斯、厄瓜多尔、阿根廷。在接触索鲁的著作前，我根本无法在地图上指出它们的方位，然而现在这条公路显得那么鲜活，那么触手可及。我的研究证明，飞机、巴士和出租车可以带我去任何我想去的地方。我开始只阅读用西班牙语写作的作家或是拉丁美洲作家的书籍，还在剑桥市②的成人教育中心报读了西班牙语班。我将研究员基金的申请寄出，等待着。

大约过了一年，其中一家研究员委员会致电邀请我参加面试。三个月后，另一个人打电话告诉我，他们已经给我批了经费，足够我旅行一年。

"什么？"我记得当时我在电话里粗鲁地说，泪水随即涌了上来。电话那头的女士笑了，问我是不是还好。

在我乘机前往危地马拉城的几天前，我和妈妈在康涅狄格州我外婆的房子里住了一晚。外婆现年九十七岁，独居。七十多年前她从芬兰移民到了这个国家，当年她二十一岁。本来要移民的是她的姐姐伊娃，船票上印的是伊娃的名字，但最后一刻她失去了勇气，

---

① Mass Pike，全称 Massachusetts Turnpike，90号州际公路马萨诸塞州段。
② 美国马萨诸塞州波士顿紧邻的城市，哈佛大学和麻省理工学院的所在地。

将船票给了我外婆，后者毫不犹豫接过了船票。我外婆当时在自家的奶牛养殖场干活。妈妈有一次跟我说起，外婆来到美国后，好长一段时间都担心会有不速之客来敲她的门。现在寄给她的邮件有时写的还是伊娃的名字。但其实事情都过了这么多年，也没什么要紧的了。那天晚餐我们吃的是烤肉、自制面包、番薯泥和四季豆，甜品则是外婆在烤炉里加热过的苹果馅饼。为了这餐饭，她足足准备了两天。

那天夜里，我和妈妈把两张单人床拼到一起。隔壁房间传来外婆的鼾声，屋子在挂钟的嘀嗒声中渐渐沉静，阁楼的木板咯吱作响，地下室的热水器发出低沉的声音。那一晚我没有睡着，几乎连眼睛都没有合上。我一直凝视着白色的蕾丝窗帘，穿过窗户罅隙的微风将它们吹得前后飘动。天将拂晓之时，我感觉到妈妈的手急切地伸向我，轻轻拍了拍我，又把手搁在我身上，过了好一会儿才收回去。她是在确认我还在，没有走。

外婆屋子前门边上有一幅木版画。画中是芬兰的景致：一座农舍、一棵苹果树、一位悲伤的妇人和一个正在啜泣的男人挥手送别一位背着背包的男子。他举手挥别那两个哀伤的人儿，背过身，低垂着头，渐行渐远。我一直觉得那幅画太过伤感，不明白这些年外婆为何要将它挂在这么显眼的地方。不过在我离家的那天早上，我明白了，在那个年代，乘船远行形同永别，也明白了外婆用那样的牺牲，为我们这些人换来了今天的日子、今早的相聚，还有我的旅行。

妈妈看到我在望着画。

"那个就是你。"她朝那个背包男子扬了扬下巴说。我们对视片刻，然后她帮我将行李拖出门去，放到车上。

我将车缓缓驶下车道，望着后视镜里的妈妈冲我挥手告别。保重，她无声地说。我还看到外婆一动不动地站在起居室窗前，举手向我道别。我按了两下喇叭，但声音听起来并不像我希望的那样欢快。我转入大路，透过树篱向房子望去，看到妈妈依旧挥着手。我往山丘上开去，翻过山，她还一直在挥呀挥呀，直到她最终消失在我的视野之外。

失踪者纪念公园阳光满溢。沿着标志牌走到半路，我注意到远处水面上的某样东西。过了一小会儿，我看清了那是一个溺水者，双臂高举。我盯着看了好久，才确认那是一尊雕塑，是塑像，不是幸存者。这处雕塑的目的是让我们不要忘记在这河里消失的那些鲜活的生命。

我来到这座纪念公园的中央，那里矗立着一堵墙，墙上是数以千计的名字。每个名字都独立镌刻在一块石头上，一块石头代表着一位在阿根廷独裁时期丧生的人。我凑上前半眯着眼细看：韦雷·卡洛斯·米格尔，卒年二十八岁；维拉尔斯·赫克托尔·安东尼，卒年四十二岁；乌塞斯·朱利奥·恺撒，卒年三十三岁；沃尔诺兹·玛利亚·克里斯蒂娜，卒年二十六岁。插在石头缝隙里的塑料花把这些名字映衬得熠熠生辉。在我这个年纪，我心想，沃尔诺兹·玛利亚·克里斯蒂娜二十六岁就已经死了。

旅行伊始，我预料时时处处会有危险。我们所处的时代是

"WebMD"①、"直升机父母"②和"安珀警报"③的时代。我们对发展中国家的危险、贫困、疾病、不洁水源心生恐惧，非常害怕看到人们在街边随地大小便。旅行者总听说那边比国内糟多了，于是他们穿起帆布工装裤，戴上宽边遮阳帽，脚着适用于全天候的皮靴。在环境安全、街道洁净的国内，他们从来不会穿成这个样子。我们害怕没有各种电子设备的生活，害怕没有社交媒体和通讯录。我们担心闲暇时间无所事事，担心独自一人。而其中最让我们恐惧的，是未知。

然而，我的芬兰外婆在二十六岁我这个年纪时，已经在一家养鸡场工作，每天清晨四点就开始忙碌。那时她还不会说英语，也看不懂杂货店外报摊所卖的报纸上的字。她认识的只有几个住在她家附近的芬兰人，他们是跟她同船而来的移民。

妈妈在我这个年纪时，则已经先后在一家注射器工厂、一家飞机餐工厂和一家汽车零件厂里上过班。她当时上夜班，因为工资更高。她后来离职上了护士学校，不过在那之前，她用自己存下的钱，独自在欧洲度过了一个夏天。直至现在，她有时还会以梦幻般的语气回忆起那个夏天，回忆起她抛下朋友、一个人在西班牙和巴黎的街上游荡的日子。

---

① 美国最大的医疗健康服务网站，提供细致的医疗资讯与服务，育儿资讯丰富。
② 意指对孩子保护过度的父母，就像直升机一样盘旋在孩子的上空，时时刻刻监控孩子的一举一动。
③ 安珀警报是美国和加拿大国内确认发生儿童绑架案时，通过各种媒体向社会大众传播的一种警诫告知。此处原文为 amber alters，疑为作者笔误。

因为我是一个即将孤身远行的女人,很多人告诫我要当心轻浮的男人和空旷阴暗的街道,也不要冒险在夜间外出。这些忠告适用于任何人,不管这个人身在何处,是何性别。其实拉美人见到我才特别骇然呢,一个背包客,身边还没有男士陪同。"你的先生呢?"从萨拉城到巴里洛切,一路上都有人忧心忡忡地问我。一听这话,我就会想起外婆,想象她乘船前往一个前所未见的地方。我记得她浅浅的微笑、歪扭的牙齿,还有她敏锐又充满笑意的眼睛。我已经走出了这么远,我自忖道,想象着她能听到我的心声。

前往拉丁美洲之前,我对这个世界知之甚少。我几乎不了解身为一位生活在二十一世纪美国白人妇女意味着什么,没想过自己这一生已经免受多少劫难,得到过多少馈赠。我不知道自己磕磕绊绊地穿越拉丁美洲的行为是多么幼稚,有时自己有多傻,又何其幸运。我低估了旅行的力量,最终这一年的旅程时有美景,基本上都是愉快的体验。这是既充满挑战、又能治愈创伤的旅行。

"当心点",出发时每个人吻别我之前都这么叮嘱我。警告的意味甚于建议。我更希望他们这么说"祝你好运",因为我已经渐渐相信旅行是必不可少的,而且如果我们即将启程,那我们就需要多多益善的运气。无论是散步,还是登上一架飞机,只有领略未知,我们才能认识自己。

最终,只有我妈妈说对了:"这一年终将改变你的人生。"

第一部分　冬天

　　一个能把人冻僵的霜雪之晨,正是动身前往南美洲的绝佳日子。

——保罗·索鲁《老巴塔哥尼亚快车》

危地马拉　危地马拉城

候机的时候，我在脑子里为即将离别的一切列了份清单。

猫，已经送往纽约州北部，同我的爸妈一起住在他们那栋凌乱的老房子里。剑桥市的公寓，那是三年前一个街边停车位多被新雪覆盖的冬日里，我无意中撞见的奇迹。然后是我的爸妈、哥哥以及两位祖母。每次我见到祖母们，都觉得她们苍老了好几岁，也渐渐不认得我了。最后是我的爱人：肤如凝脂，嗓音清亮如琥珀。一年的时光好漫长。

关境线边上站着一位女士和一个小男孩。两人手拉着手，一边哭泣，一边擦拭着眼泪，他们彼此没有交谈，目光茫然，只是站在那里抽抽噎噎，眨巴着眼睛。我看着他们，想给他们点什么，也许给他们买两杯咖啡和几个甜甜圈。透过机场的落地窗，可以看到灯火通明的上下客区域。那地方无论冬夏看起来都是一个样，上面有盖顶，还有五层楼的停车场。

剑桥市的公寓矗立街角，相交的两条街道一静一闹。我首次独居的这个处所现在已不再属于我。还有我辞去的那份工作——一份稳定的好工作，不过办公室的窗户从不打开，慢腾腾的电梯又总是吱吱作响。出版社里除了我们四个初出校门、勉强糊口的年轻人，就剩我们的老板，越战年代的战斗机飞行员，始终无法忘却那场战争。

母子俩已经停止了哭泣，母亲正把软包装的果汁拿给他喝。一辆辆出租车缓缓驶过，又疾驰而去。机场风向变了，候机的人们站起身来将自己的孩子拢在身边，又收拾好各自的提包和早餐。柜台边的一个女人打开了伸缩门上的门闩。我们脱下了大衣。那里没有季节和时间的变化。我手上握着一本美国护照——看着伸缩门玻璃幕墙外凛冽的清晨，我提醒自己，这是一份终极大奖。

我想象妈妈和外婆一起坐在厨房里，头顶那盏过于明亮的灯发出低低的嗡鸣声，芬兰风格的黄色桌旗平铺在木质餐桌上。我可以感受到她们的咖啡的味道，从大壶里倒出来的浓郁醇厚的咖啡，上面还浮着一层奶油。我想起外婆家厨房水槽里涌出的水，站在水槽前可以俯瞰她的晾衣绳和溪谷里的那条河。这一切中最滑稽的是，我对自己说，此刻我脑子里想到的竟然是水槽里的水。

最后我想起我的爱人的模样。E正驱车离开机场，一路沿着斯托乐大道飞驰，清晨河道两侧的路灯还亮着，她驶过大桥，从波士顿进入剑桥市。现在她沿马萨大街穿过中心广场，经过我们最喜欢的波平餐吧，经过中东酒吧，还有犁与星星酒吧。这些酒吧混杂着一股泼洒出来的啤酒味和汗味。她又经过一个有点诡异的路灯闪亮的公园。现在她正在转弯、减速、停车。然后我想起了那张床，余温正在消散。

床单上还残留着我的气息，但过几天她就会把床单洗了，而我也不在了。

在危地马拉城，我凭着洛莉娜在一封电邮里的描述认出了她的车：一辆破旧的黑色旅行车，保险杠上的贴纸歪歪扭扭。她下车向我走来，说着结结巴巴的英语，坚持要帮我把背包扔进行李厢里。我们的车摇摇晃晃地离开了机场，在我素未谋面的土地上驶过。

我在飞机上匆匆恶补了一下有关危地马拉的知识，那是我那本《孤独星球》能给我的第一节速成课。大多数北美人都知道，危地马拉还没有从二十世纪七十年代、八十年代和九十年代的内战中缓过气来，这些内战搅得整个拉丁美洲鸡犬不宁，从阿根廷到墨西哥概莫能外。如果美国在四五十年代不干涉其内政，危地马拉也不至于被战争蹂躏得如此风雨飘摇。我渐渐认识到，在这么多拉丁美洲国家中，北美的介入完全是弊大于利。在危地马拉这一个案中，这种干预始于五十年代。当时的总统哈科沃·阿本斯·古斯曼上校[①]努力想摆脱巨大的殖民资本，并将土地重新分配给自己的国民。该国的贫困人口当时在经济上得以慢慢提升，希望开始闪现。土地资源重新分配后，人民可以获得相当程度上的平等，这种平等自从大航海时代起就不复存在——具体到危地马拉，则是十六世纪科泰斯[②]到来的那一刻。

但美国随即介入了危地马拉的内政，并于1954年在危地马拉叛军的帮助下入侵了该国。那实质上就是土地改革的终结，也是印第安人权利的沦丧。到七十年代初，超过七万人在阶级和种族暴力冲突中丧生。死者多数是该国出身农村的穷苦人。现在危地马拉基本处于和平状态，不过在我离开几年后，又发生了更多骚乱。我在

---

① 危地马拉民选总统，任期始于1951年3月。1954年6月被美国策动下发动政变的危地马拉军队推翻，流亡国外，1971年1月27日卒于墨西哥城。
② 费尔南多·科泰斯，西班牙冒险家，1521至1524年期间率部征服了墨西哥、危地马拉、洪都拉斯、尼加拉瓜、萨尔瓦多等地并建立殖民政府。

一个幸运的时期来到危地马拉，那个时期非常平和，人们对游客也大多充满善意，我没有预料到后来的情况。

洛莉娜把车开得飞快，一会儿跟我聊天，一会儿跟着收音机哼唱。望着车窗外马路两旁伫立着的棕榈树，我心想，逃离原来如此容易。洛莉娜说我们不进城。酒店就在一片设了闸门的建筑群里，我们开车过去只用了五分钟。一个荷枪实弹的警卫打开金属大门上的锁，慢慢将它推开，又轻触帽檐打了个招呼。洛莉娜的旅馆是一条单行道上的最后一座房屋。午饭时分，那条街静默无声。旭日高挂中天，但洛莉娜按下门禁密码之后，我发现房间都是幽暗凉爽的。厨房的收音机里传来圣诞颂歌的旋律。我向洛莉娜付了账：住宿费、接机费和第二天早上的汽车票，总共二十美元。洛莉娜带我去了一个小房间，里面有两张窄窄的床铺，两床之间的桌上放着一盏台灯。房间唯一的窗户上了钢制栅栏，正对着酒店三个花园中的一个。

我付款之后，洛莉娜离开了，走时还帮我关上了门，让我好好休息。我很想跟 E 说说话，讲讲这里的花，说说空气里似有若无的百合香气，还有那把人行道照成灰白色的烈日。我默默记下这一切，留待以后再告诉她，在她下班之后，我会用电脑跟她通话。然而我心里清楚，即使一秒钟的耽搁也足以让此刻意趣消减。从现在起，时光将这般逝去：白天生动新鲜的感受到了夜里会枯萎索然，有些事情会被我遗忘，早上的点滴也会变得乏味。这一切却是我们自己的选择——是我自己的选择。

今天，在十二月的这个午后，杜鹃怒放，旁边是凤梨、野蔷薇和高高的草丛。但今天清晨，白雪在我脚下嘎吱作响。我吻别了我的爱人，她在黑暗中驱车回家。而这里，土地轻声呢哝，清晨离别的泪水早已干透。

隔壁住着一条吉娃娃狗和一条金毛寻回犬。在中美洲首次散步时，我就发现了它们。这两个家伙坐在它们家的草坪上，不声不响。

"嗨。"我轻声召唤它们，不想引起别人的注意。它们深吸了一口空气。整个街区一片静谧。想起听到过的关于这座城市危险重重的警告，我小心翼翼地离开了这两条乖乖狗，沿着街道走下去，沿途人踪难觅，见到的只有花，关着门的屋子，还有精铁锻造的热得烫手的大门。钢墙后面的庭院里，有些狗懒洋洋地踱着步。有那么一次，一辆皮卡呼啸而过，汽车喇叭的一声响把我吓了一跳。车窗都是茶色玻璃——这在纽约是违法的，让我猛地心生恐惧，火辣辣的太阳也变得冷冰冰的。我匆忙寻找藏身的地方。每个院子都有一扇门。这个午后在我脑海中像刀刻一般，分外清晰起来。气息甜美的院子变成了不祥的征兆。我想起出发前听到的种种警告。直到后来，我才发觉自己傻兮兮的。原来每辆路过的汽车都会鸣响喇叭，不是为了吓唬我，而是提醒我不要闯到车道上。鸣喇叭是一种礼貌，茶色车窗则是为了抵挡猛烈的阳光。我匆匆跑回洛莉娜的屋子，心中默念着门禁密码，用颤抖的双手将门用力推开。

危地马拉的时间仅比波士顿慢一小时，然而我知道我走过的距离远不止如此。四小时的路程，我来到了热带，一切显得如此不同——语言、生活节奏、空气的味道，还有肌肤上微风拂过的感觉。

我和 E 在电脑上通话的时候都刚吃过晚饭。

"这里很暖和。"我对她说道,接着向她描述了这里的鲜花,还有风中隐约的茉莉香气。我没有告诉她我有些害怕。

"这里很冷啊!"E 抱怨说。我告诉她我爱她。"好好睡一觉。"她回答道。我听见她在话筒中给了我一个吻。

我躺在危地马拉的这张床上,倾听着风从敞开的窗户吹进来。我的脑子一片清醒,想象这风来自加拿大的暴风雨,为的是让这个夜晚在风中凌乱,让棕榈树的叶子在风中翻覆,让汪汪叫的狗儿安静那么一阵。

这才刚刚开始,我对自己说。这个房间的窗户没法关严实,我可以听到洛莉娜和她丈夫说话的声音。虽然他一直不停说着圣尼古拉斯节和他的青菜意面,但我耳边还是传来棕榈树枝叶间不竭的风声,这风刮过整个城市,荡涤着我床铺干净的夜晚。

清早五点,一个叫维克多的男人就在马路边上等着我。他看上去像是几个小时前就已经起床的样子:脸刮得很清爽,眼睛亮闪闪的。他握了握我的手,接过了我的背包。他的出租车干净而又温暖,我们穿行在清风劲吹的清晨。半路上,维克多抬头看了看阴云低垂涌动的天空。

"疯狂的天气。[①]"他说道。

---

① 原文为西班牙语。

"疯狂的天气。"我低声说着,觉得这几个词用来描述这疾风倒是挺贴切的。

洛莉娜旅馆旁边的街道还在沉睡,让我想起旧金山那些被公园隔断的大街。但不久后道路开始迂回起来,街面也变窄了。我们身旁是一些混凝土大楼,窗前是粗粗的栅栏,窄窄的人行步道湿漉漉的,之前有些妇女做了洒水清洁。虽然天还没亮,人们却已经迈着坚定的步伐走在街上。他们穿着黑色的衣服,背着美国产的背包。男人头上戴着牛仔帽,女人则在街角挤着橙子榨橙汁,或是往白面包片里塞进火腿、奶酪和蛋黄酱做成三明治。我们往前开去,街边大楼楼面覆盖着一层层经年积垢,树木开始消失,交通拥挤起来。

危地马拉城终究不像大家警告的那么糟糕,甚至也没有旅游指南上说的那么差。我很安全,维克多也很友善。太阳升了起来,斗殴也没有出现。没人挥舞着小刀,偷偷摸摸地打开车门。

这个城市其实只是另一个地方,虽然穷困、阴郁、肮脏,但它的早晨与其他地方并无二致。这里也有橙子可榨,有咖啡可喝,还有一个车站让我可以等候去萨拉城的车。维克多把车票递给我,跟我握手后就离开了。我坐在一张塑料椅上,没人看我一眼,只有一个人告诉我洗手间里有人,要我再等等。

司机将我的包堆进巴士下方脏兮兮的行李厢,然后匆匆用麦克风宣布了几件事。我一句也没听懂,他的话是沙哑的叽叽嘎嘎声,夹杂着简短的静默,那是麦克风出了故障。我听得到自己的心跳声,可其他乘客只是斜靠在他们的座位上,用袖子将窗户上的水汽拭去,然后看着外头攒动的人群。等车的人带着破破烂烂的手提箱和昏昏欲睡的小孩。我邻座的女人冲我笑了一下，然后将座椅向后倾去，开始睡觉。没人看过来，也没有人问我问题。

我们驶出城市，窗外掠过一些我看不懂的布告牌，还有一堵堵画着涂鸦的高墙后面我看不见的人生。接着危地马拉城突然就到了尽头，城郊也消失了，现在是一片乡村景象。巴士一路攀爬，穿过绵延数英里的丛林，进入被开垦为农场的山间。那里的土地都被清理成一块块田地，种上了玉米、生菜、咖啡豆，还有让猪拱食的小块土地。女人们背着一捆捆树枝大步走在路边。小孩挥着手，男人站立在干枯的玉米垄之间。路边小摊上有苏打水和橙汁出售。接着是更多的玉米垄和番茄田。巴士里一开始是比较冷的，但随着太阳的升高很快热了起来。车里小小的电视屏幕上闪现着几十年前的拉丁音乐录像。最后，取而代之的是一部好莱坞动作片，配音演员撕心裂肺地说着西班牙语。

午饭时分，我们在一个服务站停了车。门口伫立着一排摊档，卖着珠宝、糖果和磁贴。货架上摆着手工编织的小提包和手环，还有小小的木制钥匙链，刻成危地马拉国鸟格查尔鸟①的形状。这个用午餐的地方是用未刷油漆的木头搭建的，散发着松树的清香。餐厅供应咖啡、馅饼薄片，还有一盘盘的豆子和鸡蛋。我笨拙地翻着我的英西袖珍词典，辨认着钉在柜台上的菜单。苹——果②，我查看着，葫——芦。我买了咖啡和南瓜馅饼，味道跟我在感恩节吃到的多汁的黑色馅饼完全不同。这片馅饼是甜的，颜色很淡，吃进

---

① 南美洲的"极乐鸟"，又称彩咬鹃、凤尾绿咬鹃、长尾冠咬鹃。"格查尔"在印第安语里指金绿色的羽毛。
② 原文为西班牙语。

嘴里很酥脆。苹果，我在心里练习着，一下子想到了妈妈——她的风味浓郁的馅饼，她坐在桌边，脸上泛着光，喝上一杯葡萄酒之后，眼镜也闪亮起来。苹果，西葫芦，我对自己说。一年的时光好漫长。

土地跟玉米田一样变得干涸，在烈日中一副要拱起开裂的样子，表层闪着金光，一亩亩地好像随时要燃烧起来。时间如斯流逝。偶然会有一座火山映入眼帘。这些山因为几百年的错误耕种而变得裸露贫瘠——常年单作①，忽略了对土地的长期培肥。于是这里的一切都是一样的棕褐色，除了蓝色的苍穹。

---

① 指在同一块田地上种植一种作物的种植方式。

危地马拉　萨拉城

　　萨拉城是海拔七千五百英尺[①]的玛雅城市克萨尔特南戈城的简称。这是一座山城，街道蜿蜒，有许多颜色浅淡的低矮房屋。站在合适的位置，你可以看到圣玛利亚火山。因盛产咖啡，萨拉城的经济在十九世纪开始得到蓬勃发展，今天依然十分繁荣。使这座城市闻名于世的有每年吸引众多游客的西班牙语学校，以及附近的火山、河流和周边不计其数的玛雅城池。萨拉城本身大部分区域就曾是一座玛雅城市，现有人口十万，多数是梅斯蒂索人[②]和白皮肤的外国定居者。

　　巴士在鹅卵石路面上颠簸，慢慢驶过，街边楼房间隙处可见环绕城市的群山，南边是绿色的，那里有河流奔涌，而东边的棕褐色地带则延绵至危地马拉城。坐在我身旁的女人醒了过来，轻轻抚了抚她的白发，冲我笑笑，又将两只纸片一样又干又薄的手叠在一起。我最后一个下了车，找到我的背包。背包有点刮擦的痕迹，但包口还是关得很严实。我站在这座被太阳炙烤的城市扁平的鹅卵石地面上，深吸了一口气，然后，又深吸了一口。

　　出租车司机抽着一支弯曲的香烟，又将它弹到街上去。我搜肠

---

　① 相当于 2286 米。
　② 在西属美洲，该词用来指印第安人与欧洲人的混血儿。

刮肚想记起六个月前在成人教育中心学到的西班牙短语,但想到的只有那时还在盛放的丁香花。我说起了入门级的法语。司机为人很和气,努力理解我说的话,一边开车送我去西班牙语学校。我真心希望自己能回到那辆有着黏糊而安全的座位、窗户上划痕累累的温暖巴士上,至少那时,目的地的样子还只能靠想象。

"我不会说英语。"诺玛用英语对我说。她个子矮小,也许只有一米五,但样子很结实,黑发浓密,皮肤光滑。我无从判断她的年龄——介于二十和四十之间。她到西班牙语学校来接我,背起我的背包,举重若轻。我赶紧冲过去阻止她,比画着模仿一个被巨重压垮的人的样子。她驻足片刻,大笑起来,但笑得有些不自然。苹果,我想道,葫芦。

诺玛是我的寄宿家庭的母亲。这个家庭是几个月的邮件往来之后,西班牙语学校为我安排的。我跟着她走到外面。一个年迈的男人坐在他的车里等着我们,车没有熄火。看到我们走出来,他打开车门,将香烟扔在地上,一脚踩熄,打开了行李厢。他跟我们握了手。我看到前排座椅盖着摊平了的旧T恤,一根破损的缎带从后视镜上垂下来,末端挂着一个钟。

诺玛坐在前座跟老人聊了起来,胳膊搭在紧闭着的车窗上。飞机航程近六个小时,搭巴士又花了四个小时。原来我们南边的国家一直以来就是这个样子。路上有碎玻璃,到处都停着很旧的汽车。一条狗对着一堵墙撒尿。还有湛蓝无云的天空,时不时可以见到的奶油色房子,波浪形屋顶上斑驳的陶瓦。我们在一条狭窄街道的半路上停了车,那街上敦实的水泥房屋挨挨挤挤。

诺玛的屋子光线阴暗，从外头阳光明媚的人行道上走进去，我眨巴了好一会儿眼睛才适应。依稀间我看到一张桌子和许多不配套的椅子，桌子占据了大半个房间。一棵圣诞树占据了余下的空间，上面缀着闪闪发光的小灯泡。在桌子和树之间，三个小人儿站成一排，像是在等我们。慢慢地，我看到了他们的黑发和圆圆的脸蛋。彩色电视里西班牙语配音的辛普森一家在冲我们大笑。

诺玛向我介绍了她的孩子们：卡洛斯是个胖乎乎的小个子，大约七岁的模样；亚历桑德拉稍微高一点，长着心形的脸蛋，辫子上别着红色的条形发卡。赛尔乔是最大的孩子，十五六岁的年纪，戴着粗框眼镜，头上还抹了发胶。他半咧着嘴伸出手握了握我的手。我们都跟在诺玛后面，穿过客厅另一头一条小小的水泥通道，经过一个低矮的石头水槽，西班牙语叫"pila"，然后是一个阴暗的小厨房，炉顶上放着干净的锅碗瓢盆。最后我们走进了一个明亮的院子，干枯的叶子正从角落里一棵粗矮的树上落下，还有一只白色的小肥兔在啃青草。

诺玛打开院子另一头的一扇门。里头是两张双人床，一张白色塑料桌和一把木头椅子，三面镜子固定在几面墙上。房间又大又冷。亚历桑德拉走上前去，摆弄了一下床柱，又摸了摸窗台，好像从没见过这个房间似的，它好像既是她的又不是她的。诺玛接着来回几趟把大家推了出去，又跟我说了些我不太听得懂的事情，然后轻轻关上门走了。我透过窗户望着他们慢慢走过院子，然后消失在黑乎乎的屋内，那里有圣诞树和高声尖叫的辛普森一家在等着他们。

就是这样了，我想道，突如其来的静寂罩住了我，就这样。

又过了很久，我在黑暗中醒来，满心疑惑。我忘记自己做了什么梦，但那个梦让我的心狂跳不止。我久久地环顾房间，好长时间才想起自己身在何方。

天快亮的时候，外面的一声爆响把我吓得坐了起来。我的心怦怦直跳，然后迷迷糊糊的脑子才有了本能的反应：枪！我一动不动地躺着，等着有人敲我的门，等着一声惊恐的尖叫，还有目击了现场的猫咪的嚎叫。但什么也没有，直到几分钟后，同样的声响再次把我惊醒。不过这一次，我看到了窗户外面的色彩，空中是红红黄黄细碎的亮光。是烟花。渐渐地，声响越来越大，天空满布璀璨焰火，接着我身边似乎有各种颜色碎裂消散开来，透过窗户，洒落在墙上，但外面没有人声传来。

琳达光滑的秀发散发着光泽，有股洗发剂的味道。我的第二节西班牙语课上，她承认自己染过发，但那种微红色只有在阳光下才能看到。她有一双黑色的大眼睛，每天是不一样的妆容，用不同的闪亮眼影来搭配她的衣服，用玫瑰色的腮红突出颧骨。琳达二十四岁，从小在萨拉城长大。她是我的西班牙语老师，我们一周五天在这张课桌旁见面，每次上课五个小时，连续上五周。

这里的男人喜欢有曲线的女人，琳达对我说，她们更能生养，那些男人就是这么想的。她一字一顿地说着这个词：能——生养，好——生养。她跟我说话用的就是这种方式：一半英语，一半西语。她用两种语言有滋有味地说着这些词。她的连比带画弥补了我词汇量的不足。能生养,她又说了一遍。我低头看看自己的身材,一副瘦削的样子。

琳达问我是不是单身。"你难道没有男朋友吗?"她双手叉腰问道。在遇到 E 之前,我跟男人交往过。肌肤光滑舒顺的男人,嗓音深沉、与我的声音形成鲜明对比的男人,那些男人将我的身体当做一个神圣的地方。可我依然想告诉琳达,E 是独一无二的,从来没有一个人能像 E 那样打动我,让我乐意彻夜等待,直至清晨,让我长久地守候在电话旁,我无法像抚摸她那样去抚摸别人。

"他叫什么?"琳达追问道。

"伊略特。"最后我还是撒了个谎。

"伊略特。"她说道,反复玩味这个名字,就像刚刚说"能生养"那样,就像后来她用西班牙语说"黄油"、"瀑布"和"叶子"那样。我尽可能把他描述得跟 E 非常相似:一头黑发,深色肌肤,秀外慧中。真相可以掩盖谎言,这件事我从来没有对 E 说起过。

不过我向她描述了这个学校,最开始说的是鲜花:每天清晨都有新鲜采摘的花朵,像画儿一样美的马蹄莲,偶尔是一朵鲜红欲滴的玫瑰。上课的时候,琳达坐在沙发上,而我坐在课桌前。她将秀发盘起来,用化妆镜检查了一下妆容,然后关闭手机。她探身在铅笔盒里找出几支干擦马克笔,摘掉毛衣上的线头,开始寒暄,一半西语,一半英语。琳达教了五年书,曾有五个学生向她求婚,多数是五十岁以上的男人。每一个求婚者都被她拒绝了,她对我说,因为这些外国佬[①] 根本不是她心目中的理想丈夫,即便他们确实很有

[①] 原文为 gringo,是拉丁美洲人对英语国家人的蔑称。

钱,而且有车有房;即便他们可以带她迅速离开危地马拉,去美国某个温暖的地方,或是远走高飞去德国,在那些国家,男士都是聪明的高个子(不过并不风趣,她承认道),都戴着名师设计的品牌眼镜。她想的是嫁给爱情,至少目前是这么想的,但若是五到十年后再问她,也许她最终会接受那样一个沉默的、喜怒不形于色的白人男士。

琳达教过来自日本、中国和泰国的学生。她教过俄罗斯人、瑞士人、芬兰人、意大利人、美国人、法国人、印度人、澳大利亚人和新西兰人。这一点你也能看出来,因为虽然她有时会拨弄头发,东拉西扯,但她的教学是很出色的。她不用看备课本就知道课上到哪儿,她的备课本是一本厚厚的活页本,是她在本地大学修学位的时候自己撰写的。她知道哪些词是过去分词,哪个时态是将来完成时;她知道"我的"和"你的"是物主代词。"有什么要问的吗?"每节课结束时,她都会这么说一句,然后才用白板擦将马克笔写的板书擦去。"还有问题吗?"

穿越拉丁美洲的过程中,我会遇到像琳达这样的女人:年轻的职业女性,在艰难时世中谋一份生计。这么多年来,我常常将自己的特权视为理所当然:修了个大学学位,然后是硕士学位;在情感和经济上都给予我极大支持的父母;极好的医疗条件、有节制的生育。现在,我非常佩服琳达,她和一家十几口人住在离学校五英里的一座房子里,要转三趟巴士才能到达学校,每天起早贪黑。她的人生一直都要靠自己争取,她的受教育水平在危地马拉依然算是一种奇迹:她还没有结婚,没有孩子,她的家人(她的兄弟姐妹、父母和祖父母)也没有成为她的束缚,让她无法外出求学。我惊讶于她的热情和她掩饰疲惫的方式。除了教书，她还要照顾几个小侄子小侄女。我发现她坚定的不婚主张是一种女权主义者的姿态，在这里比在美国更为重要。在这里，二十四岁依旧单身就意味着背弃了当地的传统与文化，没人会帮你，除了你自己。

我会把这一切告诉 E，就从小巴士哐啷哐啷地朝我们开来却没有完全停车说起。司机助手，那个"拉客仔"[1]站在车门口，打开滑门。他催促我们坐到那些有裂痕的塑料长凳座位上，然后再次倾身向外，一只手扶住车顶保持平衡，另一只则伸出车外，拽住那些需要搭车的人。

我跟诺玛十六岁的儿子赛尔乔在一起。我会跟 E 说说我们第一次坐车穿过萨拉城的经历。"拉客仔"在小巴低矮的车厢里摇摇晃晃地来回穿梭，点着我们的零钞，向我们收取车钱。这趟小巴车费是两个格查尔[2]。一开始车上的乘客只有我们俩，但每到一个街道拐角都上来了更多的人，等我们到达那个市场，十个座位的小巴上应该有二十五个乘客。有肌肤光滑、身材姣好的年轻妈妈，用吊带背包将自己的娃娃背在背上，娃娃被包裹得紧紧的，脑袋也遮住了。这些婴儿都没有哭闹，妈妈们安静地坐着，好像自己也被襁褓裹住了一般。这辆满载的迷你巴士一路颠簸，我不禁纳闷这些婴儿该如何呼吸，更不消说睡觉了。这些双手强壮、脸庞稚嫩的妈妈则目不斜视地盯着前方的道路。

"圣马丁到了！""拉客仔"喊着，从两个扎着两根灰白辫子的

---

[1] 原文为西班牙语 ayudante，意指"助手"。
[2] 危地马拉货币单位，一格查尔约合人民币 0.9 元。

老妇人中间挤过。"圣马丁齐利佛德!"他又喊了一声,好像这样某个路人就会被他话语里的热情所感染,继而被他说服,来一场前往圣马丁的说走就走的旅行。小巴上坐满了人,虽然非常拥挤,他还是一路喊着终点站的名称,我也学会了如何腾出地方,把身体紧缩起来,直至占据的位置比平时少了许多。男人们爬上车顶,我听见他们在我头上移动、大笑,还有准备跳下车之前用力踩踏的声音。

车子经过许多路边摊,摊上卖的是橙子、香蕉和葡萄,还有手工制作的手镯、围巾和价格低廉的牙膏,货架上摆着霓虹鞋①,颜色鲜艳的钥匙链在黑暗中闪亮。我记录下我们沿途经过的地方:植物园、一排排簇新的公寓楼大型超市、工业加油站和电子产品商店。我想把一切都保存起来,再一一送给 E。

我们离开了城市,汽车行驶在起伏颠簸的丛林路段,路边是田地、村庄和一个危地马拉风格的传统墓地,漫山都是一个个色彩绚丽的墓穴,蔚蓝、明橙、粉红、亮金,层层叠叠。

在圣马丁齐利佛德凹陷的山谷里,赛尔乔转身冲我莞尔一笑。我们彼此不熟,但这并不碍事。他知道有一个地方,今天要带我去看看。诺玛帮我们准备好午餐,送我们上路。阳光照耀着圣马丁的土路,红色的尘土被风卷起来,落在我们的肌肤上,钻进我们的嘴巴和鼻子里。我们解开长袖衬衣的扣子,又把领口打开。我涂着厚厚的防晒霜。丛林风声从四面八方涌过来。那儿有一座摇摇欲坠的小桥,桥下是一块告示牌,上面写着一次只许一人通过。这座年代久远的吊桥是木板和绳索造的,喝醉酒似的左摇右晃。河里有些男

---

① 指颜色鲜艳、有着抽象迷幻色彩线条的球鞋。

人在劳作，捡着石头，汲着水，他们看着我过桥，嘴角露出笑意。

"你好啊！"他们抬头冲我喊着。我听见他们在底下泼着水，用水打湿自己发烫的肌肤。

土路蜿蜒，穿过一个个小村落，村子里波浪形的锡板屋顶上晾晒着一根根的玉米棒。玉米对玛雅人来说非常神圣，任何部分都不能浪费，赛尔乔向我解释道。他们用玉米砌墙，用玉米打造家具。发酵的玉米酿成了吉开酒①，在市场上可以买到玉米热汤，用泡沫塑料做的咖啡杯装着，没有配备汤匙，热气腾腾地散发着坚果味。玉米是每餐必备的玉米粉圆饼的主料，有时也用不甜的玉米做成玉米粽子。

渐渐地，屋子看不见了，玉米屋顶被生菜和卷心菜地取代。几个下山的小男孩背负着一捆捆柴火从我们身旁经过，最大的也许有十三岁，最小的只有五六岁。他们一边费力地走下越来越陡的山坡，一边呼喊着向我们问好，眼珠子滴溜溜地转着，一副礼貌的样子。我们穿着结实的鞋子，背着背包往山上走。赛尔乔用我的相机拍着照片。每一个男孩都跟我们打了招呼，然后匆匆下山。慢慢地，田地也消失了，变成了丛林。林子里树高百尺，藤蔓从树上垂落。我们看到在火山口的火山泥里鲜花盛开。丛林间点缀着粉、红和黄，每样东西都散发着沁人心脾的芳香，就像雨后阳光下的落叶与青草的气息，还有一阵阵的茉莉与忍冬花香，林间传来鸟儿的啁啾，只闻其声，不见其踪。

---

① 南美的传统玉米酒，酿酒人把玉米放到嘴里咀嚼，混合着口水搅拌湿润，利用口水中的淀粉酶将玉米淀粉转化成可发酵糖，然后将混着口水的玉米糊糊吐出来，兑上水发酵成酒。

接着我们穿行在密林间,这里的树干呈烟灰色,周围蒿草高密,整个林子嘤嗡之声不绝于耳。我想这里应该就是火山口的外围了。

湖面是一个几近完美的圆圈,湖边是一条细细的白色沙滩带,一汪翡翠绿的湖水映衬着蔚蓝的天空。赛尔乔告诉我,无人知晓这个圣湖的确切深度。不远处有些人在吃午餐,我们无意中听到一个男人对他的朋友们说,几年前有两个"外国佬"游泳时在湖里溺水而死。湖面看起来如此波澜不惊,对我们发烫的身体简直是一种诱惑,但因为有了这些故事,我们连走近一点都不敢。

六个月前的一个春日,我带着 E 去了一处婚礼场地。我之所以知道有这么个地方,是因为我在那里帮忙做物料供应。这家物料公司是一对爱尔兰裔夫妇开的,他们每天都有生意,特别是夏季。如果我愿意,我爱怎么加班都行。他们一点也不在乎支付加班费。

这份工挺不容易的,工时长,还要晒太阳,但这些婚礼场地都非常好。我带 E 去的这处是我最喜欢的一个地方,位于康科德①。那里有非常开阔的草坪,草坪向下绵延到一个果园,那里还有一座白色圆柱房子,一个固定的白色帐篷。山丘上有一间旧农舍,里面的房间可供新娘和她的伙伴们做仪式准备之用。

不过这个场地最好之处是一个秘密地点,我带 E 去看的就是那里。那个春日,我们将车停在在草坪和树林交界。下车之后,我

---

① 美国新罕布什尔州东南部城市,州首府,位于梅里马克河岸。

们可以感受到乡村潮湿的气息扑面而来。花香、水气和青草的芬芳沁入心脾。我牵起她的手,带她走入树林,沿着一条两边砌着石头的小道,跨过一片绿篱,来到了一块空地上。那里有一湾小池塘,清澈碧绿的水中两朵睡莲正在绽放,我们还可以听到一只小鸟在一个石槽里戏水的声音。空地周围是一片深色的松柏。这就是那个秘密处所:凉爽,静谧,宛如童话里的仙境。所有的婚礼仪式都在这里举行,之后所有的宾客会缓缓走出森林,不断擦拭眼睛,一副迷茫的样子。接着我们这些物料供应员就会进入空地,将椅子折叠起来,放上小货车,一声不吭地干着这些活儿。这片空地总给人一种神圣的感觉。

我和E参观的那天,因为不久前刚举行过一场婚礼,所以草丛低伏。鸟儿拍打水面,水花飞溅在石头上。我们一起闭上眼睛,深吸着那里的空气。

回到车上,她启动引擎,摇下车窗,然后又将车熄火。她将手搁在我的腿上,指尖隔着裙子摩挲着我的肌肤。我记得自己完全透不过气来,我们身上的青草芳香还未消散,好像我们不是站在湖边倾听湖水与风声,而是下湖游过泳似的。她的双唇凑上前来,吻住了我的双唇,一只手向上游移。

我和赛尔乔看着云雾落入湖中,一缕缕白烟似乎来自雾气迷蒙的森林,袅然蒸腾,而后沉入水中。这些云雾是形态各异的精灵:鸟儿的翅膀、树叶,或两个女人的身体,滑入水中畅游,不再浮现。湖的对岸,一堆篝火上烟雾缭绕。耳边只听到鸟儿的婉转清鸣。

水啊，我自忖道，心里想起了她。

回家的路上，我和赛尔乔搭上了便车，坐进一个农夫的皮卡后厢。司机和他年轻的儿子坐在驾驶室里，我们疾驰过田地和一片片的树林。火热的路面扬起的沙土飞进我们的嘴里、眼里，还有我们衬衣领子的下方。在记忆中，我从没有如此自由自在、任意西东。这样一个傍晚，我们的头发在夕阳下的暖风中凌乱。我的嘴巴很干，嘴里还有些沙土，眼睛也有些刺痛。但这些都不要紧。我只希望这趟卡车后厢的旅程永远不要结束。我可以感受到有些东西正渐渐松散开来，那是内心深处我从未意识到的某个心结。我必须提醒自己身在何处——在危地马拉的山丘上，在一辆皮卡的后厢里。

到达市中心的时候，我执意要给那个男人一点钱，但他不肯接受。于是我们给了他两条格兰诺拉麦片①。男人和他的儿子跟我们握手告别。

一天早晨，邻居家四岁的女儿丽兹跑来问我一个问题。我红着脸耸了耸肩，一句也没听懂。我讨厌自己说起话来支支吾吾的样子。在这里，我是一个言语少了很多的女人。我会说的词特别少，直到现在我才知道那是一种什么样的感觉。没有掌握足够的词汇，我觉得自己非常无能。

上课的时候，琳达安慰我说小孩话是最难懂的。"他们说话含糊。"她捏着我的胳膊说道。我跟诺玛的孩子们一起看《辛普森一家》，结果什么都没听懂。我将西班牙语和高中时学的法语混淆在

---

① 由燕麦片、红糖、坚果、水果等混合而成，与牛奶同食，通常用于早餐。

一起。*reconstruir*（重建），*encontrar*（找到），*recorder*（法语，重新捆绑），我不断提醒自己，*contar*（想起），*desvestir*（使……裸露），*beber*（喝酒）。每天学习的词越来越多，能记住的却那么少。这些课是一种馈赠，我提醒自己，到了晚上，我则努力让脑子完全平静下来。

琳达教我学动词 *esperar*，意思是等待和盼望。当你等待的时候，琳达解释道，你就是有所盼望：巴士要来了，冬天要走了，你破碎的心会愈合的，你吵架时说的气话最终也会消散。我记下这个动词，回到家，躺在床上学习动词词汇表。我做了几百张词汇卡。我侧耳倾听着街上、学校里和诺玛明亮的厨房里的动静。我等待着，盼望着。

我们等待着。我和赛尔乔坐在一车嘟哝抱怨的人中间，司机在加油站买了杯咖啡，然后一边抽烟，一边招呼着街上的人，看看他们是不是想去祖尼尔。最后车终于出发了，我们坐在司机后面，这样才不会坐过站。这辆"小鸡巴士"① 开始咔嚓咔嚓地爬起坡来。

但车行进了没多久就停了下来，因为有些玛雅妇女想搭车。她们身着美丽的服装，头顶着篮子，串珠耳环一直垂到肩上。她们聊着天上了车，对我们毫不理睬。巴士又开始前行，接着几乎立刻停了下来，让更多的女乘客和几个男乘客上车。我们从山下一路向上都是如此：刚一启动就停车，走走停停。每个人似乎都有话要对司机说，说话时抓住扶手，倾身靠近司机，把排队的人都堵住了。司

---

① 拉丁美洲城市居民主要的公交工具，用美国进口的老旧校车改装而成，因为乘客经常携带各种货物，包括活鸡活鸭而得名。

机头顶上的小牌子上印着:"1995年生产于爱荷华市"。

我们到祖尼尔来为的是瞻仰圣西蒙塑像,这个城镇因这尊诸多装饰的神像而闻名。每年会由不同的一户人家持有神龛,人们从萨拉市甚至危地马拉市来到这里拜神。我们在没有铺砌过的街道上走着,这座城镇就建在陡峭的山丘下,我们一直向上爬,来到了这个地方。这座房子俯瞰青翠的山谷、宽阔的河流和熙熙攘攘的公路。我们付了五格查尔给一个坐在摇椅里织毛衣的女人。"拍照得付十格查尔。"她说。

在光线昏暗的房间里,我们看到了圣西蒙。他是一个塑料人体模特,身穿有领衬衫,打着领带,戴着一顶牛仔帽和一副墨镜,外头穿着黑色袍子。一支没有点燃的香烟塞在他的双唇之间,他身旁的地板上堆着一些空酒瓶,座位下是一个桶。房间里只点着蜡烛。圣西蒙是西方牛仔和玛雅神明的合体:穿着针织长袍,系着波洛领带①,一包包香烟斜靠在椅子边。地板上是干枯花朵上掉落的花瓣,还有蜡烛上滴下来的蜡。我们盯着圣西蒙的双眼,但看到的是两团漆黑。我们俩一阵发冷,跌跌撞撞地走到了街上。

回家的路上,巴士被一支长长的送葬队伍挡住了,队伍里有几百个男人。最前头是一辆灵车,车厢敞开着,可以看到里面鲜花簇拥的棺木,花香从窗外飘进我们乘坐的巴士。女人们走在队伍的最后,泪如雨下。我不得不再次提醒自己我身在何处:在一个偏远的危地马拉城镇一支送葬队伍的后面。看着那些妇女泪流满面的样子,我心里不禁掠过一阵愧疚,愧疚于这些日子以来我的自由自

---

① 一种系于脖子上的由编织皮革加上金属或者宝石装饰的配饰,源于美国西部。

在，愧疚于现在我离家如此远。对我来说，遇到这支送葬队伍是一件不可思议的事。我无权目睹他们的悲伤，但还是感受到了这种伤痛，这一刻的景象如此充满异域风情，如此让人哀伤，又如此怪异得吸引人，它深深地印在了我的脑海里。

我在旅途中所到之处都能看到一个市场，萨拉市的市场是第一个。在这里，人们齐聚在一起，吃吃喝喝，飞短流长，买卖交易，让各个感官都得到满足。多看几个城市之后，我发现刚到一个地方能看到的东西就是市场。在萨拉市，一条安静的街道突然之间人声鼎沸，机器嗡鸣。我在街上走走看看，一边是车流，一边是摊档，我就像身处波涛涌动的河面，被人群推搡着前行，两边河岸上是形形色色的食物：金字塔状的谷物堆，一堆堆的葡萄干和硕大的枣子，满满一篮篮的橙子。时不时就会看到出售吉开酒的摊子，发酵的玉米酒在锅里冒着气泡，舀酒售卖的都是身形枯瘦、皱纹深布、白发苍苍的老妇人。

市场上有三个品种的苹果和胖乎乎的酒红色葡萄，个头很大的褐色牛油果堆成了山，还有一堆堆白葱头。市场上制作和售卖食物的都是女人。她们穿着玛雅风格的刺绣罩衫和长及人字拖的围裹裙。她们用手将身上厚厚的开襟毛衫紧紧拢住，吆喝着售卖一堆堆大蕉和一捆捆清洗过的红萝卜。有的坐在那里照看自己的婴儿，有的看手机，有的忙着切开牛油果给路人品尝。我向一个姑娘买了一袋椰枣，她认真地将那一大袋枣子放在一个旧式台秤上称过，然后收了我的钱。枣子在塑料袋里闪着红褐色的光，我吃了一颗，将果核也舔得干干净净，那姑娘一直看着我。

市场边上一些十几岁的男孩子在卖围巾和手工编织的手环。几个老人俯身在小凳上修着手表，蓄着络腮胡、目光炯炯的男人在兜售银器。继续走，会看到卖牙膏、肥皂和洗发水的货架。到了市场最末端，摊位上卖的则是色彩明亮的陶器。我也想买一些，但拿不动的都不能买，所以我努力不去想象我曾经拥有的枫木餐桌摆上那些靛蓝盘子和灿金饭碗的样子。

接着这座市场把我"吐"了出来——我走到头了。我发现自己有点眩晕地站在昏昏欲睡的人行道上，附近只有一个醉得不省人事的男人。这里的商店都关门了，栅门也都被拉了下来。一阵凉风吹来，从我所处的位置可以看到远处的山峰。两个上了年纪的男人蹒跚走过，目光轻浮地看着我，轻吹了一声口哨，意思在说我很性感。不过最后他们还是颤颤巍巍、不怀恶意地越过马路朝教堂走去。西坠的太阳将一切都镀上了一层金色：路面的小圆石，楼房外墙上了漆的墙面，干巴巴的老树上的叶子。整座城市在傍晚突然的静谧中泛着微光。

我在一个网吧里跟 E 视频聊天。她看上去一点变化也没有，但不知怎的显得有些陌生，不过我没有告诉她，反正我也说不上到底哪里不同了。"这里好冷啊。"她微微蹙了一下眉，我一下就感觉到她工作太辛苦，睡得又太少了。她正在上班，办公室的墙面光秃秃的。明亮的光线将她的肌肤照得发白。我想象自己的双手握住她双臂的感觉。我问她吃过了没有。

"我好想你啊。"她对我说道。我看见阳光从她的窗户透进来，听到市场传来低沉的嘈杂声，心里一下子内疚起来。杜鹃花在房间角落的一个桶里绽放，我在这儿的日子只有阅读和写作，四处逛游，以及和琳达聊天。我一直在探索，每天结束时，我的头脑和感官只剩下震撼。我无法用言语来表达那种放松的感受。我不再像在波士顿时那么忧心忡忡。我现在生活得很简单，朴素的食物，不再有享乐放纵，然而这种久违的富足感是很难想象的。

"我好想你啊。"E又说了一次。她的话就像一把钥匙在锁孔里咔嗒作响。之前她很支持我到这里来。她说我不能放弃这次旅行。我想念你的双手，我想对她说，但这么说是不够的。我是如此无忧无虑，我对此感觉很不好，我没有让她知道我是多么快乐。

后来，我开始思索那么长时间的分别对我们俩会有什么影响。

西班牙语课间我们为咖啡续杯，一位叫哈维尔的老师警告我，在危地马拉圣诞节可能会挺危险的。他有着温和严肃的眼睛和浓密乌黑的头发。他的方框眼镜和赛尔乔的很相似。他们俩的目光都很柔和，透过镜片看则显得锐利，也让他们看起来成熟了些。我想这也许就是他们戴眼镜的初衷吧。哈维尔经常穿着粗条纹的毛衣，说起话来非常耐心，这也说明他当语言教师有一定年头了。

圣诞节人们喝的酒比平时要多，哈维尔解释道。他们会整晚在街上游荡，喝得醉醺醺的，放着爆竹烟花，连自己的头发和睫毛都给烧掉了。

"但那样的夜晚也挺美的。"他急忙补充道。人们会拿着灯唱着歌在街上游走，他说。午夜的弥撒则会有烛光闪动。

在危地马拉，平安夜是狂欢派对，第二天则是对前一晚留下的烂摊子的大清洁。十二月二十五日,你得清理你家门口的烟花爆竹碎屑,清洗桌布,将芭蕉叶、空瓶子和发泡塑料容器等垃圾拿到街上去让人收走。到了圣诞节晚上,几乎家家户户都会在庭院、阳台和窗户挂上小灯串,那些灯一闪一闪地发出低低的嗡鸣声。这时走在街上,你永远不会觉得孤单。

我把下午的课调到了早上。琳达送给我一条手工织的围巾作为礼物。围巾用纸包装得很好看,上面打了一个蝴蝶结。我送给她一张正面印着一只海龟的贺卡、六十美元的小费,外加一条美味的巧克力。

"你会需要礼物的。"我和妈妈看着杂货店里的巧克力时她对我说。她说出了我们彼此的希望:会有人照顾我。爸爸则给了我一些二十元面额的钞票,因为送钱总是没什么害处的,他说道。

诺玛今天雇了一个帮工来打扫屋子,一个比我年纪还轻的姑娘。我们三个将亚麻床品洗了,在院子里晾干。我问诺玛她晚餐需要些什么食材,心想她会让我去买菠萝或桂皮来配朗姆宾治鸡尾酒。诺玛手里拿着扫把,噘起嘴沉吟了一会儿。

"薯片,"她仔细思索了好久才说道,"薯片和朗姆酒。"她点了点头,用扫把敲打着台阶,一副理所当然的样子。

我在热闹非凡的市场里挤来挤去。身边的夹克、毛衣、书籍、盘碗和电子产品上人手翻飞,大家都在匆忙间做着购物决定。这群人都很张扬,这种激情是之前我在这个市场上不曾感受到的。他们尽情地选购、看货、算钱,不再询问。父亲、兄弟、母亲、襁褓中的小婴儿、手拉手的姐妹,还有仔细察看着女装的上了年纪的祖母,每个人都在这里,每个人都需要些东西。每个人的目光中都有一丝慌乱,然而这种抓狂之中又有一些欣喜。在特别狭窄的一段路上,我被挤得脚不沾地。但没有人喊叫,也没有人打架斗殴。每个人都只管紧紧抓住自己的提包、购物篮、自家小孩的手,推搡着向前。

我小心翼翼地将一包包薯片放进背包,接着在去酒品专卖店的路上迷失了方向,无意间来到了花卉市场。这个市场我从未来过。这里也有水果摊、鲜花档,还有卖肉的屠夫,他们摊档上的挂钩从天花板上垂吊下来,上面挂着大片的牛排。今晚的一切都与以往截然不同。往常安静的街角也变得喧哗起来。木质百叶窗突然打开,敞开的门户流光溢彩。虽然迷了路,我却一点也不害怕,因为我被许多人簇拥着,周围是阵阵欢声笑语。

最终我找到了那家酒品专卖店,店里跟市场一样,人头攒动。三四十个人抱着大罐汽水和瓶装法国啤酒,挤挤挨挨开开心心地排着队。这里有一种狂放,我之前坐在皮卡后厢,嘴里飞进沙土时感受过,在离开祖尼尔的路上,看到那些悲恸的妇女痛哭时也感受过。在这间酒品专卖店里,柜台后面的男人们飞一般地奔忙着,帮顾客下单、收钱,再把找零扔回去,所有的举动都带着一种自由放纵。一个男人买了一打大瓶的朗姆酒,将它们放到车上,他的汽车一直没有熄火,就在街上候着。

这就是意义,我像之前许多次那样思忖道。这就是这样旅行的意义。我成为我的主人家生活的一部分,尽可能紧密地融入他们的生活。不过这也是有限度的,超过了那个限度,我便不能再跟着他们。这是他们的圣诞节：卡洛斯和亚历桑德拉在圣诞树下为数不多的礼物边蹦跳着，我们靠在塑料椅子上，手里拿着塑料杯子，屋里暖烘烘的，炉上煮着美味的食物。我们都受到这个夜晚的感染，时间飞快流逝，我小时候的圣诞夜也是如此。山上自由奔放的市场，手中拿着钱在酒品店里转来转去的男人，烟花爆竹噼里啪啦的声音从街上和远处传来。

我们喝着啤酒、更多的朗姆酒，时间就这么一点点过去。星星清醒地眨着眼。诺玛和亚历桑德拉做了米饭，慢火焖得黏糊糊的。亚历桑德拉往锅里扔了些葡萄干、椰枣、鸡块和一小撮桂皮。诺玛将所有东西用芭蕉叶包裹成一个个小团，然后放进锅里，用慢火长时间焖煮。

因为圣诞夜每个人都要很晚才吃饭，诺玛心疼我们，在煮玉米粽子的时候，用白面包给我们做了火腿三明治。明摆着我们今晚是不去教堂了，只有亚历桑德拉似乎有些失望，回到卧室里跟卡洛斯一起看圣诞电影去了。诺玛最后宣布礼物时间到了，才把他们引诱出来。他们撕开礼物的包装，研究起自己的塑料玩具来。赛尔乔没有礼物，但他两眼放光地看着他的弟弟妹妹，等着他们打开他和诺玛一起去买的礼物。我把余下的巧克力也分发了出去。卡洛斯亲吻了诺玛和赛尔乔的膝盖，犹豫片刻后也亲了一下我的膝盖。他将姐姐推进卧室，两个人在里头嘀嘀咕咕，然后是塑料玩具磕碰着石头地板的声音。

午夜临近，我们将椅子搬到平台上，坐在夜色中。整座城市陷入静默，好几天鞭炮噼啪作响之后，这种静默显得有些诡异。我们等待着，头上是漆黑的夜空，诺玛再喝了一杯。几千英里之外，在康涅狄格州的外婆家中，爸爸妈妈和哥哥陪她坐着。她二十一岁的时候从芬兰移民来美国，圣诞夜煮的都是大餐：鲜嫩多汁的火鸡、番薯，还有用新英格兰来的覆着白霜的苹果做成的苹果馅饼。室外没有什么风，空气冷冽，饭后他们出去散步，会看到自己呵的气。星星在天上闪曳。

一开始的烟花是悄无声息的，在远处绽放。但渐渐地声音大了起来，而且越来越近，噼啪声密集起来，最终烟火的爆裂声像涟漪般一阵阵地荡漾开来。我们的椅子开始震动。左方，一道道红光绿光从山坡上的房子射出，飕飕地在我们头顶绽放。右方，山谷里传来一声声低沉的轰鸣，不一会儿，天空就布满了一朵朵烟花。街道那头，邻居的孩子们放着爆竹，声音比火焰更热烈。卡洛斯也拿出自己的爆竹，从门前的台阶往下扔。整条街都在冒烟，我们头顶的天空也是轻烟缭绕，整座城市迸发着光芒。

爆竹声持续了一个晚上，清晨时分还响了好一阵。第二天走到门口，我们会看到垃圾遍地的街道，地上都是鞭炮纸屑，被风吹过，堆积在台阶和窗台下的角落里，散布在鹅卵石街道的缝隙里。空气中依旧充满了烟火味。

圣诞节的第二天，我和赛尔乔一起进行了最后一次散步。我们一句话也没有说。我没带相机。他就像一位老朋友，陪着我，我们的沉默很轻松，水和阳光都暖烘烘的。我会想念他的，我暗自想道，却没有说出口。我不想让他觉得尴尬。

我们走过一间人头攒动的教堂，里面有些妇女端着塑料盘子，将食物分发给一群兴致高昂的男人和孩子，还有坐在椅子上的白发苍苍的老人。那些妇女顺滑亮泽的辫子上系着手织的缎带，插着鲜花。男士们都穿西装，打领带，头上戴着牛仔帽，脚下的黑皮鞋擦得光亮照人。小女孩则穿着色彩艳丽的玛雅风格的裙子和绣花无袖罩衫，金耳环晃荡着，摩挲着她们的腮骨。教堂屋顶上立着几个大大的字，写着"Christo Viene"，也就是"耶稣诞生"。排队领餐的人群挪动着，大家站着吃饭，有说有笑，女人们身上的珠宝首饰叮当作响，发出清脆的声音。

我们离开午餐时分熙熙攘攘的教堂，继续前行向山里走去，走到了一堵围墙边。这堵围墙将一块倾斜的草地分成两边。赛尔乔说墙后的土地属于一个有钱的葡萄牙人，但他现在在城里工作。我们伸长了脖子轮流窥探围墙那边的矮松林，那一片片的矮松将那位富人的土地分割开来。之后我们继续前行，经过一块块小小的干玉米地和一丛丛野生勒杜鹃，与一些背负大砍刀的农夫擦肩而过。那些长长的弯刀就像拿着炮仗的小孩，现在已经吓不到我了。

今天赛尔乔还带了一个裹着锡箔的大麻烟蒂。我问他是哪儿来的，他说"街上"。他迅速划着一根火柴，点燃了这个烟蒂。我们坐在那里，看着屋顶上的玉米棒芯慢慢干去。他的大麻烟闻起来像凋敝的花朵和松树的味道。他若是问起，我会跟他说说 E。可是他不会的。

我们发现了一间漆成绿色的空棚屋。几根宽梁撑起几堵露天的墙，远处是凹陷的溪谷，谷口有一条干涸的溪流。

"就是这个地方。"赛尔乔对我说。我觉得那一刻我们年纪相同，我和他都是十六岁、二十六岁或者五岁。我们俯视着葱郁的溪谷，底下足球赛的喧嚣也听不见了。风暂时停歇了，热气蒸腾，但

危地马拉 萨拉城　43

我觉得很凉爽。云朵从我们头上掠过,让我们时而暴露在阳光下,时而落入阴影中。

谷底还有另一间露天棚屋,但这一间里堆着一些男人的塑像,它们有着圆乎乎的脑袋、弯曲的双腿、鼓鼓的肚子和大大的鼻子。里头有几十尊塑像,身上是一道道化了再凝固的蜡痕,这些蜡是从它们头顶皇冠上流下来的。屋里的地上有许多白花,花瓣散落一地。一个祭坛嵌在房间前面的墙里,坛上两支蜡烛还在燃烧。

"这是玛雅人的地方,"赛尔乔指着山上说,"他们住在那里,在这里祈祷。"

南边一英里外的地方,天主教徒正在庆祝,为耶稣的降临祈祷,但此处的圣地只有风声呼啸,像一个筛风的滤网。泥土地板上是一些陶塑和花瓣,密密地散落着,岁月的流逝都在季节的细微变化中。

"我会想你的。"我用英语对赛尔乔说。这句话脱口而出,说完我有点发窘,但看他那一脸茫然的笑意,我知道他没听懂。

也有可能他听懂了。

我在萨拉城最后几天的一个晚上,出现了月食。

"月亮会显出红色,"爸爸在一封邮件里写道,"印度尼西亚有座火山爆发,所以月亮看上去会是红色的。"他叮嘱我要走出户外看月食,就在今晚,深夜时分。

我记得以前爸爸会带我们去看星空。我们双手叉腰,仰望夜空,直到头晕目眩。雪在我们的靴子下嘎吱作响,我身上只穿着法兰绒睡衣和大衣,整个人冻得发抖,但我还是会顺着爸爸手指之处望向天空。

"那是金星。"他说,然后把北极星指给我们看。

我把闹钟定在两点半,但到头来我没有用上闹钟。十点过后我睡了几个小时,然后自己醒来,听着鸡鸣犬吠。北边和东边传来爆竹的噼啪声,但今晚没有惊天动地的鞭炮轰鸣。赛尔乔周末喝了些变质的水,我听到他脚步蹒跚进出厕所的声音,或是在厨房里倒茶喝,把盘碗碰得哐当作响。他房间的灯亮了又灭。他还得了感冒,所以我能听见他咳嗽的声音,那种长长的沙哑的干咳,听得我连自己的喉咙都痛了起来。

闹钟终于发出尖锐的鸣声,我让它安静下来,又溜了出去。我想象着爸爸也起床走到户外,他不用闹钟就能按时醒来。他会穿上大靴子、胀鼓鼓的夹克,戴上防寒帽,然后一脚深一脚浅地走到冰天雪地中去窥视夜空。我想象他在夜色中呵气,我也是如此。我们一起伫立在漫天静默的星斗下,月亮圆圆的脸庞让星星有些黯淡。

月光下水泥地上的冰闪动着蓝光。天上有北斗七星、仙后星座,还有在危地马拉能看到的一部分银河,这一部分跟爸爸所看到的不一样。天上还有月亮。

月亮已经变红了,正如爸爸说的。月色朦胧,月亮显得挺小的。不知道爸爸是否看得更清楚,不知道他是否也叫醒了妈妈。月亮白色的光晕闪烁着,一个薄薄的正圆形,中间则是一片血色。我想起穿着靴子、帽子歪斜的爸爸牵着我的手,厨房窗户上透着温暖的方形光,妈妈热着牛奶,爸爸站立着,脚上穿着一双长靴。

我这是离家有多远啊。这个念头又一次浮现在我脑海里,但今晚我并不难过。我不觉得自己是陌生人、外国人或旅行者。这几个星期来，我感觉到内心有了变化，某样东西慢慢在倾斜，又或者慢慢平顺了起来。最近我一直睡得很沉。吃的东西都很简单，但每样都很美味，营养丰盛，都是家常风味。这里的牛油果价格便宜，也很好吃，我一天要吃好几个。我开始习惯了同一件 T 恤衫一遍遍地穿。我在之前从未去过的道路上徒步了很长距离。我还搭巴士去看火山天池和玛雅城镇。我练习着一门新的语言，每天要学一百个单词。我知道自己每天都在想念父母，但也知道他们为我高兴，为我激动。现在，在危地马拉的一个深夜，在红色月亮之下，我对此比以往任何时候都更为感激。

我听到主屋的门嘎吱一声打开了。是亚历桑德拉，她穿着睡衣和袜子，外面套着一件有人造皮毛衬里的夹克。我们目光相交，她用一根手指压着嘴唇，示意我不要出声。我怀疑她妈妈根本没有同意她溜到户外的寒夜里，特别是在赛尔乔病得这么厉害的时候。

她蹑手蹑脚地走过来，我们俩一起尽可能静悄悄地从我的房间将两张椅子搬到院子里。两个人对着自己的双手呵气取暖。我想象爸爸在寒冷中跺着脚，跟我一起仰望同一个血红的月亮。看够了闪烁的夜空，脖子也伸得累了，我跟亚历桑德拉悄声互道了晚安。她给了我一个拥抱，又冲我挤了挤眼睛。我们共同分享了一个秘密。接着我们溜回各自的床上，床单上还残留着我们的体温。我们闭上眼睛，将绵绵不绝的月色隔绝在眼帘之外。

危地马拉 安提瓜城[1]

安提瓜充斥着垃圾、香蕉、绽放的鲜花和水的气味。安提瓜,我自言自语道。走在街上,没人看着我。

我在一条巷子尽头找到了一家客栈,向一个身穿吊带裤的佝偻的男人租了一个房间。他和气地冲我笑笑,连同早餐收了我七美元。他说如果入住超过一周,可以打折。房间很小,更像是一个放扫帚的工具间。房间里只有一个开在高处的小窗户,但房间很整洁,没有老鼠味或霉味。他带我看了公共洗手间,还一脸歉意地解释说淋浴器的水压很足,但总也热不起来。他一边慢条斯理地说着,一边看着我的脸想看看我听懂了没有。我懂,我心里说道,我懂,但还是把这个顿悟压了下去,留着过后再跟 E 分享。

我将手伸进钱包里想付钱给这个男人,他却摇了摇头,扯了一下吊带,又把钥匙递给了我。

"明天吧,"他说,"现在你要好好休息。"

于是我放下背包,爬上了粉刷过的屋顶,那里有一排床单在迎风招展。那座圆锥状的火山[2]矗立在地平线上。这里没有什么在呼唤我,我也没有什么地方可去,离日落却还有几个小时。来到这

---

[1] 这里指安提瓜危地马拉,即危地马拉原来的首都,而不是指安提瓜和巴布达这个国家。
[2] 此处应指阿瓜和富埃戈火山。

座城市的这一路行程让我的责任心也消失殆尽了。晚些时候我会打开我的日记本好好写写。我会找个人聊聊天,还会找点东西吃。我会打电话给妈妈和我的爱人。"我到了另一个地方啦。"我会对她们说,然后尽我所能向她们描述一下这个天台、远处的火山、我身边缭绕的烟雾、狗吠的声音,以及这个惬意的下午汽车喇叭的轻鸣声。

安提瓜是个地震多发的地方,一个被地球频繁的、几乎可以预报的战栗所定义的城市。安提瓜的人行步道下方深处,甚至比它的地下洞穴还深的滑动着的板块,滋生了地面上的裂痕——在欧洲人踏足这片富含火山熔岩的土地前后,相继崛起而后衰落的文明的骚动。在安提瓜,地震已然成为它的精神的一部分。

客栈的老板告诉我,单是去年一年,他就感受到二十次地震。他俯身点燃一支蜡烛,然后走入楼下的洗手间,更换了里面的厕纸卷,又将方巾折成莲花状。不过他没有觉得害怕,至少不担心自己的性命。他说因为那些地震大多数是水平地震,地面是来回晃动的。能造成损害的是那种上下颠簸的地震。

十六世纪早期安提瓜建城的时候,西班牙人按塞维利亚那样的城市样式建造他们的房子,两层楼房,高高的天花板。他们不知道中美洲横跨了一条断层线,几千年来有两个地壳板块在这里相互摩擦。1717年和1773年的地震对安提瓜造成了极大冲击,居民将自家房屋封了起来,带走了所有的东西:他们的盘碗、家具、艺术品,甚至屋子的大门。三千座房屋坍塌,整个安提瓜成了一座弃城。

安提瓜因它绵长的夏天而闻名。今天街上的游客熙熙攘攘,这些街道也显得对游客非常友善：开门迎客的旅行社，卖羊角面包和酸奶的咖啡店，修葺一新的公园购票可进，里面的草坪和花园恭候游客去寻芳探幽。我想象着在我们透过相机镜头窥探过无数次的城市遗址下面，以前的那些殖民者正在静候着，他们已经看过让他们的子民仓皇出逃的地震。我想象着那蛛丝缠绕的扫把，还有尘土与死亡的味道，那些古人在未曾开掘的地穴里躁动。

安提瓜有大量为游客开办的西班牙语学校，破落的街道上挤满了学生：戴金丝眼镜的日本人、穿亚麻衣服的斯堪的纳维亚人和推推搡搡的美国人。我的老师玛利亚身材娇小，一脸严肃，看上去总是一副疲惫的样子，眼睛周围的皮肤如烟灰般细薄。她一杯又一杯地喝着速溶咖啡，让我开口说话，比她说得还多。她与琳达正相反。除了星期天，我每天要跟玛利亚学四个小时。一周过去了，然后又是一周。我说不上自己有没有进步。我的日子就是由一个接一个阳光明媚的下午、一座烟雾缭绕的火山以及早晨充斥着水果和玉米味道的集市组成的。玛利亚有一次对我说，有些人一天要跟老师学上十个小时。"是那些日本人。"她悄声补充道。

有一天她对我说："我不知道你们为何自称 *Americans*。"她双手转着笔，但一个字也没写。"你们是 estadounidenses①，"她说，"但我们都是 *Americans*②。"她的声音里有一丝愠怒。要不是每天跟她学习四个小时，我也发现不了她的不悦。她目光低垂，我看到她眼睑上风暴蓝的眼影。

---
① 西班牙语，意为"美国人"。
② Americans 可以指"美国人"，也可以指"美洲人"。

"我们都是 Americans，"她又说道，"你，我，某个厄瓜多尔人。"

"你说得对，"我说，"完全正确。"我感到自己脸都红了，我也不知道为什么。

后来，我又仔细思索了一番。如果可以，我会管美国人叫 estadounidenses，从现在开始都这么叫。只是 estadounidenses 字面翻译出来是"合众国人"，就像你会管乌拉圭来的人叫"乌拉圭人"，夏威夷来的叫"夏威夷人"。那些从美利坚合众国来的，我们叫他们"Americans"，玛利亚说这种称呼不公平。所有来自南、北美洲的人都应该叫 American。你仔细想想，到处自称 American，至少像我们这些"合众国人"这样，是很自私的。American 这么一个平淡无奇的称呼，我是继承来的，但也是玛利亚应得的。

第二天，我对她说我不会再说自己是 American 了，但我问她我用英语该怎么说。我解释了其中的麻烦之处："合众国人"听起来很怪诞，而且没人这么说。

"那又如何？"她耸耸肩说道，低头盯着自己的那杯速溶咖啡，就像是把自己某样珍贵的东西掉进去了似的。突然间，我意识到她真正想说的话是，你们的英语又不是我的问题。她抬起头看着我的眼睛，我明白了她根本是心不在焉。她是在工作呢，我提醒自己。她其实心里并不想来上班。

我还是继续跟玛利亚学习，虽然她时常面有愠色，但她能让我开口讲话。玛利亚跟琳达不同，她是听多于说，而且对我逢错必纠。这确实让人不快，但我后来我意识到重要的是我能把话说对，而不在于说什么逸闻趣事或是对这个世界发表些高谈阔论。玛利亚让我放松，我的西班牙语也有了长足进步。她对我所说的故事毫不在意，而只是帮我开口。我东拉西扯着我父母的事、我以前的工作、每天在市场上的见闻，她则仔细聆听并纠正我的错误。她抿着咖啡，锉着指甲，还很小心地用手捂着嘴打呵欠。有一天我决定跟她说说 E，想看看她会作何反应，结果却有些令人失望，因为她一点反应也没有。我用了"*novia*"这个词，就是西班牙语的"女朋友"，而且故意说了几次，但她完全没有纠正我。

"也许她也跟咱们是一样的呢。"E 提醒我说。但我知道自己永远也不会向她打听，她也肯定不会主动说出来。

在最后几天的一节课上，玛利亚邀请我去参观安提瓜城外的一个农场，一个"finca"，那里种植着咖啡。我们不上课了，去农场吧，她解释说，语气里有一丝犹豫，好像翘课去参观农场是不允许的。"当然可以啊。"我用西班牙语说。前一天我们刚练习了"当然"这个词的发音："*por supuesto, por supuesto*"。玛利亚如释重负地笑了，我突然有些惊讶于她的忧心忡忡。要是在美国，这一趟会被视作一次实地考察，一场学习探险。过后我才明白，正如对于我后来遇到的其他许多语言教师来说，这份工作对她的意义比她表露出来的重要得多。

我们实地考察的当天——这个词是我教给玛丽亚的，有两个高个子德国人也去了那家农场。两个人都戴着厚框眼镜和松松垮垮的帆布圆边帽子，帽子上有金属边的通风孔。其中一个的肤色苍白得几近透明，我们同坐在一辆面包车上，我坐在他后面，可以清晰地看到他脖子上和耳朵下面纤细的血管。他们的两位老师分别坐在前座和第一排座位上，一位是长发挽成髻的中年妇女，另一位是和我哥哥年纪相仿的年轻人。我们一路颠簸着开过鹅卵石街面，开出城去，一路上年轻的老师用简单的西班牙语跟两位德国人打着趣。沿路是一排排平房，刷成米黄间着蓝白，或是珊瑚红间着灰色，都是柔和的地中海色彩。它们渐渐远去，越来越小，最后完全看不到了。高高的桉树挺立在路边，树皮像调色板一样斑驳。接着我们开过高大的铁栅门，驶入农场的静谧，驶上了一条两旁种满勒杜鹃的车道。

这些灌木丛密密匝匝开满绯红的花朵，车道那头是围着篱笆的牧马场。虽然我们知道大多数采摘工和他们的家人住在这个农场上，可现在沿着这条林荫柏油道开向农场中央，我们能看到的就是郁郁葱葱的青草和优哉游哉的白马。这是一个风景如画的农场，我想道，旅游观光的收入一定跟它卖咖啡的收入差不多。

我透过面包车的车窗往外看，期待看到一些贫困景象。国内时髦咖啡店里有关公平贸易运动的广告上常有这样的描述，我的大学校园里那些卖纽扣和帆布购物包以引起人们重视的组织也是这么说的。但我看到的是更多勒杜鹃和驯马悠游的牧场，整个农场一派欣欣向荣的景象。天空湛蓝如洗，风吹薄云掠过我们的头顶。下车的时候，空气里飘过咖啡和湿草的清香。

我们被带入农场，一个学生需交四十格查尔，教师则不需付款。"我们是教师。"玛利亚解释道。两位德国人善解人意地点了点头。六个似高中生的法国学生在附近跑来跑去，一对棕褐色皮肤的夫妇说着口齿不清的西班牙语，腰间系着红色的雨衣。法国学生低声说话，互相开着玩笑，噼噼啪啪地拍照，一个金发女孩从她的朋友们身边走开，用新学的西班牙语不断地提问。我们的导游保罗是个小个子，说话轻声细语，他穿着一件时髦的马球衫，胸前的口袋上缝着农场的咖啡豆商标。他语速缓慢地用简单的西班牙语向我们进行介绍：烘焙咖啡的多道工序，收获采摘的过程。那些法国人手不掩口地打着呵欠，一个脸庞瘦削、扎着辫子的姑娘在一本厚厚的活页本上记着笔记。我希望可以理直气壮地觉得自己格格不入，但我站在那群白皮肤的人当中还真是适得其所，于是我只得站在后面侧耳倾听。

保罗让我们留意一张放大的照片，上面是一位妇女在采摘红色的咖啡豆。她穿着刺绣罩衫和围裹裙。保罗解释说，目前危地马拉的咖啡从业者还是手工劳作，这群游客都点头嘟哝着表示认同。

《拉丁美洲：被切开的血管》，这是爱德华多·加莱亚诺[①]的记载。十九和二十世纪，来自高原的危地马拉贫苦农民像牲畜一样被船运到海岸边的农场上，拿着低廉的奴隶酬劳，或者被欺诈以酒抵薪。保罗没有提到加莱亚诺记录的情况：即使在工业革命后，即使农场主已经买得起机器，他们也一直不让工人用上机器，因为雇用危地马拉的穷苦人成本要低得多。一个人比一头骡子还便宜。北边玛雅基切人的山地贫瘠多石，人们靠最基本的食物为生：玉米粉圆饼、盐和酸橙。当这些贫瘠的土地无法再耕作，或是春天一直下雨没有收成，到农场打工就成了摆脱饥饿的唯一选择。

当地的农户一年会来到炎热潮湿的危地马拉沿海地区两次。虽然农场主非常需要这些工人，但相较而言，工人对工钱的需要更为

[①] 爱德华多·加莱亚诺（1940—2015），乌拉圭小说家、记者和杂文家，代表作有《火的记忆》《拥抱之书》《镜子》等。

迫切。这些工人如果在工头的眼皮底下偶尔让成熟的红豆子摔落地上，却是要赔钱的。

博物馆里，游客们嘟哝着点头。"手工制造的。"保罗刚刚说道。加莱亚诺解释说，我们所说的土地所有权，归个人所有的、细致分割清晰勾勒的小块土地，在欧洲人抵达美洲的大航海时代之前是不存在的。土地为集体共同使用，人们对某些庄稼、花园和自己的家会主张所有权，但土地是社区公有，并不属于具体的家庭。目前尚未发现相关安排的证明文件。那些许多年一直照顾着土地的人被剥夺了土地所有权，大量咖啡豆被运到定居在基多、卡塔赫纳和安提瓜的殖民者家里，以及跨洋渡海前往欧洲的货船上。在咖啡之前出口的商品是矿产、木材和靛类染料。咖啡只是目前的剥削方式而已。

保罗没有提到迁徙和牛车之旅。他没有告诉我们二十世纪六十年代咖啡经济泡沫破裂的情况。咖啡和染料一样，也是可以在别处更低成本生产的产品，比如说亚洲和非洲。咖啡业的资本很快被抽离危地马拉，越洋去往其他地区，危地马拉的农场主背负沉重的贷款，而且生产出来的咖啡无处销售。许多人将存货一埋了之，继而出现了一股自杀潮。

至于那些劳工——那些咖啡手工工人，他们很多则住到了危地马拉城众多大桥下面新兴的贫民窟里。这些都是琳达告诉我的，那是一个下雨天，我们坐在厨房里，喝着加糖的速溶咖啡。

今天你若开车前往机场，一路上还能看到那些贫民窟，那是形成于其他一切轰然崩塌之时的居住点。你会发现那些河谷的河床上只剩下涓涓细流，却有数以千计的棚屋随意搭建在两边陡峭的斜坡上，摇摇欲坠。那些棚屋都是用硬纸板、廉价的白铁皮或塑料油布搭起来的。在这座城市最长的桥梁下方，有一片乱七八糟的咖啡难民庇护地，经历自然灾害、政府拆除，建了倒，倒了建。但警察不在场的时候，这座"桥底之城"也是井然有序的，有类似的自治政府，有由居住时间最长、最强悍的家庭组成的警队，有自己的法律，还有能解决借贷及邻里纠纷的法庭。与此同时，多数的咖啡工人终其一生也不曾品尝过一杯真正的咖啡。

这让我想起之前作为礼物被我分赠出去的巧克力——我从一家北美超市买来的上好的巧克力。我心里不由得一阵刺痛，从脖子一直红到耳根。也许我的巧克力礼品原本就属于他们。

保罗带着我们走到外面，一股发酵的味道立刻钻入我们的鼻孔——这是给咖啡豆脱壳的工序。我们从一堆堆小小的红色咖啡豆壳边走过，豆壳堆在田地边上，地里铺满了光溜溜的米白色豆子，在阳光下暴晒。工人都非常和气，同意我们这些游客挥舞他们的耙子，还指导两位加拿大姑娘如何来回耙梳着豆子。第一位金发姑娘吃力地挥着耙子，把豆子拖出一条歪歪扭扭的曲线，保罗看了哈哈大笑。这样做是为了翻晒豆子，把它们晒干，他解释道。

储藏室外，云朵掠过天空，地上的咖啡豆忽明忽暗。农场四周丛林葱郁的山丘上，一棵棵树木清晰可见。有那么一刻，我完全陶醉了。这座农场显得如此与世隔绝，静谧安宁，只有耳边的风声和在白色豆子上翻飞的犁耙。保罗说咖啡树让土地变得贫瘠，有一块土地甚至三年才有一次收成。于是这座农场在咖啡豆种植的间隔期种起了黑豆。参观接近尾声，品尝咖啡的时刻到了，但我觉得这里的咖啡味道过于柔和。之后我才醒悟，我已经有几个月不曾喝过真

危地马拉　安提瓜城　55

正的咖啡了，我已经习惯了速溶咖啡。

我想起玛利亚对我的错误那种简洁明了的纠正，想起我经常觉得她一脸愠怒，想起"美国人"、"北美人"和"合众国人"，这样一来，这咖啡喝起来居然就有了我离开美国前外婆冲泡的咖啡的味道。她冲的咖啡一般都浓烈醇和。现在将双唇凑到杯前，我可以感受到那种味道，感受到的蒸汽烘着我的肌肤，感受到外婆和妈妈说着芬兰语高声说笑的场景。在危地马拉这里，人人都喝速溶咖啡，萨拉城唯一卖滴滤咖啡的咖啡馆消费昂贵，只有游客才喝得起。有太多的事情被我视为理所当然了。

在农场边上，就在我们即将走上主路之前，我看到三个光脚走路的小孩子，两个男孩光着上身，小女孩的腰间则抱着一个娃娃。我们经过的时候，小女孩抹开眼前的头发看着我们。她目光落在我们身上，又穿过我们。我回家还会再喝咖啡吗？我在心里问着自己。喝这种加糖和奶油的浓郁饮品？在那边我的另一种生活中，每喝一口咖啡，我会不会多忘却一点？

我和爸爸一年前在印度旅行时遇到了两个英国游客，他们是来自伦敦附近的一对夫妇。我们沿着印度和尼泊尔那蜿蜒的边界一起徒步旅行了五天。至少我和爸爸是徒步的。那对英国夫妇雇用了马匹。我们觉得他们居然选择骑马，实在有些搞笑，因为夜晚在一家旅馆里，他们吹嘘过之前在安纳普尔纳峰[①]的徒步旅行，说起他们

[①] 位于喜马拉雅山脉中段尼泊尔境内，安纳普尔纳一号峰海拔为 8,090 米，世界第 10 高峰。

在山里度过了多少天,在帐篷里度过多少个严寒之夜,以及他们曾经离珠穆朗玛峰有多近。

他们在泰国待过一年,接受泰拳训练。我们晚上一起喝茶时,他们说他们喜欢泰拳胜于其他任何类型的拳击,因为它激烈且没有诸多限制。你可以用手肘、膝盖,也可以攻击颈部以上。泰拳是最龌龊的拳种,这对英国夫妇却很喜欢,特别是那位女士,她说在泰国时她一天要训练八个小时。你可以穿着靴子踢她的小腿,而她的腿上不会出现淤青,也没有痛感。她的食量比她先生还大,埋头吧嗒吧嗒地吃了一碗又一碗汤面,用锡杯没完没了地喝着奶茶。

这对夫妇到处旅行。他们自驾走遍了非洲,又直接从欧洲去阿富汗。他们去过俄罗斯、中国和南美,当然也来过危地马拉。他们还说起有一次在南太平洋的婆罗洲岛①上的旅行,他们在丛林中艰难徒步了一个星期。那个英国佬津津乐道地跟我说起七日之行,他们习惯了夜里将吸附在腿上的几十条肥水蛭揭去。有一回,他们跟当地的一个部落土著喝了一夜酒,那个人一直给他们灌酒,直到三个人醉得不省人事,醒来又接着喝到东方既白。

在北印度五天徒步的最后一晚,我和爸爸住进了一家建在河边的小旅社。那条河水阔流浅,水中岩石颇多。我们到达旅社的那天是个雨天。夜里大雨滂沱,屋顶上的雨声与河水唱和着,湮没了我们的声音,我们满耳听到的只有水流声。这种声音始终如一,带给我们宁静。枕着水声,我们沉沉睡去。淋浴器出来的水混着雨水,冰冷冰冷的。那对英国夫妇也住在这家旅社,当晚我们四个人围坐

---

① 现称加里曼丹岛,是世界第三大岛,属于印度尼西亚、马来西亚和文莱。

在烛光中共进晚餐，雨倾盆而下，注入河流，我们几乎没怎么说话。第二天早晨，男士们走到岸边宽大平整的大石头上撒网捕鱼。雨中丛林烟雾蒸腾。那天早上英国夫妇离开的时间比我们早了一点，我们看着他们骑马离去，目送他们走过晃晃悠悠的桥梁，消失在丛林之中。

在安提瓜的一个街角，我探头看见了一间书店。那里的书大多是西班牙语的，也有少数英语书籍。我在里头浏览了一会儿，回到街上的时候，正好看到一对夫妇手牵着手从我身旁走过。男的身材瘦削结实，穿着一件宽松的T恤和一条工装短裤，女的则比较强壮，一副精力充沛的样子。两个人都戴着墨镜、宽边帽子，穿着徒步靴。我立刻认出了他们：男士有点暴躁的样子和女士坚定有力的步态。我拦住他们，问他们是否还记得我。

"我们在印度见过。"我说。

好长一会儿，我们三个能做的只有哈哈大笑，瞪圆了眼睛面面相觑。他们对我说，他们回到英格兰之后决定在中美洲待上三个月。他们预订了一场长途旅行，第二天就要动身。他们要去的地方是萨尔瓦多、尼加拉瓜和巴拿马。他们很羡慕我不止三个月的旅行时间，说自己很渴望有更多的探险。

后来我想起了他们在泰国的时光，还有他们在婆罗洲遭遇的那些水蛭。我把他们的经历与我的进行比较：飞机将我们带到世界上最遥远的地方，那些地方有着工作坊、喧闹的集市或是夹杂着泥土和雨水气息的风景如画的咖啡农场。

我会再次想到那对英国夫妇布满褶皱的靴子、坚固的帽子和缝着拉链的衣裤,他们在世界上每一座城市的街道上信心满满、步履匆匆的样子。他们在追寻什么呢?我会问我自己,突然间一股乡愁油然而生。

我又在追寻什么呢?我会纳闷,然后觉得自己是在无所事事地随波逐流。我为何会在这里?

接着这种思绪会消散,我会尽最大的努力竖起耳朵,睁大眼睛,学习和体验。我会花掉自己的钱,把西班牙语练得更好。我会学习将自己的精力放在研究项目、任务和探险上,同时提醒自己,这一年是我得到的馈赠,如果这一年将改变我的人生,我也必须由着它。

在书店门外的人行步道上,我又跟这对夫妇说起了婆罗洲的水蛭。我们为此大笑了一番,接着他们看了看天色,又看了看手表,我们分道扬镳,没有握手告别。他们的名字,我至今不知。

危地马拉　蒙特利哥

一月一个极其明媚的清晨，我吻别了安提瓜。天还太早，街上仅有几个睡眼惺忪的游客，忙着找地方喝咖啡。我指点了一下他们。我要赶到汽车站，两三个小时后，我就会在蒙特利哥那座黑色海滩之城。

我在安提瓜待了差不多一个月，收拾行李消失无踪是很轻易的事情。没有人需要告别。我给玛利亚留了四十美元的小费，把它和我的电子邮箱地址一起塞进一张普通的贺卡里，我也知道她永远不会发邮件给我的。至于旅馆的老板，我将最后一块北美巧克力留给了他，还在床头柜上放了一张二十美元的钞票。他一直非常友善，最后向我收费的标准是一晚住宿五美元，附带供应早餐，还让我使用小厨房。

我意识到这些对我来说真是轻松。当然是因为物价看上去都很低廉。我来自一个富裕的国度。我意识到，从全世界范围来看，我属于那百分之一的人口。向旅馆老板支付现金，然后登上另一辆汽车，在清晨的阳光下穿越这个国家，我感觉自由自在。我是多么富有啊，虽然之前我对此从未有如此强烈的感受。居住在这个地方并不轻松，我也发现了，既让人充满归属感，又让人格格不入。他们图的是我们带来的钞票，他们希望我们的服务要求多些，食品消费也多些。但是他们对我们又有些仇视，因为我们拥有大多数人从未拥有过的一切。尽管我们非常希望看到那些真实的地方——在我的个案里则是"真实的"危地马拉，但我们这些游客永远不可能成为其中的一部分，而且永远都不能真正理解他们的生活。

巴士将我带到一个竖着竹墙的廉价旅馆，那里有薄薄的经久发灰的床垫，还有一个看得见大海的咖啡厅。下午的海面波浪翻腾。阳光照耀在黑色沙滩上，沙子泛着银光，拍岸的涛声中依稀听得到犬吠声。那一晚，我吃了鱼肉玉米卷，喝了啤酒，双手沾上了黏糊糊的酸橙汁。我并不想念剑桥市那狂风呼啸的街道，或是我的爱人工作了漫长一周之后那疲惫的双眼。我也不感到内疚。住宿是三美元，晚餐两美元。这里没有电话机或电脑，连无线网络都没有，网吧在周末闭门谢客。有一个声音仿佛从远处传来，提醒我这样做是很自私的。我应该想方设法联系爱人。在她如此艰难的时候，我不该轻松自在。这个声音在我心里纠缠了一会儿，然后就如潮水般退去了。

我向酒吧侍者询问了游泳事宜，他警告我不要游出去太远。他个子很高，肌肉强健，一头金发，赤裸着上身。"海浪会把你拖入海面下。"他说，然后将头转向在他边上干活的女朋友。

她用指尖轻轻摩挲他的后腰，看得出她很爱他。她心不在焉地抚摸着他，他很惬意地闭了一会儿眼睛。她名叫萨拉。她在他身边转悠忙碌着，偶尔会将手指伸向他，好像在确认他是否还在身边。她褐色的披肩发泛着金光。他们都是法裔加拿大人，她来自魁北克市，他则出身于蒙特利尔北面的一座山区小城。他向我打听着情况，她则将吧台擦拭干净，洗刷了杯子，将柠檬汁挤到大水罐里，又将薄荷叶切成细条。他对我说每个冬天他们都会在加拿大进入冰封时节之前飞到这里,到这个"蓝色食人鱼沙滩度假村"里工作,然后在危地马拉的雨季开始前离开。

"蓝色食人鱼"是一座长长的建筑,中间是一条微风吹拂的开放式通道,通道两侧有二十几个小房间,房间只有水泥框架的床和从干枯棕榈叶铺就的屋顶垂下来的蚊帐。但旅馆大肆宣传的是他们有一个四周环绕着古老大芒果树和带遮阳伞的桌子的小池子。夜晚透过薄薄的棕榈叶屋顶,我可以听到几乎所有声响:其他房间里的谈话声,沙滩那边一张吊床上的吉他声,隔壁沙滩俱乐部那富有节奏感的打击乐。人们穿着比基尼和盐渍斑斑的短裤四处溜达,只有周日晚上除外,那是我下榻这家旅馆的第二晚,游客们全都走光了。那时这里的雇员就会穿上褪了色的背心,在海里畅游一番,头发跟平时一样湿漉漉的。在进城的路上,我发现只有我一个人穿着鞋子。

"蓝色食人鱼"年轻的老板胡安邀请我跟他和他的员工一起去外面用餐,每个星期他们都会出去大吃一顿。胡安个子矮小,但相貌英俊,他的英语说得极好。他解释说这是因为他娶了一位美国姑娘。那位姑娘来这里度假,入住"蓝色食人鱼",从此不再离开。他们俩两年前在阿拉巴马州结的婚。现在她正在得克萨斯州攻读旅游硕士学位,之后会回到这里,和他一起工作。"蓝色食人鱼"是胡安从他爸爸手里继承的。

对于这么个小城镇而言,这里的餐馆实在很多,大多数厨房都设在露天的泥地里,一个个大桶里放着炖菜,柠檬汁腌鱼则放在塑料篮子里。不过胡安挑的这家餐馆是用厚厚的黑色木板搭建的,地板上铺着凉爽的瓷砖,墙上挂着色彩鲜艳的油画,画里都是鱼。萨拉和她的男友落在大伙儿的后面,两个人轮流抽着一支烟,他们垂着头靠在一起，我们听不到他们的窃窃私语。

去年的万圣节我跟 E 一起出去，参加在萨默维尔一栋房子里举行的派对。我们站在后院的一堆篝火边喝着啤酒。有人传递着一支大麻烟卷，还有一瓶瓶的威士忌和伏特加。我喝醉了，倚在 E 身上，我们一起趔趔趄趄地走回家。

那天晚上，我枕着她的大腿，感觉整个房间都在天旋地转。我无法合上眼睛。E 为我泡了蜜茶，对着水杯吹着气让它冷却下来。"我是那么爱你。"她说。那晚她坐着睡着了，我醒来发现自己头枕着她的腿，她的双手穿过我的秀发，阳光从窗户透进来，落在地板上、墙上、床单上。

在蒙特利哥的这个晚上，我们这一桌点了马铃薯团子，很大一份，烤得微焦，顶上淋着浓郁的伏特加酱汁。一碟碟咖喱蔬菜放在桌子中央，边上是炒香蕉和菠萝酸辣汁。我们还点了白葡萄酒作为饮品，瓶子都是冰镇的，在冰桶里闪着光。每一样东西的风味都非常浓郁，还有源源不断的面包和橄榄酱——一个个小碟里点缀着辣椒的橄榄油。甜点是热气腾腾的薄长条香蕉馅饼，稀疏地淋上了巧克力酱。这是我几周来最贵的一顿饭，我们每人出了八块钱。离开餐馆时，天已经黑了，漫天星斗闪烁。我们走在土路上，脚下的贝壳碎片嘎吱作响，海浪平静地拍打着海岸。

第二天早上在去咖啡厅的路上，我经过萨拉和酒吧侍者的房间，他们没有关门。我看到床上皱巴巴的床单，他们的衣服到处散落，床边是一支粗短的蜡烛。他的吉他在沙砾点点的木地板上，斜倚在墙边。竹子围墙和开放的屋顶让他们整晚都能听见海浪的声音。看上去他们需要的东西极少，这里的一切随着潮汐和太阳一起变化，周末在乐声中摇摆，周日的热闹则如潮水般退去。这里，可以找到爱；爱，也可以长存。

第二天晚上，一群人聚在海滩上，基本上都是小孩和少年，但还有一个老人，一头白发在肤色的映衬下闪闪发亮，短裤破破烂烂，布满盐渍。这是一个讨海人，一双光脚在沙滩上踩出浅浅淡淡的足印。他带着一桶幼龟，我们一个接一个伸手往桶里掏。

我的海龟壳乌黑发亮，但还是软软的。海龟的眼睛像小珠子一般闪亮，但它的颈已缩了起来。这是一只棱皮龟，今天它会和三四十个兄弟姐妹一起被放生。一只海龟大约要五美元，这个价位只有游客才出得起。也正因如此，多数幼龟现在还在那人放在沙滩上的桶里乱爬着。

"这些龟需要鼓励啊，"这位老人对我们喊道，"有礼貌地道别！卖龟的钱全部都会用来繁殖更多的龟！"

我们来自世界各地——加拿大、美国、危地马拉、哥斯达黎加、智利、瑞典、法国、荷兰。美国人的声音是最大的。一群十几岁的男孩子吵吵嚷嚷地给他们的龟起名字。

"我的叫默特尔！"一个高喊道。

"我的叫耶尔特[①]！"另一个回应道。

[①] 来自童书《乌龟耶尔特》。

几个危地马拉人站在线外，远离人群，摆着各种姿势拍照。他们的衣着是这个海滩上最好的。女人穿着漂亮的衬衫和松糕凉鞋，脸上化妆；男士们穿着牛仔裤，抹着发胶。我们旁边的那位女士穿着一条白色长裙，戴着品牌墨镜，墨镜被推到头上，压住她浓密的头发。吵吵嚷嚷的美国人则穿着色彩艳丽、领口敞开的衬衫和破破烂烂的短裤，脚上没有穿鞋。我有一回听说这里只有游客才可以穿得像小孩。那个白裙女士亲吻了她的乌龟，又冲我笑了笑。

"好了！"那个男人一声大喊盖过了大家的嬉闹声，突然间，连那些美国男孩都安静下来。时候到了，我蹲下来，将我的海龟放在地上。

这些海龟完全无惧掀沙拍岸的惊涛。海水含着沙子，带着点黑色，海岸则是亘古之前火山爆发的遗址。这些海龟缓缓爬过散落着贝壳的沙滩，目标清晰，步履坚定。

我的海龟爬开去，右偏得有点厉害。我将它拾起，重新放正，校好它的路线。一个小浪头冲刷着它的龟壳，将它掀翻，我俯身又将它翻转过来。那个白发老者看见了，对我说道："余下的让它自己来。"

整个过程持续了好长时间。下到水里这五英尺的路程意味着频繁的休息，许多又低又急的浪头将小龟铲起来，推回到海滩上，或是将它们翻身，这些龟无助地拍打着鳍足，它们的同伴则慢慢地前进。白发老者拿起桶，将几只没人要的海龟倒在沙滩上。虽然没有捐助者，它们也像其他龟一样慢慢爬行着，即使在海浪冲击之下，它们也没有被翻个底朝天，提着桶的白发老者也知道，大海终将把它们吞没。过了一会儿，连那些美国男孩也停止为他们参加"奔海比赛"的海龟呐喊助威了。我们一动不动地站着，脚趾都没有踩过线，目送着大海接走了这些海龟。

我躺在酒吧横梁上挂着的一张沾着沙子的吊床上，抿着一瓶冷得"冒汗"的啤酒，看着浪尖上粼粼的波光。现在是低潮期，大海像是陷了下去。吧台边上仅有的另一个顾客是一个穿蓝色沙滩裤和白色亚麻衬衣的男人，衬衣的纽扣只扣了一半。因为刚游过泳，他的头发和皮肤还是湿嗒嗒的。他有着一双黑色的大眼睛。他用西班牙语向我讨要一支烟。我摇了摇头，他后倾靠在咸乎乎的沙发靠垫上，冲我咧嘴一笑，露出一排洁白的大牙。

"没事。"他用英语说道，只带了一点点口音。他晒得挺黑的，脖子上戴着一条蜡质黑线项链，上面坠着一块石头，又或者是一根骨头，正好垂在他的锁骨凹槽里。"我叫米歇尔。"说这个名字的时候，他用的是法语发音。接着他伸出手握了握我的手。

"你来自美国吗？"他问道。虽然他的笑容和倚靠在沙发上的样子看上去懒洋洋的，但他的语速倒是蛮快。米歇尔冲身后的旅馆入口做了个手势，告诉我他住在街对面。我努力想象那边的样子。那是一间破旧的旅社，有一个用瓶子砌成的窗户。一个卖汤的小摊前，一位女士成天搅着一个大锅，每次我走出旅馆，她就会高喊："特色午餐！特色午餐！"那里还有一个很旧的停车场，杂草丛生，成了小狗的栖息地。米歇尔将湿漉漉的头发从眼前捋开，告诉我他在蒙特利哥住了八年。

"在这里，你会想活得简单些。"他说，拨弄着右手腕上的手镯，然后又挠了挠前臂上的文身。那是个玛雅风格的文身，一个面具，很多线条分明的圆图案。黑线清晰而平整，一看就是出自行家之手。

"如果要热闹，"米歇尔说，"r"发了个喉音，"你尽可以去别的地方。"他停顿了一下，冲我笑笑，让我知道他只是在开玩笑。他环顾四周：吧台后面的那一对、那个头发花白的老人和他十几岁的金发女儿，以及我旁边儿张吊床上几个梳着脏辫的女孩子。

"稍等一下。"他对我说了一声，然后走向那些梳脏辫的姑娘。她们是午饭时分到的，说着法语，穿着三角比基尼冲向大海。我看着米歇尔半蹲着跟她们说话，嬉闹着将其中一张吊床推得来回摇晃，心想要融入海滩的生活是多么容易啊：敞开的房门，洒落沙粒的地板，光着脚，带着咸味的海风。不知道我能在这里坚持多久，还要过多久这些甜腻慵懒的日子才会失去魅力，我的思想又会突突地跳跃起来。也许这就是旅行的本质吧。寻觅值得记忆的点滴烙印，寻找匆匆邂逅各种地方的机会，将它们带走，让它们永远留在你的心里，却不必每天都过着那样的生活。在你的脑海中，将海滩城镇像石头一样翻过来，在寒风凛冽的日子里回忆起那温暖的沙滩。

米歇尔回来的时候，一支烟夹在他的拇指与食指之间。他深吸了一口，闭上了眼睛。

"你还得放下某些东西，"他闭着眼睛继续说道，仿佛对话从未中断，"你必须放弃……"他思索着，声音渐渐弱下去。接着他又深吸了一口烟，注视着外面的大海。我身体前倾，手肘撑在膝盖上。他的声音有一种催眠的力量。他长得不算好看，但有趣、粗犷：那厚厚的黑发、一口金牙，还有滴溜溜转个不停的黑眼睛。

危地马拉　蒙特利哥

"野心，"他终于说道，"就是这个词。"他拉长了中间的音节。抽完烟他站起身来，再一次将眼前的湿发甩开。这个姿势他绝对是练习过的。"很高兴认识你。"他说。我注意到他的两个门牙之间有一条窄窄的牙缝。我也有。有人告诉我，有这条牙缝的人都是大话精。我看着他慢慢溜达着走入阳光下，朝海水走去。

我周围的暮色更浓重了，阵阵涛声之中，我想起了 E。啤酒让我松弛下来，现在我很希望她能坐在我身旁，跟我一起喝完这杯啤酒，一起呼吸带咸味的海风。有一次，夏季的一天，她从一个杯子里掏出一块冰，用它摩挲着我的皮肤，先是前臂，然后是脖子，最后沿着我的背往下擦。现在我可以看到她半闭着眼睛的样子，可以感受她的抚摸，那种抚摸不只有欲望。我意识到我已经有好多天不曾像今天这般渴望她。隐隐之间，我有些许感激对她的这种如此强烈的渴望。我默念着她的名字，然后又说了一次。

离开之前我又看见了米歇尔。他站在那里，指缝间夹着一支烟，跟一位戴白色棒球帽、嘴里只剩两颗牙的老人聊着天。我刚刚吃过晚餐——米饭、粉蕉和装在塑料碗里的豆子，东西好吃又不贵。我慢慢走着，好好消化着食物。

米歇尔看见我，喊了一声我的名字。他的牙齿在黑暗中白得发亮。他跟老人道了别，然后提出要陪我走回住处。我们慢慢走了一会儿，一言不发。他在酒吧里给我买了瓶啤酒，我没有反对。我们又偏离了一点路线，走上了沙滩。旅馆的夜店传来富有节奏的音乐，乐声之外，我们还可以听到各种人声、笑声，偶尔还有尖叫声。隔壁跳舞的人们趔趔趄趄地走上沙滩吸着烟，屋里彩色的灯光洒落在他们身后。我想起了 E，胃里隐隐作痛。小心点，一个声音对我说道，我想我正在这个地方挣扎着。又有一个插栓被抬起来，另一扇门被打开。这是一种我从未见过的生活。这种沙滩人生，轻松得像风中摇摆的吊床。蒙特利哥有一种我想永远保留的狂热放纵：那些惊涛骇浪，我们咸腻腻的皮肤，还有唇齿间啤酒和酸橙的味道。

我问米歇尔他的英语是在哪里学的。

"美国啊，"他有些诧异地说道，"你听不出来吗？"他十七岁的时候去了美国，跟着他的父亲、堂哥和几位家里的老朋友。

"我们跑过去的，你知道吧？"他说。我点点头，虽然一开始我没有听明白。

"你是说偷渡越境吗？"我说。

米歇尔作势让我别说出来。"那是秘密！"他笑着说道，然后拿着他的啤酒喝了一大口。

"我们是夜里去的，你知道吧？"他悄声说道，"从墨西哥过去。在他们建造那堵墙之前。我们用了八天才从危地马拉城来到得克萨斯的休斯敦。我们只在夜里赶路。"

"那你去那里之后做了什么？"我问。

"我去那里之后做了什么……"他重复道，将这句话变成了陈述，而不是问题。他是那种会盯着你眼睛看的人，看得你尴尬得只能把头转开。

"这个嘛，我去了加利福尼亚，"他最终说道，"去了圣地亚哥。在港口找了份工作，你知道吧？那些工作的薪水真高啊。那时我弄到身份文件并不费力，接着我就在那里工作了。干了一年之后，我

危地马拉 蒙特利哥 69

买了辆车。"他往后靠了靠,自得地啜饮着瓶里的啤酒。

"一辆车?"我问道。

"一辆面包车,"他点点头,"我在港口干得还不赖。"他将啤酒瓶插在沙里,然后从口袋里掏出一支烟。

"我见过你的国家。"过了一会儿他说道。他冲我笑了笑,但这次没有露出牙齿。"我去过美国南部,去过东北部,还两次穿越了中东部。"他吸了一口烟,又吐了出来。

他说在游历我的祖国途中,他多次被警察拦下来,那些警察对扎辫子的拉丁美洲小伙子警惕性很高。"有些时候,"他说,"他们会让我躺在地板上,然后在电脑上检验我的身份证明。"他咳了起来,用拳头堵住了自己的嘴巴。"有时他们让我出去走走,你知道吧?好像觉得我喝醉了酒似的。但他们从来都没逮捕过我。"

他抽完手上的那支烟,踩熄了扔在地上的烟头。毕竟他有工作证件。"有时他们会跟我聊天,"他说,"问我面包车是怎么买的,我是怎么挣到这么多钱的,又是如何从危地马拉去美国的。有时候,我觉得那些警察只是嫉妒我。我年轻,无牵无挂。我一无所有地来到你们的国家,但我什么都看过了。"

他说他在美国待了几年之后又搬到了德国。他遇到一位做木制家具的人,让那个人聘用他当学徒工。"我学了德语,还学了木匠活。"他说。我第一次注意到他的双手,指甲长长的,比我的还长,手指上有一道道疤痕,是一些浅色的凹纹。他发觉我在打量他,眨了眨眼睛,在我面前张开了双掌。那里也有疤痕,纤细的白色线条蜿蜒在皮肤上。

有一次,我遇到一个能解读掌纹的人。他会牵起你的手,让它张开，用手指摩挲掌心，让纹路显现出来，然后凑近细细地看着。他确认我是位作家，还说我会看到更多的世界。

"有什么不好的吗？"我问道。

每一个手掌都有不好的，他回答道，那些事情你是不会告诉一个朋友的。他就像米歇尔，笑起来都只会半咧着嘴。他们看着你的方式都是直视你的双眼。还有他们说话的样子，两个人都带着些口音，是多年在世界各地漂泊形成的。

后来熄灯之后，我睁着眼睛躺在床上思考着。那个晚上，我梦见了一个穿着亚麻衬衫的黑眼睛男人走过旧金山的街道。他是他一家人中第一个看到大峡谷岩层和秋天里美国东北部新英格兰城镇安静的人行道的人。在我的梦里，他在酒吧、餐车饭店和露营地里学英语。一天晚上，他飞到了另一片大陆，他行走在鹅卵石铺就的街道上，在酒吧、餐车饭店和露营地里学德语。他遇到了一个人，一个年纪更大的男士，一个终其一生与木材打交道的人。在我的梦里，这个小伙子为那位长者打工，割伤了双手，眼看着四季流转。但有一个晚上，他被一个用力晃动他肩膀的人叫醒，那人告诉他下床去。那个夜晚，他在一个闹哄哄的长途车站买了一张车票，走了。他没有对任何人说起他的去处。

危地马拉 蒙特利哥

危地马拉　乌斯潘坦

安提瓜长途车站早上六点就已经人声鼎沸，男人们兜售着车票，妇女们则卖着橙子。淋过浴、喷过香水的商人们匆匆赶车。那些车都蒙着一层灰，呈现出与那一大片泥地停车场一样的颜色。尘灰之下，车身还是漆着装饰画的，有红心、和平标志和十字符号。这些是壮丽的光芒，是将人们的思想引导向上帝的信息。有些汽车则画上了旅游胜地的象征：棕榈树、深深的火山天池和集市。我爬上了去奇马尔特南戈的巴士，车身上画的是曾经被钉在十字架上、而后又复活的耶稣基督在分鱼。落座之后，我靠上了窗户，因为虽然现在巴士是空荡荡的，它们总是会坐满人。

我一位大学朋友的姐姐希拉里就住在乌斯潘坦。她跟随和平队①在这里服务了一年，还要待上一年。我们只在毕业时见过一次，但当我跟她说我会来危地马拉时，她要我务必过来看看她。

开往奇马尔特南戈的巴士停车上客，乘客有用毯子背着婴儿的女士，前往建筑工地的身穿连体工装裤的小伙子，拿着手机、背着市场上买来的冒牌包的年轻人，以及身上散发着沐浴露香气的商人。人们鱼贯上车，直到我扭过头去，发现整辆巴士都坐满了人，单单我一个座位上就坐了四个人，四个大人坐在一张椅子上，这椅

---

① 和平队，美国政府为在发展中国家推行其外交政策而组建的组织，由具有专业技能的志愿者组成。

子在美国中西部出厂时原本设计为容纳四个美国学童。我身后的人们表情空洞疲惫。他们注视着前方，然后低头看看拉着他们手的孩子们，或是自己的手机。巴士上新装了扬声器，司机转到了危地马拉城的流行音乐台。我们呼啸过街道，停车上下客，又重新启动，离开了安提瓜城，驶入上山的公路。

旅行就是一路颠沛，身不由己。在巴士的行进线路上你几乎没有话语权，只能盼望你能到达心目中的目的地。你不知道前往的地方长什么样，那里的人怎么说话，到达那里会带给你什么感受。

奇马尔特南戈与安提瓜城十分相似。今天的街道湿漉漉的，因为夜里刚下过雨，那是安提瓜看不到的一场雨。这里没有英语标志牌，没有一排排宁静的奶白色房屋，只有音乐和布告牌，人声和人力车。我必须找到自己的下一趟车，那趟车会带我去基切。我问了好多人，最后一个人力车夫停下车，将我送到了远处另一条热闹的马路。所有的巴士都会来到这里，他用西班牙语对我说，然后收了我十个格查尔，又慢悠悠地离开，上山去了。巴士从我身边呼啸而过，那些拉客仔叫喊着终点站的名称，最后有个男人喊道："基切！"我走到街上，巴士几乎没怎么减速就让我上了车。我磕磕碰碰地走过狭窄的通道，跌坐在一个座位上，心里怦怦直跳，我努力调整自己的呼吸。一路颠沛身不由己，我又想起这些字眼，很庆幸自己还能有一个座位。

这趟车程更长、更安静，但我还是明白了，就算后面的座位仍空着，人们为何也要挤在巴士前排的座位上。频繁的减速带让我几乎散了架，让我的膀骨撞在一起。每一段进城、穿城、出城的路上，我们的头都会撞上头顶的搁板。开过减速带、等着撞击的时候，没人说话。我小心翼翼不让自己的牙齿咬到舌头。

我们最终离开了这些城镇，穿过阿查瓜、圣胡赛、奇奇卡斯特南戈、圣塔安那，然后减速带就消失了。现在我们进入了高地，道路在山间蜿蜒环绕，沿着山谷上坡下坡，穿越玉米田香蕉地，穿过山上郁郁葱葱的绿色生菜田。我们飞奔而下又疾驰而上，如果我回过头，就能看到车子后面冒出的黑烟。去圣塔克鲁兹要三个小时，在那里我要转最后一趟车。

到了长途车站，我只有一点时间跟那个帮我从头顶的搁板上把背包拿下来的男人握手道谢，再以微笑回应他露出一口金牙的微笑。接着另一个拉客仔就从他在路边尚未停稳的小车上跳下，向我跑过来。他好像已经知道我的目的地似的。"去乌斯潘坦吗？"他扯住我的背包带子问道。他冲那个镶金牙的男人点了点头，将我的背包绑在车顶。根本就来不及上个洗手间，吃点喝点，或是呼吸一口新鲜空气。希拉里说从这里去乌斯潘坦要三个小时。我做了个深呼吸，真心希望前一天夜里我能睡得更好些，希望早上我能慢慢吃个早餐。这一天我学到了要时刻备点食物。这辆小小的车子飞驰出城，其间短暂停了几次，上来更多乘客。我们离开圣塔克鲁兹的时候，我数了一下，这辆十五座的小面包车上坐了二十六位乘客。

但我们依然继续捎上更多的人——婴儿、祖母……当车里的空间都坐满了人时，我们还又捎搭上了一些工人，他们都爬上了车顶。我们就这样来到了乌斯潘坦，在那里潮湿的雾气中，我们可以看到连绵的群山中小小的村落。面包车上没人说话。那些工人挪动身子时，我听到头顶传来乒乓之声。我身边的小男孩吐了一袋。他坐在他爸爸的大腿上,身边都是人。他轻轻地咳嗽着,老练地将塑料袋按在脸上。

我还是个小孩子的时候,每次坐后座泛着恶心,爸爸就会把他的老吉普车停下,等着我在路边吐完,然后妈妈会把前座让给我,让我能更透气。坐在这里会更舒畅些,她会说,一边将凉凉的手掌搭在我的胳膊上。现在我们在危地马拉崎岖的道路上颠簸,在陡峭隐秘的弯道上晃荡。这个男孩呕吐的时候,其他乘客都盯着窗外,他们的思绪游离在远方,目光落在移动的地平线上。

希拉里给我发了前往她的寄宿家庭的路线,最终在乌斯潘坦中央公园里头晕目眩地兜了一阵之后,我来到了那座房子。希拉里站在一栋两层楼高的白色坯砖建筑前,穿着黑色长裙和紫色上衣,看上去又黑又瘦。经历了这么一趟旅程,在这么一个多次辗转才能到达的地方——几条土路,还有一个低矮的油布遮盖的市场,希拉里看上去优雅极了。她正笑得灿烂,虽然我几个月没见过她,但我们聊起来好像还是接着昨天的话题往下谈似的。今天是她的生日,在城郊她的寄宿家庭两层楼的房子门口,我把刚买的礼物送给了她,是在安提瓜城的手工市场上买的一对翡翠耳环,做成细长的菱形。几只小鸡跑过来,咯咯叫着刨着地。希拉里把玩着耳环,喃喃地说着感谢的话,然后将它们戴了上去,我却一心只感激能来到这里。到达目的地可以像旅行的过程一样让人觉得欣喜。我渐渐忘却了小巴上的那些插曲,胯骨的疼痛也不见了。人就是绿洲,我意识到,旅行者就是这样调整和理解他们的旅程的。一个地方的居住者变成了一座岛屿,如果我仔细寻找,到处都能看到这样的人。

"咱们进去吧。"希拉里说。我不让她帮我拿那些沉重的行李。我告诉她我想马上使用洗手间,她帮我扶住门,不住地点头说:"我想这个可以。"

希拉里寄宿家庭的妈妈胡安妮塔是个小个子黑发女人,穿着一件粉红色的罩衫。我们吃着她今天早上亲自宰杀的炖小鸡,她则忙进忙出,提着一桶水到前台去,将狗赶到外面的院子里,又吆喝院子里的小鸡们别吵嚷。不过她说的每一句话都很和蔼,而且她的声音比她的力气小多了。从她结实的细胳膊和突出的颧骨可以看出她的力气不小。我用西班牙语对她不好意思地说,这份炖菜是我很长时间以来吃到的最美味的东西,口感浓郁顺滑,有种黄油的香气,鸡肉呈棕褐色,火候很足,也很咸香,我大快朵颐。胡安妮塔笑呵呵地给我重新添了一盘,又给我倒了更多果汁。希拉里带我去外头看胡安妮塔的织工:长长的条纹布匹,制作过程中要跪着扶住织机,弯着脖子。

希拉里在和平队服务的头六个月都住在这里。之后她搬进了自己的公寓,就在山上。加入和平队之前,她住在旧金山,在那里教体操,修了个硕士学位,为几个非营利性组织工作。

我和她弟弟毕业的那天,我跟希拉里站在草坪上,用塑料杯喝着葡萄酒。她刚刚被和平队接纳。"我需要一支大麻烟卷。"那天她是这么说的。我祝她好运,然后我们就开始聊别的事情了——我们在各自城市的生活,我们各自的工作与爱人。那时我根本没想到现在会跟她在这里见面,在乌斯潘坦一栋两层楼的房子里吃着新鲜鸡肉。生活,真是有意思。

午饭后，我们去了她那座刷成白色的小屋子。屋子被高高的铁丝网篱笆围住，院子里有个挺深的水槽，希拉里解释说，这个水槽必须一直满着，以防城里突然断水。"时不时就会停水。"她漫不经心地对我说。屋子里有三个房间，在傍晚时分感觉凉爽而又阴暗，还有一个双炉的灶台。我们在希拉里的门廊上坐下，她领养的猫舒瓦提在我们腿边绕来绕去。浓重的夜色很快降临，希拉里借给我一条围巾。

"舒瓦提是'好运'的意思。"她说。

第二天早上，我们会去拉格洛里亚，希拉里解释说，那是一个小镇子，走土路的话离乌斯潘坦要五个小时的车程。希拉里心怀歉意，但心意笃定。虽然我刚刚到达，但除了这个早上我们没有别的时间可去。她想在拉格洛里亚建一所学校，那位将为她提供帮助的男士会开车送她去。"一直以来我都认为和平队就该干这种事，"希拉里说，"建学校。"了解到希拉里在这里的时间空闲灵活，多少让我有些意外。从目前情况来看，她可以自己创立项目，有自己的主动权，而且总体来说也可以自行其是。我之前不知道和平队还能允许队员有这样独立操作的空间。

希拉里又补充道，和平队以前的志愿者杰夫将开他的吉普车送我们去拉格洛里亚，第二天清早他确实也准时到达了。天色尚黑，我们挤进吉普车里，交谈得不多——早上好，早上好，对方很随意地冲我点了点头。杰夫是个金发的高个子，睡眼蒙眬。他以前在危地马拉也建过学校，全都是用塞满纸的塑料汽水瓶搭起来的。我们喝了希拉里用保温瓶带来的速溶咖啡，随即都清醒过来。天色渐渐发亮，出城上山的路上，杰夫向我们描述了那些学校：塞纸的瓶子组成的"砖头"围绕着房子的框架安放，将学校的地基包裹起来。那些瓶子外面加裹铁丝网，再用黏土糊起来，然后粉刷。

杰夫建的两所学校都是由一个美国的非营利机构资助的。从富裕的"合众国人"那里筹集到的五千美元用于购买材料，接着他们要求那些需要学校的当地居民协助施工。现在有了更多捐款，杰夫向希拉里保证他能将他的设计用于拉格洛里亚。他们俩在前排的座位上交谈着，声音随着太阳越升越高。收音机里是静电声，这个时间电台都还没开播，杰夫把收音机关了。他们两个聊天的时候，我一直看着窗外：我这么一个"合众国人"，坐车深入危地马拉的山地。现在地平线清晰可见，那是低矮绵延的山丘，太阳在山丘上冉冉上升。云朵都是粉红色的，天空一片明蓝。一道橙色的光芒照过来，今天我所处的地方再一次让我震惊。

我们驱车行进之中，希拉里解释说，危地马拉内战的战火曾严重蔓延到这一带的山区。二十世纪八十年代，许多当地人遭到屠杀，妇女被奸淫，庄稼和房屋都被摧毁，很多家庭被赶走，被迫住到深山野岭，远离社会，陷入贫困。玛雅人不是城镇居民，但他们一直远离土地。这么多年他们虽是活了下来，但一直在这些山里与世隔绝。拉格洛里亚与外界连接的唯一小路也被士兵堵截了。拉格洛里亚有两百位居民，杰夫补充说，几乎全都是一无所有。

吉戈贝塔·门楚[①]就来自乌斯潘坦。离开安提瓜城之前我刚

[①] 吉戈贝塔·门楚（1955—），危地马拉玛雅土著人权利领袖，1992年诺贝尔和平奖得主，联合国1994年至2003年国际土著十年活动的官方发言人，其自传出版于1984年。

看完她的自传《我，吉戈贝塔·门楚》。我现在很庆幸刚看过这本书。该书定价十四美元，我在一间旅馆里花了两个多晚上把它看完了。这本书是我在一间为游客开设的礼品店里买的，那里的柜台上整齐地摆放着手工织就的帽子和手套。围巾则很有艺术感地搭在梁架上，店里播放着柔和宁静的音乐。那里的一切混搭起来便有了些许讽刺意味。这么好看的产品却出自那么贫困的人之手，销售商品的女士如此优雅，但商店给人的感觉如此空荡。这间商店感觉太整齐、太干净、太香，也太贵。在危地马拉，书是奢侈品，买一本书的钱可以供一家四口生活一个星期。我心存了这样的念头，读起《我，吉戈贝塔·门楚》来也比很长时间来我所读的其他书籍更加用心。我格外细致地阅读这本书，把每一个字都读透，而不是像习惯的那样浅尝辄止。我记得当时我在想，在美国，媒体信息（书籍、杂志、电视和电影）都该用来狼吞虎咽，因为消费者知道这些信息是没完没了的。阅读《我，吉戈贝塔·门楚》的时候，我在空白处用铅笔写上字迹很小的备注，我还用一个起皱的纸袋给这本书做了张书皮。

　　门楚现在是一个著名的人道主义者和外交家，她小时候就住在离我们现在驱车的路线不远的地方。她生活在内战年代，当时高地上的游击队跟危地马拉政府军一直交战，而吉米·卡特、罗纳德·里根[①]都袖手旁观。钱和武器从美国运入危地马拉，而门楚成长的基切山区血流成河。内战最终演变成种族屠杀，那时她还是一位年轻姑娘。她和家人都是贫苦的乡下农民，季节一到就赶到海边

---

① 两位均为时任的美国总统。

讨生活。从根本上来讲，他们就是一些契约仆役，一直对雇主负债累累，从来都没能把钱带回家。这本书写了他们如何勉强维生：酸橙和盐，玉米粉圆饼加酸橙，盐和玉米粉圆饼，还有贫瘠枯槁的土地。

战火蔓延到他们身上，摧毁了他们的一切：他们的家、他们的城镇、他们的农场。最终门楚的家人也成了游击队战士，遭受酷刑折磨，惨遭杀害。只有门楚一人在七十年代末得以逃脱，来到危地马拉城，在那里的富人家里帮工，直到1980年被驱逐到墨西哥。

她的书《我，吉戈贝塔·门楚》充分证明了她所受的教育和她的成长背景：措辞简单浅白，故事血腥，但乏善可陈。我们的车在红土路上驰骋时，我想起了门楚，想起了那些染血的山丘，想到我们现在经过的地里所埋葬的灵魂。

我的鞋上还残留着来自大海的盐渍，我的双手晒得黝黑。蒙特利哥的海滩是危地马拉的另一面，而现在，我来到了这里。

我们在一座小镇子里逗留了两个小时，买了几瓶常温的瓶身蒙灰的可乐。日上三竿，车里也热起来。我们将车窗摇下来，空气里弥漫着麦子、林火和雨的气息。我们驶过一条石头满布、水流湍急的河上摇摇欲坠的桥，接着就开始看到拉格洛里亚前面的一些小村庄的标志牌了。希拉里只来过这里一次，但路边的人们记得她，还冲她挥手。我们仨玩了一个游戏，看看谁能得到最多人的挥手致意。挥手的男人算一分，妇女是两分，小男孩三分，小女孩五分。结果杰夫得了最多分。几乎每个小姑娘都会朝他挥手，但对于我和希拉里的争取，她们只是毫无笑意地盯着我们看。我们驶过路上一个像池塘那么大的水洼,又沿着山脊开了一会儿。映入眼帘的是一道低矮绵延的山脉,杰夫说那座山一直通向墨西哥。群山的颜色从深蓝变成了浅浅的蓝紫色,闪电在远处忽隐忽现。

终于,我们来到了这座镇子,红土路的两旁各有十几间屋子,其他的就没有了。香蕉树在温润潮湿的风中招展着它们湿嗒嗒的叶子。我们开车来到胡安家,他是希拉里在乌斯潘坦的镇民会议上认识的,样子约三十岁。他带我们去我们的房间,他的五个孩子到处乱跑。我们接下来要睡吊床,旁边是面粉包、一辆旧单车和一条样子疲惫、不停呜咽的狗。"他伤到腿了。"胡安解释说,然后弯下腰挠了挠那条狗的脑袋。这间储藏室与起居区域之间是一堵半高的墙,整晚我们都能听到人们窸窸窣窣,在床上辗转反侧,或是喃喃地说着梦话。

小鸡咯咯地又刨又啄,我将我的小包裹放了下来。这间储藏室散发着各种气味,是面包、泥土和茶的香气,还有隐隐的樟脑丸的气味。坐了五个小时的车,现在独自站在黑暗中的感觉其实很好。杰夫和希拉里已经到外头去了,我听到他们在跟胡安聊天。我脑子里想的都是一路上坐车的情形:那些吝啬于挥手的小女孩,路上像池塘那么大的水洼,一路上身边掠过的湿漉漉的森林,还有绵延不断通向墨西哥的山。我从背包里掏出日记本,草草记下了几个关键词:挥手的小女孩、水洼、蒙尘的可乐。这是给 E 看的,我心里暗自想道,希望等我有电脑可用的时候,我还记得这些记录的意思。我又想起拖了好久没给她发邮件了,满心内疚。

拉格洛里亚没有自来水,水池里的水都来自一条连接着泉水的水管,那眼泉水是公用的。厕所在户外,门是一块裂开的油布。我听着外头蟋蟀的鸣叫和下面传来的人声，扯住油布关上门，匆匆解手。之后没地方洗手，除了房子里的那个水池，那要沿着一条崎岖多石的小道向下走三十英尺才能到，我想那条小道夜里会更陡滑。

杰夫和希拉里跟胡安聊起了这个瓶子学校项目，我努力倾听。胡安最小的孩子是一个蹒跚学步的娃娃，穿着及膝的红色短裤。他走过来，一只手搭在我的膝盖上，仰头毫不畏惧地看着我，嘴上嘟哝着一些我完全听不懂的话。

"我知道，"我用英语对他说，"这里很暖和，对吧？"他冲我眨巴着眼睛，咳嗽了几声，狠狠地跌坐在水泥地上。哎哟，我心里喊了一声，但没说出来，又看了看周围，期待他的第一声哭喊，等着要伸手拉他，安慰他，平息他的哭声。但没有人回头，而这个毫发无伤的娃娃也毫不习惯被人宠溺，自顾自地玩起了在他脚指头上行军的蚂蚁。

下午，我们参加了胡安安排的一场居民大会。会议的目的是召集帮手和志愿者，真正让整个社区都参与进来。杰夫放映了一部片子，让大家了解瓶子学校是如何建造的。这是部英语片，加了西班牙语的字幕，背景音乐来自 U2 乐队①。与会者有非常多的小孩、一些母亲和几位老人。会议过程中手机响起，人们也会接电话。小孩起身跑到外面去，然后又跑回来。整个会议乱哄哄的，但最终还是达成了决议：他们要建造瓶子学校。只有一个男人反对，他站起来，身子有些不稳，他说因为他没有小孩，所以不打算帮忙建学校。杰夫耸了耸肩。那个人吵吵嚷嚷地扬长而去。余下的人冲杰夫

---

① 爱尔兰摇滚乐队，成立于 1976 年。

鼓了一下掌，会议就结束了。

我明白了，一座学校就是这样建起来的，政府完全没有帮忙。

我小时候就读的小学是一座长条形建筑，地板亮闪闪的，铺着一层亮蓝色的釉面砖。我现在还可以准确地回忆起那里的洗手间，四个小隔间和三个水槽。冬天外面落着雪，教室里却很暖和。教师以女士居多，和蔼亲切，她们会给我们一些奖品，有贴纸、曲奇饼干，还有超长课间。我们有一个木头做的操场，是我们镇里每个人所见过的最漂亮的操场，有小塔楼、滑梯、隧道和桥，还有秋千、跷跷板和许多小小的藏身洞。我的父母和其他家长一起帮忙建了那个操场，我现在还记得很清楚。操场花了一个夏天才建成，我想他们都是利用下班后的时间开车去操场上，钉钉子、刨木头，然后喝上一罐啤酒，或是去某人家里一起吃饭。至少我能记得的情形就是如此。我可以看到拉格洛里亚这个最新的项目和许多年前为镇上孩子们建造的操场之间的相同点、相似点和显著差异。

我们获邀到镇长家里吃晚饭。他是个白发苍苍的小个子男人，后背佝偻得厉害。他的房子阴暗狭小，地板没有铺水泥，里面的人很多。洗碗的姑娘带着自己的小孩，小孩在她脚下玩耍着。希拉里问镇长那个小孩叫什么名字，他耸了耸肩。

"谁在乎这个啊。"他喃喃地说道，踢了一脚地上的水桶。

晚餐吃的是镇长太太做的炒蛋，上面有灶台上吹落的星星点点的煤灰。我们喝的是不加糖的速溶咖啡。镇长的大儿子带自己的新媳妇来吃晚餐。她几乎没吃什么东西就在她的新郎官肩上打起了盹。他们俩年纪都不大，身材瘦削。小伙子向我们道歉，说他太太不舒服，她则微微睁开了眼睛。我们起身告别的时候，她没有说再见。

晚上街对面的福音教堂播着震天响的音乐，猛烈敲击钢琴键盘的声音，高音小号的尖叫，直到清晨。乐声萦回，热烈又有些跑调。我不知道夜深时分人们怎么还能如此热情满满。早上我们在六点前起了床，走到外头，坐在水池边的小门廊上，看着邻居们早餐的炊烟在清晨薄雾中袅袅升起。房子后面的丛林传来鸟语虫鸣，还有露水从叶尖滴落到地面的声音。我们吃了面包、橙子，喝了速溶咖啡，然后与胡安以及他的太太和大儿子握手告别。他的大儿子是早上才出现的，跟他妈妈坐在一起喝了咖啡。我吻别了胡安最小的孩子，这个娃娃一脸茫然地看着我，不认得我是谁了。他的表情很好理解：我是个匆匆过客，是个笨口拙舌的陌生人，现在我要走了，将拉格洛里亚抛在脑后。我也许永远都不会回来。我想起那对去过婆罗洲、泰国和其他所有地方的英国旅行者。我在追寻什么？我再次想到这个问题。

我为何会在这里？

在回程路上，我们捎上一个乘客：镇长的二女儿。前一天晚上，她坐在桌边安静地吃着晚饭，然后把自己的盘子放进水槽就离开了房间。"她要去半路上的一个镇子。"镇长对我们说，她则站在他身旁等着，包也收拾齐备了。她怀着孩子，腹部隆起，一手还牵着她的儿子，一个没穿鞋的小男孩。镇长则做着最后的叮嘱。"她阿姨住在那里。"他对我们说道，然后握了握杰夫的手，就进屋去了。

我看着后座上坐在我身旁的镇长的二女儿，揣测着她的年纪，但又不敢问。估计应该是十六岁，也许是十八岁。她头上戴着红色的发夹，带着一个很鲜艳的粉红色提包。她的儿子在车上睡着了，她一路上一句话也没有说，只是看着窗外蒸腾的雾气。

"你叫什么名字？"过了一会儿杰夫问她，我才想起镇长并没有提起。

"安娜。"她说。

"你的小孩叫什么？"杰夫问。

"胡赛。"她回答道。"他三岁。"她又补充说，低头看了看他。

"你上过学吗？"希拉里问。安娜摇了摇头。接着好像突然打开了心扉，她摸了摸小男孩的头，然后看着希拉里。她开始说起话来，语速缓慢，接着声音就高了一点。

"我爸爸说我不需要上学，"她说，"他说我需要待在家里生养小孩，像胡赛这样的小男孩。"她低头看着他，又摸了摸他的头。她说："他还喝酒。"一开始我听不明白，一脸惊骇地看着胡赛。但接着我意识到她说的是镇长。她说起来那语气就像是一件平常事，不是在八卦，而是一件大伙儿都知道的事情。不过杰夫对我们说，在拉格洛里亚酒是非法的，必须靠走私才能拿到。我想起会议上那个脚步不稳的男人，觉得走私酒应该不是什么难事。

"他喝了好多啊，"安娜说，"接着他就倒下去了。"她咯咯直笑，用手捂住了嘴巴。

在半路上的那个小镇里，一个姑娘认出了希拉里。她踮起脚尖靠在车窗上，看着后座的我、胡赛和安娜，然后跟希拉里说了几句话，后者听了哈哈大笑。

"她问我，你们是不是我的孩子！"希拉里用英语跟我们说，窗边的小女孩也笑了，完全听懂了她的话。她将身子往窗户里靠得更近了，脸几乎贴上了希拉里的脸。

希拉里精力充沛，永不疲倦。她的点子层出不穷，在一个个非营利性组织间转悠，尽力让自己在和平队的自由时间变得有意义。一个时间飞逝的下午，我们在乌斯潘坦休息，坐在希拉里的门廊上啜着啤酒，晒着腿。希拉里突然宣布，第二天早上我们会着手另一个项目。她替我们俩报名为一个加拿大的非营利性组织当翻译，安大略省的志愿者来到危地马拉，为有需要的人修灶。我跟希拉里说我翻译不了，她哈哈大笑，一再安抚我。

"他们只是需要一个能说数字和方向的人。"她说。她跟杰夫在电话里聊起瓶子学校下阶段的举措，我则在脑海里匆匆复习着数字的说法，然后拿出了琳达给我的旧的介词词汇表。

在修灶者们的第一次会议上——那是一群穿着徒步靴的加拿大白人，我了解到在世界大多数地方，人们都在使用耗费太多柴火的炉灶，那些炉灶造成居家污染，因为它们没有适当的通风和排烟设施。这些炉灶会伤害每天使用的人。这个加拿大非营利性组织资助修建的炉灶是用水泥砖和金属板修的，比典型的危地马拉炉灶占地略微大一点。这个项目的规矩是这样的：一个家庭支付三十美元购买原价一百五十美元的炉灶，这么做是为了确保他们真正去使用它。希拉里说这叫责任感，因为人们毕竟都习惯了原先的方式，在过去，那些好心人安装的炉灶也有一直被束之高阁的。

那十二位和气的加拿大人和我们俩一起坐车进山，路慢慢从混凝土公路变成了土路,之后是石路。这些村庄没有拉格洛里亚那么偏远,但户外厕所都是一个样:薄薄的墙、开裂的油布,还没有水。我跟一个白发扎成辫子、围着红围裙女人说想使用厕所,这个表情坚毅的女人摇了摇头。"我们没有厕所。"她说,目光落在我身后的群山上。"去房子后头方便吧。"她说。

七天之内,我们建起了二十六个灶。比起为这些危地马拉住户和热切好奇的加拿大人充当翻译,我逗小孩的功夫可强多了。所以在他们修灶的时候,我红着脸,提着问题,让每个人都试戴我的墨镜。之后我帮他们扫地,将蜡笔平均地分给那些小孩。每个人都说我很擅长跟小孩打交道,这种称赞让我心花怒放。很长时间以来第一次,我觉得自己能派上用场,于是突然对这些加拿大人充满了感激,他们友善热心,肤色又白。一开始我还只是偷偷在心里笑他们,装备崭新,脸上搽了太多防晒油。不过现在我会冲他们笑笑,问他们问题,教他们西班牙语的数字和相关的介词。

一个炉灶安装好之后,我们会向那户人家道别,然后走路去下一家。人们总是会给我们提供食物和煮沸过的咖啡,这些东西我们都只接受一点,这是出于礼貌,一个加拿大小伙子悄声告诉自己的父亲。得到新炉灶的人家中有一半是玛雅人,另一半是基督教徒。我自然就发现,那些玛雅人家人口更多,三代同堂,还养狗,全部生活在同一屋檐下。上了年纪的玛雅妇人向我们打听我们佩戴的珠宝的价格,在希拉里看来,这说明她们喜欢这些珠宝。

每座炉灶建好之后,我们就会照张集体照。许多个月后,捧着

危地马拉 乌斯潘坦

那些照片，我会惊讶于我们在每一户家里逗留的时间是那么短。我们在他们家里到处走，到处看，吃东西，分蜡笔，然后我们就走了。我带走了什么？看到自己晒黑的脸庞和瘦长的四肢，我会思考这个问题。我又付出了什么？我会希望那些炉灶仍然在使用，妇女外出拾取维持家人生存的柴火时，可以少走些路，少走几次。在未来的年岁里，我会满怀温情与感伤地想起那些炉灶和拉格洛里亚的学校，内心还充满歉意。我会记起我在拉格洛里亚感受到的那种绝望，还有帮忙修灶的一天给我的美好感觉。我会想起那些地方破落而原始的美丽，那些没有厕所可用的妇女，还有那个在我道别时盯着我看的小男孩，我们都知道，我不会再回到那里。

萨尔瓦多　圣塔安那

这一趟行程花了十个小时，比预期多了六个小时。

一开始，这趟来圣塔安那的巴士比原定时间迟了两个小时才发车，而驶出危地马拉城则又花了一个小时。汽车从搭着帐篷的黑市中驶过，帐篷下面出售的有失窃的手机、冒牌手表、山寨包，那里还有一些炸鸡摊档。这个城市不像我迄今看到过的危地马拉的其他地方。我很喜欢蒙特利哥的黑色海滩，甚至是胡安家灰尘堆积的储藏室里的吊床。在喧闹的危地马拉市中心，我们这些乘客在车上干坐着，而拉客仔则跳下车去买一张DVD——一部有西班牙语字幕的美国动作片。于是我们这趟旅程的最初两个小时就在震耳欲聋的打打杀杀中度过。

交通完全停滞了，但似乎没有一个人介意。男人们跳下车，再一边上车，一边拉上裤门。有几个女人则走到车厢后部，使劲拉开黏糊糊的厕所门，再把门关上。另一部吓人的电影又开播了。穿越边境花了两个小时。我们全部人必须在一个窗口前列队，然后转到下一个窗口，在这些窗口后的小房间里，栅栏后都有制服警员在我们一本又一本的护照上盖着章。沿途的风景在这些窗口前交错，前面是危地马拉，之后就进入了萨尔瓦多。

旅行就是一路颠沛，身不由己。

我去圣塔安那缘起于保罗·索鲁。火车将他带到这里，我跟随他是因为他是我唯一的向导。他的书封皮坚韧，装订却松散，就像一副破旧的纸牌。这辆巴士在边境附近的一处建筑工地上停留了几个小时，我想起了，没有他，我是不会到这里来的。突然间，我感觉我们之间的联系是那么脆弱。我咬了一下指甲，对自己的恣意妄为暗暗吃惊。我居然觉得一个男人和一本书上的旅行线路可以成为我来到圣塔安那的原因。

我喝着水，吃着燕麦条，望着窗外，等待着，盼望着。我记得保罗·索鲁也在此处等待过，就在这座城市的这个地方等待一列慢车。接着我又想到我完全不认识保罗·索鲁。夜幕就快降临了，我心里有些害怕。

司机和他的助手，还有他们沿途捎上的几个朋友站在巴士周围抽着烟，吃着冰激凌、"扑扑撒"①、玉米粉圆饼、三明治和瘪瘪的塑料袋里拿出来的冰冻水果。我们的护照在危地马拉盖了戳，又在一百码开外的萨尔瓦多盖了戳。巴士上的两个加拿大人遇到了麻烦，边境管制处的士兵们仔细检查着他们的护照，而我们余下的人就坐在车上汗涔涔地干等着。最后，在冥冥薄暮之中，我们进入了萨尔瓦多。

入境后巴士频繁停车，穿着皱巴巴的围裙的女人们提着装汽水和瓶装水的篮子拥上车，还有热腾腾的玉米粉圆饼、炸玉米馅饼和塑料袋装芒果条。我望向窗外，想看看景致是否有所不同。但萨尔瓦多绵延的山丘与危地马拉别无二致，还有同样一片片低矮的灌木丛和沙地，后面则是同样湿漉漉的森林。人们站在自家门口，看

---

① 萨尔瓦多传统食品，也叫拍拍饼，是一种玉米面做的煎馅饼。

着我们的车驶过，巨大的飞蛾在门廊灯边扑扇着翅膀。夜晚蒙上一种胶片的颗粒感，也闷热起来。我注意到户外有不少男人坐在轮椅上，没有了双腿。一个男人站在路边，挥舞着仅剩的一只胳膊。

车上，司机的一个朋友是个大块头，拉客仔叫他"肥佬"。他沿着通道跌跌撞撞地朝我走来，用西班牙语说着什么，我摇了摇头。

"慢点说好吗？"我问道，他重复了一遍问题，语速依旧飞快。车里的灯亮了起来。我又摇了摇头。他再说了一次。最后我终于听明白了，原来这辆车不去圣塔安那了。我们的车停在了一个加油站的停车场，噼啪作响的街灯照耀着它。

除了黑黢黢的田地树木和远处伤残士兵的家，附近就再没有别的东西了。前往圣塔安那的乘客原来只有我一个。我临下车前，两个加拿大人中的一个走上来问我是否可以。我跟他说没事，虽然我们都知道我其实不太确定。不管怎么说，他也帮不上什么忙。"肥佬"招来了一辆出租车，给了白发苍苍的司机几美元，然后将我的背包放到后车厢里。巴士缓缓开走，那个加拿大人透过车窗向我挥了挥手。现在就剩下我孤零零地站在出租车外，司机喊着要我上车。我想起货币都不一样了，我需要动用钱包里剩下的美钞。

司机似乎只知道大喊大叫。

"你要去哪儿？"他大喊，声音非常尖利。我手忙脚乱地翻着旅游手册，试着说出里面列出来的第一家旅馆。

"你说什么？"司机又喊了一声，"我听不懂。"

我重复了旅馆名字。"法罗，"我喊了回去，"法罗旅馆！"

萨尔瓦多　圣塔安那

他伸手拿过我的旅游手册，看了看他的城市那张小小的地图，我则抬头盯着被灯光照亮的夜空，空气中弥漫着来自工厂的烟雾、汽车尾气和香烟污浊的味道。"法罗。"我对司机又说了一次，声音弱了下来。坐在后座上，我觉得自己很弱小，还有点犯恶心，刚刚涌上来的激动已消失无踪。

我们朝城市行进了几英里。有个男人孤零零地站在半路的人行步道上，我们经过他身边时，司机将方向盘打向右侧，伸手打开了副驾驶座那边的门。这是个小伙子，浓密的黑发留得挺长，向后扎成了一根辫子。司机冲他喊了一声，两个人简短交谈之后，小伙子上了车，砰的一声关上了车门。

"小心点。"司机说着，踩上了油门。

我忽然想起了那些海龟：小小的黑眼珠、黑色的鳍足，还有它们的小尾巴。我想起蒙特利哥日落时分的沙滩和淡紫与橙红辉映的天空，穿着T恤衫和人字拖的美国男孩，白裙在风中轻舞的姑娘。然后我又想到那些海龟，迎着海浪挣扎前行，心里清楚大海就是它们的家。接着我想起了E的纤手、明眸和她的声音，在床上睡在她身边的感觉，还有我们坐在餐桌旁，光线从窗户洒落在白枫木地板上的情景。

收音机里，一位女士语气乏味地念着新闻。出租车的座椅老旧，但挺干净，车里充斥着香烟与人体的味道。副驾驶座上的那个人扭头跟我说着西班牙语，语速缓慢，语气和善。

"你要去哪里？"他耐心地问我。这个人穿着黑T恤，戴着棒球帽。

"法罗。"我第三次说道，又把旅游指南递给他，手指点了点那一页上的一处。

他瞥了一眼地图。

"是法罗。"他对司机重复道。司机点点头,一下子什么都明白了。

"法罗。"司机从后视镜里瞄了我一眼,说道。我很感激这个语速缓慢、目光和蔼的男人。我是安全的,我心里自忖着,让颤抖的双手平复下来。车外的世界如此漆黑。

保罗·索鲁笔下的圣塔安那弥漫着混杂咖啡味的热气。他吃了鲜鱼,睡得很沉。他很欣赏这座城市殖民地时期留下的铁路和远处的群山。他写道:"这座镇子只是外表看起来荒芜,实际上还是挺舒适的……不管从哪个方面来看,圣塔安那……都是一个完美的地方。"

索鲁在1975年游览了圣塔安那,从那之后这个国家就被内战的战火摧毁殆尽。直到现在,我看到一种模式:中美洲的国家享受了几十年独立自主,之后美国就开始插手他们的内政,通常是在二十世纪七十年代中期。在萨尔瓦多这里,根据吉米·卡特的说法,美国的干预是博得称赞的,那是为四个被奸杀的美国修女复仇。卡特当时停止了美国对萨尔瓦多的所有援助。

不过到里根上台时,钱又开始源源不断地以军费的形式涌入萨尔瓦多。这些钱无疑是为已然激烈的内战火上浇油。内战双方是政府军与平民以及七十年代成立的萨尔瓦多游击队FMLN[①]。进入九十年代,萨尔瓦多各个由美国政府援助的派别又出现内讧。最

[①] 即法拉本多·马蒂民族解放阵线,是萨尔瓦多反政府力量的政治军事联合组织,目前任萨尔瓦多执政党。

后，他们签署了和平协议，但到那个时候，内战已经打了十年，丧生者约有八万。几年后，飓风米奇①席卷萨尔瓦多，七万五千人无家可归。不久，这个国家又爆发了一场里氏7.6级的地震，十万人被迫转移，几千人丧生。地震也冲击了危地马拉，连墨西哥南部都有震感。

　　这座城市终于出现了，圣塔安那坐落在山顶上。我降下车窗，用力嗅着，想感受保罗笔下的"混杂咖啡味的热气"，随风飘来的却是烧木柴的烟雾和烂水果的气味。"关上车窗。"司机喊道。我赶紧乖乖照办。

　　我们的车疾驰入城，前座的小伙子问我知不知道"热门话题"②是什么。

　　"你说什么？"我说。

　　"热门话题。"他用英语说道，给自己和司机都点上了一支烟。两个人又把自己那一侧的窗户降了下来。他解释说"热门话题"是美国一个朋克摇滚商店。他自己就有那么一家商店，不过不叫"热门话题"。他递给我一张名片，我看到他的店名叫"朋克女孩"。他三十一岁，去过一次美国，当时是去克利夫兰，他的女朋友现在还住在那儿。说话之间，司机突然转了个方向，停下车，然后这个家伙就跳下车去。

---

① 大西洋有记录以来最强烈的热带气旋之一，中心最高持续风速达每小时290公里。
② 一个在美国年轻人中极具人气的潮牌，专门连锁销售与专业音乐和流行文化相关的服装及配饰，以及授权的音乐CD。

"祝你好运。"我们的车咔嗒咔嗒开走的时候,他对我说。我和司机在这座城市穿行,一路无语。

凌晨十二点十分,司机停下车,转过头,很不耐烦地对我说:"我们到了。"法罗旅馆楼顶一幅大大的广告牌上写着房费:两小时五美元。我费了一会儿工夫才弄明白,这是钟点房,不是按日计费的。钟点房。我请司机稍等片刻,他冲我嘟哝了几句,又一把按开后车厢,但没有下车帮我拿背包。我还没来得及把包背上,他就一溜烟地把车开走了。依旧发热的道路扬起一阵尘土。这附近一个人也没有,我别无选择。我的脑袋嘤嗡作响,就像刚刚看完一场摇滚音乐会。

我跟金属栅栏后面一个不苟言笑的男人说了几句。这个白皮肤、黑头发的小伙子接过我的钱——这一晚的房费十块钱,然后给了我一把钥匙,钥匙的一头是一个很大的木头钥匙环。"楼上。"他说,接着埋头看自己手机上的短信。

我蹑手蹑脚地走上楼梯,看到的是一间空荡荡、脏兮兮的房间:床上有一张床单、一条叠好的毛巾,椅子上放着一块有包装的肥皂,角落里是一台大风扇。我打开风扇,希望它的声响足够大,能盖过薄如纸片的墙壁那边传过来的钟点房常有的声音。房间里充斥着地板清洁剂和霉菌的味道。水龙头则在滴着水。

对索鲁而言,圣塔安那那些刷过白漆的建筑物在夜里亮起生机盎然的磷光,早晨加了奶油的咖啡则浓郁顺滑。经过那些生灵涂炭的岁月,很多事物都改变了,至少圣塔安那看上去已经受到了严重破坏。但我又知道些什么呢——我只是匆匆过客。我提醒自己,第二天早上我就离开了。

旅行时刻充满宽恕。

我穿着人字拖淋了个浴,然后吃了条燕麦棒,这一天的支出就变成了五美元。我不敢离开旅馆去觅食。我不知道自己将如何挨过这夜色浓重的夜晚,我渴望着 E。即使听听她的声音也好,但我的手机无法识别这个国家,一直无助地闪烁着。

她一定会担心的。我能做的却只有关机上床,设法入睡,尽可能度过这个晚上。

我梦见自己睡在外婆家,身旁是我妈妈。我感觉到她伸过手来摸索着,想看看我还在不在。我听到外婆轻轻的鼾声,过道里传来狗儿的梦呓。在我的梦里,蕾丝窗帘在我头顶上的窗户边细语,一切合奏成一曲摇篮曲。第二天早上我醒过来,在白色的床褥上躺了一会儿,不知道、也不在意自己身处何方。我拼命地回忆着梦境——窗帘、鼾声,直到房间隔墙那边传来"啪"的一声响。也许是一张桌子、一张椅子或是一个人撞上了墙——我说不清楚。我赶紧收拾东西,溜出了旅馆。

清晨和煦的阳光遍洒在草坪和一些两层高的白色小楼上,也散布在各处价格诱人的旅馆上。穿着小小吊带裙的女人卖着香烟,或是用扫把和一桶桶肥皂水洗刷着她们店门口的人行步道。我走向广场,伸长脖子瞭望昔日辉煌的大剧院、珊瑚色的政府大楼,以及被风吹得嘎吱作响的灰蒙蒙的棕榈树。人们都盯着我看。我坚决放弃了游览圣塔安那的念头,向一个小杂货店主打听起了前往汽车站的路。

萨尔瓦多　圣萨尔瓦多

我从书报上读到过有关圣萨尔瓦多的罪案和黑帮,所以当人们登上这趟去往市区的巴士的时候,我的心一直跳到了嗓子眼。我想起 E 该会有多担心,但是我还是无能为力,车上没有电话机,而我的手机又在提包里,没电了。所以我暂时不去想她,一心调整着呼吸。我们周围的土地平整干燥,天气非常炎热,女人们都穿上了吊带背心和超短裤,孩子们光着脚。危地马拉本土的特征也都消失了,现在我看到的只有血汗工厂生产的廉价衣物和塑料鞋,婴儿在妇女怀里而不是绑在背上。

"我在圣萨尔瓦多是绝对不会带手提包的,"危地马拉城的一位女士曾经说,"他们会从你的胳膊上把它偷走。"

我真希望这车永远不要到达圣萨尔瓦多,因为至少在这辆车上我是安全的,还有阳光从车窗斜射进来。一个头上插着一朵花的女人上了车。我打消了打道回府的念头。

危地马拉感觉已经开始遥远了,萨拉城的寒冷夜晚被海滩所取代,然后又被萨尔瓦多街边汗涔涔的树所取代。我身不由己,这才是重点。

最终,我见到秩序井然的圣萨尔瓦多车站。每一辆车都有自己的位置,路上车也不多。一个衣着笔挺的出租车司机立刻走上前来，带我走向他那辆光鲜干净的黄色小汽车。但我还是没有放下戒心。我紧紧攥着那张写有一家旅馆名字的小纸片。这是我那本旅行指南热忱推荐的，而我决定原谅它在法罗旅馆上所犯的错误。也许那座城有两家法罗旅馆，我分析着。我和出租车司机一路缄默，但愿我的西班牙语能说得更好些，但愿我能有勇气试着开口。我担心他不知道具体路线。真希望他能说点什么，即使说点我听不懂的话。我咽了一口唾沫，记起了要调整呼吸。

城市炎热而又洁白。我嘎吱嘎吱地摇下车窗，司机从后视镜里瞥了我一眼，但没有说话。过了一会儿，他把自己的车窗也摇了下来。这两天我除了燕麦棒其他什么都没有吃。我们的车经过肯德基、必胜客、温迪、麦当劳、赫兹连锁租车。圣萨尔瓦多经历过太多次地震，所以历史建筑几乎没有。我手里紧抓着几张皱巴巴的美钞，打算作为车费付给司机。

我们安然无恙地到达旅馆，司机高喊了一声再见便绝尘而去。我意识到事情也许不会那么糟。旅馆散发着淡淡的花香。我的房间一尘不染，有着简约的白色装饰，床非常松软，枕头不少。前台的女士非常和蔼。这个地方一晚住宿费是十八美元，而且物有所值。让人舒服的是，圣塔安那感觉已经非常遥远，那家钟点旅社在我脑子里变成一次滑稽的经历。不过我还是觉得，如果当初我住下去，也许能发现一些美好的事物也未可知。

现在我呼吸顺畅，打开风扇，洗了个清凉舒爽的淋浴。我在隔壁的意大利餐馆吃了饭，那里的意大利面比我之前吃过的都要好。

虽然这里每一家商店和每一个街角都站着一个没有穿制服的持枪男人，他们却都会冲我微笑着触帽致敬。在去往市中心的巴士上，我邻座的男孩子用礼貌却呆板的英语向我提问，然后陪我走到等下一趟车的地方。我参观了那里的人类学博物馆，在展板间穿行，这些展板讲述着这个国家历史，从玉米和染料植物种植时期到玛雅坟冢，到西班牙殖民时期。之后，博物馆前台帮我找到了那趟回旅馆的巴士。咖啡店的女士祝我在她的国家旅行愉快。我习惯了这里的炎热和斜倚在商店门口的男人的口哨。几小时后，我甚至连看到那些枪都觉得顺眼了。我用冷水淋浴，又慢慢散步。每天结束时，我都会走路回我的旅馆房间，写下在圣萨尔瓦多游历的感受。我住的旅馆旁边有一个小小的公园，有巨大的古老树木和秋千，人行步道上则有散落一地的艳粉色勒杜鹃花瓣。晚上薄暮降临，草地上笼着一层雾气。

我断定这是我喜欢的城市，即使当时我还将提包紧紧地贴住自己，即使当时我身上的钞票还像大家建议的那样，放在贴身的腰包里。在这个旅馆里，房间是整晚租赁的，我从没想过干干净净的四面墙能让我感觉如此富足。我很幸运，我提醒自己，又一次想起我的外婆。那艘船在海上飘荡了几个月，在异国他乡，这么多年一直听着外国话。我提醒自己，在圣萨尔瓦多度过愉快的几天不算什么，这一年是一份上天的馈赠。

外面的街道渐渐陷入静谧，天空像咖啡一样顺滑，但感觉还是跟白天一样热，于是我打开风扇，在这个国家又度过一个晚上，在圣萨尔瓦多热浪中的又一夜。

在路上

去马那瓜①的旅程要花上一整天,出发时间是清早四点,实在太早,我旅馆里的灯都还是关着的,外面的街道也是一片漆黑,我听到前门边房间里的那个男人在打鼾。我从车库溜出去,将身后的门闩拉上。我很庆幸前一天晚上预订了一辆出租车。现在出租车停在街边没有熄火,成了整条寂静的街道上唯一的光源。我们开车穿过尚在酣睡的圣萨尔瓦多。在一个街角,司机向后靠了靠,按下了我那一侧车门的门锁按钮。

"以防万一。"他说。

在大巴上,我们行进途中窗户都是敞开的。我们穿越萨尔瓦多的时候,天刚放亮,我看到土地干涸,一棵树也没有。夹杂着尘土的风吹进车里。我冒着汗,所有人都大汗淋漓,过不了几个小时,我的水就都喝光了。途中我们停了一次车,让大家上洗手间,也可以买午餐。卖午餐的是一个女人,卖的是盛放在塑料碟里的米饭和大蕉。之后我们再上路,越过边境进入洪都拉斯。乘客陷入了一种无精打采的沉默。

我要去的是马那瓜,那里据说是尼加拉瓜最丑陋的地方之一。其他旅行者说起经过那里的时候都有不寒而栗的感觉。那里的人口

---

① 尼加拉瓜共和国的首都,因位于尼加拉瓜西部马那瓜湖南岸而得名。

有大约三百万，相当于百分之二十的尼加拉瓜人都住在那里。马那瓜的街道和公园都建在马那瓜湖的沿岸，这座城市曾遭受洪水、地震、火灾的大肆蹂躏。此外，尼加拉瓜与危地马拉和萨尔瓦多一样，也经历过内战。1979年爆发了推翻美国支持的独裁者索摩查的内战，马那瓜曾经拥有的艺术中心和波希米亚风格的大道在内战中被完全损毁。而恢复城市面貌的工作似乎永远都在进行中。

我们进入尼加拉瓜境内是在傍晚时分，但街上一辆车也没有。空无一人的风景完全属于我们，这跟美国的东南部非常相似：不知怎的，天际线上奇形怪状的山峰和路边火山口似的深邃山谷都给人一种史前社会的感觉。树木稀疏纤瘦，长着柔柔弱弱的绿叶。我们再一次停车，这次是加油。天气实在太热，我们没人吃晚餐，只买了瓶装热果汁和佳得乐。太阳开始西沉。这里就是这个样子，在这片连接南美和北美的区域，太阳每天下山的时间是一样的，夜幕几乎在顷刻间降临。落日余晖中，沙漠呈现出珊瑚红和深红相间的色彩，地平线则是一道锃亮的金线。拖着长长影子的仙人掌在砾石地面上摇曳着。

我们进入尼加拉瓜不久后，两位肤色浅棕的健壮旅行者在公路和一条土路的交岔口下了车。他们穿着胯裆裤，一串串的长脏辫一直垂到屁股。他们身上散发着薰衣草和香烟的气味，下车时口袋里的硬币哐当作响，脏辫也噼噼啪啪地甩打着座位。我们离开时，他们站在路旁张开双臂，举起拇指，背包就放在脚下尘土飞扬的地上。有那么一会儿，我很羡慕他们有彼此作伴，羡慕他们放弃大巴的安全感而选择未知交通工具的勇气，但很快我又想起了索鲁、他的地图，还有我要撰写的这本书。我看着窗外，沉浸在沿途的风景

在路上　101

中,欣赏着远处绯红的峡谷、鬼斧神工的山峦,还有那一轮缓缓西沉的红日。

我在圣萨尔瓦多向马那瓜一家廉价旅馆预订了一晚。那家旅馆派了一位穿粉红短裤的女士举着一块牌子——上面写着我的西班牙语名字"凯蒂",到车站来接我。我走过去,她什么也没说,只是冲我点点头,然后带我走向一个街区外有围墙的旅馆。我本来是可以自己轻松找到这个地方的。鸣蝉搅乱了夜的宁静。她打开粗大的挂锁,推开吱呀作响的大门。一条狗在某处狂吠,若是没有这犬吠,落日中的街道就显得过于慵懒了。他们派人来接我,让我觉得这种静寂是很可怕的,我急急忙忙地跟着这个女人进了屋。

当晚我没有离开旅馆——没有去买晚餐,没有去看售卖异国风味巧克力棒和啤酒的店铺。我也没有换货币。我只是在小小的公共浴室里就着仅有的莲蓬洗了个淋浴,那间浴室没窗,地上有个排水孔,还有一个座位有裂痕的座厕。莲蓬流出来的水既不热也不冷,完全就是室温。我坐在房间外头的一张塑料椅上,听着夜晚的浅吟低唱,黑暗中车辆的声音更响了些。我开始阅读尼加拉瓜诗人休孔达·贝莉[1]的自传《我心深处的国度》。这本书的价格比我在圣萨尔瓦多那间旅馆两晚住宿连同早餐的费用还多。

但我现在庆幸自己买了这本书,感觉这是阅读贝莉著作的最佳时机。书里有她对马那瓜的腐败以及在一连串地震之后的坍塌的描

---

[1] 休孔达·贝莉(1948—),又译吉尔冈达·贝莉,当今中美洲最知名的尼加拉瓜女诗人,享誉美洲和欧洲,作品有《草地上》《女人国》《月亮的酷热》等。

述。她还细叙了自己的婚姻和风流韵事，以及她为尼加拉瓜独立和争取公民言论自由所做的贡献。她发表了几首情欲之诗，让马那瓜的精英不停地嚼舌根。她凭借自己的地位让自己和别人的声音得以被聆听——草原上与城市里的人之前一直被禁言。尼加拉瓜这些年的历史与危地马拉和萨尔瓦多非常相似，都有独裁者、自然灾害和美国的干预。不过在尼加拉瓜，桑地诺民族解放阵线获得了胜利，这个组织成功地将美国支持的索摩查赶下了台。

我记得在圣萨尔瓦多一条绿树成荫的街道上参观过一间博物馆，那里展出了一些老照片，照片上是带着无线电发报机藏匿在丛林洞穴中的战士们。还有画着失踪者的黑白画报，那些眼神明亮的年轻人将性命交付给了自己为之奋斗的事业。贝莉的书里也描述了类似的恐惧——独裁时期人们对打电话、看朋友或上班的恐惧。

即便经历了这一切，贝莉对自己的祖国还是深情满溢。她写到了这样一个夜晚尼加拉瓜给人的感觉，安静的街道下、紧闭的人家里一股火热的激情在涌动。花树的枝条拂过旅馆高高的水泥墙，星星掩映在枝丫之间。

尼加拉瓜　格拉纳达

在格拉纳达一间旅馆的房间里，我睡在一个细长竹竿撑起的薄薄的顶棚下。在这个顶棚和木梁弯瓦搭建的真正屋顶之间住着蝙蝠。那晚我听到它们四处抓挠，叽喳尖叫，在黑暗中咔嗒作响，彼此发出急促短鸣。这些蝙蝠喜欢大楼之间的狭窄空隙，人类到不了的湿滑之地。黄昏时分，如果我盯着任何格拉纳达人家的屋檐看，就能看到那些蝙蝠飞入夜色，朝着马路飞扑过去，然后飞向天空。从远处看，它们就像一群黑色的蝴蝶，飞行方式与鸟儿不相同，更具有攻击性，但又更优雅。格拉纳达的蝙蝠比尼加拉瓜的任何地方都多，这话是街角那家咖啡店里的女人告诉我的。它们喜欢教堂的屋顶，还有充斥着湖面吹来的湿风的狭小缝隙。另外是在脆弱墙面上飞窜的小小蜥蜴，它们会突然停下来，一动不动，在那个地方待上几个小时。

"它们很不错的，"那位咖啡店的女士向我保证说，"它们吃虫子，让我们的房子保持清洁。蝙蝠和蜥蜴都是好东西。"她又给我倒了一杯咖啡，此时一只绿色的蜥蜴从墙上跐溜一下窜过去，然后消失无踪。

格拉纳达的每个夜晚暖得连薄衾都不需要。二月、三月、四月是尼加拉瓜最炎热的月份，然后雨季将会来临。我在旅舍浅蓝色的水槽里洗衣服,在适当的时间将它们晾出去,不到一个小时它们就会被晒干。我的头发末梢开了叉,阳光将长长的发缕晒得褪了色。晚上我在炉上将花椰菜和大蕉烤得嘶嘶作响。

湖面吹来的风平息下去,太阳炙烤着一切,小小的花园里结出甘甜的芒果、绿色的大蕉和软糯的小牛油果。还有人行步道上的独轮推车和桶子里售卖的红酸枣,一个个有弹珠那么大,绿得发亮。女摊主们用锋利的小刀给这些甜甜的水果削皮,再装进塑料袋。她们任由绿色半月状的果皮落到人行道上。过后会有一些狗在那里闻闻嗅嗅,但只有海鸥才会吃果皮。在这座城市,几乎每一个庭院都会响起水声,水穿过小小的喷水池,撞击在石头上。透过那些大门的栅栏,可以看到香蕉树,它们的叶子因为日照充足缺少水分而破损低垂。

有时我会在市场上发现摆在毯子上或堆在篮子里的圆鼓鼓的牛油果,而且也总能买到黄瓜、番茄和土豆。这里雨水稀少,可是食物的丰富以及水果蔬菜充满艺术感的摆放总让我吃惊。我买了在小丙烷气炉上烘焙了几个小时的干豆子。我向一个穿着沾了尘土的塑料鞋的姑娘买玉米粉圆饼。她的那堆饼放在一个盖着布的篮子里,又软又暖,一个五分钱。我买了奶酪,是从又咸又硬的大块奶酪上凿下来的。这个市场飘散着各种气味:熟菠萝、生肉、大块奶酪微微的酸味、热腾腾的玉米棒、一堆堆细长条面包,插在桶里微微温热的水里的花儿。墙上有尿渍,人行步道上一堆堆被人踩踏过的马粪被晒得直冒烟。我可以闻到空气中有焦糖和瓜的味道。街道上挤满了人,但车还是能够穿行其间,几乎和我擦身而过。阳光照在我的皮肤上,就像一层漆面正在融化。我的白天和黑夜就是这样,裹在热浪之中，总有刺眼的阳光。天空是不曾改变的蓝色，虽然有时也会有云朵飘过，一副像是要下雨的样子，但雨从来没有下过。

我很幸运，这次旅行刚好遇到尼加拉瓜诗人节今年在格拉纳达举办。广场上，书商们还在一个个白色大帐篷下面的长台上展示着自己的书籍。读者浏览着书，将封面凑到眼前，或是打开米黄色的书页，悄声朗读着那些句子。芒果树下到处放着塑料椅子，人们坐在椅子上或聊天，或看书，或抽烟。他们喝着罐装啤酒和装在塑料杯里的芬达汽水。有些则给自己的婴儿喂食，或是翻阅着刚刚购买的书籍。有个男人弹着吉他唱着歌。教堂的钟刚敲过五点，风终于将海里的水汽吹了过来，飘洒在街上、树上和卵石路上。我头上的云飘动起来，建筑物上油漆的颜色——浅橙、明黄、淡棕，都开始变得深重。

我遇到前一天晚上在旅舍里见到的智利人。他冲我笑了笑，说出了我的名字，又亲吻了我的脸颊。雨开始轻轻飘落。我看着雨滴落在他和我的皮肤上，感觉到空气渐渐凉爽起来。智利人告诉我，他今天一直在城里闲逛。他看过教堂、市场、乞丐和学校，还转了不少艺术馆，然后又去看了大海。他陷入爱河了，他对我说，我从他的眼神中看得出他说的是真话。之后他从我身边走开，他告诉我，如果可以，他会永远在这些街上转悠下去。

雨的气息现在无处不在：街道，玫瑰色和金色大楼的墙面，还有树木的枝叶间。这是蚯蚓、湖泊和苔藓的气息，这种气息让我的身体渐渐凉爽。我慢慢走着，沿着一条街道往下走，再沿着另一条街往上走，从街边坐着摇椅的女士们身边走过，从泥地里踢着足球的孩子们身边走过,从马车、一篮篮香蕉和一串串插在竹签上的菠萝片旁边走过。我觉得这里没人认识我,没人真正认识我——说出我的家乡在哪里或是我姓什么,也不知道我突然默默地理解了什么样的自由。一位老人从我身旁走过,拐杖点着石头,轻扣出了他的路线。

我就像在一个梦里,突然间离我的酒店房间如此之远。这就是旅行给我的馈赠:每一刻都有转换时空的能力。酥雨洒落之时,这些楼房瞬间剥落崩塌。

我转过一个街角。这里是圣弗朗西斯科教堂,它宏伟的外观曾经是蓝色的,但现在已经褪为一种浅灰。小雨轻抚着石头,鸟儿在远处唱着歌谣,广场上的人们谈笑风生。落日将层云的缝隙染成粉红,这里的一切,包括那座教堂,似乎都在闪耀着光芒。这一刻向我喷涌而来:雨的气息、湿润的街道、落在我肌肤秀发上的雨滴、教堂、诗人、我手指沾到的菠萝汁。我又一次抬头仰望着蜜糖色的云彩,意识到自己也坠入了爱河。

旅舍的夜间前台接待员米奇来自新泽西州。他成了我在格拉纳达交到的第一个朋友。他一边为背包客们办理入住手续,打开几瓶啤酒——一瓶九十美分,一边聊着,我则洗耳恭听。在我入住的第一晚,他打听了我的名字,又请我喝了瓶啤酒。

"天气热的时候喝是再好不过了,对吧?"他说,用滴着水珠的啤酒瓶抵着额头,然后咕咚咕咚地喝了一大口。"一股尿味。"他又说,将啤酒瓶放到吧台上,若有所思地看着标签,又猛喝了一大口。"依旧是最佳的。"他大声断言。

我坐在一张摇摇晃晃的三角吧台凳上，听米奇讲述着他在尼加拉瓜的生活。他爱上了这里炎热的天气、这里的人和街道、泥土裸露的道路、城市毗邻的大湖，还有市郊的农场。他帮这里的人建造自己的屋子，只要求屋主出一部分费用，余下则通过募捐来完成，捐款主要来自美国。他教农民如何种植需水量小的作物，如何在种菜的同时兼种花和药草，如何用天然的方式防治病虫害。他说农民曾经是知道这些知识的，但后来忘掉了。"我是来自中东部的犹太人，"他耸耸肩承认道，"我喜欢帮那些失去权益的人省钱。"

他说话的语气就像是要填满他周围的空气。然后他不再跟我聊天，转而给一对转悠到旅舍里来的大汗淋漓的夫妇提供建议。他给他们递水，他们则坐下来买了啤酒。附近没人的时候，他就自言自语，对着打开的笔记本电脑上的歌单喃喃自语。太阳渐渐西坠。夜色之中，院子里被众人踩踏的草地上生长着的植物微微合上了叶子。

在索鲁的行程上，尼加拉瓜被跳过了。二十世纪七十年代末，这里对于北美人而言很危险。索摩查的政府当时即将倒台，到处都是好战分子。这个地方陷入骚乱。索鲁于是只从空中过境，降落在哥斯达黎加，那里的城市更安全，整个国家跟美国的关系也更好。我将《老巴塔哥尼亚快车》放到背包深处，将我的护照和多余的钱都塞进书页间。这肯定不是我最后一次将他暂时放下，但我们的路线到头来总会有交集。

格拉纳达的游客装备都比较简陋。松松垮垮的长裤上胀鼓鼓的口袋里的东西是他们唯一可以丢失的财物了。经历了好几周风尘仆仆的夜晚，这些裤子也沉重了许多，束带松了，膝盖也打上了补丁。我在这儿看不到坚固的拉链脱卸式长裤，那种裤子是旅行者来到发展中国家之前爱买的。他们觉得自己跋涉在苍蝇纷飞的街道或蚊子肆虐的丛林时会需要这些裤子。但一旦到达，他们心里只愿自己没买过那些裤子，因为他们立刻就会发现，这些国家其实也没有多少不同，也有人行步道和咖啡馆，这里的人也是早上醒来，穿上他们头天晚上洗过晒干的衣服。我也带了那样的衣服：带拉链的帆布裤、一件厚重的雨披、防蚊虫喷雾。在安提瓜，我将它们通通寄回了家，在二手商店里买了一条裙子和一件无袖背心，现在这两件衣服我每天都穿，在水槽里洗洗，挂到风中晾干。我发现东西少了，我更自由了。

我走在人行步道上，身旁的墙面上贴着红白相间或黄绿相间的瓷砖。我非常欣赏这美丽的建筑风格：清晰细致的装饰线，房子基座和柱子上清新明亮的漆面。辽阔的尼加拉瓜湖就在格拉纳达边上。传言那片水域还有淡水鲨鱼出没。湖面点缀着三百七十座岛屿，雨季一来就有几个会消失。我现在能感觉到湖面吹来的风，似有若无，柔柔地吹过街道。我可以闻到空气中的水汽，那是湖面飘来的小水滴。隐隐约约的风和懒洋洋的热气赋予了这座城市一种恬淡惬意的宁静。

我的旅舍入口小而隐秘，庭院却很大，四面有墙却没有屋顶。庭院的柱子上歪歪斜斜地系着一些吊床，院子里还有牌桌，人们在院子里抽烟、看书，喝着奶油早已凝固的速溶咖啡。有个人用一把小刀削着一块木头，一个长发姑娘伴着身旁小伙子的吉他声浅吟低唱。

我再次觉得这些旅客身上有些不修边幅的味道：他们蓬乱的头发、破旧的衣服，还有他们的耳洞；有桃红色的头发、细高跟鞋；有各种颜色文身的胳膊，图案从扭着身子的裸体女郎、瓜达卢佩圣母像到玫瑰、十字架、星夜，甚至尼泊尔文字。这群人一边灌着啤酒，一边数着自己剩余的科多巴①，支付一晚四五美元的旅舍铺位。

我开始纳闷，这里的人——每个早上起床卖水果、在自家店铺里忙活、去赴约去上大学或是与家人团聚，看到来去匆匆、天天在城里瞎转悠的文身游客，会不会翻白眼。他们已经知道有些年轻游客是掩饰自己身份的阔佬，他们的旅行都是父母或信托基金出资的。

有可能他们分辨不出来。对于本地人而言，也许我们都是一个模样。在我们喝啤酒、拍照片、匆忙假设、互相揣测、比较着各自裤子的松垮程度时，在内心深处，我多多少少希望他们会暗暗嘲笑我们。我希望他们嘲笑我们这些游客，笑我们多么幼稚，竟然还要讨价还价希望能以最低价格坐车去最近的海滩或丛林——下一个最让人激动人心的地方。

"我迟到了没有？"多娜最终到达的时候问我。她看上去非常担忧，所以我跟她说没有。她没有跟我四目交接，而是说喝咖啡之前她什么事也谈不了。于是我们静静地坐着，等着咖啡被端上来。她焦躁地看着四周，又摸摸头发，很像我以前一个大学教授的样子。她们浓密的白发也一样，耷拉在光滑的皮肤上，还有发黑的嘴唇和

---

① 尼加拉瓜货币单位。

黑眼圈。她们都有一种游离的腼腆，说话的方式都是滔滔不绝而又杂乱无章的叙述，就像长久以来都在旅行，今天刚刚回来。

多娜九十年代就来了这里。和平队带她来到了中美洲。我们的政府将她带到这里，她说，然后撇下她不管。她在萨尔瓦多农村大量的工作都是自发的：社区调查，与当地家庭建立不稳固的、试验性的关系，同时探索可以进行的项目。她建造了一条牛羊群通行的道路，在一个咖啡种植农场上做帮工，慢慢地融入她被派往的城镇的生活。她尽了自己全部的力量，两年后，她回到匹兹堡，可在那里她一直觉得很冷，还莫名其妙地对萨尔瓦多起了思乡之情。

她在这座城市住了将近二十年。她对这里的街道、居民和八卦消息几乎无所不知。比如她对我说我们所在的这家咖啡馆的老板是个美籍老人，他来到这里时挺富有的，然后买下了这家咖啡馆，又挣了很多钱。他买了城里几乎最贵的房产，位于最佳地段，就在游客喜欢在其四周漫游的那座大教堂对面。这家咖啡馆有一条长长的门廊，里头还有一间大餐厅，端着热腾腾的淡咖啡和华夫饼的侍者在餐厅里来来往往。

"格拉纳达既黯淡又明亮。"多娜说，一口气喝光了咖啡，又举起杯子示意续杯。我不太清楚她这话是什么意思。

喝完咖啡，我们爬上了多娜那辆破旧的卡车，驱车前往她自己开办的兽医诊所。路上有两个小男孩突然冲了出来。

"小混蛋。"多娜喃喃着将方向盘打转避开他们。

我们驶离城市的历史中心，渐渐来到斑驳、开裂、摇摇欲坠的房子中间。从外面看，这家诊所就像这条街上的其他房子一样破败,从里面看,却是个干净的地方。有位老妇坐在里头,搂着大腿上趴着的一条狗,正在候诊。这里没有独立的候诊室,医生正在工作台上检查一条大一点的狗。每个人都跟多娜打招呼,就像认识了她一辈子,她是在这个国家出生长大似的。多娜带我去看了猫窝,那些猫曾经都是街上的流浪猫,但一只只被人带到了这里,来时身上都有撕咬的伤口在出血。这里,在诊所明亮的灯光下,它们在自己的柳条箱里打着盹。它们都胖乎乎的,身上也很干净,身旁放着喂食碗。我们离开的时候,诊所里的人都向我们俩挥手道别,我发现这是我长久以来第一次看到宠物,真正的宠物,而不是街上的流浪猫狗。在动物身上花钱,我意识到,这是那百分之一的人的爱好。

这所学校的学生年龄介于三岁到十五岁,总共四十人,被分成了三组。学校有三个房间,其中一个已经荒废了。学生分别被安置在里头的大教室和天井里。有位老师是个非常壮实的女人,她冲我们微笑,但无法专心跟我们聊天,因为她一扭过头来,她的学生和那些年纪最小的孩子就坐不住,还会把东西摔到地上去。一位年轻的男老师冲我们咧嘴笑笑,然后俯身查看桌子旁做着数学作业的学生。

"你会说一点西班牙语,对吧?"多娜问道。我点了点头,希望她不要考我。"那你明天可以过来,"她说,"九点钟。"我们离开了这所小学校。多娜还有事要赶紧去办。她得把一只猫带去看兽医,又要带另一只去给她的邻居,然后去接她的儿子们。她没时间解释,但还是握了握我的手,给了我一个鼓励的微笑。

"你会干得很好的。"她说,撇下我绝尘而去。

不能按时到校的孩子会吃到闭门羹，那样他们这一天就不走运了。学生上学的交通方式五花八门。家长开出租车的学生可以跟乘客拼车来上学。其他家长则会让小孩坐在摩托车后座或自行车车把上。有些小孩牵着狗来上学，有时候则是猫。他们或独自到校，或跟兄弟姐妹和朋友三五成群。来到学校的时候，有些人的头发湿漉漉的，衣服也蛮干净，但也有几个天天穿同一件衬衣来上学，皮肤和头发总是沾满尘灰。

有个男孩一副街头流浪儿的样子：头发被太阳晒得发白，衣服破破烂烂的，脸色发青，还光着脚。老师们让他跟其他所有人一样来上学，放学后我看到他坐在破落的教堂台阶上乞讨。那些日子，我努力不与他目光交接，直到他看到我，冲我挥手，毫无尴色。虽然他年纪大一点，但还是跟那些十岁孩子一起上课，一起做练习册。他是一个很认真的学生，行为端正，只是有点内向。

我一开始的教学对象是那些最小的孩子，奥廖尔、里卡尔多、斯蒂芬妮、曼纽尔、安吉拉和杰西卡。还有一个叫卡洛斯，头上抹着发胶，坐着他爸爸的摩托车来上学，两个人都没有戴头盔。我们一起等学校开门的时候，他年轻的爸爸会礼貌地冲我笑笑。在学校里，我教卡洛斯在笔记本的虚线上写字母。学生练习写下自己的名字、这座城市的名字和我们父母的名字。我们画下自己的宠物，还写出它们的颜色。我努力去理解那些孩子所说的话，但没有成功。他们嘟嘟哝哝，互相推搡，跟我讲述他们的父亲、宠物和邻座小孩的故事。他们似乎都没有注意到我只是点头微笑，然后指着他们的书页。下课后，我们领着孩子们出去，然后将翻过来的椅子清洁干

尼加拉瓜　格拉纳达

净，收拾好散落的拼图和被遗忘的笔记本。

我和老师们之间有一种隔阂。我努力表现得彬彬有礼，注意不要踩过界。在国外当志愿者不是一份工作，我意识到，这是在受教育，我的旅程是一门课，不是一个项目。

所以每一天我都会询问那位壮实的女士罗莎，听听她要我做些什么。我做些清洁工作，带孩子们上洗手间。那些老师每天笑眯眯地感谢我能到那里去，我离开之后，她们却留了下来，我还没到校时，她们就已经在那里了。我天天来来往往，但终究是要离开的。我们大家都心照不宣。

晚上我在旅舍房间的床铺上辗转。深夜和清晨是我最想念她的时分。她存了钱，即将开始旅行。我们一个月后会在马那瓜相见。她的声音里满是渴望，听得出她等不了那么长时间。

我翻了个身，倾听着门外旅行者发出的声音：喝酒抽烟的，哈哈大笑的，演奏音乐的。我又听着隔壁房间里传来的声音。他们在做爱，床一直撞击着我的墙，其他的声音倒是从头到尾几乎没有。

二月一个炎热的周六早晨，我跟着米奇走出旅舍的前门，在市镇里穿行，我们在银行外跟其中一个拿着一大沓现金的人兑钱。这可是份危险的工作，多娜对我说。这些人被称为"郊狼"，有些年纪还轻，穿着胯裆裤，戴着假黄金首饰。这些是大家艳羡的差事，多娜说，一般是从祖父和曾祖父辈传下来的。有个总是站在同一个街角的高个子、黑皮肤男人穿着笔挺的西裤和干净的衬衣。他的头发总是梳得很齐整，脸也总是刚刚刮过的样子。这个男人数着我们的钞票，ATM机的自动门滑开又合上。我给了米奇五美元，作为这次旅行的费用，也包括午餐。

我走路，米奇在我前头骑着单车。我们去另一家旅舍接两位荷兰女士，她俩冲我笑笑，我发现她们只带了一个手提包，两人都穿着背心，披着靛蓝的丝巾。米奇带我们去的是阿波由湖，就是城市北部那个深深的火山口湖。一个女人在街上卖着蒸咖啡，我很想知道她今天要怎么挣到钱。我已经大汗淋漓了，我的防晒霜顺着太阳穴往下流。这个女人俯身为一个牵着驴的老人倒了一杯咖啡。老人穿着长袖衣服，跟街角的"郊狼"和街上卖块状奶酪的女人一样，并没有大汗淋漓。他们似乎一点汗都不出。

"你会看到郊区的样子。"米奇游说我们去旅行的时候说。我们在两位导游西尔维娅和她的侄女玛格丽塔家里与她们见了面。她们家坐落在一条土路一侧的山丘上。脑袋红彤彤的小鸡咯咯地刨地啄食。玛格丽塔戴着嵌了珠宝的耳环，颧骨细长，鼻梁高耸，睫毛乌黑浓密，看上去非常年轻。她在学校里学习英语，于是跟那两位英语说得极好的荷兰姑娘练习口语。西尔维娅则刚好相反，她个子矮小，长着一双大大的黑眼睛，衣着朴素。她生育了四个孩子，她是这么对我说的，语速很慢，让我听得明白。

我们经过墓地。那是一片低矮的坟墓，水泥路面，有很多十字架，偶尔能看到鲜花。然后我们从干涸的田地边走过，其间杂草丛生，灌木生长，还有津津有味地嚼着草的奶牛。我们经过的楼房前院里都有一些折叠椅、破旧的汽车和小小的花园。我们经过商住两用的小店，那些人家都是一家人坐在店外的凉棚下。一个人拿着一根水管喷着水，同时帮自己的狗和小孩洗澡。

最终，米奇将单车掉了个头，开始骑回格拉纳达。他的任务完成了，现在他要回旅舍去睡觉，因为他是早上五点钟才上床的。他在派对上玩得太嗨，那天早上他睡眼蒙眬地一边往咖啡里扔糖，一边向我们解释。接着我们又下山了，路比上山时陡，是一条破损的长满杂草的水泥路。

我向西尔维娅打听她的四个孩子，她跟我说起她的三个闺女，最大的二十一岁，结了婚，已经是两个小孩的妈妈了。衣着朴素、笑容甜美的西尔维娅看上去这么年轻，却是一位祖母。她的丈夫静静地从我们身后的丛林里走出来，加入我们的队伍。他走在西尔维娅身后，手里拿着一把大砍刀，一句话也没有说，我们休息的时候，他就蹲着，大砍刀刀尖插在土里。西尔维娅对我说她三十七岁，她的丈夫则比她年长四岁。

我们沿着曾经是河床的一条小路行进，西尔维娅告诉我，这条路上所有的房子，包括她的，都是最近才接通了自来水。在那之前，人们要步行去格拉纳达买瓶装水，还得一路从城里的河边将自己洗刷过的湿漉漉的衣服拖回来。现在自来水是隔天输送，所以他们要尽可能在水槽或水桶里蓄水，以备没有输水的日子使用。水费是一个月七美元，比这里一个城市工人一天的薪水还要高。我记起那个冲洗狗和小孩的男人，又想起我们现在跋涉前往的湖，湖水咸度太高，无法饮用。

西尔维娅说湖有两百多米深。这是中美洲最干净的湖泊之一。透过近岸的湖水，你可以看到底下的沙子有多洁白，但再往外湖床陡降，能看到的就只有黑暗了。两位荷兰姑娘直潜到很深的地方，我看着她们瘦瘦的身躯慢慢消失，发白的四肢陷入黑暗。然后她们又哗啦啦地浮上来，尖叫说她们无法触摸到湖底。后来我了解到这个湖里有四种只出产于这里的鱼，附近的森林里还有蟒蛇、食蚁兽、吼猴和野猫出没。西尔维娅和玛格丽塔不游泳，于是我们三个就坐在沙滩上看着湖水。这里波涛拍岸，非常清凉。

"你可真有意思。"看着荷兰姑娘们潜水又浮出来，玛格丽塔说道。她瞥了一眼我手上的书，还有我们身边那堆照相机、背包和塞在沙滩上的衣服。

"我有意思？"我问她。

"你们都是。"玛格丽塔说。她笑了笑，将棒球帽的帽檐拉低了些，这样我就看不到她的眼睛了。我想问问她这话是什么意思，但想不起西班牙语怎么说，也有可能我是觉得我已经知道答案了。你们真有意思，她说，你们脱了衣服，穿着细带比基尼，一辈子都在游泳。你们花钱来这里，做一些我们不花钱就能做的事情。你们物质富足，过得安逸，却心无所托。

当我跟 E 说起这事时，她打了个哆嗦。
"你就不该去到离城市那么远的郊外。"她说。

我的西班牙语老师安娜在课上暗示说，如果我们在旅舍而不是学校里上课，她可以挣到更多钱。这是违反规定的，但我们开始在旅舍的厨房里上课，就在我卧室的门外。游客进进出出，新来的住宿者前额上都挂着汗珠，我在这种场景下向安娜描述着我一天的生活和我那些年轻的学生。她纠正着我的语言错误。在此之前，她问起了我的生活，作为对我隐私泄露的弥补，我每说到一点私人情况，她也跟我说一点她自己的事。她十七岁的时候遇到了她现在的丈夫，他是她的初恋。她认为旅行者能使这个地方变得更好，但现在他们使它每况愈下。她的三个小孩都出生在大小跟这个厨房差不多的一个房间里。她冲旅舍厨房四面被油烟熏得发黑的墙面比画着——就像这个房间这么大，但里头还有其他四十个女人，全都尖叫着恳求见一见一个鲜少露面的医生。那时没有无痛生产，有个女人死在了她身旁。安娜独自生产，家里人都不可以进产房。现在她怀孕六个月了，行动自如。

安娜非常务实，从来不感情用事，我有听不懂的时候，她甚至有时语言粗暴。我多付她薪水，但她从来不说什么，只是接过钞票，数都不数就放进手提包里。她有一次对我说，我每小时付给学校的五块钱学费，到她手上只有一块钱。到最后一周的课上她才将她的年纪告诉我。她二十三岁。然后我们又开始埋首于功课：有关环境的词汇。树叶、草、海洋、池塘、森林大火、循环利用、温室效应、污染、飓风和干旱。

三月初的一天，我父母给我发了一封电子邮件：雪花飘落在路面上，旋转于树林间，积雪太深，他们的滑雪板足足陷了三英尺深。

"这是我们经历过的最好的大雪之年。"妈妈写道。我努力想象他们屋后那幽静的森林，光线透过闪闪发亮的雪，穿过光秃秃的枫树和黑松的枝丫，还有长着米黄色枝条的白桦树。我想象着冬眠的黄水仙、披雪带霜的岩石、青草和草坪椅子，厚厚的积雪覆盖了埋着我的三只宠物的地方。爸爸过去三十天里天天滑雪，在雪地里留下平整的印痕，我知道他一边走还会一边拾起那些最纤细的白桦树在严寒中折落的枝条。他会将它们推到一旁，不让它们堵在道路上。大雪会堆积在松树的枝条上，将它们压弯，却不会把它们压断。夜里的空气如此冷冽，如果你闭着眼睛在户外站得太久，你会无法睁开眼睛，如果深吸一口气，你也许会听到自己胸腔开裂的声音。

但在这样的热浪中，要记住严冬寒风的感觉真是太难了。那是一种疾风，在大楼之间形成风漩，在街道上翻滚，或是飞速掠过一片冰雪覆盖的田地，钻入你的衣服，进入你的血管。而在这里，我在阴凉处冒着汗，头发贴着脖子上的肌肤，就像围了一条围巾。这些不断滴落的汗珠，还有我脚下热辣辣的路面。每一天，我与家的距离似乎越来越远了，跳过了冬季的这些日子里，我每读到一个字，每一次天空飘洒雨滴，每一刻，这段路就像又多了一英里的距离。

妈妈在邮件里告诉了我外婆去助养机构的日期。我想起外婆屋后的那条小河，那棵绛红色花朵坠落于草地上的木槿，还有外婆厨房里的气息，透窗而来的春风裹着面包的香气。窗台上盛开着非洲紫罗兰。我离家的这四个月里，房子变得太空荡了。

不到一个月后，妈妈写道，哥哥和爸爸就会租上一辆卡车去帮忙。计划是先搬一些熟悉的物件——我外婆的椅子、一些照片，还有她的梳妆台，到她养老院的房间里，这样她能得到些安慰。她情绪低落，妈妈说。他们会带上她的一些书，但若全部书都搬过去，房间里是放不下的。孙辈的照片会陪着她一起去，但当然那里也没有地方放她那张睡了大半辈子的四柱床。养老院里会有张新床，一张可以升降活动的床，还附带有一颗按钮，外婆需要帮助的时候可以按下它。

妈妈字里行间的意思不难看出，这将会是最后一步。那个政府和外婆的医生都给予很高评价的养老院里的房间，将会是她能记得的最后一个家了。当爸妈将外婆的东西收拾进箱子里，用报纸将她装了框的照片包裹起来，他们会知道，那将是最后一次了。

现在格拉纳达的太阳渐渐西沉，给鹅卵石街面和殖民风格楼房的白粉墙镀上了黄铜色。我从一栋房子面前走过，这是我在格拉纳达最喜欢的房子，是一栋两层小楼，没有柱子或锻铁花纹的大门，但它的特别之处就在于它的花园。如果你足够幸运，主人正好敞开着前门，你可以往里头看看他们种的植物：天堂鸟、香蕉树、紫红色的勒杜鹃攀缘在墙面。今天我注意到他们还种下了别的植物，一种我认不出的花朵，有着小小的毛茸茸的橙色蓓蕾。我外婆会认得的，她认得所有的花。报春花是她的最爱。

我离开这间屋子，想起也许我外婆离我并不遥远。她就在我脑海里，如果我停下脚步，闭上眼睛，我可以看到她，不是她现在的模样，而是她很多年前在花园里忙碌的身影。在距离旅舍一个街区的街角，我闭上眼睛向她走去，傍晚烟尘滚滚的街道上车来车往的喧嚣立刻沉寂了。

就这样，在热浪炙人的格拉纳达的街道上，我发现自己置身于一间弥漫着面包香气的房子里，屋外雪花纷飞。现在是夜间，但我外婆的厨房非常温暖，墙上是我们家一些成员的照片，照片的年头比外婆在这个国家度过的岁月还要长，还有鲜花图案的墙纸，以及用来刷牙的小苏打。非洲紫罗兰依旧排列在厨房水槽的上方,叶子就像我刚刚在那个花园里见到的陌生小花一样柔软。然后是我的外婆,她正从橱柜里拿着东西,炉子上煮着开水。

家,你就像一条河流与我同在。你宛若涓涓细流,留下绵长水痕,但有时又突如其来地涌入我的心海。只需最细微的东西——风中的气息,墙上的颜色,就能让我想起你在这里。你是我的梦境,是我的眼睛,是多年前花园里的外婆,是落在我手心即刻融化的朵朵雪花。

尼加拉瓜　小玉米岛

早上四点，出租车在温暖的夜色中等候，星星还在天空中若隐若现。周围一个人也没有，天色尚早，街上的小贩还没有出来，所有的商店也都关着门。我们驶过那座古老的废弃医院，医院里有高高的殖民地风格的柱子，大窗户空荡荡的，一眼就能看到里头的样子。我们驶过旧火车站和移民局，然后出城上了黑灯瞎火的公路，路旁已经有一些人站在那里。这些人提着一篮篮蔬菜、工具腰带包和一袋袋谷物，等着马车、小型车或是有护栏和油布顶棚的皮卡来将他们带到马萨亚①或马那瓜去上班，也许他们要等到天色再次陷入黑暗才能下班。

晚上我叫醒了E，两次。我就是不能相信她居然真的来了，而且是为工作而来。这几个月来，经历了思念、忘却、忽略和再次的思念，我怎么也睡不着。她是我的爱人，是我前世今生的一部分。我不让自己闭上眼睛，她是如此陌生，然而还是丝毫未变。我摸索着她那丝兰花的文身。黑暗的时光过去了。我无法遏止地抚摸着她的肌肤，就像我已经忘记了那种感觉，而现在又再次想起似的。每个人都需要爱抚。

---

① 尼亚拉瓜西南部城市，马萨亚省首府。

出租车里,我握着 E 的手,让她靠在我肩上打着盹。

"司机不会注意到的。"我悄声对她说。

从马那瓜飞往小玉米岛的飞机上俯瞰,我发现底下土地的绿意在迅速变深,而且人家更少,湿地更多,棕色土地上史前盛衰的痕迹也少了,更显眼的是那条蜿蜒的河流①,河面渐渐宽阔起来,奔流入海。我们飞越布卢菲尔兹②,又飞越了漫长平整的海岸线,然后进入加勒比海上空。

一个梳着脏辫的出租车司机从大玉米岛海风吹拂的小机场开车带我们沿着海岸行驶,经过一小块一小块的白色海滩,还有色彩斑斓的商店,来到懒人码头。这一趟车费是一个人一美元。这里停泊着的船只船舷上漆着拼写错乱的白色英文名字:"本"丽莎、露西亚"公王"③。它们起伏荡漾在飘着浮云的天空下,有摆放着木条箱的龙虾船,还有固定着的锈迹斑斑的小划艇。我们在一家海边咖啡馆里吃了鸡蛋、红豆饭和切成厚片的椰丝白面包。我们喝着白色马克杯里的速溶咖啡,等着接我们的船靠岸。船来到之后,我们和其他二十位游客一起坐上船,在波涛间起伏。大家都穿上了臃肿庞大的橙色救生衣,但船夫敞露着褐色的胸膛,他的头发在风中拍打着眼睛。小玉米岛映入眼帘,我们发现了绵长的海滩、椰子树和几艘色彩明艳的船,给水面装饰上红色和向日葵般金色的条纹。

我们入住了码头边上的一家小旅馆,将我们的背包扔在皱褶隆起的床上,挑出了泳衣和防晒霜。我们走上一条小道,这算是这座

---

① 指埃斯孔迪多河。
② 尼加拉瓜东南部港市,塞拉亚省首府。
③ 原词应为"笨"和"公主"。

尼加拉瓜 小玉米岛　　123

岛的主干道了。这里没有任何车辆。小玉米岛的人口只有七百,但看上去感觉更少。我们经过几间旅舍、潜水用品商店和几家海滩餐厅,仅此而已。这个就是城里了。丛林里有低矮的椰子树和红树林,还长着边缘锋利的野草,在这盘根错节的灌木林里,叶子将风挤出去,又将热气压进来。这一片片湿热的地方将我们逼得透不过气来。我们走了又走,经过用废弃金属搭成围墙的小屋和一口古旧的废井。接着这条小道转向沙滩,我们来到了小岛的另一边,来到海滩上。白色的沙滩遍地是棕榈树干枯的灰色枝干,还有被冲上岸的残破的细条海草。

周围没有人,于是我牵起了她的手。

晚上我们共享一条即抓即烤的鲜鱼。我们将脆脆的鱼皮揭开,吮吸着精致的鱼骨架上的肉,避开鱼儿那睁着的无神眼睛,从嘴里抽出很细很细的鱼骨。我们喝光了啤酒,付了餐费,然后走回旅馆,锁上门,拉上百叶窗,脱下自己的衣服。我们发现太阳已经在我们的肌肤上晒出了一道道的痕迹,我们的肩膀和鼻子也晒得发红。我将乳液涂抹在她背上。

那么多的夜晚,我怀着对她的渴望入睡。今晚我们将自己的衣服扔在地上。我亲吻着她的双唇、双手和玉颈,又将她的头转过去,亲吻她的耳朵。我任由她将我的身体带到那个只与她水乳交融的地方,我想我能感觉到她无处不在。我的双手穿过她的秀发,雨开始敲打着屋顶,她的身躯在我的身上扭动,我想,我从未像今晚这样,感觉如此完满,感受到如斯的爱意。

第二天,我们带上租来的潜水镜和潜水脚蹼,吃力地后退走入海中。洁白的海底阳光闪耀,金色和靛青的小鱼在芦苇中窜进窜出。我们发现一群十几条的银鲤。它们从我们身边游过，像一面墙，又像一张床单，然后消失在沙云之中。

嗅觉是与记忆联系最紧密的感知觉之一。如果我被迫放弃五感中的一感，嗅觉一直是我非常愿意失去的。但现在，自从 E 离开回到她在冰冷的波士顿的家中，我在迎面而来的每一缕风中捕捉她的气息。我合上双眼，吸一口气，在海面吹来的带着咸味的微风中和我们海边卧榻的麝香味中，在他们随早餐提供的果子露中，还有来去倏忽的倾盆大雨中想着她。玉米岛上没有汽车，不知道现在我们的房间里住着谁。我想知道今晚我是否会彻夜安睡，还是会醒来，在空荡荡的房间里寻觅她的踪迹。

在格拉纳达一条街上的一座小艺术馆里，她说："等你回家，我们一起找一个地方。一个有两间卧室的住处，这样你可以有一个工作室。"我捏了捏她的手。我想她的意思是：我会一直等你。

一个又一个日子变成了一个又一个星期，我每晚六点都会给她打电话。她肌肤上的棕褐色渐渐褪去，在我微粒甚多的屏幕上，她的肌肤将双眼衬得发黑。我忘记了她的肌肤真正的手感。在我的梦境里，我渴望椰风或是那些点缀着棕榈树的绵延空旷的海滩带给我安心。

第二部分　春天

　　阴暗的沼泽散发着淤泥和雨水的气息,乘客们昏昏睡去,或是静静地站在过道上,随火车起伏颠簸。黑暗纯粹而宁静。我想:我活过来了。

　　　　　　　　　　——保罗·索鲁《老巴塔哥尼亚快车》

厄瓜多尔　基多

在基多，你得用钥匙锁住房门，还得用钥匙开前门，随手大力关门，不然门会关不上。经营这家志愿者之家的人说这里的街道晚上不太平，所以钥匙一定要贴身带好。"就放在这里。"住在楼下淡紫色房间里的女人说着，指了指她的乳沟。

你不可以带照相机、笔记本电脑或背包，你觉得这些都很普通，这里的人却说是价格高昂的物品。而你的危地马拉款式的袋子，那个字迹早已模糊、吊带很旧很细的袋子，才是购物和携带东西的最佳选择。你必须一直带着雨伞，就是街角杂货店里能买到的那种伞，因为这里随时会下雨，要么是毛毛雨，要么就像现在，是倾盆大雨。

如果你走出志愿者之家往左拐，就会来到一条商店、酒吧、餐馆林立的街道。那里的餐馆里挂着烤牛排和高杯啤酒图片的广告，人行道上长着盘根错节的树木，人们目不斜视，慢吞吞地从你身旁走过，酒吧对面房屋的人也在注视着你。这些楼房色彩斑斓，粉的，红的，橙的，绿的，这条街像是努力在墙面的颜色上保留它每日接收到的点滴阳光。狭窄、忙碌、肮脏却又美丽，就是这条街的样子。

如果你继续走下去，就会经过散布在街边的各式餐馆，门外摆着桌子。每一处地方的街灯照亮了人行道上一汪汪雨水。你会经过石灰水粉刷过的楼房和装有大门的花园。你会经过一些小旅馆、一排排候客的巴士、一个邮局、一家书店，书店的门敞开着，这样你就能看到里头的书架。那里还有一个舞蹈学校，门又开了，最后出门的女孩落后其他人几步。音乐会跟随你飘向街尾。

格拉纳达的炎热远去了，同样远去的还有尼加拉瓜长长的平坦道路和干燥的中美洲平原那辽阔空旷的土地。被晒蔫的青草，折断的树木，漫长的旱季，天空在你头上时伸时缩，要不就是云朵散开，在空中留下淡淡的痕迹，将空中的水汽完全抹去。几天前我怎么就会满头大汗地盼着一丝微风、祈求一滴春雨呢？我为何会有如此渴望？这里的群山声响回荡，我花了几天时间才真正相信、真正了解这些山就是安第斯山脉。为何这里的人看上去如此不同？为何这样一趟一小时的飞行就能把一个人带到这么远的地方来？

厄瓜多尔坐落在海岸线上，在哥伦比亚和秘鲁之间，它的生态多样性远胜于其他国家。从基多出发，一位旅行者不用离开这个国家就可以游览加拉帕戈斯群岛白雪皑皑的安第斯山脉和充斥着动物尖叫的丛林。"在厄瓜多尔……"《孤独星球》宣称道，"你变换所处世界的速度可以跟改换心思一样快。"最终，厄瓜多尔将向我证明这句话既对又错。这个国家并非像那本导游手册所说的那样，可以来个景观三级跳，虽然它也与我目前为止旅程中所看到的任何地方不同。

首先，基多比那些中美洲国家的首都更具欧洲风格。我还是能看到流动市场、大桥底下的贫民窟，每个街角都有人在售卖盗版DVD，但在街角也能看到殖民地风格的装饰线、拱形屋顶、摩天大楼和远处的安第斯山脉。2002年，时任总统古斯塔沃·诺沃亚下令实施美元化，于是我再次用上了美元。给出租车司机、杂货商和面包师递上一两美元，感觉真是奇怪。在这里我学会每分必省，因为在厄瓜多尔，一分钱可以在街上买到一块糖果。我学到了对萨卡加维亚①硬币保留敬畏之心，这种硬币在这里使用得普遍，但在美国我鲜少见到，因为在那里硬币不是必需品，反倒是麻烦事。厄瓜多尔人其实不怎么待见这种一美元硬币，他们发现各种东西的价格，从打的、加油到午餐，都在暴涨，一切的价格突然间出现了四舍五入。曾经六十美分的东西，现在变成了一块钱。政权交替距今已超过十年，在我看来，厄瓜多尔很稳定，也很广袤。但是独特的环境、丰富的自然景观和各种各样的人等优势也催生了许多问题：这个国家极端的贫困显而易见，那是大门森严的社区、穿制服的保安也无法长时间掩盖的。

卡洛斯是住在我对面房间的厄瓜多尔人，他对这里了如指掌：哪里可以买到两点五美金一盒的葡萄酒，月圆之夜可以去山上的什么地方听音乐会，哪里又可以用低价买到最好的皮货。我入住这个寄宿处的第一天，他就对我很友善。那天早上我步履蹒跚地从房间里走出来，不知道上哪儿去找洗手间，他在厨房的桌子边满怀同情地抬头看着我，不发一言地给我指了指方向。我出来的时候，他已经泡好了咖啡，牛奶和糖也放到了桌上。他给我递了一把小勺、一个杯子，乌黑的双眸充满笑意。就在那第一个早上，他向我做了自

---

① 萨卡加维亚（1787—1812），美国历史上西部拓荒时期的传奇式女性，肖肖尼族印第安人。其头像被印在新款的一美元纪念币上。

我介绍。他二十七岁,是个哲学专业的学生,英语不是很行,但很有学习兴趣。他炒了鸡蛋,有十个或八个那么多,用长柄锅炒熏肉的时候还能颠锅。他将奶酪切成厚条,将整盘早餐在我们面前摆好。他吃起饭来狼吞虎咽,吃完才会停下来,闭上眼睛,吧嗒着嘴,说东西好美味。

在基多最热闹的周五晚上,卡洛斯请我去吃饭。我犹豫了。"是轻松随意的晚餐。"他对我说,我则想起了 E。如果我闭上双眼祈望,依旧能想起那些椰子。我还能想起她的肌肤,通过电脑屏幕也还能听到她的声音,但我飞过的这点距离像是将我带到了一个离她远得多的地方。这里有些冷,但波士顿现在正是初春时节。近来人们邀请她去户外咖啡馆喝啤酒,我可以想象她坐在人行步道的椅子上抽着烟,用长脚玻璃杯喝着红啤酒,而街边的树木叶芽初绽。

"只是步行一小会儿,"卡洛斯说,"而且餐费只要两块五。"于是我从我房间衣柜顶层的抽屉里拿出了一些硬币。天色尚早,天空依旧亮堂堂的,我跟着卡洛斯走出了前门。

走到街上,我们拢紧自己的夹克。卡洛斯还戴着一顶黑色绒帽。虽然呵气成烟,大家还是都出门来了,抽着烟,逛着街,或是互相亲吻问候。姑娘们穿着高跟鞋、短裙和长袜。我从来没见过这个广场如此热闹,人们坐在自己的摩托上,来来回回互相传递着酒瓶子,又随着夜店里传来的打击乐翩翩起舞。

这个区域是游人常去的马里斯卡尔街区,街道上餐馆林立。这些餐馆都是色彩缤纷的四坡屋顶[①]建筑,门口放着英语和西班牙语

[①] 一种屋顶建筑式样,从屋脊处同时向四面倾斜形成,包括四个坡面,两两对称。

的双语菜单。但我们没有进去，我跟着卡洛斯穿过一道小门进入了一个逼仄的房间。这家餐馆没有任何标志。天花板上垂挂着一盏荧光灯，餐桌上铺着塑料台布，里头几乎没有什么空间了，也没有音乐，只有低低的谈话声和叉子触碰盘子的叮当声。

"这里人满为患是因为东西好吃啊。"卡洛斯向我保证道。后来我问他这家餐厅叫什么名字，他说那是个没有名字的地方。

里面压根就没有空余的桌子，不过角落里有三个男人给我们腾出了他们的位置，他们忐挤到一条长凳上，这样我们就可以坐到桌子的另一侧。我想起在家的时候那些门口排长龙的餐厅，人气旺的地方一般得在外面等上半个小时。如果拼桌是规矩而不是特例，我会不会介意呢？那三个小伙子一边吃饭，一边悄声聊天，吃完之后将自己的盘子堆叠起来，起身离开，一对情侣立刻坐到了他们的位置上。这两位浅发白肤，都穿着皮夹克，看上去风尘仆仆，两个人都将摩托头盔搁在自己腿上。

卡洛斯点的菜有猪肉、豆子、大蕉和果汁。我要了一杯可乐，但卡洛斯摇了摇头。"要果汁。"他又说了一次。一个男人带着一把吉他走进餐馆，穿行在餐桌间，在忙碌的侍者、擦桌子的帮工和站着候座的顾客身旁绕来绕去。卡洛斯跟唱。一个大块头的黑人将几个大盘子放在我们面前，盘子里是淋上他们自制酱汁的斑豆、用香芹和辣椒调味的米饭、一块块软糯的黄色大蕉，还有长条的猪肉。我们一声不吭地吃着饭。果汁来了。薄脆的塑料杯装满了混合果汁，非常新鲜，微甜，配猪肉再合适不过了。我把所有东西都吃光了，我们的盘子一见底，就有人催促我们起身，让他们坐下。

我们付了账——两块五，跟卡洛斯说的一样，然后离店步入

厄瓜多尔　基多　133

喧闹的夜色中。我们伸长脖子望向天空，但再也看不到月亮或闪烁的星星。云朵飘了过来，城市的灯光显得更为明亮，街上也比之前暖和了许多。

回到志愿者之家，我试着打电话给 E，想告诉她这一餐饭、卡洛斯和我们旁边坐着的那对车手。她没有接电话。我换上睡衣，爬上空荡冰冷的床，心里想着她：她晚饭吃什么呢？此刻又在做什么？现在波士顿已经入春，我知道她很喜欢漫长温暖的白天。我想象她坐在一间户外咖啡馆里，太阳渐渐西沉，一杯啤酒在桌上落下一圈圆圆的水印。我想象她双手握着杯子，啜着啤酒。我想起了玉米岛上，她的娇躯缠绕着我，沙子落在床单上，还有那片海，如此汹涌不羁，又如此接近。我惊异于我们在岛上仅仅是几周前的事情，但现在感觉就像是过去了漫长的时光。

我报读了西班牙语班，这所学校也会帮我调配志愿工作机会，在志愿者之家帮我安排好房间。我的老师帕特丽夏是一个长脸女人，听到我说我被安排去圣罗克当志愿者的时候，她建议道："去去就回。"她大大的褐色眼睛和有点泛蓝的皮肤都流露着一丝哀伤。她的头发在教室明亮的光线下也显出淡淡的蓝色，她的手很骨感，手指修长，一副精明的样子。我想知道她这个样子是不是雨水造成的。我背动词、复读生词的时候，她一直看着雨水从窗户上流下来。"去去就回，"快下课的时候她又提醒我，"在那里一定要小心。"

我第一次去圣罗克的时候，志愿者学校的一位老师带着我去，指导我如何搭巴士，还将我介绍给校长。校长是一个身材壮实、身穿西装的光头男士，时不时地查看手机，我向他伸出手，他则犹豫着要不要握住。那天晚上我一直迷迷糊糊、断断续续地做着梦，梦见学校高高的砌砖立面、脏兮兮的墙，还有楼梯井一个被打烂的灯泡，地上的玻璃碎片闪闪发亮。我梦见那些摸着我衣服的孩子，他们牵着彼此的手，看着我，说的西班牙语又轻又快，我一句也听不懂。屋外的雨吵醒了我，之后我就再也睡不着，我听着自己的心跳，脑子胡思乱想，转个不停，构思着，忧虑着。这和格拉纳达的学校完全不同，在那里我可以闲逛过几个艳阳普照的街区，然后坐下来晒晒太阳。闹钟是没必要的，它一响我马上就让它静音了，不想吵醒隔壁房间那位金发的德国男士，他每天早上八点起床，吃鸡蛋面包，然后出门去市中心一家新兴的互联网公司上班。

我离开飘雨的街道，上了一辆巴士，用确切的零钱付了车费。车上空座位很多，但很快就都坐满了，然后车里挤满了人。这辆车排着烟一路在狭窄的街道上慢悠悠地穿行，驶入崭新的环岛交叉路，排在一队长长的巴士后面，等着汇入车流。此时有些妇女会上车卖咖啡，男人则卖着塑料袋包装的甜甜圈。一个小男孩上车卖苹果。巴士驶入主干道，之后我们又进入一连串隧道，每一条都很长，还滴着水。乘客坐在黑暗中眨着眼。就这样，我们终于来到了圣罗克。市场一直延伸到植被低矮的山上，小贩们提着篮子兜售口香糖和香烟，卖塑料袋装的细细的炸薯条。前门有个老人提着一盒冰棒站在外头，褪了色的衣服邋邋遢遢，背还驼着。他从校门栏杆里将冰棒递给学生，学生则递给他一些硬币。

学校操场上都是小孩，有的在玩秋千，有的三五成群地吃着他们从街角小摊买来的糖果。天空灰暗阴沉，路上交通拥堵。我记得校长让我去的那个地方：走上楼梯右转，沿着过道走下去，年纪最小的学生就在那里。我一路走，过道里的小孩咯咯笑着纷纷给我让路。

在大楼后部一个黄色房间里，二十四个小孩坐在长长的矮桌子边上等着吃早餐。突然间，虽然置身于陌生环境和破损的玻璃之中，我却忘了害怕。他们伸出手碰碰我，抬头一脸天真地看着我。那里的女工围着围裙，戴着发网，微笑着向我致意。有一个让我进入厨房帮忙分粥，接着我将塑料碗装着的粥拿出来给孩子们，他们吧嗒吧嗒地吃得到处都是。早餐之后，我的工作是带着孩子们去石板地面湿滑的洗手间。那些蹲位没有门，洗手水槽一直喷着水，小孩的袖子永远都是湿的。我们带他们去教室，我跟一岁大的孩子们和一个年轻的孕妇坐在一起，她给我了看她们放纸尿裤、玩具和其他衣物的地方。孩子们一会儿哭闹，一会儿尖叫，推推打打，又嘻嘻哈哈。最后，我们喂他们吃午饭，然后将垫子拿出来，孩子们躺下去，在床上翻来翻去咯咯笑闹，不过最终还是睡着了。孕妇对我表示了感谢，让我回家。那时我已经饥肠辘辘，精疲力竭。

我搭上回家的巴士，望着窗外掠过的公园、大学、杂货店、其他的巴士和游客。我看着自己沾上油漆的双手和依旧湿嗒嗒的衣袖，心想不知道车窗外的游客为何那样将相机挂在脖子上，像领了某个奖项似的。

"你做到了。"后来我想方设法终于跟 E 通上电话时她对我说。

她说话气喘吁吁的,好像刚刚跑进门。"你成功去那里又回来了。"她说,我听得出她的笑意,从电话那头像一份礼物一样从天而降。

我结识了在隔壁那家叫沙比利克的酒吧上班的英俊男士。多数日子他就坐在柜台后面,大腿上坐着他的女朋友。两个人用手机发着短信。外面有些瘾君子靠着满是涂鸦的墙抽着烟。他们的夹克衫下面套着羽绒服,脸庞瘦削,头发稀疏,通常不是大声聊天就是在睡觉。街边还有些嬉皮士将首饰摊在毯子上售卖,有带流苏的手链和银手镯,上面镶嵌着他们在尼加拉瓜和秘鲁淘到的矿石。白肤黑发的嬉皮士光着脚,交叉腿坐在那里,用丝线编织着,看也不看路人一眼。

一天下午,我从公园走路回家,正好遇到走在我前面的两个穿着黑西装的白发男人。两人步履蹒跚,有些醉态,高个儿的一只胳膊揽着他朋友的肩膀,我走过去的时候正好听到一人说:"早上好,小姐。"我稍微加快了步伐。"早。"我嘟哝道,心知如果他们年纪再轻点,我是一个字也不敢答应的。我听到其中一个猛吸了一口气。"真漂亮啊。"他喃喃说道,几个字说得又慢又清晰。另一个咯咯笑起来,听得我也想跟着大笑。他那么努力想让自己的声音显得更轻柔、更年轻。

我身边走过一对对情侣,或是趁午歇出来的穿西装的女士,还有几伙穿着紧身牛仔裤和黑T恤、头上抹着发胶的人。这天早上我在亚马逊咖啡馆看到的男人还是跟黑发女郎坐在一起,两个人都穿着皮夹克,他们面前的桌上放着一大瓶啤酒和几个玻璃杯,依旧抽着旁边空椅上的那包特醇万宝路。即使坐在阳伞下面,他们也晒得有点黑。两个人都靠在椅背上没有说话，他们的眼睛掩藏在墨镜后，香烟则搁在烟灰缸上。

中央银行附近的那个女人依旧蹲靠在大楼墙根卖着指甲钳、梳子、唇膏、棒棒糖、香烟、口香糖和常温的瓶装水。她每天都会来到这里，将这些东西全部整齐地摆放在一张毯子上。她穿着一件黑色的围腰半长裙、一件白色衬衫，披着一条海军蓝的围巾，头上还裹着头巾。她的脖子上戴着十几条串着假黄金小珠的链子，耳朵上也佩着金耳钉。她脸上一道道深陷的皱纹蔓延到了她的嘴角和眼角。我经过的时候，她没有抬头看我一眼。

在帕特拉公园边上，擦鞋匠正帮报纸摊主擦着鞋。他们坐在各自的位置上，擦鞋匠猫着腰起劲地擦着鞋，两个人还争吵着。一个女人卖太阳镜，货架上应该有两百副眼镜。我们过马路的时候，一个梳着背头、身穿灰西装的男人很不友好地瞥了我一眼。我们稍微跑起来，腾出许多地方给巴士，那辆挡风玻璃上贴着许多站点名称的巴士向我们猛冲过来。它经过的时候，我看了看拉客仔，他站在敞开的车门边上，一只手握着栏杆，他的蓝色领带胡乱拍打着，他张着嘴，准备要喊起来。草地上，一个穿迷彩军服的男人坐在一位年轻姑娘和一个小孩身边。那个孩子站起来，晃晃悠悠，跌坐下去，然后又站起身来，每一次坐下都惹得那对男女哈哈大笑。恋人们手牵手站在草地上或靠在公园那许许多多的雕塑上亲吻着，要么就是打情骂俏地猛然推开对方接着又拥抱在一起。

今天画家们都没有来，周末和晴朗日子里，这些人会将画摆出来，靠在自己的车上，用烟斗抽着烟，彼此聊着天，始终留意着自己的画作。大多数画家的水平并不是特别高，但也有几个在我看来十分出色。

我们的分手就是这样开始的：错过了一通来电，又忘记回复一封电邮。生活节奏对 E 来说是越来越快，而对我而言则越来越慢：早晚一段安静的车程，在一座大城市里独自飘零。

与此同时，E 的日常却是满满当当：一场派对，下了班之后一杯杯的马提尼酒，去蒙托克一位有钱朋友的度假屋里过个周末。这些事情我都是事后才听说的：公路那头的一家海鲜馆供应的食物，雨霖霖的漫长下午，大家喝酒打牌填补空虚。"我在那儿好想你啊。"E 说，但我在她的声音里听不到思念，没有了以前她跟我说起话来声音里的那种甜蜜。屋外暴风雨来临，雨水开始从我房间的窗玻璃上滑落。这些日子，E 总是行色匆匆——赶去上班，赶去赴宴，赶去健身。她上了一个以前一直拒绝跟我去的健身班。

"为什么？"我问道，她说她也不知道。"只是你不在身边更轻松吧。"她解释说。我知道她并不是想伤害我，但放下电话的时候，我还是哭起来，然后将自己的泪水归咎于孤独，归咎于这场雨。

在基多待了几周之后，腿上的酸痛都消失了，那种疼痛来自连日的无雨高温（三十二度以上），还有炎炎长夜头顶整晚转个不停的风扇。在这里，我拉上窗帘将昏暗的夜晚隔绝在外，盖上毯子酣然长睡，就像小时候生活在气候寒冷的地方那样。我自然而然地将中美洲的 T 恤和凉鞋换成了我更熟悉的衣物：厚袜子、长裤、抓毛绒夹克和保暖内衣。雨依旧是冬雨，冰冷猛烈，有时一下就是几个小时。我将钱藏在抽屉里的内衣下面，离开房间时，我将笔记本电

厄瓜多尔　基多

脑也放在那里。"只怕万一啊。"楼下的女人警告我。有些夜晚，我在街上听到了一声枪响。尽管如此，在这个异域的某处，在我的国外生活中，我还是找到了一丝家的感觉。

我找到了与我去过的每一个地方相似的感觉。在这个被安第斯山脉环绕的城市，我经常会想起我去过的群山围绕的地方：香港、基督城①、蒙彼利埃②和佛蒙特州。但相似的不只是这个地方。哥斯达黎加的铁路正好就像伴我成长的阿迪朗达克山③铁路；尼加拉瓜的海滩也类似于我在印度或马萨诸塞州看到的某个海滩。我发现一旦你游历一个地方，你有一千次再与它相遇的机会。如果你将它印在脑海里，那在你游历的每一处地方，你都会认出它：建筑物的某个特征、山的色彩，或是街头音乐。你会在清风中感受到它，在歌声中聆听到它。我孤零零一个人住在旅馆房间里，孤零零一个人说着梦中才会听到的语言。我的爱人渐行渐远，在这里，她是无法触及的。事物变化之快着实让人震惊。

但每一次我离开这间屋子时又会发现，如果我寻找某样可以识别的东西，我去哪儿都能找到它。

我到日托所的第三个早上，一个矮壮的女人伊琳娜不情不愿地递给我一条围裙和一个发套，好像我又回来了就是自我证明了似的。那些女人教我不要让小孩在吃饭时间打瞌睡，而是要让他站到

---

① 新西兰第三大城市，仅次于奥克兰和惠灵顿，是新西兰的"花园之城"，也是新西兰南岛最大的城市。
② 法国南部城市，地中海沿岸奥克西塔尼大区埃罗省的省会。
③ 美国纽约州东北部的一处山地。

桌子上,在那里晃晃悠悠、摇摇摆摆,直到他同意将剩下的午餐吃完。"食物永远不可以浪费。"伊琳娜对我说着,又对一个褐色眼睛里盈满泪水的两岁小孩严厉地摇了摇头。他嫩嫩的小嘴嘟成了一朵玫瑰花蕾。但这些女人教我不要对孩子柔声细语,相反的,我的工作就是确保他们把饭吃下去。将食物丢在地上的孩子必须把东西捡起来吃掉。拒绝张开嘴再吃一口的孩子必须强制喂食。偶尔也可以同意孩子把食物分给别人,但大孩子们都知道要把领到的东西大口吃完。只有年纪最小的会吵闹,把头扭到一边,紧闭双唇。

即使婴儿也要接受排便训练。只有一个小女孩不能准时如厕,她一天中多数时间都缩在一个角落里,吮吸着自己的拇指,坐在自己湿漉漉的裤子上,直到有人注意到她。我帮她换尿裤的时候,她一直睁着眼盯着我看,就像知道了一些我还不了解的事情似的,一副见识比我还多的样子。在日托所里,我忘记了其他一切:我的妈妈、我的猫、我的旅馆房间,还有我那若即若离的爱人。我小心地拨开这个孩子的双腿,确保尿裤不会太紧,保证她的衣服已经塞好,袜子也没有穿错。

这座城市被群山包围,但主干道都笔直,南北走向,穿越山谷。我走在汽车尾气中,然后折转向东,走上陡峭的山路。沿路的房子更为雅致,绿草茵茵的庭院和花香四溢的花园围着通电的篱笆。我转过身俯瞰这座城市,心想要是在这里有一座房子就好了。卡洛斯说这个可以有,他说这里多数的房了,即使是很漂亮的,对于美国人来说也是买得起的。

"没人想要住在基多。"他哈哈大笑着说。

厄瓜多尔　基多

我在小小的街区里穿行，妇女们在街上晾着衣服，小狗懒洋洋地吠着。最终我来到了厄瓜多尔画家奥斯瓦尔多·瓜亚萨明[①]的故居。我是一路问路走过来的，先是问一个带着汪汪乱叫的狗儿的小孩，然后是一位正往街上泼水的老妇。

房子周围都是被风吹得嘎吱作响的桉树。橘猫们蹑手蹑脚地从这栋建筑物的外围穿过，这栋房子本身是一副无人居住的样子，花园翻垦过，却没有种植东西，地砖上蒙着一层灰。瓜亚萨明的房子净是几何图形，圆锥、椭圆、圆柱，各种三角形状衬托着窗户。周围只站着几个门卫，喝着纸杯里的咖啡，游客还没有到来。一个没有水的游泳池俯瞰着雾霾缭绕的城市。这里有一种很久以前香槟派对残存的气息，被时间和雨水慢慢冲刷而尽的安逸放纵。他们不让我进入房子内部，但看看这个地方酷酷的线条已经足够，我仿佛穿越了一番。

2002年去世之前，瓜亚萨明在他房屋的旁边建造了"人类礼拜堂"，这是一座厚厚的黑砖砌成的正方形纪念馆，里面有非常宽敞的房间，中庭的墙上挂着他的画作的复制品。纪念馆的中央，一团火焰依旧在熊熊燃烧。瓜亚萨明画下了一张张革命者的脸庞，哭泣着的强奸受害幸存者和失去孩子的母亲的肖像，战争中被害者滴血的四肢，还有失踪者笼罩在阴影中的脸。在这样阴郁的一天，那些带着镀金标签的画作让人深切感受到人们遭受的苦难，从危地马拉到阿根廷。我认出了吉戈贝塔·门楚的杏眼、高耸的颧骨，还有皮肤和头发上深深浅浅的绯红和蔚蓝。中庭还有一幅画在亚麻布上

[①] 奥斯瓦尔多·瓜亚萨明（1919—1999），著名人道主义画家，拉美艺术代表性人物，在世界画坛享有盛誉。

的可折叠的双联海报，上面用西班牙语印着瓜萨亚明的语录，下面是更小字号的英文版。站在青青欲雨的云朵之下，我读着他的话：

> 为了玩耍时死去的孩子
> 为了劳作中衰微的男人
> 为了爱而不能的穷人
> 我会用枪声作画

春汤是基多的复活节菜肴：一种黏稠的黄褐色浓汤，用料有十二种不同的谷物、鱼干、炸大蕉和各种蔬菜。这种汤喝一碗就饱了，它同时代表了耶稣的十二门徒、耶稣在人们挨饿时给予他们的大量的鱼，以及大斋节①期间不食肉的习俗。从周一开始，咖啡馆就将写着"今日春汤供应"的广告牌挂在了门前。就连日托所里的婴儿都是一股鱼味。街上的老妇盯着蜷曲开裂的鱼尾，用乌鸦般刺耳的嗓音还着价，而摊主们——那些将手机塞在后裤兜的小伙子们，则将她们选中的鱼称好。

受难节②当天是停课的。我醒来的时候，楼下的街道出奇的沉寂。卡洛斯炒了六个鸡蛋，全吃完了，我抿着咖啡，小口啃着他设法买来的白软干酪。这些干酪比我在圣罗克能买到的奶酪更甜、也更咸。他承认自己还是昏昏沉沉的，但只要几个鸡蛋他就清醒了。

---

① 亦称"封斋节"或四句节。基督教的斋戒节期。由大斋首日（圣灰星期三／涂灰日）开始至复活节前日止，一共四十天。
② 纪念耶稣受难的节日，教会称耶稣受难日在犹太教安息日的前一天，故规定复活节前的星期五为受难节。

他喝着纸盒装的果汁,吧嗒着嘴唇,又伸手拿过我的咖啡,一饮而尽。

"好多了。"他说,后仰靠在椅背上,闭上了眼睛。

我们搭上了去市中心的电车,我又一次注意到那种柔和的气氛,在灰蒙蒙的天空下,交通显得井然有序。卡洛斯说大多数人周末都会收拾好行李,前往海边或是他们位于厄瓜多尔丛林密布的东部①的农场,以暂时逃离基多灰色的人行道和阴暗的天空。他话音未落,几缕阳光忽地落到了空荡荡的人行步道和店门紧闭的商店的栅栏上。卡洛斯咧开薄薄的嘴唇笑了起来,从口袋里掏出一根牙签。

接近市中心,楼房变得更高,也更狭窄。我们开始能见到精致的建筑装饰线、高高的法式窗户,还有殖民地风格的线条。人行步道更局促,挤在鹅卵石街道边上,蜿蜒绕过街角,攀上山丘。街道上开始人潮涌动,女人们推着小推车,卖着烤大蕉片;还有个男人在兜售彩色鞋带,一捆捆鞋带挂在他的脖子上、胳膊上,摊在他的两只手心里。我和卡洛斯在大广场下车,在离开独立纪念碑转身朝圣弗朗西斯科教堂走去的时候,遇到了人群。

卡洛斯告诉我,有些人早在凌晨两点就守候在那里,为的是占到一个好位置。我若是踮起脚尖,就能看到穿紫色长袍的人,戴着荆棘头冠、袒胸露乳的男人,以及披着面纱的维罗妮卡②。他们等待着开始巡游,等待着像雨中的巴士一般缓缓穿行过街道,等待着向

---

① 印第安斯山脉东麓的一片平原,厄瓜多尔境内的亚马逊流域部分。
② 据《圣经》记载,在耶稣前往受难地的路上,信徒圣维罗妮卡将面纱献予他,因此面纱上存有基督的面容。

耶稣基督展示他们对他的深切爱戴，对他的生平事迹铭记于心。他们心怀希望地等待着，希望他能看到他们在那里欢庆。我们走过人头攒动的街道，在人行步道上努力寻找一小块立足之处。我们与其他耐心等待的人一起守候，那些人向路过的女士们购买香口胶和糖果，在斑驳的阳光下摆弄着自己的雨伞，用手机摄像头为彼此拍照，或是安静地坐着，双手放在腿上。我想起了E，她若在此，该会有多喜欢看到这条街上的场景。我今晚要打电话给她，我暗自发誓，然后才允许自己思念起她的秀发、她的纤手。也许这一切，这种我难以理解的陌生距离感，只是一点小坎坷罢了。在如此温暖完美的日子里，很难相信E对我的心意会有所改变，想想甚至还有点可笑。

就在那时，静默突然袭来，像一阵雨落入人群之中，接着行进乐队欢快的奏乐声突然响起，这时我才弄明白，游行队伍朝我们缓缓走来了。尽管大家难遏激动，但这是一次庄严的游行，没有呼喊声，没有小孩的尖叫声，没人鼓掌，也没人歌唱。一开始我看到的是锥形帽子的帽尖和巨大的木十字架。我意识到这个复活节将会有别于我所看过的任何一个复活节。没有白色的长裙，没有复活节彩蛋，也没有简短的教堂礼拜和随后的早午餐。灰色阴沉的天空下，男人们前行着，不是齐步行进，甚至算不上是漫步，而是在自制十字架的重压下吃力缓慢地走着。一户家人跟随着一个十字架庄严行进，父亲或长兄扛不住的时候，母亲和其他小孩就会帮忙将它托起些许，或是帮忙向路边推着冰柜的妇女买几瓶水。最大的十字架应有几百磅重，长三米。这样一来，托举的人就得走快些，停下来休息，接着再赶紧抬着往前走几码。光着脚、戴着脚镣的男人们走了过来，他们赤裸上身，腹部缠绕着一些带刺的铁丝，尖锐的小刺扎得皮肤出了血。蒺藜头冠，真正的血珠。人们啜泣着，一位拖着双腿前行的老人尿液淋漓，游行乐队演奏着音乐。人行步道上挤在我们身边的妇女们手里攥着一把把玫瑰花瓣，洒向游行队伍。到处都是耶稣基督的彩色画报，镀金画框里光彩照人的圣母娴静地冲我们笑着。托举十字架的人后面走来的是维罗妮卡们，戴着紫色面纱，穿着紫色长袍，列队鱼贯而过，她们低垂着头，扎着发辫，紧握双手。她们的身后则是塑像队伍。一开始是小耶稣的塑像，然后是圣母玛利亚，最后是十字架上的耶稣——周围簇拥着几十位警察，一群异常安静的旁观者、追随者和信徒。每一尊雕像都矗立在一辆大篷车上，庄严地行进，雕像周围是一簇簇玫瑰花，装饰圣母雕像的是红和粉红的花束，而耶稣基督的花束则是纯白的。正式的游行到这里就结束了，围观者都跟随在耶稣塑像后面，新的非正式的游行队伍就像雨幕下的河流，膨胀了起来。我揪住卡洛斯夹克衫的后襟，这样就不会在人群中与他走散了。

如果你当天在游行之后回到老城中心，就会发现那些玫瑰花瓣卡在街面的鹅卵石间，贴着人行道，塞在门户与墙边的缝隙里，洒落在树木的枝条上。没有了那些声音，没有了基多城一群群虔诚的信徒，那些街道看起来是那么空荡荡。你会听到路面上呼啸而过的风声，但昨天游行后残存下来的，只有地面上那些玫瑰花瓣留下的星星点点的白色、粉红和绯红，那悲伤而狂热的一天的斑斑印记。

周一，圣罗克那所学校的校长通知我，要我给五、六、七年级的学生上英语课。他走进日托所，孩子们都睁大眼睛望着他。我与他们一一拥抱告别，然后亲了亲伊琳娜的脸颊，向她道谢。校长轻敲他的手机，一直在旁边等待着。虽然孩子们都回我以拥抱与亲吻，但他们看到我要走，倒也不难过。我心想，他们应该是习惯了大人们的来来去去。走到门口，我回头看了看他们，发现他们重又忙着吃起了早餐。伊琳娜擦拭着洒落的牛奶，对一个嬉皮笑脸的男孩子骂骂咧咧，打翻的杯子从他面前滚开，从桌面上掉了下去。

教室里，课桌整齐地排成行，学生们身着校服：蓝色的V领毛衣，男孩是海军蓝的西裤，女孩是短裙加及膝的长袜。大约一半的学生穿着全套校服，许多女生穿了毛衣，但下半身穿的不是短裙和长袜，而是凉鞋和素色的玛雅半身长裙。这三个房间天花板很高，感觉冷飕飕的。校长把我分别介绍给了里头的学生，每一次我用英语向他们问好，他们都会热情高涨地齐声应答。

在第二个教室里，我对孩子说"你们好呀"。"你好呀。"他们鹦鹉学舌般地说道。第三个教室里是二十位七年级的学生，他们虽然只比其他班的人大上一两岁，看起来却是一副小大人的样子。几乎所有的女生都穿着黑色的玛雅半身长裙，校长匆匆用西班牙语介绍了我，而多数姑娘都忙着做针线活儿。七年级的老师是个肤色浅、发色黑的帅小伙子，目光温暖和善。他走到教室前方，握住了我的手。"很高兴你能来这里。"他用英语说道。校长和学生们冲我们眨巴着眼，听不明白他说的话。

随后的日子里，我在街角的网络咖啡馆将谷歌上搜索到的教案打印出来。我努力回忆琳达一开始教我的东西。我定下计划教授基础动词"是""去""知道"。不过尽管我认真备了课，一般情况下，七年级的学生只是安静地坐在座位上，记着笔记，答着问题，将我留给他们的翻译作业说出来。五年级的老师是校长，我一进教室，他就走出去打手机，还没走出门呢，就开始拨号码了。他的学生们把腰杆挺得笔直地坐着，直到他走出门去。门一关上，他们就开始上蹿下跳，说说笑笑，交头接耳，传纸条扔东西——我发现都是些裹着口水的纸团，这是我曾经在书上读到过却没有见过的东西，即使在上中学的时候，我都不曾见过。

在这焦头烂额的第一天，回形针在我耳边嗖嗖地飞过，地上的铅笔滚到我脚边。一根橡皮筋打中了黑板，然后又飞来一根。我问那些小孩他们叫什么，大家都摇着头。我瞥了一眼手表，暗暗希望时间能过得更快些，希望这些孩子能专心些，希望校长能赶紧打完电话，回到教室里维持秩序。

一个口水纸团落在我脚边。够了，我对自己说。我停下板书——"我是，你是，他是，他们是"，转过身去，指着地上的一个口水纸团。我想我的脸涨红了，也许是发白了，不过突然间，整个教室安静了下来。气氛变得沉重，孩子们惊讶地看着我，等着看我的下一步举动。

"不！"我直截了当地说，声音很大。我听得出自己语气非常严厉。我的声音产生了效果。我用力地摇了摇头，食指依然指着那个纸团。

"不能再扔了！"我挥舞着双手说。"OK？"我问道，但没人动弹，也没人吱声。

"OK？"我又问了一句，OK这个词可是全世界通用的。这些小孩面面相觑，然后又看了看我，终于慢慢地点了点头。

后排一个个子大一点的男孩靠上前去，跟他的朋友悄声嘀咕着，另一个咯咯地笑了起来。

"嗨!"我冲着两个男孩大喝一声,"够了!"我说的都是英语单词，但这两个男孩消停了下来。大一点的那个耳朵都红了。其他学生开始埋头于自己的笔记，突然间对记笔记兴趣盎然。

但后排的两个男孩依然低声嘟哝着，我在脑海里搜索着我见过的老师，就像翻动名片匣一样。瓦尼太太，我记得一直都是最令人害怕的，但其他人，即使是脾气很好、爱穿玫瑰色毛衣、涂着浅色口红的凯利太太，也会勃然大怒。她们是怎么吓唬我们、让我们学乖的呢？我闭了一会儿眼睛，让自己回到当年的课堂，那些教室里的气味跟今天这个几乎一模一样。

"你叫什么？"我问后排的大男孩，就是挑起这一切的那一个。其他学生继续抄着我的板书，头也不抬，但这个大个子茫然地看着我，一句也没听懂。

"我只会说西班牙语。"他用西班牙语说道。

"你叫什么？"我又说了一次，语速更慢了。"你的名字。"一个小男孩悄声匆忙说道。

"劳尔。"大男孩嘟哝着看了小男孩一眼，后者用手捂住了自己的笔记。

劳尔，我把名字写在黑板上。"那你的名字呢？"我问他旁边的那个，然后将"米格尔"写在"劳尔"下面。我严厉地盯着这两个男生，指着他们的名字，然后继续上课。自此，课堂再没出什么乱子。

六年级的班级则是一派怡人景象。学生们分成小组轻松地坐在一起，他们的老师，一位身着淡紫色丝质衬衣的中年女士，走来走去查看着他们的情况。我敲门进去的时候,他们都抬起头来看着我。

"你们好。"我怀着刚刚鼓起的勇气说道。五年级的学生都跟着发短信的校长到院子里休息去了。

"你好。"他们叽叽喳喳地说道。老师回到自己的桌边坐下,拿出一本成绩簿,戴上了眼镜。她看了我一眼,点点头,忙活起手上的工作来。看到她能留下来,我非常感激。蒙蒙细雨飘落在脏兮兮的窗户上,我听到窗外的车流声。下课的时候,一个叫杰姆的男孩跳起来,走上前跟我握手,他的同学们看了咯咯直笑。他个子小小,却是个帅哥胚子,红扑扑的脸颊,栗色的眼睛,热切的笑容,还有一口整齐的小牙。

地板上有碎玻璃,一扇窗户被打烂了。我听得到校外是嘈杂的市场,有人吵吵嚷嚷,有电视的声音,人们在讨价还价,还有隔壁班上那些打工者的小孩。学生卫生间没有门,里面也没有厕纸,地板污秽不堪,水龙头的水非常冰凉。

为了玩耍时死去的孩子——我想起了这句话。

拉斐尔走过大厅。他是个法国人,宽大的脸庞晒得黝黑,眉毛浓密,还留着一把黑胡子。早上他经常睡到很晚,我从学校回家的时候他才起床。他把我的那份面包也烤了,还分了他的牛奶焦糖给我吃,那是他的一个阿根廷朋友送给他的礼物。晚上他会做爆米花给大家吃。拉斐尔还没搞明白自己的厄瓜多尔行程要怎么走,但在此期间,他早上挣钱,帮大家做晚饭:分量很足的炒菜,加红酱[①]

[①] 以番茄为主的酱汁。

的意大利面条，还有煎蛋卷、色拉和奶酪。

"我今天跟我女朋友聊天了。"有一次我对拉斐尔说。

"你是说你的男朋友吧？"他回答道，以为我是用错词了。

"我的女朋友。"我又说了一次。他耸了耸眉毛，很惊讶，却不置一词。

卡洛斯说话的时候，手指颤动，嘴角上扬，细细的眉毛还老是一耸一耸的。他踱着步子。

"为什么是女朋友呢？"他有时候会问我。我耸耸肩告诉他我爱她，他蹙起了眉头。

"真是浪费。"他摇摇头说道，不过还是接受了，之后又会把其他女人带回来过夜。早上，那些女人总会穿着他的T恤坐在厨房的餐桌旁，他则煮着鸡蛋。

拉斐尔走起路来轻松而缓慢，而且他很和气，一副心满意足的样子。我敲开卧室门码字的时候，他会来敲门，然后一言不发地走进来，带着他自制的点心：夹着椰子碎的面包、曲奇饼，或是一片撒上鲜奶油的热带水果。

"我的一个特权。"他第一次从冰箱里拿出那个塑料盒的时候用英语说道。他在盒子上贴了标签，上面用永久性马克笔写上了自己的名字。这让我有些意外，毕竟他有什么东西通常都会跟我们分享。

两位德国姑娘走上楼去。她们都是十八岁的年纪，即将进入大学学习。她们的脚踝上有互相匹配的文身，那是她们在泰国时一起文的。早上她们醒得比我早，晚上回家又比我迟得多，我都睡着了她们才回来。她们的脚步声在我楼上响起，搅扰了我的清梦。后来我终于习惯了她们这样来来去去，她们来去之时我酣睡依然。我只在午餐时会见到这两位姑娘，她们会在二楼小小的阳台上抽烟。她们总是把指甲涂成猩红，到街对面去上萨尔萨舞课。她们总说自己筋疲力尽，但似乎又总在说说笑笑，东奔西跑，唱着歌，做着饭，抽着烟。周末，我跟她们俩一起熬夜。那样的夜晚，拉斐尔和卡洛斯会去街角的商店买来一盒盒红酒，我们将它们与汽水混合起来，第二天发现它们干在地板上，黏糊糊的。

有一次我们去街对面的萨尔萨舞俱乐部，那两位德国姑娘认识那里的老板，能买到打折的饮料。她们俩配对跳起舞来，仿佛天生的舞者。我和拉斐尔笨拙地挪动到舞池的角落，在忽明忽暗的灯光下跳了起来。我们都尽力了，他一副知道自己跳得不好却满不在乎的样子，懒洋洋的步伐带着一种轻快。我不知道我们踉跄着走出门的时候是几点，但外面还有人在等候进场，有的抽烟，有的补妆，有的亲吻。我想要他，我暗自想道，接着这醉醺醺的念头就消失在黑暗之中了。我们走过马路，拉斐尔打开门，我们走上楼梯，突然间累得说不出话来，连嘟哝着互道晚安都做不到。

这段时间，还有些其他的事情我没有跟 E 说。我们的谈话气氛越来越紧张。她恨透了我这边断断续续的网络。每次我们通话结束，我就在心里骂着脏话，知道她会很生气。我开始小心翼翼，有些话题只能小心试探着说。我对她甜言蜜语，打听她那天过得如何，周末有什么计划。很庆幸她没有问起我的生活。虽然学校的工作很忙乱，我身边也有舍友和这座城市，但有些日子，我却感到深深的令人心焦的孤独。

有时候她欲言又止,像是要告诉我什么,却改变了主意,我知道她有些话没对我说。"不,没什么事。"我追问她的时候,她会反复这么说。我也一样,没有说起拉斐尔,怕她误会,而且,怎么说呢,有秘密的感觉也挺好的。一个月前玉米岛的清风如此甜蜜,如果是在那个时候,我有事瞒着 E,那简直是不可思议。可是现在,我只能紧紧抓住我能抓住的一切。我羡慕她忙碌的生活:为工作做计划,觥筹交错的夜晚,还有周末的健身房。

接着她去了一个朋友的乡间宅子。我有四天没了她的消息。

最后她终于回复了我的电子邮件,总共四封。"没有网络啊。"她辩解道。幸好她不知道还有多少邮件是没有寄出去的。我不让自己思忖她到底有多少邮件没写给我,不去想她也许跟别人聊了很多。

"别犯傻了。"E 回家的时候给我写信说,语气冷静,就像是见识比我多似的。我没心情给她回信,而是出门步入基多城的细雨中,漫无目的地走着,不饿,不渴,只是情绪低落。

日子一天天过去,我会时不时地突然想起,不知道她此刻去了哪里。我给她发邮件,她没有回复;打电话给她,电话一直没人接,也没有语音留言提示。偶尔,我的手机会冒出一两条短信,但都是没有情感的寥寥数语——现在太忙没法聊天,明天再联系,祝你开心!

我急忙回复,带着些愤愤然:怎么会变成现在这个样子?我质问她,但她没有回答,似乎有些肆无忌惮。有时候我对自己说,也许小玉米岛的海滩对我们来说甜蜜得过了头。椰风吹走了我的直觉,夕阳下她的肌肤让我沉醉。不知道我是不是产生了幻觉。

厄瓜多尔　基多

几年后，会有一位朋友对我说："我当时就知道了。"她会谈起E，还有最后那些挣扎的日子。她会说起她所看到的某个情况，也许还有某个眼神，或是一次肌肤接触。她在现场，而我不在。她会严肃地看着我，捕捉我眼眸中的回应。而我则努力不形于色。我不希望这位朋友知道我当时有多么傻，也不想让她知道，我如何竭力让自己不去洞悉内情。

"我当时就知道了，"这位朋友会扬起眉毛再说上一次，"而且我很反感。"

偶有阳光普照的日子，而其他时候，这座城市就像是泡在雨中。一个周五，我七点前离开住处时，已经是大雨倾盆了。我早该预料到，从俯瞰公园的山上这一路下来，经过那些塑像，穿过桉树林和隧道，交通会特别拥堵。雨声将我吵醒的那一刻我就该知道，但我还是按往常的时间出门，没有给自己预留三十分钟的时间，这半个小时正是我准时到达学校所必需的。

雨天的巴士总是更加拥挤，这一点基多城和其他地方没有区别。今天的巴士里隐隐一股汗水味，混杂着湿嗒嗒的衣服气味。汽车走走停停，一会儿加速一会儿减速，你一路磕磕碰碰走向车尾的时候一定要小心，因为雨伞和庞乔斗篷上滴落的雨水、湿润的空气让车内的地面变得湿滑。我邻座的男士低垂着脑袋，双手交叉放在大腿上，雨伞夹在两脚之间，不知道他是不是睡着了。

我是不可能准时上班的了。我看了一下手表——七点五十五分。我们距离学校还有一英里的路程，巴士堵在这条阴暗而又嘈杂的隧道中，里面回荡着巴士的喇叭声、山上乒乒乓乓的雨声，还有白炽灯嘶嘶的电流声。我想下车步行，却又想到外面大雨滂沱，两段隧道之间也没有人行步道，在幽暗的隧道里行走，我一个孤身的金发女子也许会引来各种充满恶意的议论，那些话哪怕是光天化日下听来都是不可忍受的。

邻座的男人说着话。他拗着指节，又说了一次：我们永远也到不了目的地。我觉得他的话就是这个意思。又或者他是在对我说：我们会到那里的。不管说的是哪一句，我都微笑着点了点头。他回报以微笑，然后扭头看着窗外黑黝黝的隧道墙面。我闭上了眼睛。

接着我听到那男的又开口了。这次他是问我从哪里来。我们开始交谈起来，我说的是结结巴巴的西班牙语，他则用平静深沉的嗓音流利地说着。他告诉我，他有个兄弟在迈阿密，是个音乐家。另一个兄弟住在德国，但他自己，就是我旁边的这位，则住在城市的另一边，在山的东麓。

"我一直想去看看我兄弟，"他说，"美国是个很好的国家。"他又匆忙补充说他很佩服奥巴马。

我注意到他身上黑夹克的袖口褪了色，衣服也都湿透了，看得出打过补丁。因为经常用手掏口袋，他的夹克的衣袋也泛起了亮光。巴士缓慢前行，我们一起耐心等待，有他在我身边，隧道的幽暗和巴士里刺眼的灯光都柔和了起来。

我们穿过最后一条隧道的时候，那个男人将手伸进衣袋，拿出一张折叠着的纸片。

"我的电话号码，"他说着，将纸片递给了我，"需要帮忙的话打给我。"我握了握他的手，站起身来，终于离开了车厢里雾气蒸腾的巴士，户外的风中雨丝飘落，凉爽而又清新。

过了很长一段时间我才记起那张纸片。一个早上我在手提包一个小口袋里发现了它。这张纸片被反复折叠，折痕都磨损得有点发灰。我小心地打开它，免得这张脆纸片裂开来。纸片的一面用黑色钢笔写着那个男人的电话号码和名字：吉米。

我将纸片翻过来，看到的是一串淡淡的铅笔字迹，是一些数字的合计：三十五美分，二十五美分，一点五美元，加在一起等于四美元四十五美分。算式工整清晰，也费力地算了个清楚。这张纸在我手里更像是一块烂布片，我把纸片重新叠起来，放进钱包的后隔层里。现在我的房间挺昏暗的，外面的雨幕遮蔽了光线，窗户敞开了一点点。此刻，马里斯卡尔街区的这家旅舍静悄悄的，这种静谧有些恐怖。我已经渐渐习惯了各种乱哄哄的嘈杂。我和吉米曾经在雨中一起等待，期盼着，交谈着。这个早晨，全世界巴士上的人们一定也都在这么做。那张纸就像一块布片，在同一个口袋里放了几个星期，也许几年，放得暖烘烘的。

"需要帮忙的话打给我。"吉米曾经说过。

最后一天的课堂，我做了特别的设计。我教他们说一些俚语，"近来好吗""你好啊，伙计""这个棒呆了""这个太渣了"。他们的老师听不懂，一直埋头看着手机。坐在前排的两个女生毫不理睬我，兀自交头接耳，涂涂画画，从一上课就开始了。"超赞啊！"我教他们说，"近来好吗，兄弟？"一些男生很喜欢这些句子的发音，他们多少在电影或电脑游戏上听过，于是他们都站起身来，大模大样地说着："近来好吗，兄弟？"他们学习的最后一个句子是"我爱你"，不过他们已经都懂了。

"我爱你，老师。"一个男生说，其他学生吃吃地笑着，满怀期待地看着我。"谢谢。"我说，打开门扶住它。每个学生都跟我握了手，从我身边鱼贯而出。

我打扰了七年级学生的卡片制作活动。我打开门时他们的老师抬起头来看了我一眼，点头示意我进去。录音机里播着一首细声细气的西班牙情歌，学生一边裁剪着画，一边跟着轻声哼唱。我到教室的时候，经常发现老师在让他们做手工，复活节前的几个星期是纸做的花环，母亲节临近则是缀着纸花的卡片，还有描述学生各自家乡情况的海报。多数学生来自里奥班巴①，那是连接南部的一个省。今天，他们都抬起头看到了我，匆忙做完卡片，将它们收拾起来。

我从手提包里拿出了数码相机，这东西让全班学生都沸腾了，兴奋情绪像涟漪荡漾开去。大家高喊着争着要拍第一张和第二张照片。那天晚上查看照片的时候，我发现了天花板的画面，还有某个人模糊了的脑袋，某个人放大了的掌纹。在这些照片中，有两个穿玛雅长裙的女孩并排站着，没有笑容，还有三个男孩勾肩搭背，一脸严肃，想挤出一副凶相，却没有成功。在一张集体照里，老师是唯一露出笑容的人，站在边上往中间靠着。

下课铃响起，我再一次站到了门边，等待大家排队来握手。可是没人上来，老师走向橱柜，拿出了一个包。学生们打开课桌，拿出卡片，献给了我。老师从包里掏出一些东西：一顶手工小帽子；

---

① 厄瓜多尔中部山区城市，钦博拉索省首府。

厄瓜多尔　基多

一个人工编制的粉红小提包；一支绿色钢笔，尾端粘着一只羽毛做的小鸟，这支笔我这几个月上课时经常看到有学生拿着在写字。现在，帅哥老师将这些东西送给了我，学生们坚持要我试戴一下帽子。我怀疑这个东西就是女生们边做笔记边做手工的产物。帽子太小了，学生们热烈地鼓着掌，丝毫没有北美的教室里会看到的嘲弄，在那里，帽子的大小和款式更为重要。老师用褐色的丝线将所有的卡片捆在一起，整齐地叠成一摞。"回头再细读。"他用英语对我说。我将卡片捧在手里，还有那些织物和那支公用的钢笔。现在这支钢笔成了我私有的。突然间，我感觉到泪水刺痛了我的双眼，白炽灯格外闪亮，我惊讶地眨了眨眼睛。之前我根本没有料到会有这样的伤感，但此刻的感受确实如此。礼物都递到了我手里——这些小小的手工作品，之后又是排队握手。老师用一块布将录音机遮盖起来，熄了灯，随手将门关上。

就这样，我走过学校操场，挥着手用西班牙语和英语说着再见，跟我从未见过的学生们握手。我突然想起了乌斯潘坦的山丘，我们在那里建起了炉灶，照料那些孩子，然后走路下山，扭头跟他们告别。我想起拉格洛里亚的瓶子学校和那里漂亮的黑眼睛小娃娃。

校长为我打开了校门，第一次向我道谢。我站在门外，身边是一个卖冰棒的人和一个高声兜售袜子的人，后者给了我一包上面印着粉红花朵的灰色袜子。透过栅栏，我看到那些学生已经将我的离别忘在了脑后，正在小水洼和碎玻璃上互相追逐，他们早就习惯了学会避开脚下这两样东西。

新墨西哥州　圣达菲

我以前去过一次新墨西哥州，跟她一起。我们那时刚刚开始交往。在机场，她牵起我的手，将我搂住，拉着我去车上。她开车带我去她妈妈那座空置的房子，领着我去小小的前卧室。她脱下我的衣服，努力不显得急切，之后我们在洒满阳光的小浴室里共浴。我不太记得那里的露天广场，或是夏天的餐馆，还有我们一起徒步走过的两旁白杨树耸立的小道。当我想起新墨西哥州的时候，我常常想到的是她厨房里的咖啡、她邻居院子里的一头山羊，还有一个上了釉的蓝色陶罐里带刺的芦荟。那个周末，我坠入爱河，我离开的时候，她哭了。

我们把这次旅行全都计划好了：一次重聚的机会，重燃激情，参加圣达菲两位朋友的婚礼。然而，在去往阿尔伯克基①的飞机上，我还是强迫自己面对这样一种可能性：她也许不会去机场接机。

飞机上我邻座的男人假装没注意到我在哭泣。一个月前，我在基多一个旅行社发现了一班廉价航班的信息，当时我觉得我会见到E，而且这次也会像小玉米岛海滩小屋里的那次一样顺利。现在我对情况更为清楚，却太迟了——机票买了，酒店房间也订了。E会

---

① 美国新墨西哥州最大的城市，位于新墨西哥州的中部地区。

开着她爸爸的车来接我。

邻座的男人拿出一个塑料盒,请我吃巧克力曲奇饼。我谢绝了,他惊讶地看着我。我转过头去,闭上眼睛,思绪回到了基多。

我离开的两天前,拉斐尔做了烤奶酪三明治当午餐,然后又邀请我坐他的摩托车去兜风。

"可以乘坐空中缆车,还有一个嘉年华活动,"他对我说,"我们应该去看看。"他看着我的样子就像在说:如果去了,你肯定会大饱眼福。

"不能坐摩托车。"我出发前E对我说,不过她没让我做出保证。

一只小鸟从敞开的窗户里跳进来,毫不畏惧地啄食着地板上的面包屑。我在冒泡的温水里洗了碗盘,用力擦拭掉残存的奶酪——拉斐尔的用量阔绰。他说我得买一件夹克,一件比较坚固的衣服。

我们走出门去,看了看他停靠在大门边上的摩托车。一朵凋谢的木槿花掉落在车座上,拉斐尔快步上前将它拂落。他展示摩托车的样子就像一位魔术师在介绍他可爱的助手——冲着它伸出一只手掌,带着一种克制的骄傲。拉斐尔穿着一件黑夹克,上面缀着几何图案的塑料饰品。

"很漂亮。"我对他说,心里其实对摩托车这类东西一无所知。

她不在这里,但我觉得我早就知道了。我走过航站大厅,经过价格昂贵的商店,那些店出售绿松石珠宝、鲜艳的围巾、松子咖啡和小小的珠宝盒。我走向行李提取处，站在那里等着我的黑色背包，我得好好检查一下，因为里面有一个黑白瓷盘，那是送给新婚夫妇的礼物。我看着缓缓移动的行李传送带，努力不哭出来，努力不去盼望拉斐尔能在我身边，不去想渐渐熟悉的基多的街道，还有那些能带我出城去丛林、去海边的巴士。我已经能够感受到新墨西哥州干燥的空气了，一阵让人腻烦的带着烟味的尘土从旋转门外飘了进来，进入我们的嘴巴、肺里和毛孔里。我再一次闭上了眼睛。

拉斐尔小心翼翼地驶过我们所住的那条街，驶上了独立广场。隔着厚厚的头盔衬里我几乎什么也听不到，所以整个行程显得特别超现实，沿途明媚安静的城市风光快速向后退去，最终隐入烟雾缭绕的桉树林。

在城市的这一高处，天色阴沉，寒意袭人。等候缆车的只有我们俩。缆车绕过粗粗的电缆开了过来，刚停下，门就滑开了。坐在缆车里，我们可以感受到风的呼啸，却听不到它的声音。车一加速，我们的身体就往前倾去，俯视着连绵的山丘和雾蒙蒙的城市，起起伏伏的地面上点缀着红色屋顶的楼房、偶尔得见的穹顶，还有样子纤弱的尖塔。我们的面前出现了连绵在城市郊外的一座座山，现在显得更加翠绿空旷，只有几个人在牧羊。我们越过一座山丘，然后又是一座，缆车最终把我们带到了山顶，我们的靴子踩在雪地上，嘎吱作响。我满心庆幸自己穿了夹克衫，忙不迭地将双手插进口袋里，羡慕拉斐尔戴了一顶帽子。他捕捉到我的目光，将帽子递给我，我摇了摇头。

接着我身后响起了一串脚步声,那是她的气息,她把我转过去,亲吻着我,就像我第一次来到新墨西哥州时一样。我想推开她,双手却将她拉得更近。

"抱歉我来迟了,"她最终停下来喘着气说道,"你都不知道交通多拥堵。"

坐到车上,我想不起有什么话好说。我不敢提起近来的日子,自从我十二月份离开之后,那是我们互不沟通的最长一段时间。我走了这么几个月。她开着车,我看着她,发现她现在已经是个陌生人了。她的一切都显得不一样了:她的发型、新眼镜,还穿着一件我不曾见过的条纹衬衣。只有她的文身没有变化,还有她古铜色的肌肤,以及她秀发中几缕天然紫色的发丝。我伸出手去,抚摸着她胳膊上的文身,就在她的手肘上方,她回缩了一下,没有料到我会有这么一个举动。

此刻的新墨西哥州烟雾迷蒙。亚利桑那州发生了山火,E对我说,所以天天能看到烟雾。空气中弥漫着烧焦的糖、焚香和腐烂水果的气味,就像在印度那样。我们车窗紧闭,开了空调猛吹着。这种沉默让人憋闷,等红灯的时候,E就看看手机,发发短信。我忍住不去问她对方是谁,而是专心看着沿途经过的赌场、银行和商业街,虽然热浪蒸腾,这些建筑物都亮着灯,粉刷一新。

我们又来到了她母亲的房子里。我一放下背包,她就吻了上来。我再次萌生了想推开她的冲动,但我好久没有感受到这样的肌肤相亲了,而且我还记得她双唇的气息。我们像以前那样,在前卧室铺着被褥的床上一番云雨。过后,她哭了起来。

"分别的时间实在是太长了。"她说,但我知道并非如此,我硬生生地忍住哽咽。这是最后一次，我心想。我们在厨房外面的小浴室里一起洗了个淋浴。还是那扇小小的被蒸汽熏得模模糊糊的窗户，壁架上开裂的薰衣草香皂也还在那里。我们穿好衣服共进午餐，喝着玛格丽特酒，吃着绿番椒蒸玉米馅饼。

"咱们好好过完这个周末吧。"E说了这么一句，接着我意识到她是在自言自语。

"咱们走走吧。"我对拉斐尔说。我们俩在风中大步流星地走着，没有留意周围的景色。

因为景色是要过一会儿才能看到的：向东西延展的安第斯山脉。此刻山顶白雪皑皑，崎岖陡峭。两座山峰之间的山坳里，我们看到一片干枯的高山草甸，有个老爷爷拿着一根木棍驱赶着羊群。在喧嚣的基多待了几个月，我觉得这广阔绵延的草甸就像水一样静谧冰冷。就像是这高高的山顶会帮我们拂去积尘，一同消散的还有我们的忧虑，像糖融化在水里，或是像丝丝缕缕的云彩，飘过翡翠般的湖面。

在距离城镇十英里一个散落着几栋土坯房的牧场上，贝瑟尼和丹尼尔冲着我们咧嘴一笑，他们站在那儿让人拍照，我看得出他们因为笑得多，脸都累了。从他们的眼睛和嘴角，我看得出隐隐的压力，就像他们为这一刻已经等了很久，现在他们只想它赶紧到来，又赶紧过去。拍完照，他们俩一起走过来，吻了吻我，虽然他们很忙碌。我认识已久的人给我那样的关切和亲吻，让我身边的她显得没那么重要了。突然间，之前漫长的飞行感觉也有了价值。

新墨西哥州　圣达菲　163

贝瑟尼盘起了头发。她的姐姐在帮她调整面纱，虽然眼睛一直眨巴着，她的双手却很平静。我们还在研究生院上学的时候，丹尼尔在他朗诵的一首诗里描写了他与贝瑟尼共度圣诞节的情景，那是很多年前，她还是个小女孩。她切到自己手掌的那一天，他就在那里；她为奄奄一息的朋友掩面而泣的时候，他也在她身边。他没有看到她，但他就站在暗处等待着，因为不知怎的，他们可以听到彼此的声音，心意相通。

仪式快结束的时候，飞来了一只蝴蝶。那是一只沙漠蝴蝶，褐色的翅膀与大地的颜色一致，在风中轻舞着。他倾身向前吻住了她，蝴蝶猛地飞上天空，转着圈向指甲般大小的月亮飞去。

后来我们在帐篷底下吃蛋糕时，丹尼尔又朗诵了一首诗。"我们的内心有什么在等待我们呢？"这首诗里问道，思考着接踵而至的未来。

我扭过头去看着 E，她正盯着舞池，手里还是拿着手机。我对自己说，今晚，或是以后的任何一个晚上，我们都不会再做爱了，但此刻，至少我是自由的。

我走出帐篷，伫立于星空之下。现在抬头看天有点困难，我晃悠了一下，将手中那杯酒放在地上。在帐篷透出的光和夜色的交界处，站着一个扎着金辫的男人。

"你的头发真漂亮。"我对那个人说，因为我喝醉了。他已经解下了领结，但马甲还穿着，我想那是租来参加婚礼的。他黯淡的双眼定定地看着我。

"你全身都很漂亮。"他说。

一开始我没听到他说的话。他一直看着我,一动不动地站着,我寻思他是不是屏住了呼吸。我想朝前走去,握住他的手。但之后我记不住自己到底握了没有。

下山的路上,我和拉斐尔没有说话,而是伸长了脖子看着最后一座山峰消失在视野中。我们观看了缆车基地上举行的那场小小的嘉年华,既搭缆车又看嘉年华的,只有我们俩。

"想买票吗?"拉斐尔问道,但我摇了摇头。夜幕降临得很快,摩托车还在原地,我跟随拉斐尔骑上摩托车,发现自己自然而然地就用胳膊揽住了他。我的身体向他倚了过去,这个动作完全是条件反射。后来我会想起 E,想起她要我发誓不搭乘摩托车,想起我们几天没有交谈,我们的邮件变得简短潦草、吞吞吐吐、情绪低落。后来我会想起她的脸庞,心生愧疚,但在轻拂的落山风中,我伸出胳膊揽住他,心里却没有她。

在路上

到达的时候天已漆黑,但我毫不害怕。转了几趟机,走过几个机场,取了几次行李,见过好些空乘人员和疲惫的乘客——终于,在基多的夜幕下,我落单了。我很想念这里。出租车司机几乎不怎么说话,一直开着收音机。沿路的灯和招牌,大楼和长长的街道,还有一堆堆摩托车,我都非常熟悉,因为我回来了。我住进了独立广场附近一家廉价的旅店,跟前台的接待生聊到很晚。这个小伙子开了两罐啤酒,吸烟的时候将烟灰利落地弹进一个小小的银碟。在这个烟雾缭绕的大堂里,新墨西哥州之旅感觉就像一个遥远的回忆。也许从来就没有发生过。他问我有没有先生和孩子。

"都没有。"我对他说。他耸着眉,一副难以置信的样子。他承认自己有两个太太和四个孩子。

"有时候可真够受的。"他说,但嘴角有掩饰不住的笑意。

三天前我离开那间寄宿公寓时,就将背包存在这里。才三天啊,我一边收拾衣服和几小瓶沐浴露和洗发水,一边惊叹。别的东西也没有多少:我的勃肯①凉拖鞋、我走之前朋友写在两只鞋底的聂鲁达的诗,现在几乎都辨认不出了。我带了两本书:《孤独星球》和《老巴塔哥尼亚快车》。我还有一个滤水壶、一个急救盒和一件

---

① 一德国品牌。

防水夹克。回来拿到这么少的行李，心知其实这些东西已经非常足够，确实让人松了一口气。

我拉开背包最顶上的小袋时，一张小纸片掉了出来。上面是草草写下的几个字：如果你跟你女朋友掰了，就想想我。给我个机会。一个机会！——卡洛斯

我将纸片塞进了《孤独星球》，莞尔一笑。我不会去找他的，当然不会，但未来的几周乃至几个月，我们会互发电邮，在脸书上发送信息。过几年他会给我发一张自己的照片，照片里的他会搂着一位怀抱婴儿的女人，父母二人乐呵呵的，娃娃正张着嘴打呵欠，或是尖叫着，从照片上很难分辨清楚。另一张照片则是他站在一个七八岁的小男孩身边。"我和我的儿子"，照片的标注上会这么写。我会记住卡洛斯和他留下的这张纸条，还有我单身上路的那个早晨它带给我的轻松感。

我与旅馆的接待生道了别。值完夜班，他的衬衣和眼眶都有了皱褶。我走过几个街区，来到巴士总站，买了一张车票。我今天不会再打电话了，也不用查看邮箱。等到了下一个目的地，我会给我的父母写信。他们已经习惯了断断续续的联系。这一天是基多鲜有的晴天，人们漫步街头，吃着各种风味的冰激凌，脱下了自己的夹克。我不去想她，不去想新墨西哥州，不去想那趟航程或拉斐尔。相反地，我看起了索鲁的地图：我们是关系脆弱的搭档，但他把我带到了这么远的地方。我现在是自由的，我提醒自己，最后再透过窗户看一眼基多。

厄瓜多尔　奥塔瓦洛

　　奥塔瓦洛是个洋溢着欢乐气氛的小城。当地老人身上是颜色鲜艳的裙子、腰带和衬衣，一副志得意满的样子。来来往往的年轻人都背着背包，小伙子大姑娘都穿着紧身牛仔裤。姑娘们画上了闪粉眼影，时不时打开手机查看短信。偶尔可以见到一个白人游客，个子比其他人高得多，头发必定是蓬乱的，一个人在街上晃悠，在商店橱窗前驻足打量，在帐篷下的摊位前停留，抚摸着一条披肩上漂亮的刺绣。

　　我的旅馆房间正好可以俯瞰这条街，虽然楼下是妇女相互吆喝的声音和摩托车排气管的轰鸣，不过我还是躺下睡着了，而且睡得很沉，这是几周来的头一回。我酣睡的时候，日头渐渐西斜，我没有梦到 E，也没有梦到新墨西哥州的沙漠、奥塔瓦洛珊瑚色的楼房，或是那个熬夜喝着啤酒、将烟灰干脆利落地弹入银碟的男人。我梦到的是一个我从没见过的地方，一条布满污渍的灰色海岸线，海滩上泛着盐花。我听到一个忙碌码头上的喧嚣，一群人排队登船。我看到外婆因为挤牛奶而变得强壮有力的年轻的双手。我可以感到她心脏的跳动。没有人来给她送别。她将在船上摇晃颠簸十一天，而且毫无怨言。当她再次踏上干爽的陆地，她将是个外来的陌生人。

我醒来时，大街上噪声大作，房间一团漆黑，我嘴里发干，在床上躺了好长一会儿，想着她，几乎窒息。我起身穿好衣服，走下楼去找地方吃饭。我饥肠辘辘，渴望着一顿美食。有么一阵，我依然可以闻到带咸味的海风，不过最后梦境还是消散了，我再次置身于厄瓜多尔。

清晨，我跟随人群穿过市中心，走过横跨在青翠欲滴的小峡谷上的一座桥。我们爬上山顶，虽然才早上七点，人们却已经开始离开了。他们把活鸡和豚鼠放上卡车，或是将土豆装进袋子里拉走。这些摊贩五点钟就来到这里，多数人为此凌晨两三点就得起床，来到这片俯瞰安第斯山脉起点的众人踩踏的草地。从我站立的地方看下去，可以看到不少光秃秃的山和一块块田地，一团团朦胧的云朵簇拥着山巅。

奥塔瓦洛坐落在一片冲积平原上，在安第斯山上融化的雪水的滋养下一派翠郁葱茏。爬上陡峭的山谷，我可以看到整座城市一片的红屋顶，还有远处树木盘绕、雾气蒸腾的森林。这个集市可以追溯到前印加时代，曾经是山民和丛林居民凑在一起做买卖的地方。现在集市里一半以上的人是游客，背对着积雪覆盖的山岭，那些胡子拉碴的蓝眼睛的家伙穿行在步履蹒跚的妇女之间，她们身上的衬衫绣花密缀，灰白的麻花辫盘在头上，用头巾裹着。市场上有用篮子装着出售的豚鼠，它们攀爬堆叠，又很滑稽地突然间沉睡。我凑上前去看看放在桶里的小狗、酣睡的小兔和探头探脑的小鸡。有个男人怀里抱着两只小猫咪，他看着人群，脸上没有一丝表情，小猫在他怀里喵喵叫，又抓又挠，企图逃走。还有个小姑娘用绳子牵着两头山羊站在市场上。一位个子很小的老伯尖声叫卖着他的小牛犊。远处，沉静的山巅飘着云雾。晨曦中，太阳渐渐升起，座座山峰熠熠生辉。

在这里，男人的头发留得跟女人一样长，浓密、丝滑，漂亮而利落的麻花辫一直垂过肩胛骨。站在街边聊天的女人戴着浅顶软呢帽，身着黑色长裙，上身是白色的绣花蕾丝衬衫，发辫上缠着色彩艳丽的编织缎带。年纪大一些的男人身着一尘不染的白色长裤，披着蓝色的庞乔斗篷，戴着宽边帽子。他们的黑眼睛只盯着那些动物看。太阳躲到云层后面去了，空气更加冷飕飕，但那些扎辫子的男人纹丝不动，彼此谈笑着，称赞着他们的漂亮女人、生机勃勃的集市和暗蓝灰天空下彩虹般五颜六色的人群。

延伸到集市外面的路变成了土路，路面开始开裂变窄。小孩子们跑下来，停下脚步扭头看了我一眼。这里马蹄莲疯长。有个人将一扇旧门安在他们的房产边上，连接着大门。这扇门歪斜着，表层的蓝漆皮在风中扑扇。有人将一头脏兮兮的小猪绑在一根破旧的柱子上，小猪很开心地在泥泞的草地上拱土觅食。穿校服的孩子们从学校走路回家，经过我身边时一句话也没说，只是走过去之后在我身后爆发出一阵大笑。我听说这里还有个湖，道路从沙路变成了小石子路，然后是破破烂烂的混凝土路。

我面前的道路笔直平整起来，映入眼帘的是青葱的山丘和芦苇苍苍的沼泽。远处绵延着一座山，山峰因为风暴云的到来而显得朦胧不清。我走过一间白色的教堂，现代设计，尖塔辣峙，墙根边带蒺藜的灌木丛阴郁地生长着。我走过这座小城的市中心，有些男人在帐篷下烧烤，用竹签戳着肉。公园里满是小孩。母亲们冲着骨瘦如柴的狗吆喝着，让它们不要再鬼鬼祟祟。那些人抬起头，注意到我，便冲我礼貌地点点头，好奇地看着我经过他们身边，然后继续埋头进行他们周六的活动。

在芳草萋萋的湖畔，我看到岸边很大一片地方的水都很浅，沙里的云母在拍岸的小浪花里闪着光。山成了深蓝色，在天空的映衬下，又染上了浅浅的紫和淡淡的灰。几点雨滴洒落。周围空无一人。

香蒲在风中摇曳，我正想转身往回走，一个让人战栗的声音从远处的芦苇荡里传来。一只白鹭笨拙地扑扇着翅膀，但它一离开水面，动作立刻变得悄无声息。它颤动了一下、两下，声音清晰可闻。然后它凌空滑行，双翅之下是青灰色的阴影。还是没有人到这里来，除了白鹭和我，这里一个人影也没有。我离开湖的那一刻，那对翅膀扑扇的声音会从我脑海里慢慢消失，直至完全被我遗忘。你还活着，心底有个声音在对我说。我往回走进山谷，走回住处去过夜，一路上，这句话填满了我的心胸。

厄瓜多尔　巴尼奥斯

市中心哥特式的教堂在午后阳光下闪闪发光，周围的山峰是一片朦胧的绿色。云在山间飘纱，教堂的尖塔和河面都笼罩在阴影中。湿润的风拂过街面。从基多城出发向南，驱车五个小时就能来到巴尼奥斯，这里以其漂亮的山丘和深邃的河流而闻名，但最为著名的还是它的矿泉浴，这些温泉来自高高的火山。教堂外街上的一排烤架冒出的烟飘进了我在酒店二楼的房间。这个房间跟相邻的两个房间共用一个阳台。太阳西沉的时候，教堂被蓝色的荧光照得发亮，成了慢慢降临的夜幕中的一座灯塔。

早上，前台的男人向我保证所有的路径都是安全的。他一边说话，一边忙活着其他很多事情：为等候的旅客递上毛巾，帮背着大背包的姑娘退房，喝着白色马克杯里的黑咖啡。他希望我不要妨碍他工作。我离开旅馆，沿着几条一车道的街道走到一座桥边，那座桥横贯一个幽深的山谷，山谷西边是城镇，东边则是山丘。天色渐亮，云也开始消散，我脚下几百英尺深的地方，褐色的河水翻腾着。

像往常一样，散步使我慢慢平静下来。前一晚我梦到了漆成黄色的水泥砖墙，梦见一个陌生人睡在我的爱人身旁，梦见行驶时太靠近路边的巴士——一串混乱的梦，好几次将我惊醒。也许我太努力想忘记过去了。搭乘巴士旅行让这件事变得轻松。你可以任由公路带走你的思绪,让身边经过的城镇和森林占据你的脑海。现在我感觉到体内的血液在流动,我的肌肉温暖起来,呼吸也更深沉了。我的身体不再麻木,我让自己专注于胳膊和腿的感觉。这条路再一次带走我的思绪,使我专注于我的身体,专注于回荡在这条路上的我的脚步声。

爬着爬着,眼前的道路变得崎岖不平,变成了一条多石的小路,皮卡在路上摇摇晃晃地向下行驶。每一辆车的后厢都站着一些人,他们双手紧握着临时安装的栅栏,看着我。我听得到山里的犬吠,从我顶上和脚下的山间传来,但不见狗的踪迹。一匹古铜色的马站立在草地上,透过长长的睫毛凝视着我,金色的鬃毛在微风中飘动。沿途总能看见狗,它们坐在路边,或一路小跑,仿佛在执行着什么任务。它们仰起鼻子,嗅着风,跟我走了一会儿,然后就溜了。

现在从我身边经过的车越来越少了,微风中弥漫着桉树、刺柏、割过的草和牛粪的味道。我听到 E 的声音,又任由它渐渐远去。风中飘来茉莉花和百合花的香味,像往常一样,又让我想起了表姐莉莎在罗马的旧公寓。我们午饭吃得很晚,我还是第一次喝酒,她放在厨房餐桌上的酒瓶里插着百合花,花瓣会凋谢枯萎。我回想着往事,路过一些松树和奶牛。身旁的灌木丛沙沙作响,咯咯叫的鸡刨着地,瞪着我看。水从山坡上的水管里流出来。我一直爬到山顶,在这里可以眺望城镇另一头的火山。空气很干净,除了风声,这个地方一片宁静。我倾听着自己的呼吸,一开始很沉重,然后慢慢变得稳定而且安静。我感觉自己的双足伫立在地面上,再次意识到,这个山巅是我仅有的当下。过后,拂过我肩膀的风的温度

厄瓜多尔 巴尼奥斯

会从我记忆中消失。此刻没有人来倾听我的解释。这次旅程现在是属于我的了，而且只属于我一个人。这个念头的自私让我不禁微微颤抖。当然我还会继续发电子邮件给父母，也会继续写日记。但余下的就都是某些时刻：一段交谈，突然鲜活起来的颜色，糖和沸腾的黄油的香气——这一切的力量都难以言表。现在它们都是我的了，只有一秒钟，但在那一秒，它们仅仅属于我。

是我的，下山的路上我想道。我的脚踩在这条破碎的路上，眼睛盯着那里的一户人家，他们在这些雄奇的山峰脚下吃着饭。他们住的是一座歪歪斜斜的木屋，一块透明防水布就是它的屋顶，它紧贴着大路，好像不这样就会滑入山谷似的。不知道它在雨中坍塌过几回，这里到处都有泥石流的痕迹，红土山坡上有被雨水冲刷过的垂直条纹。吃着午饭的那家人没有注意到我，他们坐在塑料椅上喝着汤，妈妈在一个小烤架上烤着大蕉。坐在那里的总共有六个人，风中扑扇的屋顶多多少少帮他们挡住了溅落的雨水。

迎面而来的是高高的树番茄，悬垂的果实像红色的鸡蛋。树番茄有点涩又有点甜，硬硬的又有点脆，一点也不像母亲从花园里采来的用来炖意面酱的多汁番茄。站在山坡上，我匆匆回味了母亲调制的酱汁，加进了罗勒，味道有点辛辣。随后，桉树的香气随风飘来，我又来到了这里，旁边是一辆废弃的皮卡、一头拴在树上的驴、一座喷满了涂鸦的歪歪扭扭的木屋，还有亘古不变的这些山，一会儿是三叶草，一会儿是鼠尾草，沿途是瀑布、放牧牛羊的小径，或是山体滑坡留下的痕迹。

一个女人从我身边经过，双手拿着填满了东西的袋子。

"你好。"我对她说，她嘟哝着点了点头。我走过几步回头看了一眼，发现她停下来在盯着我看。见我也在看着她，她立刻将目光移开。这条路蜿蜒盘旋过这座山，我抬头再望，透过树木的缝隙，可以看到她还在注视着我。我匆匆前行，从路边停着的一辆红色皮卡边走过，车的发动机还在运转，车载音响一直嘭嘭作响。

"你好。"我对驾驶座上的男人说。他隔壁还坐着个小男孩，不停地摆弄着后视镜。"过来。"司机说，语气倒没有什么恶意。我走近一些，冲小男孩挥了挥手。也许他们是迷路了，我暗自想道。

"你从哪儿来？"司机问道。我告诉了他。

"美丽的国度啊，"他说，"很美，跟你一样。"突然间，路面寒意袭人，我起了鸡皮疙瘩，胳膊上的汗毛也竖了起来。我转身想着赶紧离开，又匆匆瞥了一眼小孩，他现在正观察着我们俩。我挥手告别的时候，他的表情没有任何变化。"你的老公呢？"司机问道。我心想，除了山上那个驻足观察我的女人，这里附近一个人也没有。我觉得心跳都加速了一些。我想到了该往哪儿逃。看到他还在等着我回答，我摇了摇头。

司机拿出手机，刷起屏来。"我有许多不错的朋友，"他告诉我，"你想见见他们吗？"

我往后退了一步。

小男孩伸了伸胳膊和腿，将身子探出车窗，突然大笑起来。

"怎么了？"司机问道，小男孩却笑得说不出话来。男人伸出手去胳肢他，小男孩乐不可支地对着他扭动起来。气氛缓和了下来，我听到远处下山的其他汽车和卡车的隆隆声，不远处的房子里也传来了妇女午饭后洗盘刷碗的哐当声。

"好吧。"男人最后说道，松开手。他忘记问小孩到底什么事这么可笑了。

"有什么这么好笑啊？"我问道，但那孩子只是继续笑个不停。

我离开他们停在树阴下的车，离开嘭嘭响的音响、房子里和车里的人声、徒步者的脚步声。我一直走着，直到听不见那音响的声音。

走到山脚下，起伏的山势突然平坦起来，让路于那条河。我听到身后有人朝我跑过来，转身看到一个穿蓝色 T 恤和牛仔裤的小伙子。他从我身旁跑过，一句话也没有说，我几乎听不到他的呼吸声或脚步声。我目送他快速跑过这陡峭崎岖的下山路的最后一段。就在他快要转弯的时候，他举起两只胳膊，跳跃起来，有那么一会儿，我觉得山风会把他托起来，他会升到空中去。

我将背包留在巴尼奥斯的房间里。昨晚我跟两位英国来的姑娘共处一室，前晚的室友则是两位梳着脏辫的法国音乐人，他们很晚才跟跄着回到房间，一晚上和衣而卧。我已经决定放弃更贵的单间。到目前为止，我一直住的都是单间，可是现在住单间让我有些承受不住。我怕我会有太多时间去想着她，怕我会在半夜里醒来，睁着眼睛等着太阳升起。我赶另一趟巴士，去另一个地方。我很感激这种旅行的确定性，知道一张两块钱的车票就能将我带到几个小时车程外的地方，我会见到我从未见过的事物，另一段让人铭记的回忆，另一个出现在日记里的城市。直到现在，我对这一切都如饥似渴：不断游走，领略每一个新地方的神秘，再一次变成一个无名的陌生人。

这一天，我早早淋了个浴，喝了一杯加了一点点稀牛奶的速溶咖啡。里奥班巴，在去往巴士站的路上，我提醒自己。但像往常一样，去往里奥班巴的班车很容易就能找到。很多人吆喝着目的地城市的名字，催促我赶紧过去。

"班车什么时候走？"我问他们。他们看了看手腕上的黑色大手表。

"就现在。"最矮的男人说。我上了那辆等候着的巴士，又等了五分钟，接着矮个子男人爬上了驾驶座，发动引擎，倒车开出了停车场。

里奥班巴是它所在的钦博拉索省的首府，坐落在钦博盆地，就在厄瓜多尔中部。十五世纪，这片肥沃的山地就开始有人居住。十六世纪，里奥班巴正式成为西班牙帝国的一部分。与我所经过的那么多城市一样，里奥班巴也经历过不计其数的极具破坏力的地震。这座城市海拔将近九千英尺，就在钦博拉索火山脚下，一年当中气温极少变化。钦博拉索火山的最高峰将近两万一千英尺，是厄瓜多尔的最高峰。

坐班车从巴尼奥斯前往里奥班巴大概需要两个小时，车厢非常局促，但沿路风光无限。巴尼奥斯周围一座座起伏的山峦变低了，成了点缀着一块块农田的山丘。我们的车不时停下来载客，一个人高腿长的大个子步履蹒跚地上了车，一屁股坐在我身边。他摊开手脚坐在座位上，又往地上唾了一口痰，然后无聊地折腾了一会儿，接着从口袋里掏出手机，把每一种来电铃声都以最大音量播放了一遍。班车沿着一条河行进，我努力不去引人注意。河边有些农民在清洗红萝卜，他们任由红萝卜飘在小小的池子里，然后将它们扒进大袋子。红萝卜在黑乎乎的水里显得很鲜亮。河边的一片片土地被

厄瓜多尔　巴尼奥斯　　177

一排排高高细细的松树和一条条土路隔开，整个旅途中，天色一直非常阴沉。最后，邻座的男人厌倦了他的手机，将它放进衣袋，睡着了。他的鼾声回荡在车厢里。我紧紧靠着窗户，记起很久以前在印度东北一个高僧静修处所学到的一课：巴士是冥想的最佳场所。"让自己思绪飞扬，"那位大师说，"你乘车的旅程就会像梦境一样飞逝。"

里奥班巴有城市外围，却没有郊区。这里的街区由坑坑洼洼的狭窄街道组成，街道两边是丑陋的水泥建筑物。透过敞开的门户，可以看到被电视机屏幕发出的光所照亮的开裂的地板、起居室和卧室，每一面外墙上都有涂鸦，街上是光着脚的小孩和塑料油布上堆放待售的一堆堆长了斑的大蕉。我扫视着细细的天际线，寻找殖民地建筑的踪影，这个城市的名字①也是因此而来的。但班车驶入停车场时，天空中云潮涌动，预示着一场雨的到来。

今天是赶集日，但这与奥塔瓦洛那个色彩斑斓，生机勃勃的集市又有不同。里奥班巴的这个集市的摊主和顾客都是穷人，所以它脉搏跳动的方式也是不同的。一条条街上挤满了卖菜的女人和兜售指甲钳和盗版 DVD 的人，每一样都是廉价商品且数量众多。硬币在买卖双方的手掌里叮当作响，集市上还有一排排的辣椒、苹果，以及很漂亮的金字塔状的酸橙堆。

这些街道上一棵树也没有，城市周围的山被砍伐一空，变得漆黑一片。汽车喇叭不停地响着。有那么一下子，我看到了那座

---

① 由西班牙语的"河流"和克丘亚语（南美洲原住民语言）的"平原"组成。

火山①，山离得非常近，山顶白雪皑皑，但不久山峰就被云层吞噬了，再一次将城市变成了灰色。我路过那座教堂，那是很久以前砖砌的建筑，可以追溯到里奥班巴的君主时代。现在，这座巨大的教堂周围的人行步道上是一排排无家可归的人，他们或在脏兮兮的毯子上睡觉，或乞讨着，凹痕累累的杯子在手指的紧握下不停颤抖。街对面是鹅卵石铺成的广场，那里售卖着本地生产的腰带、各色毯子，以及一桶桶黑色天鹅绒面的拖鞋。女人们在一堆堆东西里翻来翻去，寻找匹配的商品。每个毯子出售的东西都是一个样：被翻拣过的一堆堆东西；下一个摊子又是一堆堆相同的东西，摊位之间是许多空桌子。小贩们看着我，但一句话也没说。我想起了奥塔瓦洛吆喝着兜售的小贩，他们用艳丽的色彩和可以协商的价格吸引着游客。而这里，没有人向我招手，我走过空荡荡的市场摊位，经过摇摇欲坠的宏伟老旧的建筑物。

路缘石上坐着一个没有穿鞋的女人。她的脚骨节突出，趾甲发黑，身上裹着一条破破烂烂的毯子。她面前摆着两串香蕉、一篮熟过头的草莓和一堆长了斑的桃子。我走过去的时候，她抬起头来，眼神空洞，双手无力地指了指那些水果。我看不出她的年纪，她可能有五十岁，也许有九十岁。我突然间想到，她的年纪可能跟我外婆一样大，想象着蹲在这里的是我的外婆而不是她，那一刻，我突然感受到了这个地方的贫困。我一下子喘不过气来，我在每一样东西中都看到了它：天空的灰暗、冰冷彻骨、皮肤发硬的感觉、陷入绝望的身体。

---

① 指钦博拉索火山。

它是一排排耸肩弯腰擦着鞋的老妇；它是卖刀具的小男孩和兜售厕纸的双胞胎姑娘；它是戴着一顶破帽的光脚老人，面前的地上摆着一些待售的绳子；它是一位老妇手中紧握的一张皱巴巴的美钞；它是挂着破烂拐杖、步履蹒跚地沿街而行的男人。这不同于我在基多见到的贫困，那里至少还有光彩夺目的建筑、衣着考究的商人和穿校服的学生，能让你感受到些许成功的气息。这种贫困也不像遥远的拉格洛里亚那个有很多老人和小孩的小社区，因为在那里，你还能看到河流和树木，清风中凉爽的空气，还有周围不断生长的一切。

而里奥班巴就是一个地方，一个早晨醒来、夜晚睡去的地方，这里的人卖着能卖的东西，在力所能及的地方找到爱，生儿育女。天空晴朗的日子，这里还能见到起伏不平的山峦。我曾经有很多次自艾自怜，在空荡荡的旅馆房间里独自一人，在长途车站里心生恐惧，但事实上，在这一生中，我有很多次选择的机会。我又一次想到了：我属于那百分之一。

班车上，窗户变得迷离起来，去往巴尼奥斯的道路雾气朦胧，我记起一条深蓝色的丝绸舞裙，在新罕布什尔州一家豪华老酒店度过的一个假期，上大学时在整洁的房间里上课，房间里摆放着白板、投影机屏幕，透过窗户可以看到外面的橡树。我来到里奥班巴是为了解开另一个谜团，看看另一个地方，再获得某种记忆。我来到这里是为了带走回忆，但这座城市让我伤感，这让我很惊讶。最后，我深感羞愧，因为我把怜悯与震惊混为一谈，还因为我自以为看到没有鞋穿的老妇而掉泪并不意味着害怕。

透过车窗，我看着雨落在绿油油的田地上。我看着学童蹦蹦跳跳地下了车，又上来一位老妇。有一家人带着一群脚绑在一起的活鸡上了车，他们把鸡放进了车的行李箱里。没人看我，没人跟我说话。乘客在车上认出自己的朋友，聊起天来，有些男人则上前来兜售食物。下午变成了黄昏，我们的车飞驰着，后窗敞开，风吹进来，我们这些乘客心满意足地坐在一起。

接近城镇，一位小伙子上车来卖宝石。他对我们说，任何问题都可以用相应的宝石解决。他个子高高的，这让他在厄瓜多尔显得与众不同，他有着低调的俊朗，头发修剪整齐，胡子也刮得干干净净。他很活泼，但说话不刺耳，也不说教，好像根本不在乎我们是否会买宝石。他让我们猜谜，答对的人可以分文不花地拿到一颗宝石。这些谜题他背过很多次，可以不假思索地说出来。从他在晃晃悠悠的车里脚步稳健地来回穿梭可以推断出，这样的事情他之前已经做过很多次了。看着他，我想起了我哥哥，他滔滔不绝地与乘客聊天，吸引乘客目光，使他们大笑，也让他们倾听。上车来售卖维他命、茶叶、袖珍《圣经》和彩色铅笔的小贩，多数都没人理睬。不过每个人都被这个卖宝石的男人所吸引。

晚饭过后，我走出城去，走上了那条通向安巴托①的公路，安巴托是巴尼奥斯相邻的一个村庄。沿路的房子离得比较远，屋子之间是茵茵绿草，草地上有奶牛在游荡。星星和月亮将银辉洒落在群山之上，我听到砖墙之后传来的乐声。一个小男孩从我身边走过，背上背着一个小姑娘，她粉红色的小鞋子攥在他手里。他时不时地

---

① 安巴托为厄瓜多尔中部山地城市，通古拉瓦省省会。此处应为同名村庄。

需要停下脚步，把她在背上托得高一点，而他一这么做，她就咯咯直笑。

世界很大，身处其中，人们的活法也是各不相同。这一点我以前没有想过，没有真正思考过。我不知道生活可以像在这里一样优哉游哉，不知道一辆班车可以让你心平气和，让你成为更广阔世界的一部分。一个男人走过我身边，怀里抱着一堆东西：一袋橙子，两幅装在黑色塑料袋里的镶框画作。他停下脚步，在黑暗中看着我。

"怎么了，小姑娘？"他问道，声音像撕裂的天鹅绒，破烂而又柔软。

"我只是迷路了，"我对他说，"哪一条路是回巴尼奥斯的？"

他笑了笑，放下其中一个袋子，帮我指了指路。我向他致谢。星空下我们一起伫立了一会儿，在厄瓜多尔，星星好像离我们更近，也更明亮，天空中白色和浅金色的小亮点也更加密集。这个晚上是我旅行的一部分，就像里奥班巴本身。这些时刻正在汇聚成某种东西，它们互相叠加着。我不知道那个东西是什么，但确实有某样东西正在渐渐形成。这是我站在那个男人身旁，站在无垠星空下突然领悟到的。他深吸了一口气，闭上眼睛，然后提起袋子，继续赶路。

"别忘了去泡温泉。"他扭头喊道。我盯着他白色衬衫的背影，直到它融入夜色之中。

几天后，拉斐尔来到了巴尼奥斯。他正开始骑摩托车穿越厄瓜多尔北部的旅程，从基多出来，他一路也探访过了好些小城、卖奶酪的镇子、卖吉他的镇子。每一个城镇里，每一个晚上都有一场狂欢。他两眼充血，但脸颊红润，头发在脑门上堆成厚厚一团。他大汗淋漓，咧嘴冲我笑着。我们在中央广场见了面，这一切是前一天晚上通过电子邮件安排妥当的，我们俩在各自街角的网吧里噼里啪啦地匆忙敲了一阵键盘。

我们在室内集市里吃了午餐，那个集市是一间仓库，十几个女人在烤架前忙活，或是搅动着锅里的汤，或是将水果做成鲜果奶昔。里头摆放着塑料桌和小小的塑料凳子，桌上铺着塑料桌布。菜单是一张过塑的纸，上面有不同菜肴的图片。我们点了甜菜拌饭、牛油果沙拉和煎蛋，小菜是腌香肠片。我们埋头吃饭，一句话也没说，于是我停下来，看着拉斐尔。有那么一刻，我想起了过去的情景：萨尔萨舞俱乐部，黑暗的街道，我的手握住卧室的门把，他的手放在我的臀上，力度比我预期的轻，那都是鸡尾酒的效力。我记起当时的感受，希望把他拉进房间，想感受他的双唇吻上我的感觉。这些我到现在还记得。但我已经将她忘得一干二净了，是他使我忘记的。

"很高兴你能来。"我对拉斐尔说。他从自己的饭菜前抬起头来看了我一眼，嘴角还沾着一点点牛油果。你没有做错任何事情，有个声音在提醒我。拉斐尔主动帮我付餐费，我也由得他去了。

"请朋友吃一餐。"他说。我很感激他，感激他身上散发着的汗水和摩托车机油的味道，那嘴角的一点牛油果，他轻松一笑的样子，就像他根本没有欠债似的。

拉斐尔的车开得很快。他快速驶离巴尼奥斯，开进南面的山区和丛林，靠近减速带的时候也还是很快，只是在最后一刻减速，然后立刻加速。他疾驰过装满牛羊的卡车，经过从巴尼奥斯开回基多的坐着一户人家的经济型轿车。他快速驶过一辆满载的旅游大巴，穿过一条条隧道，那些隧道阴森可怖，几乎没有灯光，一直在滴水，墙壁是泥土造的，像洞穴一样。水滴落在我们身上。拉斐尔冲我喊叫，要我顺应而不是抗拒这些颠簸。我让自己的身体随着摩托车和路面的起伏而动，让自己感受隧道里潮湿清澈的黑暗，以及驶出隧道之后耀眼的阳光。

我们一路向南，公路两边是高耸的山峦，峰顶云雾飘缈，山脚则被几条河流间隔开来。我们经过一百米高的瀑布。游客可以乘坐缆车和拉绳横越河谷。我们去了佩拉潭①，听说瀑布群在峭壁下形成了一个水桶状的清澈深潭，潭水继续向前流入丛林。佩拉潭的标志是一块亮蓝色的指示牌和一个歪歪斜斜的白色大门。停车的时候，我们看到一个带着锄头蹲在浅蓝色风信子花丛中的男人站起身来，拍打着自己的长裤。虽然是个园艺工人，但他衣着整洁，衬衫是熨烫过的，鞋子也是优质皮鞋。一张门票是两美元，他带我们走下一条狭窄陡峭的小径去看佩拉潭，小径两边是修竹和沙柑林。

我们耳边回响着的唯一声音，来自我们立足的一个木平台，平台紧贴着溪谷的石壁。这是水冲入佩拉潭的轰鸣。这里是丛林，蔓生着蜷曲的藤蔓，娇嫩的花朵隐藏在这些绿植中。彩虹色的小鸟扑扇着翅膀，转眼就不见了。佩拉潭像一个蓝白色的深口碗。看完瀑布和水潭，我们给了导游五块钱小费，又轮流在门口与他合影。

---

① 原意指一种金属平底锅，这个名字的由来应与其地势有关。

我们驱车到家的时候,太阳已经西沉。那些隧道还是那么阴暗、那么潮湿,墙面上滴着水。我们驶出隧道,驶入暮色中时,云朵正泛着粉红色的光。我紧紧抱住拉斐尔的腰,感受清风拂过我的皮肤,我觉得我可以永远骑着这辆摩托车,坐在拉斐尔身后,去穿越所有拉丁美洲国家。我们开着车去泡温泉,花几美元买门票,在潮湿的更衣室里换好衣服,东西则存放在塑料桶里。温泉池一股硫黄味,白色的水柔和平缓,热气腾腾。那边也有冷水池,我们在冷热水池里跳进跳出,而同浴的厄瓜多尔人则只是闭上双眼,泡在热水池里。情侣们相拥着,一群群大腹便便的老人啜饮着塑料杯里的棕色液体,嘟嘟囔囔地交谈着。这些水池是露天的,即使是在城市的灯光中,我们依旧能看到头顶的银河。

那天晚上,我们共进晚餐,吃了比萨,喝了两杯廉价的红酒。然后,在旅馆外面,我再次任由他用手搂住我的腰。还是同样轻轻的触碰,比我想象的还要温柔。四周一个人影也没有。夜色非常暖和,小虫子在嘤嘤嗡嗡,树叶沙沙作响,红酒在我们血液里流淌。我抚摸了一下拉斐尔,他的衬衣湿了,整个人散发着红酒和摩托车的味道。

"我再也做不到了。"我说。

他将手从我的腰上抽离,硫黄味、丛林味和红酒味都消失了。

我们一起坐着默默地吃着早餐,看初升的红日将河里巨大的石头照得发白。过后,拉斐尔转动他的摩托车把手时,我心想不知道可否也爬上车,跟他一同向北去往哥伦比亚。我想象我们将看到的所有道路:瀑布林立的丛林公路,仙人掌团团簇簇的沙漠公路。农田和鲜花,寒冰与白雪。我摇摇头打消这个念头,闭上双眼亲吻了

厄瓜多尔 巴尼奥斯 185

拉斐尔的脸颊，呼吸着他身上咖啡和汗水混合的味道。现在想脱身的是我。这段旅程刚刚属于我不久，此刻放弃独处还不是时候。我想要他，这是毫无疑问的。走进他敞开的怀抱，跟随他去周游是轻而易举。但这样一来，这段旅程将属于他，而不是我——他的摩托车，他的路线。"不！"我大声说道，声音很高，充满伤感。他伸出手抓住我的手，紧紧握住了它。

"祝你好运。"他说，然后戴上了头盔。他的车一路颠簸朝街尾开去，他回头看了我一眼，挥了挥胳膊。

在我的班车启程之前，为了打发时间，我步行去了公园。那里的栅栏和塑像上斜倚着些油画，画家们有的随意走着，有的在抽烟，有的坐在折叠小凳上望着天空出神。他们像基多的那些画家一样四处转悠，欣赏着彼此的画作，数着钞票，根据天色判断是否会下雨。夏天就要来临，这里的白天会变长，天色会随着阳光的到来而变得更明亮，整座城市会鲜花盛放，也会陷入热浪之中。我找了一条长凳坐下休息，邻座的老妇正拿着个塑料杯喝着果汁。小黄鸟在我们身旁跳跃着。如果仔细倾听，我可以听到河里流水潺潺，白色的浪花在石头上绽放。再见了，这个地方，我想改日会再见的。我静静等候离别时刻的到来。

厄瓜多尔　昆卡

"你会在那里找到你需要的。"卡洛斯谈到昆卡[1]时说。我坐着过夜的班车,看着星星、黑暗的森林和城镇。第二天早上到达时,我开始了我的寻觅。我把包放在一个光线暗淡的宿舍里,里面住满了因宿醉而酣眠的旅客。为这个铺位,我付了三美元。我沿着河流漫步,等待河面随夜幕降临而黯淡,就像他说的那样。很快,一串串明亮的灯闪烁了起来。

我等待沁人心脾的空气,等待我需要的东西到来。华丽的建筑、鹅卵石铺就的街道、高大的白色教堂,全都映衬着飘过蓬松云朵的天空,太阳忽隐忽现。我完全忘记了班车在破晓时分到达昆卡时自己心里的恐惧。我害怕得不想下车,因为这是又一个我从未见过的地方。班车有四面墙、一条狭窄的过道,还有好几个小时里一直属于你的座位。一辆巴士会让你平静下来,但当旅程结束时,你的思绪又会回到你的身上,你的感觉都在颠簸中苏醒过来,你的皮肤和大脑会再一次被唤醒。

"你会找到你需要的,"卡洛斯说,"不管是什么,你都会找到它。"

---

[1] 厄瓜多尔的第三大城市,阿苏艾省首府,地处高原。

傍晚，旅舍那位友善的老板给了我面包和茶。我们坐到靠窗的一张沉甸甸的木桌边吃饭，懒洋洋地看着无声的电视，他跟我聊起了昆卡的情况。

"游客要到六月才能到这里，"他说，"在那之前，这个地方全都属于我们。"

他告诉我这周是"七日节"，一个纪念夏至的节日。每天早上，人们会拖家带口来到广场上，那里有一辆辆装满糖果的卡车：曲奇饼、巧克力棉花糖、意大利式脆饼和果冻糖，全都成堆排列在教堂旁边的白色帐篷下。旅馆老板告诉我，在"七日节"结束之前，每个家庭每天都会在广场上卖糖果，鞭炮声彻夜回荡。

屋外，很多手提钻头的人在钻击人行步道，但旅馆老板依旧能在椅子上打瞌睡。

我在这座城市陡峭的山坡上发现了有着精致饰纹的四层楼房，夹着泥沙蜿蜒流淌的河流两岸铺青叠翠，草色葱茏，阳光下河水翻腾，波光粼粼。我发现几条通向破败的艺术馆的鹅卵石小道，教堂则是无处不在，这座是蓝的，那座是白的，山顶上的那座则是一层厚厚的疙疙瘩瘩的金黄色。我发现了一家店铺，里面摆满了葡萄干卷和瓶装姜汁汽水，弥漫着芝士肉馅卷饼的香气。店主住在楼上一个摇摇欲坠的阁楼里，我进去的时候，他们抬头瞥了一眼镶在天花板上的镜子，看到了下面的我。

我一个人在公园里等待，没有书，没有朋友，没有电话，只有黯淡了半个天空的乌云。我看着前面粉刷过的房顶上的瓦片，琥珀色、铜色、黄色，还有些是淡淡的白色。铺着瓦片的房顶衬在那半边蓝色的天空下，我想我会永远记住这些清丽的颜色。我让昆卡抚慰着我,在它平缓的呢喃中放松心灵,通向高山的河流和人行道上出售的水果让我想起自己充分的自由。我的思绪在半黑半蓝的天空中自由飘荡。

接下来几天,云层堆积,街道黯淡下来,太阳也变得湿漉漉的,在此之前,阳光普照着大教堂,白色的墙壁在阳光下白得晃眼。层云化雨,飘过广场,落在鹅卵石街道上,昆卡也变得单调乏味起来。我带着笔记本电脑来到一家咖啡馆,咖啡馆坐落在一座模样朴素的大教堂旁边一个不起眼的广场角落。坐在咖啡馆里,透过玻璃窗,可以看到教堂的大门口排起了长队,队伍穿过广场,绕过街角,一直排到街上。明显他们都是从很远的地方来的,也习惯了在这里等待。他们都是穷苦人,多数都是老人,衣服和鞋子都沾着泥,手中的雨伞弯曲变形。他们站在那里,手中拿着自己的东西,东西都用帆布袋和破烂的购物袋装着。他们聊着天,瞄着四处逛悠的游客。这些人穿着戈尔特斯防水衣,带着高档相机,冒险出门在昆卡观光。

这是一家现代化的时尚咖啡馆,服务周到,糕点也不错。服务员一直帮我续咖啡。在昆卡有很多这样的咖啡馆。我记起了里奥班巴,那完全是另一个厄瓜多尔,那里的老妇蹲在地上,守着她们的红萝卜,重新摆放着一堆堆洋葱,数着硬币,顶着头上的乌云完成每一个举动。我记起了圣罗克,没有光鲜亮丽的咖啡馆,但有各种各样丰富的元素、绚丽的色彩、多样的声音。在这家咖啡馆里,不知为何,我却感到了封闭,觉得自己受到过度保护,杯里的咖啡太热,翻滚的奶油太浓。

一个秃顶的白人走进来，把他的笔记本电脑放在我旁边的桌子上。我听到他用混搭的英语和西班牙语对女服务员说着话，并对明显的美式发音感到厌恶。他打了一会儿字，我喝了一口咖啡，最终，我们聊起了天。

"我叫马特。"他伸出一只手说。他有一双小小的蓝眼睛，前额突出，鼻子又尖又小，肤色非常白，皮肤和头发几乎都白了，眉毛也看不见。他说话的时候脸上没有笑容。他说他喜欢昆卡，更喜欢瓜亚基尔，非周末时间他都住在那里。很快他提到自己拥有一家科技公司，还说主要客户是美国政府。然后他冲我打开的笔记本电脑点了点头，做了个鬼脸。

"这对你来说是最危险的事情了，"他说，"像那样带着那玩意儿到处走。这里的小偷多如牛毛啊。"他指着外面做了个手势，指着雨、一排排的服务员和共撑一把伞匆匆走过的女人们。

"这里就像是蛮荒的西部，真的，"他说，"你可能看不到犯罪，但它无处不在。"

我想告诉他，目前为止我的策略是这样的话一句都不要听，出行要迅速，也要巧妙，单独上街只能在白天。不过我没有说出来，只是让他换了话题。

他说这附近有些地方值得走走，可以在湖边驻足，钓钓鳟鱼，当地人可以就地帮你烹饪。我想起了我的父母，他们曾经到阿拉斯加捕过一次鱼，然后请人将鱼打包运回家，吃了整个冬天。

"你觉得一个人去安全吗？"我问马特。他扮个了鬼脸。"不一定安全，"他承认说，"那里曾经有人被杀，还有些人遭到抢劫。"

外面的雨一直下个不停，所以他讲起有一次被劫车的经过，我就耐心地听着。那是在瓜亚基尔,事情发生在白天的车流中。光天化日之下,马特坐在他那辆雪佛兰塔霍里听着音乐。突然间,两辆车停到了他的后方。开着这么大的一辆车,他怎么会以为自己不引人注目呢?这个问题我没有问他。马特说那辆车里下来几个持枪者。他们拍打着马特的车窗,他及时锁上了车门。他的窗户没有碎,但他也没有地方可去,因为他的车被一些车包围着,几十个人袖手旁观。

"你知道,我当时就是一股脑向前冲。"马特说,突然睁大了眼睛,眼里还泛着光。我看不出他有没有在撒谎。据说,他飞过一辆车,穿过车流,最后逃走了。然后他继续往前开,一路把他那辆彻底坏掉的塔霍开到一栋政府大楼,他的一个朋友在那儿工作。

"我的损失肯定有大约一万美元,"他承认道,"但我没有报案。"他咧嘴一笑,这是他第一次笑。"后来也没有人盯上我,"他说,"我告诉你,这里是蛮荒的西部。"

另一次,在这家咖啡馆附近的一个街角,他告诉我,他差点被一高一矮两个人打劫。马特当时正靠在旅馆的墙边等出租车,那两个人走过他身边。他将背包靠在腿边,小心不让它离开他的视线。但那两个人走过去的时候,矮个子假装发病,马特倾身向前帮他站起身来。高个子突然间快如闪电地抓起马特的背包,撒腿就跑。马特紧追不放,抓住他,把包抢了回来。"你可千万不能这么做,"他对我说,"你不能去追小偷,你得由着他去。有时他们身上可是有枪的。"那一次马特把高个子拖到警察局,但矮个子逃走了。

"不过,"马特说,"你不能相信这里的警察。他们没有受过良好的训练,而且也真的不在乎什么罪犯。"他将咖啡一饮而尽,示意侍者再续杯。"这些人也许会在监狱里待上一星期,然后扬长而去。监狱人满为患,关不下小偷小摸的人。"他往后靠在座位上,笔记本电脑仍然开启着。雨停了,我开始收拾东西。

"也许明天我可以带你四处看看,"马特建议,"我们去湖边看看鳟鱼如何?"

做出提议后,他垂下了双眼,好像觉得我会拒绝。在后来的日子里,我总纳闷自己是多么不想去看,当时却答应了,也许是因为淅淅沥沥的雨、灰蒙蒙的天空、空荡荡的旅社,还因为我想起了她。马特不是我喜欢的类型,但他为人挺好,我可以走出昆卡城外看看,远离这样的雨天。我们交换了电子邮箱,同意第二天午餐后在这家咖啡馆见面。

马特迟到了两个小时。

"对不起。"他对我说了好几次。我其实不太在意等他。雨一直在下,我还有书可读。他将他那辆大马力的吉普越野车停在咖啡馆前,那辆车是塔霍的替代品。

"瞧见了吧?"我系上安全带后他对我说。他指着车的天花板和地板,让我看看新装的迷彩椅垫和地毯。我能闻到这些新装的东西散发着一股化学物质的味道。越野车车腹离地四英尺,有大型的前灯、巨大的轮胎和汽车悬架,还有一个车顶行李架。他似乎没有注意到其他驾车者的目光,而是跟我聊起了他在政府工作的朋友,以及扫毒战争是如何的失败。他告诉我,他的一个在缉毒局工作的朋友抓到了一个满载一船可卡因的毒贩,缴了他的船和货,结果一周后眼睁睁地看着船从他面前漂走了。

"要我说,这是对纳税人缴纳钱财的巨大浪费。"马特说。

我们驶出昆卡,进入山里,车没法开得像原来那么快。马特说这是去瓜亚基尔的路。这两座城市的交界地带别的什么都没有,只有几栋房子、几条土路、丛林和树木。当我经过陡峭的下山路俯瞰山谷时,可以看到下面多石的小河和林立的桉树丛,还可以看到悠游的奶牛、破损的篱笆和山坡上的小屋。

一开始我没听到喇叭声。毕竟,汽车喇叭声是一种熟悉的声音,在基多市中心,日夜都有汽车喇叭不停响起。马特看了一眼后视镜,我回头看到一辆车跟在我们后面,一辆白色的小轿车,司机是个女人,副驾驶座上也是个女人。我们听不到她们的声音,但我看得出她们在尖叫,嘴巴一张一合,胳膊挥舞着。

"我们最好还是停车吧,"我对马特说,"说不定她们的车坏了呢。"

马特摇摇头。"不能停车的。"他补充说。"上帝啊!"他一边用掌心拍打着前额一边说,"这就像是在瓜亚基尔啊!"

他使劲踩了一脚油门,但这辆越野车开快不了多少。这是一辆老旧笨重的东西,尽管换了新地毯,又喷了新漆。我又转过身去看,那个女人没有放弃。她现在离我们只有几英尺远。我们又继续这样跑了几百码。马特加速,我们后面的车也会加速。最后,它与我们的车擦身而过,副驾驶座边上的窗户降了下来,司机倚在乘客身上朝我们这边靠过来,尖叫着。我们搞不清她在说什么,但她的眼神非常绝望。她旁边的女人则是一副惊恐的样子。马特没有扭头看她们一眼,他一直盯着前方。那个女人开着车从我们身旁呼啸而过,我松了一口气,她总算离开了,我心想。

厄瓜多尔 昆卡

"我们现在停一下车,好吗?"我央求马特,"一定是有什么问题。"

但是没时间了。那个女人正在将车掉头,现在一路往山下飞驰,朝我们开过来。这一刻,我明白了看到自己的人生在面前流逝是什么感觉。就像电影里演的那样,我看到父母站在花园里,哥哥坐在他的驾驶座上。有我的狗,一个小小的黑色实验室,还有我的猫,睡在窗台上。我看到了小时候住过的房子,我在里头长大,它有一个长长的院子,后面是一片树林。我闭上眼睛,但仍然能看到那些画面,我几乎没有意识到热血已经涌上脑门,我的双手和后颈上的血管突突直跳。

那个女人的车又贴着我们的车飞驰而过。我回头看时,发现她再次掉转了车头。

"找条小路,"马特说,"我们必须摆脱这个疯子。"

我的眼睛向左望去,又看了看右边,但是两边只有连绵高耸的山峰,我们没有地方可以转弯。

"前面是什么?"我问马特,他只是阴郁地摇了摇头。

"没什么,"他说,"我们离瓜亚基尔有六个小时的路程,中间什么都没有。"

那个女人不会放弃的,我问马特两个女人可能会做些什么。

"后备箱里可能有人。"他回答道。

他在主路的左边发现了一条很小的土路。他将车转过去,走上了那条小路。我又一次看到了过去的零星画面。有我的爱人,她在我怀里睡着了。还有我的公寓,它有着米色的墙壁。我看到了我的床。在我童年的家对面,有一个游泳池和一丛玉柏石松。马特的车突然转向，现在我们正沿着狭窄的道路疾驰，从门户破烂的小屋前驶过，从穿着橡胶靴站在河中的人身边开过，穿过褐色的玉米秆和带刺的铁丝网大门。我央求马特在其中一间房子前停下，但他并不理睬。

"她们不会帮我们的。"他说。于是我们继续不停地行驶，盘旋转弯。当我再次转过头去时，我看到后面的白色汽车还一直跟着我们，司机的嘴巴仍然张着，发出我们听不到的尖叫声。

我祈祷着，闭上眼睛，说出心里的话，试着不去想象在这条美丽的路边，会横放着我那布满弹孔的尸体。求你了，上帝，让我活着。请让我活着。别这样。别让我死在这里。我不会再这样做了，上帝。让我活下去。我闭上眼睛，把父母的脸记在心里，一只手紧紧地拽着身旁的车窗拉手。

"别担心。"马特说，但我还是一直不停地祈祷。

最后，我们看到了一扇门。

"那是国家公园。"马特说。我听得出他语气开始轻松下来。这种轻松也进入了我的身体，使我的心平复了些许。大门旁边有一个小木屋，里面有一个警卫。马特把车开到门口，越野车战栗着停了下来。我抓起背包，推开沉重的车门，跑向小屋。我猫着身子从大门下溜进去，无视警卫的抗议，随即猛拍他的门。他放我进去。我声音颤抖地试着向他解释当时的情况，却记不起"追逐"这个词西班牙怎么说。我甚至记不起该怎么告诉他我感到害怕。他从小屋敞开的窗户往外看去。

"只不过是两个女人啊。"他冷静地说。那辆白色汽车在马特的越野车后面停了下来。"没事的。"他说。

厄瓜多尔　昆卡　　195

"我不走。"我对他说。

"行啊,"他往后靠在椅子上说,"公园门票是两美元。"他伸出手对我说。我将手伸进口袋准备掏钱。

女司机已经下了车。她是侧向停车,所以我可以看到她的乘客是一个年轻姑娘,她的头靠在搁在车窗上的胳膊上,正在哭泣。后座上还有个小孩,是个婴儿,坐在倒转安放的婴儿座椅上,小孩的脸朝着后厢。带着个婴儿谁会那样开车呢?我想道,记起了那个女人的尖叫,还有她在蜿蜒的公路中央掉转车头、径直朝我们疾驰而来的样子,我意识到坐在那辆车上一定比坐在马特的车里更让人恐惧。马特从自己的座位上跳下来,朝司机跑过去,司机挥舞拳头想揍他。他双臂搂住那个女人,想让她冷静下来。她尖叫着说了一些话,我基本上听不清楚,过了一会儿我才意识到,她说的是英语。

"那是我的丈夫,"她说,带着浓浓的西班牙口音,"这是他的孩子!这孩子是他的!"但马特摇着头,将那女人推开,然后跳上自己的越野车,直接将车停到售票窗口。

"两美元。"那人不慌不忙地告诉他,马特在背包里到处找零钱。最终,那个女人灰溜溜地回到了白色的车里,开走了。

过后,马特告诉我这是个骗局。他说他应该配上一把枪。我们在公园边上等了三十分钟,确保白色汽车已经开走。我想走一走,想去找找那些湖泊,里头有鱼儿在畅游,周围层峦叠嶂,银色的水面泛着蓝色的倒影。但我意识到,跟马特在一起,我很害怕。我想我还是惊魂未定。我努力回想那个女人的长相,但能想起的只是那辆白色汽车和她的乘客的轮廓。我问马特是不是认识那位女士,他说不认识，说了一遍又一遍。

"那是个骗局。"他又重复了一遍，用一副双筒望远镜顺着公路往远处看。门口的警卫对我们失去了兴趣，正在查看他的手机。我们离开时，他连看都不看我们。当我们再次进入昆卡、杂货店和人行道出现时，我告诉马特让我下车。

"不行。"他说。

"可以的。"我对他说。两个女人呢，我心想。他最终将车停稳，我立刻跳下车，连再见也没有说，头都不回，心里默默咒骂自己居然会相信他。跟马特在一起，我比以往任何时候都要害怕。我看到了我的一生，但最终，那里只有我们车后的两个女人和一个婴儿，别的什么都没有。

早上，我打开笔记本电脑查看邮件，看到了马特的电子邮箱发来的一封电邮。

我就是那辆白色车里的女人。我是马特的妻子。他总是这么做。请你帮帮我……我们可以见个面。

在昆卡的最后一天，我看到了一个死人。他躺在昆卡一座巍峨的白色教堂门前的鹅卵石广场上。雨刚开始下，我没有带伞，正往最近的一家咖啡馆跑的时候看到了他。他仰面平躺着，双臂摊在身体两侧。在这里见到有人倒卧街头也是常有的事，他们一般都是喝得醉醺醺的，然后睡得不省人事。但这场雨并没有将他唤醒。雨越来越大，接着倾泻而下，将他与街道和树都浸泡在水中，但他还是一动不动。一位穿着旧西装、戴着海军蓝棒球帽的矮个子男人走上前来，试图托住死者的胳膊把他扶起来，但他挪不动他。死者的头猛地往后垂落，矮个子男人举起他软塌塌的手腕，将其握在自己手中。

咖啡馆里有两个喝着啤酒、抽着烟的男人一直在看着。一开始他们还哈哈大笑，说大白天一个人能喝得这么醉。但后来他们看到那个矮个子没法挪动躺在地上的人，看到他抬起头四处张望，还有他手握住死者无力的手腕的情景，于是两人冲入雨中，任由香烟在烟灰缸上冒着烟。他们三个一起费力将死者抬起来，这时我看到他的白发向后梳成背头，他身上穿着一件做工精良的黑色西装，他的皮鞋闪闪发亮。他不是个流浪汉。那三个人脚步蹒跚地穿过广场，消失在街对面的图书馆里。几分钟后，我听到了警笛尖叫，然后救护车出现了，医护人员跳下来，穿过图书馆敞开的门，一名警卫站在一旁看着，一把巨大的枪挂胸口上。那两个家伙又走进咖啡馆，浑身发抖，其中一个双眼噙着泪水。

我在脑海中重放着这样的画面：玉柏石松，哥哥开着车，母亲在花园里，她的木桶里装满了豌豆。我想起车上的两个女人、后座上的婴儿，想起她们追赶着我们，我们飞奔到小路上，呼啸着穿过小村庄，但一路上马特脸上的表情一成不变。最终我们的结局都会跟那个穿西装的人一样，我心想。

"你会找到你需要的。"卡洛斯说。我的脑海中没有了 E 的声音，她下一封电子邮件还等着我找个网吧去阅读，她的下一次电话还要看安排。没有了她，我可以更清楚地看到我的路线。我在寻找可以在我身上留下烙印的地方；我在用文字填满纸笺。晚上，我在破旧的笔记本电脑上打字，重新记录跟马特一起度过的这个下午，心里还一直不敢相信发生的一切：疯狂而颠簸的旅程，能够解释一切的电子邮件。我将它记录下来，但我不把这些话给任何人看。没有人知道，自由是有代价的。今天我看到一个老人躺在冰冷的街道上，我知道人的生活会随着一滴雨水而改变。我发誓要更加小心，因为生活就像丝线那么易断。

厄瓜多尔　维尔卡邦巴

　　出租车的乘客除了我，还有司机的两个女儿，她们坐在那里，背包搁在大腿上，头发系着丝带。她们的校服是一样的。我们静静地乘车穿过渐渐苏醒的昆卡，女孩们向父亲低声提问着。司机在学校门口停住车，他的两个女儿都凑上前来，给了他一个吻，然后匆匆下了车，余下的旅途上，我们非常安静。
　　车站里有一对带小孩的年轻夫妇，他们坐在一张没有包装的床垫上，周围是他们携带的物品。这三个人东西不多：几个放了太多东西的购物袋、一辆很不结实的自行车、两个用包装带封好的箱子。他们全都耸着肩膀坐在那里，小男孩摆弄着地上的某样东西。不远处还站着另一个外国人，一个个子高高的鬈发小伙儿，瘦兮兮的肩膀上背着一个很旧的打了很多补丁的背包。他跟我上的是同一辆巴士，他小心地在座位上坐好，冲我咧嘴一笑。我回以微笑，转过头去看着窗外，我们的车慢慢地开出停车场，在城里的道路上艰难行进。我的下一站是维尔卡邦巴，厄瓜多尔最南端的城镇之一，我会从那儿过境进入秘鲁。
　　再见，我在心里对昆卡说，那个美丽的地方有教堂、鹅卵石街道和翠绿的国家公园。这座城市留给我的是一股酸涩的味道，但我不能责怪这片土地。我想起马特的妻子对他的哭喊，不知道他如何再次面对她。他假装不认识她。想到这儿，我又开始觉得恶心，我想起自己当时等待着他，上了他的车，听信了他的故事。那两个女人在我们后面停下车，一副狂乱的样子，而我却不相信自己的感觉。"你会在那里找到你需要的。"卡洛斯说，我真希望他的话没有错。

"如果你对维尔卡邦巴有任何不清楚的，请告诉我。"我旁边的鬈发男孩说。坐在我们旁边座位上的两位年轻妇女正聚精会神地注视着我们，用膝盖颠着自己的孩子。

"我在那里住了一年，"他伸出手又补充说，"我叫艾萨克。"

艾萨克在这个山谷里教了一年英语，离开至今已有四年。他等不及了。他的寄宿家庭在等他，他解释说，他的一些学生，甚至还有一个他的同事。他差点从座位上跳起来。我记起那辆白色汽车、那次疯狂汽车旅行、那位乘客眼中的惊慌，再次因为身在这辆巴士上而感到庆幸。我感激这峰峦起伏的风景，这些山峰比昆卡的山小，但能让人想起家乡：圆圆的山脊、植被茂盛的山坡，还有山地农场。艾萨克指出了这些小镇，并解释说它们从来没有像维尔卡邦巴那样出名，尽管在他看来，它们也同样美丽。维尔卡邦巴是一个以长寿著称的地方，但艾萨克说所有这些地方都能让人长寿。他指给我看一个村子边上一座美丽的蓝色教堂和那个山谷，自从他离开以来，这里的房子越来越多。"维尔卡邦巴。"他不停地说着。巴士开进城时，他还鼓起了掌。

他将他还记得的旅社指给我看，并给了我一个拥抱。

"祝你好运。"他笑着说，然后慢跑下山，绕过拐弯处，消失在视线中。

厄瓜多尔　维尔卡邦巴

维尔卡邦巴曾经是印加王室的隐居点，现在则是散布在厄瓜多尔这个土壤肥沃、气候温和的中南部地区的几十个城镇之一。曼丹戈山也被称为"沉睡中的印加王国"，据说它能守护这个小镇，防止自然灾害的侵蚀。在过去几十年里，维尔卡邦巴因其居民的长寿而著称，有些人声称他们的年龄高达一百三十五岁。研究人员将长寿归因于高海拔、富含矿物质的水和土壤、丰富的水果和蔬菜，以及在维尔卡邦巴生活所需的高强度步行。

艾萨克推荐的旅馆既便宜又漂亮，是一些建在花园周围的土坯房。旅馆老板向我指明了早餐室和晾衣服的地方，还解释说这里长着各种各样的东西：金银花、冬青树和"夜皇后"①，它们缠绕在大洗衣盆周围，向吊床蔓生过去。

"祝你入住愉快。"老板给我看了我那纤尘不染的小房间后说。房间有两张结实的床，老板让窗户敞开着。他关门离开之后，我坐在其中一张床上，闭上了眼睛。穿帘而过的风是温暖的，夹杂着似有若无的雨丝，除此之外，还有小鸟的啁啾和老板的脚步声。尽管如此，这里依旧安静。这是旅行让人惊叹之处，我从雨天走到晴天，从城市走到乡村。我遇到了一个帮助我的人。我稍微忘记了马特，还忘了去想她。我发现自己饥肠辘辘，便努力回想最后一顿像样的饭菜是在哪儿吃的。

在城里一条人行步道上的一张桌子边，一位女侍者为我端上了鸡片、褐色菜豆、热薄饼、鳄梨沙拉酱和一杯加牛奶的热咖啡。这城里清新的空气产生了效果，我胃口大开，大快朵颐。女侍者清理

---

① 大花蛇鞭柱，仙人掌科蛇鞭柱属，原产于加勒比海地区，被誉为仙人掌类中最华丽的品种。

我的空盘子时，一辆卡车从我身旁经过，艾萨克坐在后面，在敞开的后厢里。他吸引了我的目光，他像之前那样咧嘴一笑，冲我亮出了一个和平手势。

第二天早上，艾萨克来访。

"我觉得你可能会想去徒步旅行。"他解释说，四处打量着这个地方。

"我上回住这里的时候，"他说，"我们喝红酒加可乐！喝了一整个晚上！"

他在早餐桌边坐下，就在我对面，然后瞥了一眼装着吐司面包的篮子。

"吃点啊。"我说。他拿起一片面包，涂上黄油，两口就吃光了，然后拿起了第二片。我喝完咖啡，他已经吃光了三片面包。

艾萨克的陪伴让我感觉轻松自在，我再一次被这种对比所震撼。从某种意义上说，马特和艾萨克完全相反，他们唯一的共同点是口音。虽然马特似乎掩盖了自己黑暗的一面和对一切的恐惧，他在他的武器和车辆中寻求保护，但艾萨克每次谈话都非常坦诚。他是来看我的，来意朴实而简单。八点还不到，他看起来还有点犯困。他和来收拾盘子的女人开玩笑，她则给他拿来更多的吐司。他嘴上有面包屑，鼻子上涂了薄薄一层看不出来的防晒霜。艾萨克查看花园和洗衣房的时候，我系好我的登山鞋，带上相机，并将他介绍给从安大略一路驱车而来的那对夫妇。

我们越过一条河，一座座低矮陡峭的山丘矗立在我们身边，形成了丛林覆盖的山谷。这条河弯弯曲曲沿公路流淌。我们经过一座外墙上钉着兽皮的谷仓,我们从一群铺水泥盖新房的人身边走过。艾萨克说他离开以来,这里建起了好多房子。

"'外国佬们'喜欢它,"他说,"花上两万块就能买一块好土地,再花五万就可以建造自己的梦想之屋。"他凝视着山谷,在那里,新房子的屋顶在阳光下闪闪发光,石头做的大门将擅闯者阻挡在外。

他跟我说起了那些嬉皮士,说起他们成群结队从美国跑到阿根廷,再跑到欧洲,买下土地,以便种植自己想种的任何东西。

"生活在偏僻的地方是轻松的。"艾萨克说。"但是……"他又补充道,"也有很多疯狂的家伙,有些是来这里过隐逸生活的,有些则是每天午饭前就到镇里的广场上买醉的。"

尽管如此,艾萨克对维尔卡邦巴的爱是显而易见的。艾萨克认识每一个从我们身边走过的人。在伯克利待了四年后,他的西班牙语仍然说得很好,他和穿着脏兮兮的橡胶靴、屁股上挂着弯刀的人聊着天。

"抱歉。"每一次热情而漫长的交谈之后他总向我道歉,却笑容满面。

我们向上攀爬走出山谷,越过山脊,周围的山丘早就被砍伐一清了。我们俯视着下方,河流把土地分成两半,看到房屋拔地而起,道路焕然一新。"以前没有那些房子。"艾萨克说了很多次。我们走路的时候他一直说个不停,逗我开心,还不时停下来,手搭凉棚环顾四周。

"上帝啊,"他不停地说,"维尔卡邦巴。"

我们经过一位留着白胡子、戴着圆眼镜的老人,他身形瘦削、头发花白的妻子。他们远足去拜访一位朋友。这是他们用西班牙语告诉我们的，口音中难掩一丝美国腔。我们经过一个脖子上戴念珠却没有穿胸罩的嬉皮女孩，她问我们一路上一直能看到的紫色花朵是什么。

"它们叫什么？"她在阳光下眯着眼睛问道。但我们不知道。有两个人拿着弯刀在山坡上砍着灌木。"那是给牛吃的饲料。"艾萨克说。

"你们好啊。"他兴高采烈地对他们说。

"忙着呢。"男人们头也不抬地咕哝着说。

我们最终也没有找到其中一个山谷里的那道瀑布，艾萨克对它的存在非常肯定，但我们脚步蹒跚地沿着多石的河流走着，停下来吃了一回曲奇饼。艾萨克跟我说起了他的女朋友，他说是同居女友。他们是一年前相识的。她是伯克利的教授，他相信她就是他的真命天女。

"这真的很难，"我跟他说起 E 的时候，他说，"我知道这是怎么回事。异地恋基本上是不可能的。"他递给我一个拉链袋，里头装满了他从家里带来的巧克力豆。我们迷路了好几次，但还不是很严重，最后乌云来了，密布于整片天空，使这个下午凉爽起来。我们路过一棵树，树叶是米白石头的颜色，叶片宽大。我们还看到一些鸟——小小的黄鸟、亮蓝色的鸟，有一次还看到一只巨嘴鸟静静地栖息在树上，它的喙又长又弯。我们冲它喊叫，对着它拍手，可它一动不动。返回村庄的路上，我们又看到了同一批人在山坡上的灌木丛里砍伐着。一只橙棕色的狗在他们上面的山坡上坐着，低着头，这次艾萨克一句话也没说。

后来，我想明白了为什么嬉皮士会来到这里，为什么这里的老人会长寿，为什么这些小旅馆每一个季节都能宾客盈门。早晨，这里几乎肯定是阳光普照，傍晚则总有暴雨。这里是永恒的夏天，季风被阳光冲走了。下雨的时候，我坐在我那间干净的土坯房的雨篷下赏着雨景。先是细雨轻洒，接着是大雨滂沱，雨势过于猛烈则变成了冰雹。泥土的气息蒸腾起来，我头顶的天空变得黑沉沉的。不过，地平线上那抹蓝色依然存在。不一会儿，云层就会变成粉红色。

我会在维尔卡邦巴我的这张床上再睡一晚，窗外辛辣的三叶草密密匝匝地生长着。尽管我可能会梦想留下来，但我还是会登上一辆班车，继续南行，这是受到多年前索鲁绘制的路线的驱动。他的地图现在也是我的路线图，他的任务成了我的任务：往南走，写下来。摆脱让你的另一种生活蒙上阴影的单调与乏味，试着真正看清事物。敬畏生活的每一刻，没有什么比当下更重要的了。早上我会离开旅馆，然后会有人来，睡在这张床上，走在维尔卡邦巴山上，心中同样惊异万千。

秘鲁　利马

早上我发现一壶热水、一个茶包、一个纸包装的三明治，还有一个橘子，都堆在一个装满水的茶碟上，以防蚂蚁。我泡了茶，烤了面包，削了橘子皮，一瓣瓣分开吃。我洗好盘子，想着那些轻车驾熟的蚂蚁，然后把我的包背到肩膀上。其间，屋外浓重的黑暗笼罩着那些花朵，它们都在夜色中合上了花瓣。旅馆的大门没锁，我走出去来到了空荡荡的街上。

维尔卡邦巴的每个人都在睡觉，除了公鸡，在每条街的尽头我都能听到公鸡打鸣。这里的黑暗是墨一般的漆黑，但又温暖如血。在车站，几个戴着牛仔帽的男人礼貌地问我要去哪里。最高、最年轻的一个说，很快就有一辆拼车的出租车到来。

他说："我们都要去洛哈①。"另外两个男人都很老了，佝偻着背，身上衣衫很旧。那个年轻人盯着手机的绿灯，按着键发信息，老人们则闭上眼睛晃着身子。一辆棕色的三厢车停了下来，方向盘后面坐着一个胡子刮得很干净的男人，身边是一个穿白衬衫的孕妇。

"就是这辆车了。"年轻人说。我则挤在这三个男人当中坐到了后座。他们跟司机讨价还价，最终确定了价格是六美元。

---

① 厄瓜多尔南部山区的重要城市。

"可以吗？"年轻人问我。司机从后视镜里瞥了一眼，看见我在点头。坐一小时车，我们每个人支付的车费是一美元多一点。

年轻人和两个老人立刻酣睡起来。余下的人则望着车窗外沉睡的玉米地。见到静默黑暗的教堂，司机和他旁边的女人都会画十字。我们从牵着一个小孩的一对夫妇身边经过，他们三个在黑暗的路边蹒跚而行。我们穿过的那些很小的镇子，小店铺的灯光已经亮了起来，一个戴牛仔帽的男人坐在自家的门廊上，看到我们的车经过便点了点帽子向我们致意。司机则按响喇叭回应他。司机将他那一边的车窗降下来，暖风立刻涌入车中。

我们在洛哈市中心一条小街上下了车。天空还是黑漆漆的，可拼车的这辆出租车的司机不肯将我送到车站。

"抱歉，"他耸耸肩说道，"我总是在这里停车。"他指着街角，那里有出租车开了过来，然后他接过我的钱，关上车门，将座椅向后调了一下，打起盹来。

我在洛哈的车站买了一杯加糖的咖啡。去皮乌拉[①]的车票是十美元，这一趟车要跑一整天。其他乘客大多数都是穷人，穿着二手衣服，提着装满家当的塑料购物袋。男人们头戴棒球帽，身穿尺码过大、印着鱼和运动俱乐部标志或是北美教会组织名称的羊毛夹克，百无聊赖地跑去买咖啡，然后四处闲逛。车上还有一个外国人，我想是欧洲人，年纪比我大一点，已经旅行了一段时间。她戴着鼻环和耳环，耳环是磨尖的木头做的。她的头发很长，是一种晒

[①] 秘鲁北部边疆皮乌拉省的首府，邻厄瓜多尔和太平洋。

得发白的金黄色,她跷起二郎腿坐在巴士的第一个座位上,身边挤着拿着大袋、带着小孩的女人。一个光脚的小男孩跑上车,问巴士是否去卡里亚曼加①。几个人点了点头,一个男人喊了一声"是",接着六个女人跟着小男孩上车来,催促他走到车后部,这样几个人可以都坐在一起。

我旁边的老太太从我的手提包上扯下几根头发,扔到过道里,然后朝我笑了笑。我递给她一条口香糖,她咕哝着慢慢地将它剥开放进嘴里,好像那是一道珍馐美味,接着吮吸了起来。不知道她还剩多少牙齿。一个小贩上车来兜售西英字典,他声称这本纸质小册在店里卖两美元,而他只卖五十美分。他唾沫横飞地宣传了一阵,我身旁的女人捅了捅他的胳膊,买了一本,简单地检查了一下,然后把它放进了她的手提包。

巴士开进下一个城镇,车上又上来一个不同的小贩,这次他卖的是末端发光的钢笔。

"它们最适合夜间使用。"他对听众说。"因为那时你也需要一些照明。"他补充道,在巴士里用激光来回照着做演示。我旁边的女人买了一支钢笔,从推销员手里的那一束中选中了一支红色的。她从她的小钱袋里拿出一枚一美元的萨卡加维亚硬币给他,把笔塞进提包里,放在字典旁边,然后她用力将座椅推后,睡着了。

我们离开洛哈时看到的翠绿色的风景慢慢变得干燥。芳草葱茏的山丘变得枯槁,像一个坟头,我们可以看到河床蜿蜒的深深山谷,散布着石头和沙子,还有光溜溜的被风侵蚀过的树枝。我们经

---

① 厄瓜多尔南部城镇,由洛哈省负责管辖,是卡尔瓦斯县的首府。

过小小的土坯棚屋，跟这些山丘的颜色别无二致。山上有牧羊人在放山羊，羊毛的颜色也呈土色，还有瘦骨嶙峋的奶牛，一副口干舌燥的样子。那里挨挨挤挤的摊档卖着一袋袋薯片。然后沿途风景突然空荡起来，只剩下这些陶土色的山丘和仿若被焚烧过的灌木。

天空是炽热而朦胧的蓝色，我们的车在沙漠中行进了几个小时。当我们到达卡里亚曼加这进入秘鲁国境前厄瓜多尔最后一个城镇时，大多数乘客都下了车。其中一个要下车的女乘客注意到我的邻座还在睡觉，轻轻地戳了她一下。

"妈妈。"她叫了一声。老妇醒来点了点头。

"时间到了？"她问道，年轻些的女人扶着她站起身来。现在车上只剩下我、前面的白人姑娘和我后座的一对浅肤黑发的年轻夫妇，他们正在用葡萄牙语低声交谈。

我们来到一个大门和一个满是灰尘的小屋。司机停下来，关闭引擎，拉低帽子遮住眼睛，向后靠在座椅上。我们四个乘客面面相觑，耸耸肩，慢腾腾地下了车。一个警卫从小屋里出来，一个接一个把我们的信息记录下来，将我们的护照号码和失效日期登记入册。我们周围都是沙漠，被太阳和风侵蚀的山丘上堆积着厚厚的尘土。这里比洛哈热多了，洛哈的云层至少能捕捉到昆卡的余雨，并将其沉积在城市上空。回到车上，那个耳垂上挂木头的金发女郎与我相视而笑。现在我们身在秘鲁，尽管窗外一切都没有改变。沙漠滚滚向前，维尔卡邦巴的丛林和她漆黑的夜晚渐渐消逝。

我们的下一个休息站是个只有一条街的小镇，有一所学校、一家卖果汁的小店和一家餐厅，餐厅供应一份套餐，有一碗米饭加肉和蔬菜，以及一塑料杯甜木槿汁。虽然食物不是特别好，放了过多的盐和糖，但我吃得狼吞虎咽，我不知道什么时候能再有得吃。吃完饭，我想上个洗手间，最后终于在学校后面找到了一个厕所。蹲位上都没有门，地上尽是水。我记起了圣罗克的洗手间，又试着想象我上高中的时候用着这样的洗手间。我打开水龙头，但它不出水，我把手放在裙子上擦了擦，赶回到车上。那个金发姑娘坐在路缘石上剥着芒果皮。

一整个漫长的下午，我们都在坐车。短暂休整之后看到的土地是更加真实的沙漠。一切看起来都非常荒芜：沙土色的公路和天空、纤细瘦削的树木，还有道路两旁的棚屋。我注意到每个小村庄都有配套的厕所，所有的厕所都有相同的石灰绿波纹屋顶和相同的胶合板墙。它们似乎都是同一个人建造的。我想象当地政府或某个非政府组织跑到这些穷乡僻壤，建起了户外厕所。当地人接受了这些东西，用来取代他们原有的如厕方式，这些礼物就像乌斯潘坦的炉灶。很多个小时之后，我们终于来到了一个城市。它像一个肮脏的海市蜃楼一样出现在地平线上，虽然最终出现了许多建筑物，但周围的景物依然没有颜色。在薄纱般的阳光下，一切都是灰褐色的。街上没有行人，汽车噪声大作地驶过，开始亮起前灯。我们开进一个车站，我赶紧站起身来收拾东西。我身后的两个巴西人却摇了摇头。"还没到呢。"他们说。金发姑娘抬起头来看着我们。她本来也开始在收拾东西。

"这不是皮乌拉吗？"她问道，于是我知道了，她是北美人。我们俩下车去买几瓶果汁，等我们回到车上，她坐到了我对面的座位上。

秘鲁　利马

跟她聊天很轻松。她叫凯莉，来自亚利桑那州。她跟我说起了基多的一个农场，她一直在那里打工。

"那里的生活真是太疯狂了。"她笑着说。她描述了那对经营农场的女同性恋。一天晚上，所有的志愿者都喝了圣佩德罗仙人掌做的茶，然后醉醺醺地往袋子里吐。他们又哭又唱，整夜没合眼。那天晚上凯莉和另外一个志愿者上床了，她跟我说起这事，就好像我们已经是朋友了。

"感觉很不好，"她承认道，"而且安全套还开裂了。"他去给她买了一片紧急避孕药，那算是他承认他们曾共度良宵的唯一举动。在那之后，每当她看到他，总是觉得嘴里非常苦涩。农场里有些东西是不合法的，不仅仅是在农场边缘生长的大麻，还有可以轻易得到的圣佩德罗仙人掌，这种当地部落使用的草药据说能轻微致幻。有问题的还有那对女同性恋争吵的方式，凯莉对我说。然后她说起了一天晚上，她们中的一个与那个跟凯莉有过一夜云雨的男人上了床。她告诉我这一切的时候，转过身直勾勾地看着我，她很漂亮，蓝眼睛，金发，颧骨修长，棱角分明。

"我得离开那里。"她说着，把手伸进包里去拿另一个芒果，开始小心翼翼地剥皮。

我们在太阳下山前到达了皮乌拉。那里离海不远，但风中没有一丝大海的气息。一道橙金色的光芒投射在车顶和尘土飞扬的街道上，熙熙攘攘的马路让我想起了印度。这座城市有一种近乎热带的特点。无精打采的高大棕榈树排列在街道两侧，中央广场上有个喷泉，水喷涌而出，溅到街道上。从地图上看，皮乌拉似乎还不算太远，只不过距离维尔卡邦巴几个手指甲的长度而已。但是长时间的乘车使距离变得很明显，而皮乌拉感觉远在天边。这里的人与厄瓜多尔人很是不同，体型较小，没有安第斯土著居民的高颧骨和宽额头。这些秘鲁人皮肤黝黑，骨骼较小，似乎已经适应了沙漠阳光。皮乌拉每年的降雨量不到三英寸，在这些城市边界之外黄沙漫漫，除此之外，就只有我们经过的那些被风侵蚀的小村庄，还有大海。

凯莉急切地想赶去利马。她报名参加了为期一周的瑜伽静修会，必须在明天下午之前到达那里，所以她现在要赶去车站。而我则想着找一个旅馆房间，一个人过夜，不知道在这么长时间的畅谈之后，我能否忍受这种静默。所以当她邀我同行时，我接受了。我们将连夜穿越秘鲁，于第二天早上到达利马。

我认为，那些在美国长大的人所受的教育让他们认为，拉丁美洲是个支离破碎的地方，许多小国家挤在一块三角形的土地上。其实情况并非如此。一旦到了那里，你就会发现，拉丁美洲的每一个国家，尤其是南美洲国家，似乎都幅员辽阔。城市如此庞大，它们之间的距离如此遥远。在秘鲁，这种情况尤甚。马丘比丘和繁华的利马，我一直都有耳闻，但从未意识到在它们之间有着广阔的沙漠。我们现在正开车经过其间，时间慢慢流逝，十个小时变成十二个小时，又变成十五个小时。秘鲁一半以上的人口生活在这些沙漠里，而该国大部分地区是无人居住的丛林。这个社会分裂成白人和梅斯蒂索[①]中产阶级以及贫穷的土著两大阵营。那里有不少有地位的中国人。克丘亚语是一种民族语言。像厄瓜多尔一样，秘鲁也有

---

① 指混血儿，在西属美洲该词用来指印第安人与欧洲人的混血儿。在厄瓜多尔等国采用欧洲服装和习俗的具有纯正印第安血统的人就叫梅斯蒂索。

一些世界高峰、气势磅礴的河流和物种最为多样的丛林。

我们搭乘了另一班夜间长途汽车。我们在车站用信用卡购票。票价比我离开波士顿之后所付的任何车费都贵。但是，这班车的车载空调循环均匀，座椅数量充足，而且都是可以往后倾斜的。班车准点发车。一名乘务员在过道上来回走动，提供软饮料，接着是晚餐，然后是咖啡或茶，之后他们开始播放电影。午夜时分，车里的灯熄灭了，乘务员将毯子和枕头分发给我们。我们花了二十八美元搭了十五个小时的车到利马。车在夜色中行驶，我斜躺在座椅上心想，每一分钱都花得值。我们沉沉入睡，再次睁开眼睛时，天色已大亮，乘务员正端着茶过来。扬声器里播放着柔和的音乐，我们等着车窗上凝结的水汽化成水珠流走，这样我们就能看到外面了。

我们的左侧是脏灰色的巨大沙丘，上面点缀着成串的棚屋。薄雾已经形成，以后我会了解到秘鲁的海岸几乎总有这样的雾，那是沙漠与海洋的交界地带。海洋在我们的右边，起初我们被它迷住了，它是那么浩瀚，颜色也与沙丘十分接近。但几个小时后，我们逐渐习惯了它的辽阔。不知道是否有人选择住在这里，因为我看不到绿色，也几乎看不到任何生命的痕迹。我想知道淡水从哪里而来，想象一下生活在这里的人们离海那么近，却一定要花很多时间去获取饮用水。

我们坐车驶过利马郊区又花了一小时。这里真的好丑陋，沿路是维修店、汽车经销店和肮脏的墙壁，墙壁上喷涂着两位总统候选人的竞选广告。此次竞选双方是左翼的信奉民族主义的前陆军军官奥良塔·乌马拉和前总统阿尔韦托·藤森的女儿藤森庆子。大选临近，藤森总统却正在监狱里服刑。后来我知道了藤森被指控贪污和侵犯人权。尽管如此,这个国家的许多人还是很喜欢他的子嗣。建筑物墙面和布满这座城市的广告牌上,大写的"庆子"随处可见。

基多城群山环绕,空气因此得到了滤清。身处任何地方,你都能看到山峰。因此,基多是一个美丽的城市,虽然到处是廉价的水泥房和脆弱的石膏墙,但不知何故,总是干干净净的。而利马乍一看恰恰相反。海水不会过滤空气,相反,它使空气更闷、更沉。浓雾笼罩着街道,当我们最终从空调车上爬下来时,这里的湿度几乎让我们窒息。

凯莉认为在去瑜伽中心之前,她还有几个小时的空闲时间,所以我们乘出租车去米拉弗洛雷斯区,这是旅游指南推荐的一个街区。我们将书里列出的一家旅舍的地址给了司机。从外面看,这间旅馆可以是任何建筑物。除了颜色有所变化——白色、桃红色、奶油色或淡黄色,这条街上的每幢房子都是一样的。每个住宅都有一个金属门,我们听到三把锁上有三把钥匙转动的声音。最后,一个年轻的秘鲁人推开了门。

"欢迎,"他对我们说,好像跟我们早已相识似的,"我是安东尼奥。"他敷衍地匆匆亲吻了我们俩的脸颊,然后把我们带到一个小院子里。院子堆满了盆栽植物和镶嵌马赛克的桌子,桌上放着烟灰缸,桌边是黑色折叠椅。安东尼奥穿着黑色紧身牛仔裤、黑色人字拖、黑色长袖运动衫,底下是白领衬衫。他的头发看起来湿漉漉的,往后梳成背头,身上散发着古龙水的清香。但当他带我们走入我们的房间时,我们看到了四堵矮墙,屋里空间局促,只够安放一张双人床和床边一把当床头几用的椅子。他在公共厨房里给我们倒了两杯咖啡,带着一个内疚的浅笑向我们承认,他还宿醉未醒。说这话的时候,他一直翻着白眼。

"欢迎来到利马。"他说,声音低沉,一股子烟味。"这里太疯狂了。"他说。

凯莉和我喝完咖啡,冒险走上了雾蒙蒙的街头。因为有雾,我们看不到街的尽头。我们靠着嗅觉朝海洋走去——咸渍渍,脏兮兮,烟波浩渺,最终站在了大海边上。城市的边缘延展入海,红色的悬崖斜插进我们脚下翻腾的灰色海水。我们身后是利马最昂贵的建筑,现代化的通风的公寓建筑,或漆成了白色和翠蓝色,或是侧面做成了轻钢结构。在它们面前,高大的棕榈树挥舞着枝叶。然而这持续不断的薄雾给人一种忧郁之感。

我们一脚深一脚浅地走进了爱情公园,那里长椅和喷泉的马赛克立面刻有几行诗句。我们漫步在雕像之间,细细品读着每一句诗:

我一直在道别,却总是留下来。
我热爱一切不属于我的事物,比如你。

"爱情啊……"凯莉说,翻了个白眼。情侣成双结对手牵着手走进来,我们离开时没人看我们一眼。

这部分城镇有时髦阔气的服装店、高顶画廊、半地下室的小酒吧,还有柜台上堆满了鲑鱼、鲈鱼和虾的鱼店。我们进入一家灯火辉煌的杂货店,我震惊了好一会儿。这里的一切如此干净。

"这跟咱国内差不多。"凯莉低声说,我点了点头。这就是国内。手写的牌子,昂贵的奶酪,一个装满葡萄酒的房间,来自世界各地的农产品,商店另一头是烘焙区。这是国内生活的一部分,巨大的空间,物质如此丰富。我感到不安,因为这样的杂货店对我来说曾经如此熟悉、如此平常,以至于我从来没有注意到一袋袋苹果看上去可以那么新鲜、那么丰富。再三斟酌之后,我们买了巧克力、面包、奶酪和葡萄酒,然后摸索着从钱包里取出的仍然陌生的秘鲁钞票。排在我们前面的一个女孩买了棉球、镊子、指甲油、眉毛蜡和卫生棉条。她用信用卡付款,我很惊讶她能在一家商店里买齐所有这些东西。

在那之后,凯莉决定留下待上一晚。

"瑜伽可以等,"她说,"我喜欢这里。"但我们都知道真相:我们迫不及待地要品尝软奶酪、冷葡萄酒和上等巧克力。在旅馆露台的一张桌子上,我们打开食物,拧开瓶子。我闭上眼睛看着美味的奶酪,细嗅着酒里丝丝的梨子清香。我们都告诉对方最好快点离开,因为在这里待太久会使我们发胖、破产。

"我们永远都不走!"凯莉语无伦次地说,伸手拿起了另一片布里干酪。"每个人都会纳闷我们究竟在哪里!"

曾经,我的生活就是这样的,但是这种风味的食品我常常能吃到,所以我忘记了去在意它们。之后我的胃会因为吃这些食物而感觉不太舒服,吃了那么多个晚上的米饭和撒盐的青菜、那么多早餐的面包和塑料碗里盛着的水果片,以及速溶咖啡、廉价的罐装啤酒、硬邦邦的用转轮切割的自制奶酪,我反倒不习惯这些美味的食物了。

第二天早上，凯莉满心内疚地离开了。

"那些瑜伽人士不会介意的！"来自澳大利亚的旅馆主人喊道，但凯莉拒绝再喝一杯咖啡。我们互相拥抱，亲吻脸颊，自然而然地，因为我们已经在这里待了足够长的时间，彼此非常了解。然后她扛起背包，挥了挥手，走到街对面叫了一辆出租车。她会先坐上一辆车，再转车。她想在下午晚些时候就能到达修行所。

我从来没有告诉她利马是 E 想来的地方。她选了一门大学课程，有关拉丁美洲的城市设计，库斯科和利马是课程重点关注的两个城市。这些城市的主干是古老的，比任何现代北美大都市都要古老数千年。曾经这里有港口、中心，还有些地方因为靠海，或是四周山峦叠嶂而被人们所知，是早在殖民者入侵之前就建起来的城市。

我坐的是那种闪亮的火车，它穿过市中心，沿着主干道行驶。利马到处都是人行道，交通繁忙，城市是一幅我看不懂的地图。我想上街去。但当我规规矩矩地下了那列靓丽的火车，爬上楼梯，进入城市的主要广场时，我却发现这里又大又脏。不过那里高耸入云的建筑至少是有造型的，样子也颇有意思。灰蒙蒙的天湿闷异常。我走进一座空荡荡的博物馆，花点小钱看了挂在墙上的几幅现代绘画。这个博物馆里很凉爽，但对我来说，即使那些画也是灰色而又乏味的。我想念维尔卡邦巴的木槿花，还有那次迎风疾驰的翻山越岭。

在这里，每面墙都是油漆剥落，还有一股近乎永恒的尿味。一堆又臭又乱的垃圾斜靠在路边。汽车几乎是贴着我停车或减速。司机们吧嗒着舌头。在一条路旁旅舍、狭窄公寓楼、花园树木林立的弯弯曲曲的单行道上,我看到两只猫站在一扇窗户的栅栏后面。它们在清理自己的皮毛,当我经过时,它们慢慢朝我眨着眼。我只不过是另一个过路人,我到过的地方对它们来说都是看不见的,也与它们毫不相干。

秘鲁　万卡约

我来晚了十分钟，错过到万卡约①的第一班车，所以有时间去小吃店买杯咖啡。柜台后面的厨师正忙着煎鸡蛋，在上面放上火腿和奶酪，然后在微波炉里加热玉米粉蒸肉，在烤盘上烤面包。最后，他用浓缩咖啡机给我煮咖啡。

"要浓还是淡一点的？"他问我。我告诉他要浓的，但第一口喝下去的时候，我的嘴就烫到了。接着我的车到了。人们排队上车。一个戴牛仔帽的老人帮我把背包放在巴士下面的行李厢里。我们坐在座位上，手提包和午餐窸窣作响。有人开了音乐，然后突然又关了。班车渐渐安静下来，我们驶出车站，正好准点。

我们的车沿着公路主干道行驶，路上车水马龙，我们身边经过的建筑物则越来越矮、越来越穷，到最后建材成了胶合板，然后是金属瓦楞板。我们经过自行车店、一些小店铺和一家烟囱冒着和天空颜色相似的灰烟的工厂，但我在任何地方都看不到乌马拉的名字，只有大写的"庆子"。这些建筑都是灰色或棕色，就像寸草不生的土地一样，而在灌木丛生的炭黑色小山上，房屋却像街区一样一堆堆的，还被漆成明亮的颜色，如青柠色、橘色、蓝绿色和粉色，这样一来，这个地方就显得没那么单调了。

---

① 秘鲁中部城市，胡宁省首府，位于中部高原富庶的曼塔罗河河谷。

我想起沿路的房子，想象着屋里的沙土地面，一家人睡在一个房间里，甚至可能共用一张床。想起洛哈的那户人家带着他们所有的财产在等车。他们一家三口——父亲、母亲和年幼的孩子坐在光秃秃的床垫上，等着车，他们的行李袋、破旧的手提箱和塑料袋就在他们身旁，跟他们一起等待。

"看看他们。"当时有个男人说。我怀疑那个人喝醉了，尽管天还没破晓。"他们把整个房子都带上了。"他嘲弄地喊道。床垫上的一家人紧紧地蹲在一起，父亲用胳膊搂着小儿子的肩膀。最后，那个大声喧哗的人跌跌撞撞地走了，抱怨他的热巧克力只是水，一把将杯里的东西倒在地上。我又想起了他们的床、他们的小背包，他们的全部财产仅仅是他们可以打包装上班车的东西。

再往东，城市化的苗头开始显现，土地突然变成了令人吃惊的绿色。透过灰白云层可以看到头顶的一抹蓝天。一片片庄稼在山坡上生长，一条河流穿过深谷，在我们两边，参差不齐的山丘拔地而起，没有树木，土地是褐色的。我们身后的沙丘已经不见了，我回头看了一眼。再见，我默默地对利马说，然后再次直视前方。这里有水，这里有绿色。旅途时刻总算还是幸运的，现在我已经把利马抛在身后了。

这条公路在河谷中蜿蜒了一会儿，最后我瞥见了远处山峰上的雪。我们爬得越高，村庄感觉就越小、越贫瘠。建在公路旁的这些小镇很小，就是镇中心的几栋房子、一间商店和一座教堂。我想着到目前为止我是否见过更美丽的乡村。哥斯达黎加辽阔的绿色牧场、危地马拉北部绵延的山脉、厄瓜多尔通往维尔卡邦巴的起伏道路……没有一处像这里一般，既贫瘠又美丽。这里有坚毅人生的只鳞片爪：一个男人在路上放羊，穿着校服的小学生跑到路边为巴士让路。

我们来到一个山隘口，我的耳朵嗡嗡作响。在我的记忆中，没有什么比这更富戏剧性的转变了，尤其是在利马灰色天空下度过那些日子之后。这里山峰如此参差耸立，又是如此洁白，山脚下还有一片冰川湖泊。湖面反射出天空的蓝白色，闪烁着近乎绿色的光芒。然后雪开始落下，遮挡了我们的视线。我多么希望此刻爸爸能来到这里。他一直梦想要看一看安第斯山脉，而现在我已经身临其境。

我为他看了这个地方，看着窗外精致的风景随着我们的车慢慢爬升而徐徐展开，房屋更加简陋，风景越发戏剧化。我在脑海中拍着照，然后寄给他。天空变宽了，云朵让班车的内部晦暗起来。我感到内心深处有什么东西咔哒一声归位了。我准备好要去看山峰，去漫步雨中的小径。我会一个人待着，但我并不害怕。没有凯莉，没有艾萨克，但还会有其他人。我的心结终于松开了。我不知道去那个地方会看到什么，但我会下车，找个地方去旅行。人们会帮助我渡过难关，几个小时后，在万卡约的某个地方，我会睡在这已经熟悉的天空之下。

在万卡约，一位老妇前来应门。她带我走入室内，刷了刷身上的灰尘，然后捋平了缠着头发的方头巾。

"我一直在花园里忙活。"她解释道，将手套折叠起来放在楼梯上。

"这里没有其他人了，"她说，"你要住几个晚上？"她终于转过头看着我，眼睛是蓝黑两色，嘴角皱纹毕现，但在屋里幽暗的光线下，她的唇色倒像一个年纪轻得多的姑娘。

"就一个晚上。"我说，她听着却皱起了眉头。就一个住客，住一个晚上，她连热水都开不了。"太贵了。"她说。

"那好吧。"我说着，转身想走。但我还没走出门，她就开了前门问我是不是真的需要热水。我说不用。她的屋子让我想起了外婆家，同样的清洁剂和樟脑球的气味，以及隐隐的干花香气。同样斑驳的木窗户和干净的地板，这些门和我外婆家的门一样，都是用轻质木材做的，门板狭窄修长，正是芬兰款式。女人给了我毛巾和钥匙，然后回到外面，她的花园还在等着她。我坐了一会儿，心里惊异着，深深地吸了一口气。

我走了这么长的路来到这里，但也许，我并没有走得那么远。

万卡约海拔一万多英尺，是秘鲁境内安第斯山脉的文化和经济中心，之前一千年一直是瓦里帝国①的一部分，直到1534年被皮萨罗②正式认定为西班牙领土。今天，梅尔卡多批发市场绵延许多街区：卡车司机卸下一箱箱橙子，妇女撑开雨伞遮住摆卖河鱼的台子、成堆的红枣、敞口的袋装大米和干豆、成桶的干红辣椒。你若是买上一条鱼，柜台后面的女人会帮你砍掉鱼头和鱼尾，这样她面前就摆了一排鱼头，它们空洞的眼睛泛着幽光。摊档上倒挂着一

---

① 位于秘鲁的古代帝国，时间大约从公元500年至1000年，首都在现阿亚库乔市附近，是安第斯山各帝国的基础。
② 皮萨罗（1471—1541），西班牙冒险家、秘鲁印加帝国的征服者，利马的建立者。

只只光鸡，细细的鸡腿，眼睛紧闭。有几桶马蹄莲、绣球花、满天星，以及长长的有点发紫的大蕉和带斑点的青椒。

有个男人卖的是一大袋一大袋晒干了的绿色叶子。

"是古柯吗？"我问他。

"是古柯。"他说着，铲起一些叶子放到天平秤上，然后放进一个塑料袋里。"嚼嚼。"他示意说，拿起一片叶子对折，然后放到嘴角。我向他询问价格，他摇了摇头。我想给他两索尔[1]，他摇摇头，坚持不要。

"送给你的！"他喊道，然后伸长脖子看着我身后招呼下一个顾客。我向他道谢后离开了。

古柯叶对我没有影响。后来我读到应该跟催化剂一起嚼，比如酸橙，但我把它们生吃了，然后把它们含在嘴里，再吐到地上。我注意到很多人裤子后兜都有一袋叶子。他们把叶子抽出来，一次一片，然后把它们放在舌头上，等着有人向他们购买橙子、香蕉、电池和皮带。一整天我都在想象他们咀嚼树叶的样子，这既是兴奋剂也是食欲抑制剂。爱德华多·加莱亚诺[2]描述过他1970年与玻利维亚矿工的相遇："他们都咀嚼古柯叶混合火山灰……这也是毁灭过程的一部分。"

几个世纪以来，南美洲一直种植古柯叶，当欧洲人来到这里时，他们却把古柯叶作为奴役的工具，他们用叶子而不是金钱充当薪酬付给劳动者，用令人上瘾的古柯叶让工人吃不上饭，同时又使

---

[1] 秘鲁货币单位。
[2] 爱德华多·加莱亚诺（1940—2015），小说家、记者和杂文家，代表作有《火的记忆》和《拉丁美洲：被切开的血管》。

他们保持清醒。

不过此刻这里的人似乎既困倦又忙碌,他们的下巴自动咀嚼着。

我坐在一个咖啡馆里喝咖啡,那里的老板以前住在纽约。"大苹果。"当我告诉他我来自哪里时,他用英语说。他向我炫耀他的第一个孙女,她才六个月大,坐在她疲惫的母亲的膝上。那婴儿指着我的酸奶盘。

"她想吃一点呢!"老板调侃道,伸手去抱她,把她放在腿上摇晃着。

"你对我的国家印象如何?"他用他那充满勇气的英语问道。我对他说目前为止非常好。

"那人呢?"他急切地问道,"人也都不错吧?"

"是啊,"我对他说,"他们都非常友善。"他咧嘴笑了,把婴儿交还给他母亲,然后走到收银台后面帮我写收据。

"你就不害怕吗?"我正要离开的时候,那个人用英语问道。他看着我,等着我的答案,我觉得他跟我平时一样,还有话想说却有些词穷,因为他说的是一门外语。

"我不害怕,"我平静地用西班牙语说,"在这里一直过得非常好。"毕竟我都走过这么多地方了,而且每个晚上我都有一餐饭可以吃,有一张床可以让我毫无畏惧地睡觉。哦,是有一些比较难熬的夜晚,还有不少艰难的班车旅程,有些城市我连地图都看不太明白。但我没有把这些说给柜台后的那个人听,因为要说外语,而我词汇量不足。

秘鲁 万卡约

但我想，到目前为止，每个地方都非常吸引我。我知道，在夜晚，或在寂静的街道尽头，或在拥挤的巴士后座，你必须非常小心。但我已经明白了，如果你留心些，好的一面和坏的一面你都会了解到。是的，人们会帮助你，至少我可以对柜台后面的人这样说。

"你很勇敢。"他用西班牙语说。婴儿的母亲抬起头来，先看了他一眼，又看了我一眼，然后把头转向婴儿。他跟着我走到门口，靠上前来，用英语低声说："小心点。"

我用手遮住我的手提包，让他看看我现在就开始小心了。

"这里很危险。"他说，又瞥了敞开的门外一眼，像是要看看有没有贼。我转身离开时，他喊了一声我的西班牙语名字。

"凯蒂！"他喊道。我转过身去。

"早日回来！"他用英语喊道，笑着说起他在某个地方看过的一句话，也许出自一部电影、一出情景喜剧，或是许多年前的纽约街头。

"你可以去'科查双镇'，"旅馆的女老板告诉我，"去看看葫芦。"她的丈夫指着他的收藏，那些物品陈列在前台后面的一个玻璃柜里。苹果大小的葫芦是带斑点的桃花心木做的，用一个小而锋利的工具雕刻出形状。它们的形状像俄罗斯木制套娃：柔和的梨形，从大到小排列着。它们的设计也让我想起了那些娃娃，不是其材质，而是它们的错综复杂和其中隐含的匠心，每种图案略有不同，反映了艺术家某一时刻的手艺。

这些葫芦讲述着故事，丈夫解释说，并指出葫芦外围一层层图案的个中奥秘。最底部是一个男人离开家,男人遇到一个女人,接着女人怀孕,葫芦顶部的图案是夫妇怀抱着他们的新生儿。这时旅馆门铃响了,妻子从商店购物回来,她在厨房里需要人帮忙。丈夫把前台后面的玻璃柜锁上,跟着她走到后面去了。他们进去之后咔哒一声锁上了门,但是说话的声音仍从木门后传过来,他们的声音低沉而迅速,彼此打趣逗乐,兴致并没有因岁月而消减。

通往科查的路很快变成了碎石子路,然后又变成了沙子路。我们开得很慢,为众多行人让路,大多数是成群结队的学童,吃着冰淇淋,互相推搡着。更多小学生和一个修女上了车,我前头两位当地妇女从塑料袋里抽出古柯叶来咀嚼。她们把树叶塞在腮帮里,满嘴东西说话还很利索。两人的头发都梳成两条油亮的长辫,头上戴着圆顶窄边的女式德比帽,帽子是粉红和淡绿相间,帽带上缝着褪了色的丝带花。两人都穿着厚重的羊毛衫。她们下车的时候,我透过车窗欣赏她们及膝的裙子,衬裙的蕾丝花边清晰可见,脚踝处的羊毛连裤袜堆拢着。

最后,车上只剩下我和一个穿着校服、头发上夹着塑料发夹的女学生。司机把车停下来,熄火,然后把座椅向后倾斜。女孩下了车,把一枚硬币从窗户里递给他。从那里开始,我走一条路,她走另一条路,司机则闭上眼睛小憩一番。

路边一块颜色明亮的路牌上列出了"大科查镇"和"小科查镇"。牌子上有人用大头针钉了一张小小的地图给游客看。"您就在这里。"地图上写道,一根手指指着"小"字的那个点。周围一个人也没有,除了步行也没有什么事可做的了,于是我沿着这条路走

秘鲁 万卡约　　227

下去，经过一些土坯房和混凝土砖建造的车房，从路边几个努力修理一辆摩托车的男人身边走过，还遇到一条在阳光下酣睡的狗。路的两边山丘隆起，浅黄色的草地上是一丛丛被风吹得沙沙响的桉树。在小科查的中央，有些人正在狂欢。拿着塑料袋装爆米花的小孩从一个款式老旧、红白相间的大帐篷里走出来。我经过的时候，他们齐刷刷地看着我。

正如我的旅馆老板所说，这两个小镇以葫芦闻名。我路过一些房子，外墙上是用蓝、黑和棕褐色的粗线条画的巨大葫芦。一户人家房子上面有个牌子，写着"葫芦厂，请进来"。我漫步走入那家人的院子，小心翼翼地四处看看，直到一个手里拿着一堆罐子的女孩走了出来。

"进来吧。"她告诉我，然后放下那些罐子，把我带到陈列室，那里有成百上千的葫芦摆在毯子和桌子上。有一些坛坛罐罐、圣诞饰品、耳环、手镯和一个重得拿不动的大葫芦，上面雕刻的花纹就像一本文字密密麻麻的书。

"那个要八百索尔，"女孩骄傲地说，"是艺术家花了两个月才雕刻完成的。"

我想着两个月的工作要花多少小时。八百索尔是二百五十美元。我仔细地观察着这个葫芦的工艺，树木、婴儿和房子，所有这些都构思得细致而又漂亮，刻在葫芦巨大的表面上。

"谢谢。"看完了以后我对女孩说，她点点头跟着我走出来收拾她的罐子。

一个女人赶着一群羊走过来，她对着羊大喊，用一根又长又弯的棍子戳它们。她穿了一条绣花裙子，还有橄榄绿的紧身衣和可见的衬裙。在发辫顶上,她戴了一顶活泼的德比帽。她看上去很结实,脸上没有皱纹,头发泛着灰色,鼻骨和颧骨凸出。几个孩子在街上玩耍,一个女人俯身于一张铺着口香糖、饼干和散装香烟的小桌子上打着呵欠。一个穿着高橡胶靴和沾满灰尘的毛衣的男人走了过来,经过我身边时,他抬起帽子前倾了一下,冲我眨了眨眼。

马路尽头的教堂上了锁,但是前窗的一块玻璃被打碎了,所以我凑近往里看。那里的长椅是用胶合板做的,墙壁光秃秃的,污迹斑斑,祭坛上装饰着几朵假花和一个基督的塑料雕像。教堂本身是用土坯建造的,漆成赭橙色,尖塔则是金属丝造的。

我返回主干道的路上,一个男人向我说了声"下午好"。他问我是不是在找葫芦。

"是的,"我告诉他,"但只是想看看。"他点点头,双手紧扣在身后。

"我有一些,"他说,"如果你想看,我可以拿给你看。"

一个小女孩站在他身旁,一只手搭在他穿长裤的腿上,他在口袋里翻找几枚硬币给了她。"走吧。"他告诉她,拍了拍她的头。她沿着公路朝大科查镇跑去。

"这边走。"他一边说,一边打开一扇吱吱作响的大门。

他的房产朝向河边,是一小块尘土飞扬的土地,上面种着玉米。几只鸡咯咯叫着走来走去,几头牛在杂草丛中吃着草。这个人走进与他的房子相连的一个小棚子——我想应该是厨房,因为墙上挂着一些锅。然后他拿出一把椅子,放在地上。

"请坐,"他对我说,"我去拿葫芦。"我坐着等他,他的狗过来嗅了嗅我的靴子，试图跳到我身上。从他翻找的那个地方他看不到我们，但好像知道狗在做什么。"过来，"他冲着那些狗喊，"别打扰她。"小鸡跟着他进了门，门是他之前敲开的，进门之后，小鸡就在粗糙的水泥地上啄食起面包屑来。

他手里拿着一个装满葫芦的帆布袋走了出来。他把它们摆在我面前，我可以看到有些已经挺旧了，完工后又加工了很多次，还有一些则刚刚开始雕刻。这些新的葫芦颜色浅，散发着一股香甜的气味，用铅笔线为蚀刻线条打好稿的活儿还没完工。他从麻袋里拿出一个老一点的，递给了我。

"每个葫芦都有故事。"他说。他把葫芦头朝下倾斜着，给我看他画了个箭头标记着开工的地方。"这是一个有关出生的故事。"他说。第一张小图是床上的一对夫妇，男人趴在女人身上。"这是在受孕。"他语气轻松地对我说，没有什么不好意思的。下来的情节是这个女人生病了，镇上的人们必须制些药。他们将药给了她。这些小图画讲述了制药过程，以及为未出生的孩子建造一个房间，人们正在编织毯子，床也在慢慢成形。最后，小孩出生了。这个故事刻在葫芦的表面，一整圈，所以我必须把它在手里转好多次才能看完。他给每章都起了小标题。大多数单词都有拼写错误，比如 hacer 拼成 haser，dormir 拼成 durmir。①

"非常美。"我真心实意地对他说，这个被频频抚摸的光滑的葫芦似乎正因为这个故事而自带光芒。

他给我看了另一个葫芦，红色的，带着一些斑点，上面刻着

---

① hacer 意为"做"，dormir 意为"睡觉"。

一座正在建造的房子的故事。同样，第一章从底部开始，在小箭头旁边。它绕着葫芦一圈又一圈，讲述着木板被收集、设计图纸被绘制、社区里的人开始过来帮忙的过程。我问蚀刻葫芦需要多长时间。他说他还有其他工作要做，要饲养他的动物，种植蔬菜，打理房子。他对着外墙做了个手势，最近他刚刚把那里漆成了蓝色。

"我有很多正经事做，"他承认道，"但刻好一个葫芦也许要两周时间。"

他问我从哪里来，说自己还没有去过美国，但他很想去看看。现在他独自住在这座大房子里，他的两个小孩都在万卡约上学。我没有向他打听他太太或是那个拿走那一把硬币的女孩。我询问了一下刻着房子的那个葫芦的价格。他站起来，摸了摸那蓝色的墙面，盘算着。

"五索尔。"过了一会儿他说。这是我住旅馆一晚的房费。我从提包里拿出十索尔，递给他。他看都不看就收了钱，放进衣袋里，然后将那个红色的葫芦用报纸包裹了两层，再用褐色的绳子捆起来。

"祝你好运。"他将葫芦放在我手里说道。我沿着马路走下去，他站在大门口看了我一会儿，不过最终，当我第三次回头、准备要挥手时，我发现他已经走了。在下午渐渐拉长的影子里，我再一次孤身一人。

在那床让我想起外婆家床铺的卵石花纹床罩上，我解开了捆葫芦的绳子和包装纸。我想起那炎热的公路、稻草色的山丘、有着简陋长椅的土坯教堂、给被他称为"小女儿"的女孩硬币的男人，还有墙上新涂的蓝色颜料。葫芦烧焦的红色表面闪闪发光，因为时间的推移，讲述着故事的刻蚀线条已经变暗了。我把葫芦放在鼻子下，闻到一股坚果和颜料的气味。我把它重新包装好，并把它放在行李包深处，在绿色羽毛笔和手工针织帽的下面，那些都是几周前厄瓜多尔一所山坡学校的学生送的礼物，这些礼物拿在我手中，感觉已经拥有了多年。我双腿交叉坐在卵石花纹的床罩上，打开索鲁的书，翻到了他提供的地图。

我意识到自己已经把情节忘记了。我看了看他的地图，记起了索鲁没有搭乘利马和库斯科之间的火车。他原计划走山路，先经过万卡约，但泥石流冲走了铁轨。他搭了飞机。

我是孤身一人。

但不需要很长时间我就意识到，这并不要紧。他从来没有和我在一起，没有。他只是三十年前一本书中的人物，他在这条路上的经历与我的完全不同。我嘲笑自己，因为我竟然会觉得这很重要。之后我翻开旅行指南，读起了秘鲁中部那一部分。

阿亚库乔[①]是向南前行将到达的下一个城市。明天，我将去那里。

[①] 秘鲁中部山地城市，阿亚库乔省首府。

秘鲁　阿亚库乔

在万卡约，售票柜台的女人面无表情地告诉我，去阿亚库乔坐班车要十个小时。我的旅游指南地图上指甲大的距离，要走上十个小时。我在巴士上的邻座是个十几岁的男孩，看了看手机后睡着了，身上隐隐有股古龙水的味道。

沿路渐渐密集起来的田地点缀着奶牛和干草垛。起初草是绿茵茵的，但很快开始变短，变成棕色，然后变成淡黄色，最后变成灰色和银色。山总是有的，有时是棕色的矮壮山丘，有时是光秃秃的蓝色山峦，农夫在多石的山坡上耕作，或是吃完午餐小憩一会儿，肚子朝下趴在地上，他们的孩子在周围撒腿欢跑。路边总会走过赶着一群绵羊或山羊的留着辫子、穿着长裙的妇女，也会看到狗在路旁酣睡。

我们的车来到河边，公路从水泥路变成了沙土路。在这里，河水从涓涓细流变成了汹涌澎湃的白色激流。我们一路行驶，河水的颜色也不断变化着，河水映照着变幻的天空，展现着地下矿物质的颜色：铁、铜、硫。秘鲁最重要的收入来源之一是采矿业，在这里随处可见采矿的痕迹。每座山几乎都被削去一半，露出其内部的颜色——锈红、白垩白和板岩灰。

几十年来，秘鲁人一直依赖着矿产。该国是世界上第六大黄金生产国，但采矿使秘鲁部分地区变得荒芜，森林和河流遭到毁坏。

矿山产生了庞大的废物——沙山、死林、臭水。这样的环境鲜有能够恢复的。采矿业已经开始侵蚀秘鲁的世界遗产和国家公园。对黄金进行冷提取需要用到汞，很多汞最终进入了社区的饮用水资源。数十万英亩的秘鲁土地因不可持续的开采而遭到破坏。我们开车经过矿井，然后穿过一片空旷起伏的荒地，这片荒地与月球表面十分相似，有着陨石坑和奇怪的巨石、泥土和天空，绵延数英里。

我坐在第一个座位上。事实证明，这是一个糟糕的选择，因为在其他座位上，你可以把腿伸到你前面的座位下面。我的腿刚刚撞上了驾驶座后面将乘客和司机分开的隔板。要跟司机说话，就必须用力敲打他那拴上的门。司机用那扇门对上下车的人加以控制。在那扇门后面，他端坐着观察路面情况。坐在前座，至少我能看到人们试图下车的各种方式；推销员和到站的乘客大多先摇动门锁，然后退后，再摇动门锁。三个跑上车来卖冰淇淋的小男孩连晃动门锁都不干，而是直接锤着门大喊："开门！"

在第一个郁郁葱葱、草木葳蕤的车站，一位老妇将花和草药连根拔出，抖落根部的泥土，然后把那些植物放进一个帆布袋。在河边悬崖一座花园环绕的旧石屋后面，大家排队等着上厕所。至少是女士们在等待，男人则绕到屋后，直接在灌木丛里解决问题。那个拿着帆布袋的女人再次上了车，司机眼睛都不眨一下。

"大家都上车了吗？"他喊道，等了一会儿，然后我们就从空荡荡的石屋前开走了。车厢里，那个女人手里鲜花的香气弥漫了好一阵子。

"白天坐车去阿亚库乔才好。"我在万卡约住宿的那家旅舍的老板对我说，她是一位上了年纪的女士。她当时站在我房间门外的过道上，问我下一站打算去哪儿。

"去阿亚库乔的公路就这么窄。"她说着，用一根手指摸着房门边框。"就这么窄。"她又说了一次，摇了摇头。她告诉我，巴士总要微微侧倾才能从路边驶过，但如果是白天，我会没事的。

"晚上还有贼。"她忧虑的目光落在我身上。不过那天晚上她还是在桌上给我留了面包、黄油和水，那样第二天早上我坐长途车之前就能有些东西果腹。她带我去看了最容易打到出租车的地方，跟老先生一起祝我走运，然后才上床睡觉。我会连夜离开，那时他们还在梦乡之中。

现在，我俯视车外就可以看到路边，几英寸外的地方是直插入河中的悬崖。一路上，我们与水面的距离总在变化。有时，车与水面齐平，但大部分的旅程中，我们都高出水面许多英尺，有时向下看我甚至连路边都看不到。若有另一辆车开过来，我们就必须减速开到路边，找个地方停下来。有一次，一辆十八轮大卡车从南边驶来，向我们靠近。两车之间连一个人通过的间隙都没有，我们车上的拉客仔跳出来指引我们的司机倒车，沿着危险的道路转弯，直到两车之间有了足够的空间。坐在我身边的乘客都俯身看着这一过程，看看我们离粉身碎骨还差多少距离，座位不靠窗的乘客也纷纷站起来倾身向前看着。我不知道所有乘客都倾斜到巴士的一侧是不是一件好事。班车会侧翻吗？但其他人似乎都不担心，大家都冲司机喊着，七嘴八舌地提着建议。最后，卡车从我们身边缓缓驶过，按响了喇叭，乘客咯咯笑着鼓起掌来。

秘鲁　阿亚库乔　235

在一个无名小村庄的另一个休息站，路边绽放着"夜皇后"喇叭状的白色花朵。车上只有另外一个外国人，是一个瘦骨嶙峋的中年妇女，背着一个背包，脚穿太哇牌的凉鞋，在路上走来走去，大口啃着从万卡约一个小贩那里买来的面包。我则吃着放置时间太长而变暖的奶酪，还有艾萨克留在我包里的葡萄干。那是很久以前了，艾萨克和维尔卡邦巴是在夏天，而现在风呼啸着穿过峡谷，我头顶的山峰雪迹斑斑。巴士载着我穿越了季节，改变了时间的流逝。可以说过去了几个月，也可以是几个星期，两种计算方式都是正确的。

阿亚库乔城坐落在一个山谷里，延伸到周围褐色的冬日山丘上，那些山坡房屋密布，房子也是褐色的，与草地和道路一个颜色。唯一能有些色彩的只有天空：一片清澈干爽的蔚蓝，点缀着褐白相杂的云。第一天早上，我爬到城市的最高点，那里有一个瞭望台和一座窄窄的白色纪念碑。一条弯弯曲曲、摇摇欲坠的石阶把我带到楼上，我从坐在天台外面靠近瞭望台的两个醉汉身边经过。他们一副邋邋遢遢的样子，咧嘴笑着放肆地喊我"外国妞"。我问坐在附近的两位女士继续往前走是否安全。问这话的时候，我朝两个醉汉倾了一下头。"当然。"两位女士翻了一下眼睛说。她们提起裙摆开始下山回城。"祝你好运！"她们喊道，无视那两个现在冲她们咯咯笑的醉汉。

阿亚库乔因其三十三座教堂而闻名于世，每座教堂代表耶稣一生中的一个年头。甚至在1540年皮萨罗"建立"阿亚库乔之前，这个城市就已经是一个宗教和文化圣地。一万五千年来，人们一直居住在这个山谷中，两侧是安第斯山麓的丘陵。1825 年秘鲁独立战争期间，阿亚库乔发生了可以说是最关键的一次战役[1]。二十世纪八十年代，当共产主义游击队的恐怖组织着手在秘鲁中部建立"无产阶级专政政府"时，"光辉道路"[2]再一次让阿亚库乔登上了国际版图。具有讽刺意味的是，无产阶级在"光辉道路"肆虐的这几年遭受的损失最大，尤其是阿亚库乔地区，这里是该组织举行会议的地方。"光辉道路"的同情者大多是贫穷、惊恐的农民，他们遭到试图以此来遏制"光辉道路"影响的秘鲁军方的严刑拷打和屠杀。军人们戴着黑色滑雪面罩以掩饰自己的身份，滑雪面罩由此在市民心中成为死亡和恐怖的象征。数以万计的人死于这场冲突，流血冲突最终在九十年代末宣告结束。秘鲁与厄瓜多尔的边界战争又加剧了这几十年的创伤。一轮狂暴的通货膨胀摧毁了当地经济，工潮仍然困扰着秘鲁。

"外国妞[3]。"我走过的时候，一个小姑娘喃喃说道，她妈妈赶忙示意她安静。我爬着山，那些建筑物变得越来越小，渐渐消失。山顶被我踩在脚下，突然间我可以看到周围的一切，从城市到山丘，最后是安第斯山脉。我转了一圈，看着远处环形的地平线，崎岖不平，绵延数英里。地上到处都是垃圾，在风中飞舞。周围有几家店，早上还没开门，窗户上的栅栏也锁上了。小女孩和她的母亲消失在另一边，剩下我独自一人。这座纪念碑是我所不知道也未曾

---

[1] 疑原作有误，这里应指 1824 年 12 月 9 日的阿亚库乔之战，哥伦比亚和秘鲁联军同西班牙殖民军的最后一次决战，拉美独立战争中最著名的一次战役。
[2] 秘鲁一个极左的反政府游击队组织。
[3] 原文为 gringa，是一种带侮辱意味的称呼。

学到过的历史的见证,所以这个地方对我来说只意味着风和山,褐色的繁忙城市之上的一个凉爽地方。我闭上眼睛,倾听瓜亚萨明所说的尖锐枪声,但什么也听不到。

从我在山丘上所站的地方,可以看到东边山顶上一座明亮的白色教堂,有一座很高的尖塔。我在下山时穿过小巷子,上山时又穿过空荡荡的狭小空间。我把手放在提包上。当我到达谷底,又开始攀爬时,一个女人向我喊叫。她的头发是白色的,脸上有很深的皱纹,脚步却稳健有力。

"外国妞。"她喊道,我放慢了脚步。"外国妞,外国妞,外国的小妞。"她边走边唱,一只手挽着裙摆,不让它挡住脚步。这个词似乎并不是一种侮辱。只不过是这里很少见到我这样的外国人。毕竟我确实也是外国妞。

"你从哪里来呢?"她停下来喘口气对我说。我告诉了她。她那双清澈的褐色眼睛盯着我看了一会儿。

"那你现在要去哪里呢?"她问道,双手交叉,在路边的矮石墙上坐下。

"我要上山去,"我对她说,"去那座教堂。"她点点头,喃喃地说了几句话,我凑近去想听个明白,但她说的是克丘亚语,我摇了摇头。她耸了耸肩。

"那上面的教堂很不错。"她说,又站起身来。我们一起走了一段路,慢慢地踏上阳光普照的石阶。她看到了一位朋友,一个穿着及膝长裙、戴着德比帽、背着一个编织袋的女人。她们驻足闲聊,我向她们告别,继续向上爬。

我心想,往哪里去并不重要。这一年是一种馈赠。我现在正慢慢地穿山越岭，一路向南，仅此而已。这就是我此刻的身份。我登上一辆巴士，坐上几个小时，然后找一个地方过夜。白天，我走过城市、森林，走进教堂。读起我在萨拉城、格拉纳达，甚至在基多所做的日记，我总会惊异于我离家旅行了这么远的路程。

到了夜晚，我再一次看到了所有的地方，把它们都记录下来。这样，每一个地方都变成了一张手写的照片。许多年以后，我想它们将会提醒我，生活的道路是那么宽阔。

我走到人行道的尽头，那里马路变成了玉米色的泥土。我经过胶合板和竹竿搭起来的房子，或是铺着干草的石砌土坯房。再也没有店铺了，只有女人蹲在街上卖着堆放在毯子上的桔子和粗短的香蕉，或是放在篮子里的口香糖和香烟。在一排排皮带、绳子和遥控器前，一些男人靠在教堂的墙上，但没人招徕我。这里不像危地马拉、厄瓜多尔或尼加拉瓜，那里的小贩大声吆喝，熟练地招呼着顾客，那些话自然而然地说了出来。我停下来看看放在格子布毯子上的一对耳环。耳环上的宝石像骨头一样白，坐在物品旁边的女人一句话也不说。

"谢谢。"我说着离开了摊档，她没有回应。

山顶上出现了一座干净崭新的白色教堂，附带的建筑物是一所健康中心。人们成群结队地进进出出。教堂是这一带最好的建筑，也是唯一的两层楼建筑。在这个地方旁边有一套旧秋千，频繁使用过，曾经是红色的，但现在大部分油漆都剥落了，露出了金属底座，在黄沙裸露的山峦面前闪闪发光。

秘鲁　阿亚库乔

一个小男孩坐在他母亲开的店铺地板上，看着我平静地说："外国妞。"我走开的时候，他又喊了一声，于是我转过头去。不过他向我挥了挥手，我也举起了自己的手。我的酒店房间有一个阳台，可以俯瞰一个小停车场、一家小餐馆摆满桌子的露台，以及某户人家的小院子，里面住着一条叫个不停的小狗。房间位置很高，拂过城市的风就这么直接吹向了我。我喝了茶，在阳光照进房间的时候醒来，天色稍微暗下去我就睡了。第二天或第三天早上，我发现自己连日期都不清楚了，猜都猜不出来。不知道我最后一次忘记时间是在什么时候，时间就这样流逝，我却忘记了计算我离开的日子和时间，忘记了我已经度过的时间。

在这个如此偏僻的地方，他们管我叫"外国妞"。在市场上，我坐在一家嘈杂的咖啡馆的凳子上，喝着水果奶昔，那是几位戴围裙的女士用搅拌器做的。我早晚走路上山，避开嘲笑我的醉汉。我忘了把我的闹钟从包里拿出来。于是我的日子开始感觉像是一些秘密。我给自己写信，这样才不会忘记阿亚库乔的样子，但我没有告诉任何人我在这里。

第二天早上，我和其他七个人一起坐出租车去瓦里遗址，瓦里是一片绵延的山坡，大部分都是未复原的前印加遗址。两个男人坐前排，后座上是三个人，中间坐两个。我们驶出阿亚库乔，土地变成粉红色，房子紧贴地面，跟新墨西哥州的房子一样。我们穿过建在河谷里的小城镇，孩子们成群结队地走路上学，朝着彼此尖叫，把球踢到路上。我们又接上了另一位乘客，一个身材高大的男人，他缩成一团，跟其他男人一起并排坐到中间去，但仍然没有人说话。我们敞开车窗行进，司机将方向盘打到一边，以免撞上在马路上缓缓行走的奶牛。仙人掌生长在杂乱的地里，伸出它们桨状的带尖刺的茎，球根状的黄色花朵向着天空绽放。

我所到之处都见到过废墟：路边、加油站后面、人们的院子里。好像废墟是自然景观的一部分，而不是什么值得看或研究的东西，只是简单地被忽略，或另做他用。这些遗迹似乎仍然充当边界线或花园地块。与人们的普遍看法（至少是我和很多的"合众国人"的看法）相反，印加帝国并非南美最大或必然是最强大的前殖民帝国，而只是欧洲人曾经见识过的帝国。在印加帝国之前，曾有更多文明崛起又消亡。第一个南美文明可以追溯到十六世纪前的几千年——人们认为小北文明①起源于公元前三千年，数百年后，查文文明②、莫切文明③、纳斯卡文明④和瓦里文明相继诞生。我逐渐意识到，历史的开始往往由白人说了算，所以尽管阿亚库乔是在1540年"正式"建立的，这些遗迹依然代表了一个更古老的文明时代。

今天，遗址上挤满了乘坐旅游巴士到来的学生团体，他们带着便携式收音机、手机和印加可乐⑤。男生女生都穿着紧身牛仔裤。我下车的时候，他们都排好了队等着进门。我在那些学生后面排了

---

① 小北文明，于1905年被发现，又称小北地区文明或卡劳尔文明，是位于秘鲁中北部海岸线上的古代文明，也是西半球美洲大陆上已知的最古老文明，从公元前30世纪一直延续到公元前18世纪。
② 查文文明，南美洲古印第安文明萌芽时期的文化，得名于秘鲁利马以北的查文德万塔尔遗址。
③ 莫切文明，因其文化的发源地莫切河谷而得名，分布于秘鲁沿海，其中心在莫切和奇卡玛两河谷。
④ 纳斯卡文明，秘鲁南部沿海附近地区的文明，因纳斯卡人打造了可从空中看见的巨型地画（也称"纳斯卡线条"）而闻名于世。
⑤ 一种黄颜色、略带菠萝味道的饮料，秘鲁人最爱的饮料。

一会儿队，等着支付三索尔之后进门去，接着我开始意识到他们都在偷看我，咯咯地笑。

"我是不是应该也在这儿排队？"我问道，但没人回答我。不知道我是不是用错词了，于是我重新表述了我的问题。"我可以过去吗？"我问道，心知自己很傻，因为他们若是开口，那样的语速也是听不明白的。他们却只是吃吃地笑，互相捅一下对方，然后盯着我看，直到其中一个突然蹦出一句："哈啰！"

"哈啰！"我回了一句。于是他们高声地加入了此起彼伏的大合唱："哈啰！哈罗，外国妞！你好啊！"我从他们身边挤到入口，他们则举高带摄像头的手机喊着："拍个照吧！"博物馆门口穿制服的保安把我当成名人一般为我指路。"这边走。"他说。

走进博物馆，就好像进入了另一个世界：黑暗的房间，嵌入墙面的方形展柜，玻璃后陈列着古老的物件，还有里面浓重的寂静，一切都与外面刺目的光亮形成了鲜明的对比。房间中央有一个玻璃柜，柜子顶上低矮的灯在地板上洒下一片光，一具木乃伊蜷缩成腹中胎儿的姿势，骨头看上去非常脆，被虫子蛀破的衣服是均匀的黏土色。牙齿基本都在，看得见锁骨，手和脚似乎大得不成比例，脚趾的骨头粗长弯曲。那个穿制服的人把头伸进被撑开的大门。

"继续走。"他说。接着我又身处光明之中，但这次是宁静的光明，耳边是虫儿的唧啾，还有清风拂过长着仙人掌的野地。

这片废墟就像我从利马一路过来时从车窗外看到的石墙。越来越稀疏的一排排摇摇欲坠的石头延伸到山上山下，穿过农田，傍着溪流。这个国家到处都是一排排石头，仍然起到分割领地的作用，要么就是被随意拆开，为农田和牲畜腾出地方。秘鲁国土上古代文明的建筑纵横交错。没有人监管着这些废墟，我想人们会从几层楼高的墙壁上捡些石头作为纪念品，把它们放进袋子带回家去。去人家家里，这些石头会摆在一个地方，落满灰尘，最终再一次被扔出去，失去自己的根。

我漫步小径，绕过废墟，穿过山丘，进入一片广阔的野地。突然间，我觉得离那群学生、售票处、拥挤的停车场都很远了。我面前是宽广的空间，一块点缀着一丛丛仙人掌的野地，还有远处蓝色的山峰。风呼啸而起，低矮的山崖耸立，淡紫色夹杂着白色。走着走着，这条小路开阔起来，变成了一条环形的土路。我看到烈火烧过的灰烬，走近一点才意识到，那些灰和木炭是一个特地焚烧出来的十字架的形状。

我突然感到一阵寒意，尽管石头和草地上阳光洒落，而且光线越来越强。我小心翼翼地朝十字架迈出一步。看不出这是新的还是旧的。可能已经好几个星期没下雨了。这片焦黑的草地，这些灰烬，这处旷野。我记起萨拉城山上那些蜡烛和花瓣，不久前举行过的仪式残存的气味，感觉多么安静，就像现在一样。在风中我感受到一些与萨拉城十分相似的东西。我转身离开了那片野地，最后又从那些学生身旁经过，他们还没从仙人掌丛中走出来之前，我就凭他们微弱的手机音乐和闲聊声听出他们来了。"你好啊，外国妞。"男孩们对我低声说，为的是逗他们的女朋友们发笑。

在遗址外公路的另一侧，一对老夫妇在由四根柱子和一个茅草屋顶组成的小木棚下卖饮料。"水，水。"我走过时，他们安静地说。他们手中递过来一些瓶装饮料，是贴着美国商标的汽水，透明的绿色塑料瓶上覆着灰尘。我买了一瓶可乐,女人用裙摆擦掉了灰尘。

"两个索尔,美女。"她说。

"这里有车吗?"我问道。如果想去公路北上十英里的奎努阿镇,我需要一辆车。

"有,美女,"她说,"当然有,美女,车来的时候我会告诉你的。"然后她沿着道路走了一段,蹲下去小便。她把两条长长的辫子甩到背后,站起身来心不在焉地看着吃草的母牛,裙子被弄皱了一点。那位老汉则仍坐在饮料摊后,一句话也没说。这时两辆出租车从路上经过。"来了,美女。"老妇说着,催促我站起来示意停车,但两个司机都摆了摆手。车都客满了。

我在饮料摊旁等了很久。当我喝完可乐后,老妇主动拿走了我的瓶子,把它和其他空瓶一起塞到冷柜后面。最后,一辆出租车从街对面的遗址停车场驶出,转入主干道。我把它截停了。

"我能顺便搭个车吗?"我问坐在前排的女人。她面容和善,皮肤黝黑,一条淡紫色的丝巾在脖子一侧挽成一个结。

"当然可以。"她回答说。她的司机猛地打开车门,跳出来,跑去打开后备箱。我跟着我的背包爬上了这辆旅行车的后部,司机接过我的背包,塞在一个旧轮胎和一个打开的工具箱旁边,工具箱里装满了管子和钉子,还有一把短锯。

"不不不。"后座上有个人用英语喊道,"进来跟我们一起坐啊!"后座上三个人挤在一起腾出了点地方,司机帮我从车后部下来。那几位乘客都是十几岁的少年人,深色头发,衣着光鲜,一股新鲜的洗发水的味道。"非常感谢你们。"我用英语说。前排的女人扭过头看了看我,又调整了一下她丝巾上的结,让它摆在锁骨的正中间。

"你是美国人?"她用英语问道。我点了点头。我们的车从那个小摊边开走,我冲那对老夫妇挥了挥手,但他们没有注意到。

"我们是加州来的。"她说。我身边的几位少年什么也没说,睡眼惺忪地冲我笑了笑。

"这是我的几个顽劣的小孩。"那女人对他们三个笑着说。她把头发染成了红色,头顶上露出灰色的发根。她的孩子们长着笔挺的鼻子和丰满的嘴巴。那个男孩戴着一顶镶有亮片的棒球帽。这位女士下巴上有一道疤,她剪了斜短发,似乎想把它掩藏起来。她向我解释说她来自利马,但七十年代去了墨西哥上高中。

"当时秘鲁的情况很糟糕。"她对我说,英语转成了西班牙语。"贝穆德斯①执政,"她说,"你知道吧?贝穆德斯?"她看了我一眼,等着我回应。我摇了摇头。她叹了一口气。

"年轻人都是不知道的。"她说,但我想我们是从来没有学过这部分历史。我高中的历史课只讲到底格里斯河和幼发拉底河,还有定义了欧洲的一系列战争,最后是美洲的奴隶和乔治·华盛顿的生平。

汽车在路上颠簸,车内陷入了沉静。仙人掌在路上投下长长的影子,我的思绪柔和起来。这辆车是如此温暖。

正在这时,E莫名其妙地浮现在我脑海里。也许是因为这个女

---

① 弗朗西斯科·莫拉莱斯·贝穆德斯·塞鲁蒂(1921—),秘鲁前总统。1975年8月发动政变出任总统。1980年举行大选,还政于民。1983年创建全国团结民主阵线并任主席。

秘鲁　阿亚库乔

人的香水，但我觉得身边是 E 的气息：洗发水味和椰子味，还有更深层次的东西，某种难以形容的有她痕迹的东西。她的名字在我心里回响，仇恨和欲望同时涌上心头。现在不要来啊，我心想，让自己的眼睛盯着那几位少年交叉着搁在腿上的双手。现在别出现，我再次对她说，我很惊讶她很快就消失了。

在路上的一个拐弯处，几个警察站在他们的摩托车旁，挥手叫我们下车。司机慢了下来。他们要求看我们的护照，我们忙乱地掏着蓝色小本子，衣物和提包发出一阵窸窸窣窣的声音。那几个小孩的护照看上去都簇新硬挺，但那个女人的护照和我的一样，有些破损，本子弯了，贴了不少标签、旧的海关通知单和行李收据。这些都是我们多次通关的证明。

"什么也别说。"坐在前排的女人说着，把围巾上的结又扭回一边。我们透过窗户看着警察检查护照，那个女人的护照审查时间最长，警察又彼此交换护照，拿到眼前细看着。最后，一个警察走回来，弯腰对司机悄声说了几句，帮他开了门。司机犹豫了一小会儿，下了车，敞开着车门。

透过窗户，我看到司机是个年轻人，可能十八岁或二十岁，年龄跟我身边的孩子差不多。警察在手中的夹板上填写着什么文件，其中一个记下司机所说的话，我们能看到司机在说话，但听不到他说了什么。另一个警察走到副驾驶座这边，女人把车窗摇下来一半。警察解释说没什么不对劲的。出租车司机没有离开阿亚库乔的执照，仅此而已。他只能在那座城市里开车，而现在我们也看到了——警察说到此处咯咯地笑了一下，他把车开到了这里。

"我们必须开罚单了。"警察说。

他从车边走开，女人把头转向我们，翻了个白眼。我旁边的孩子们继续盯着窗外，双臂交叉在胸前，膝盖紧紧地贴在一起。一个老乞丐蹒跚着走到车前乞讨钱和面包，但女人告诉他我们什么都没有，便把车窗又摇了上去。

"这乞丐很聪明，"她用英语说，"守在这里等警察拦车检查。"她的孩子们还是一言不发。她从手提包里掏出一个小粉盒，对着镜子看了看自己的嘴巴和眼睛，然后满意地合上了镜子，叹了一口气。最后司机终于回到了驾驶座上。"一切都很好，"他嘟哝着说，"不用担心。"

在路上

去往库斯科途经的下一个大城市是安达韦拉斯,班车晚点了。每个人都在车上,但司机仍在尘土飞扬的停车场里转来转去,一边抽着烟,一边跟也是前一天来买票的一个无牙老人说着话。只要能在天黑前到达,我倒不介意耽搁,但我旁边的男人却生气了。

"走啊!"他第三次喊道,接着又过了十分钟。

"快点啊!"他又喊了一声,但司机和我一样,假装没听见,慢悠悠地抽完最后一口烟,握了握那位无牙老者的手,爬到驾驶座上,调整镜子,最后终于启动了引擎。我旁边的人向后靠去,得意洋洋地咕哝着,但我早就学乖了,知道发动机转动并不代表我们要走了。这一天,这条规则也没有例外。司机透过敞开的车窗和一位卖面包的老妇人聊天,拿着瓶装饮料和一袋袋薯条的女孩则从过道上挤过来,进行最后一刻的买卖。我看着地上的阳光慢慢变成了红棕色。

最后,我们的车缓缓驶出了车站,沿着阿亚库乔狭窄的街道开下去,穿过郊区。穿过山丘东行的时候,我们开始加速,山峰从脏兮兮的棕色变成了淡金色,这是寸木不生的山丘上不断变换的干草的颜色。几英里的路途都是这样,只有金色和天空的蓝色。我没去在意邻座是如何侵占到我的座位这边来的,他渐渐入睡,脑袋在我肩上颤动,双腿叉得很开,但这并不要紧。女人们牵着山羊到田里去喝水，班车上的乘客都很安静，他们的食物包装纸沙沙作响，有的哄着自己的婴孩，看着他们的土地从我们身边经过。我以前坐过这种车很多次，在洪都拉斯、厄瓜多尔南部、危地马拉东部都看到过这样的田地。我怀疑我会再次看到它们。这样，我的路线就是在循环往复，令人难忘。

午饭前我们停了一次车，停在了可以停车的地方，几乎每个人都下车小解。男人们站在路边，女人们就走远一点，走进灌木丛里蹲下来。我有样学样。一位女士慷慨地从随身带来的纸卷上撕下一些卫生纸递给我。小孩子们则靠着巴士小便。之后我们都回到了车上。"走了！走了！"拉客仔拍着手催促着，好像有人情愿留在这处路旁就是丛林的弯道上似的。我们上车的时候，有几个人看了看我。今天，我是唯一的外国人，唯一背着北美背包、长着浅色眼睛、金色头发、手臂长雀斑的人。

过了很久，我们停下来吃午饭。多数乘客挤进了最近的餐馆，那是一个帐篷，底下是样子很不结实的桌子和烤架。于是我穿过尘土飞扬的广场，经过在塑料油布下踢足球的孩子，经过卖编织毯子的妇女，来到对面街角的商店。我低着头走进去，三个穿着脏T恤的男人坐在凳子上喝着啤酒。

"进来呀。"他们告诉我，好像自己就是店主似的。其实接待我的是一个站在柜台后面的女人，她帮我从六盒装的箱子中拿出一盒果汁，收了我一索尔，示意我坐在外面的长椅上。她坐到了我旁边。三个拿着啤酒的男人走出来，要求合影，还拿出相机，轮流站在我旁边，他们的胳膊搂着我的肩膀，咧嘴笑着。他们问我一些常见的问题：我的国籍，丈夫在哪里，我喜欢秘鲁吗。个子最高的男人从瓶子里一点点地往朋友的杯子里倒啤酒，然后自己喝了一大口。他看到一个相识的女孩走过来，开始有点语无伦次。她把夹克举过头顶，以防阳光直射到脸上。

"到这儿来。"他对她喊道。

"不。"她说。

"来啊，"他说，"至少过来见见我的新朋友。"她翻了个白眼走了过来。

"给她一个吻嘛。"他对那姑娘说。她顺从地像鸡啄米似的用朱唇点了一下我的脸颊。每个人都安静了一阵，然后我傻傻地问了一句，这城里入夜冷不冷。我想说点什么来缓和醉汉和漂亮姑娘之间滑稽的紧张关系。但姑娘只是咯咯笑了起来，嘟哝着说了句我听不太清楚的话，然后走掉了。

在安达韦拉斯，我入住了一位老妇经营的旅馆。我按了门铃，她蹒跚着走到前面来应门，然后到厨房去洗桃子，我则在一边等着她把房间钥匙给我。那里的房间坐落在一个长长的阳台周围，阳台下面是一个干枯的花园，布满碎叶和交错的藤蔓，藤蔓已经老了，加之天气寒冷，都变成了银白色。那里有一个用久了的水槽，我在水槽边用几个月前在危地马拉买的刷子洗着裤子。虽然这条裤子很轻，我还把它挂在阳台的栏杆上，当晚也有风，但它晚上就是干不了，因为天气太冷了，弱弱的星光从我的窗户里透进来。头顶上响起脚步声，把我从梦中惊醒，我听到门外有人打开了水槽上的水龙头。附近有个男人在咳嗽吐痰。市中心的钟慢慢地敲了三下。我躺在床上，惊讶于自己今晚身之所在：干枯的花园，冰冷斑驳的星光，油漆剥落的小房间，一张塞着稻草的床垫。床边有一杯水，一支万寿菊插在一个罐子里。现在没人知道在哪里能找到我。我所寻获的自由是多么脆弱、多么安静啊。我六点来到了长途汽车站。去库斯科的全程票是我在阿亚库乔时买的，那里的狗把腿搁到了墙上，我们在车站等着司机抽烟，我的邻座一边挠痒一边喊叫。但在安达韦拉斯这个寒冷的早晨，售票窗口的女人严肃地看了看我，把票递了回来。

"这趟车现在没有，"她说，"只在周二发车。"她停下来，而我努力回忆自己的到达日期。我是在周一到达阿亚库乔的吗？

"今天是周四。"女人对我说，从她带锁的黑箱子里数了二十五索尔出来，这是那张没用的票的全价。她将钱递过来，一副公事公办的样子，毫无歉意。我还没能问几个问题，她就将头扭开了。

这是个寒冷彻骨的早晨，自从我离开波士顿，这是最冷的一天了。我闭上双眼，吸气，呼气。那里有很多辆巴士，天色还早。我提醒自己不要惊慌。我现在感觉不到自己的脚趾了，手指尖也开始发麻。我在结冰的路面蹦跳着，不停拍着手。

我听到身后脚步声渐近，回头看到一个年轻姑娘，一头鬈曲的黑发乱蓬蓬的，她画着浓重的眼线，背着大大的背包，跟我的那个很相似，肩上还挎着一个吉他盒。我们俩站在这里跺着脚，呼吸着清爽的空气，活跃在这座高海拔的镇子里。"嗨。"我说，两个人都笑了起来。她将肩上的背包放到了地上。

我用西班牙语问她是不是要去库斯科。我猜她应该来自阿根廷，因为她的头发和眼睛都是黑色的，但肤色白皙，鼻梁窄而挺

在路上　251

直。她点点头，喘息着用流利的西班牙语说她有车票，但这趟车被取消了。

"或者是出了什么事。"她又补充说，叹了一口气，从后裤兜里取出一包烟。

"我也是啊。"我挥着那张废票说。她口吐着烟，宽宽的双唇微微耸起。

在车站里，我们向一个推着售货车的女人买了杯黏黏糊糊的蜜茶，又买了切开来塞进炒蛋的面包。我们边吃边聊。她名叫嘉碧，来自比利时而不是阿根廷。听说我来自美国，她马上改口，说起了无可挑剔的英语。她说她妈妈是危地马拉人。"所以我的头发和眼睛才是黑色的。"她抿抿嘴，用一根手指搅弄着一缕黑发。

她说自己旅行了一年，其间在危地马拉和哥伦比亚当过教师。她也是从墨西哥搭便车来的，同伴是一个她在哥斯达黎加遇到的英格兰姑娘。我们小口抿着马黛茶，我问她搭便车过程中是否遇到过什么不好的事情。

"只有一次，"嘉碧说，"我们搭上了两个男人的车，我知道他们喝醉了，但当时天色已晚，我们又需要搭车。他们喝着啤酒，两天没合过眼，这是他们告诉我们的。"嘉碧将杯中茶一饮而尽，接着说："过了一会儿，他们就提出要上床，我不停告诉他们我已经有男朋友了。"她又从裤兜里抽出一支烟。"我当时是骗他们的。"她划了几下打火机，一团火苗蹿了起来。"我跟他们说我是天主教徒。"她眼珠一转说道。

"但我没法劝那两个家伙收手。爱丽丝哭了起来，但我知道我不得不……"她的声音越来越小。"你们美国人是怎么说的？"她问道,"保持镇定?"

"最终我们在那个城市停了车,某个城市,"她说,"我连那个城市的名字都不知道。那两个家伙又去买啤酒,我们俩就跳下车跑了。那天晚上我们在一个旅馆住了下来,路边旅馆,我的耳边整晚都是公路上传来的卡车声。那些声音让我一晚上都觉得恶心。"她说。

我们设法在一辆面包车上找到座位,这辆面包车将带我们去距安达韦拉斯四小时车程的阿班凯[①]。他们说,我们可以从那里去库斯科,没问题。在面包车里,嘉碧跟其他乘客轻松攀谈起来。他们问起她的西班牙语,她又告诉他们她妈妈是危地马拉人。他们冲她微笑,颇为赞许。然后嘉碧斜靠在座位上,膝盖上裹着一条毯子,闭上眼睛,立刻睡着了,一路睡到了阿班凯。我真心羡慕她有这种轻松入睡的本事。我望着窗外的风景,心想我看到过同样苍白的山丘,覆盖着小麦,还有同样的山羊群,牧羊人是一个拿着棍子、带着一条狗的男孩。这样绵延的山坡,我是在厄瓜多尔看到过的吗?是不是就在前一天?远处也有同样连绵起伏的蓝色山峰、同样林立的桉树,还有一直存在的深褐色土坯房,窗户上钉着枕套,院子里游荡着阴沉的狗。

在距库斯科三小时车程的阿班凯,我们离开车站,穿过街道进入一家小餐馆——既是吃午饭,也是找个地方等下一趟车。厕所里没有纸,没有水槽,也没有灯,只有一个抽水马桶、一个水桶和一个开着的小窗户。我们吃了米饭、猪肉和蔬菜,喝着寡淡的木槿

---

① 位于秘鲁中南部安第斯山脉中央的一座城市,也是阿普里马克大区的首府。

在路上

汁。我们边吃边聊,嘉碧说她已经旅行了一年,前三个月待在危地马拉,跟她母亲的家人在一起,然后在哥伦比亚的麦德林又待了八个月。在布鲁塞尔,她是一名持证的心理学家,她的资历给她带来了海外带薪实习的机会。此外,休假的时候,她每月还能从雇主那里得到一点津贴。

"这生活很好啊。"她拖着长腔慢悠悠地说,眨巴着眼睛,又将盘子从她身边推开,双手交叉放在肚子上。埋单的时候,嘉碧坚持各付各的。她说与人交往要公平为上,我怀疑她曾被同行的旅人欺骗过。她的指甲上有缺口,涂成了草莓一般的鲜红色。

到了餐厅外头,她抽起了烟。我们坐在马路牙子上,看着路上驶过的车辆,午饭时间,车不多,都是懒洋洋的。班车从车站里驶出,男人们骑着单车经过我们身边,一辆摩托车呼啸而过,车座上一个女人紧紧搂着前面那位男士的腰。

"这种我坐过好多次。"嘉碧说。

"哪一种?"我问道。她用一根手指点了点人行步道的边缘。"人行步道吗?"我问,"路缘石?"

"路缘石。"她试探性地从嘴里吐出了这个词。"路缘石,路缘石。"可惜这处路缘石上面溅落着斑斑油渍,要不然还是很干净的,毕竟也有早上冲洗,下午清扫。

"发音就像'曲线'。"嘉碧说,我点了点头。"我喜欢这个词。"她说,长长的双唇又耸了起来,那是一只猫的笑容,一个吉卜赛流浪者的笑容,缓缓张开的狡黠微笑。

库斯科海拔超过一万一千英尺,从十三世纪到十六世纪一直是印加帝国的中心，1983年被宣布为世界遗产。每年有数以百万计的游客来到库斯科观光，参观库斯科的历史石雕和民间艺术，品尝当地美食，体验夜生活，也会顺带参观附近的马丘比丘和点缀在神圣谷①里的其他一些不太有名的遗址。库斯科自印加的辉煌岁月以来已经重建了几十次，现在当地的居民需要忍受的是一车车的游客、寒冷的天气和偶尔发生的地震。

库斯科终于映入眼帘，那是一座砖瓦色的城市，光线柔和，红色的屋顶和尖顶，两侧是赤褐色的山脉和淡紫色的天空。因为眼前的景色，车里一下子安静下来，好像我们都是第一次看到这个地方，甚至连那些曾到过这里的人也是这样的感觉。这是一座据说其中心会低声吟唱的城市，远在印加人到来之前，这里的砖头就被搬运并竖立起来了。

"深呼吸。"加比说，提醒着我和她自己。

---

① 安第斯山脉中乌鲁班巴河的河谷地带，坐落在马丘比丘和库斯科之间。

秘鲁　库斯科

在长途车站外,小贩兜售着面包,扁的圆的皆有,出租车司机招呼着我们缓步而来。嘉碧坐在路缘石上,抽着一支烟。她挥手示意出租车司机走开,对他们说她需要抽会儿烟想想事。"我都坐了一整天车了!"她冲他们喊道,他们看着她呵呵直笑,把自己的烟也点着抽了起来,用指尖抹去落在出租车上的烟灰。我伸手拿出旅行指南,通常到了找住处的时候我都会这么做,但嘉碧摇了摇头。她将香烟在鞋底按熄了,将烟头弹到街上,从她的背包里掏出了自己的指南。那是一本破破烂烂的英文版《南美洲旅行出发吧》。

"我有真正的秘笈。"她说,眼睛里闪着光,那个猫一样的笑容让她的脸庞变成了心形。她翻着书页,我看到许多笔记,不同的笔记,不同的颜色,到处都是铅笔的旧痕。翻了这么多次,书页都变软了。

"这是一件礼物,"她解释说,手指划过那些字迹,"在哥伦比亚遇到的两个家伙给我的。"她停顿了一下,手指也不动了,抬头看着我。"这是传承下来的,"她说,"是这个词吧?'传承'?"

"是传承,"我说,"一直传下去。"

"一直传下去。"她说。

最终嘉碧打定主意选择了城市北端的青年旅社,就在艺术家公园北面。她那本指南空白处的笔记将我们带到了市中心,又让我们走上了山谷北面。虽然我抱怨了，但嘉碧还是坚持主张步行，我肩上的背包沉得很，电脑包又一直撞击着我的腿。我们走了应该有几英里，她始终走在我前头几步远，揶揄着我。

"你是怎么走过这么多路的？"她笑话着我，太阳穴上汗涔涔的，"你打了这么多趟出租车，怎么还有钱呢？"

我们步履蹒跚，跌跌撞撞地走在石头上和破碎的人行道上，途中经过一些身材高大、面容严肃、默不作声的男人。他们一身印加祭司的打扮，面前的地上放着一盘盘硬币。我们穿过一条铺着巨石的人行道，这些石头几乎都是原始的石头，可以追溯到这座城市印加时期的建设。两个戴着黑色紧身羊毛帽、穿着宽松夹克的男人缩在人行道的尽头，将一支烟递过来递过去。当我们背着背包走过时，他们瞥了我们一眼，其中一个露出了微笑。夕阳西下。

我们继续前行，嘉碧说起她选择旅舍的决定性因素是一个良好的公共厨房和"共鸣"。

"好的氛围？"我问道。

"好氛围。"她表示同意。

接着我又想道，在这片大陆上，一定有成千上万的像我们一样的独行女旅人，分分合合，进进出出一座城市，形成自己的观点，设定自己的节奏，彼此寻觅着志同道合者。

前四家旅馆都被否决后（没有厨房！大厅里没有书！没有播放音乐！太干净了！），我告诉嘉碧我们需要尽快决定，否则我会在这条路上驻足扎营。我停下来，指向地面。一个卖香蕉的男孩坐在我们旁边盯着我们看。

"嗨，"嘉碧招呼着他，"这些香蕉很漂亮嘛。"他咧嘴笑了，然

秘鲁 库斯科

后跳起来，抓起他的香蕉，箭一般地沿着大街跑掉了。

"就再看一家。"嘉碧央求我说，手中拿着指南大步流星朝前走去。"我有一种感觉！"她边走边唱起了歌，歌词半是她自己编的，半是她以前在哪儿听过的，"我有感觉啊，我有一种感觉。"这首歌完全不成调，但又很欢快。我们从一个老人家身边走过，他正吃力地将他的自行车拖上陡峭的石阶。听到歌声，他停下来鼓起了掌，看到嘉碧，他的嘴都合不拢了。嘉碧一头凌乱的头发，吉卜赛人似的妆容，缀着闪亮饰片的裙子，背包上绑着凉鞋和一个晃荡着的水壶，钥匙链和背带被班车的车厢弄得黑乎乎的。我的肩膀阵阵酸痛，暮色渐浓，我感到如此幸福，心里充满奇异的富足感，仿佛城市只属于我们。今晚的星星多亮啊！人行道和公园挤满了人。我跟着嘉碧上山，我们是同伴，一对醉心旅行的背包客。

我们走到了山顶上的一扇大门前，门上挂着一个牌子，上面写着：印加屋。嘉碧转身看着我，一副得意洋洋的样子，她按住门铃，双眼睁得大大的，肌肤闪闪发亮。

一位拿着茶杯的年轻金发姑娘开了门，我们看到的这座旅馆就建在山坡上，可以看到城市的景色和南面的群山。姑娘领着我们进门，跟我们聊了起来。她来自西雅图，一晚的住宿费是十索尔。没有供暖，洗浴要用桶，旅馆供应早餐。她在一张树桩做成的桌边坐下来，将茶杯放在跟它毫不相衬的茶碟上，放在一卷破碎的面包卷旁边。最终店主从大屋里走了出来，那是一个衣衫整洁的矮个儿男人，戴着厚厚的眼镜，一头黑发有些斑白。他把我们带到旅馆边缘一栋长长的建筑物里一个没有上锁的房间。房间里冷得要命，两张窄窄的床，高高的天花板，地板铺着石头。浴室没有门，只有一个低矮的抽水马桶，墙上有个水龙头，地板上放着一个桶。风吹进房间，我们看到自己呵气成烟。我听到身后的嘉碧深吸了一口气，将肩上的背包放在了地上。

"这房间我们要了。"她说。

"我可不是傻子。"嘉碧在市场里大声宣布。她知道辣椒、奶酪卷和奶酪块的价格。一个小姑娘开口说一棵西兰花要两索尔时，嘉碧嗤之以鼻。

"要是我就付钱了。"我对嘉碧说。她哼了一声，把头摇得像拨浪鼓似的。

"关键不在这儿。"

我们参观了妇女纺织合作社，细细察看了展出的精美作品：靛蓝或深红色的斗篷，粉红和绿白纹路的黑色厚毯。晚上，我们喝了啤酒，将市场里买来的蔬菜炒着吃。隔壁的房间里住着的也是一个比利时人，交谈中嘉碧得知他也是一个心理学家。"我们两个都是精神分析师！"她得意地喊道。比利时人邀请我们去酒吧，但嘉碧拒绝了。在那位男士梳了头发，喷了古龙水，走出前门之后，嘉碧朝我眨了眨眼说："我们可以自己找乐子。"

在我们共住的房间里，嘉碧换上了一袭黑裙、紫色紧身衣，还有尖头小红鞋。她将发卡往秀发上一别，又将眼线描黑。

"你就没什么衣服吗？"她双手叉腰看着我说。我刚刚在T恤外面套上了一件夹克，又将凉鞋换成了运动鞋。我耸耸肩，对着她这个背包"衣柜"目瞪口呆。她皱皱眉，凑上前来，用她的眼影粉给我上了一圈深色眼影，又在我的眼睑上刷上了一层浅浅的绿粉。

秘鲁 库斯科　259

她往后退了一步，打量着我，嘴里一股啤酒番茄味。

在进城的路上，嘉碧弯腰走进了一家灯火通明的小商铺。柜台后面的男人给了我们葡萄酒和两个杯子，又恭维起了嘉碧的口音。

"要不是你在身边，他们准以为我是本地人。"走到外面，嘉碧和颜悦色地说。"你们这些美国人啊，"她又说，"你这张北美脸蛋和你的徒步靴。"她上下打量着我，对我这个符合刻板印象的样子满意地点点头，然后在广场空荡荡的喷泉边上坐下来，一口一口地深呼吸，好像要将她所喜欢的这些时刻和氛围很好的地方都吸进去似的。她倒出一些酒，为我们的旅程干杯，工匠们在我们身边正朝着路人低声兜售他们手里的自制物件，那是些金属和贝壳做的手镯和项链，以及从这片土地上采集来的骨头制成的耳环。

我也同样感到一种想深呼吸的冲动。空气冷冽，夹杂着叶子和青草的气息，还有香烟味和烤香肠的味道，我们的手指沾上了薄薄一层浆果色的葡萄酒，还有嘉碧身上的香水味，那是浓烈百合和香草的香气。我一口口抿着杯中的酒，让这饮品和嘉碧的话语温暖着我。我看着不少男士优哉游哉地走过来，自我介绍，从嘉碧的那包香烟里抽一支出来抽上，那包烟是嘉碧一直揣在后兜里的。他们一遍遍地夸赞她的口音。

我妈妈来自危地马拉。

他们从袋子里掏出一把把薯条递给我们吃——乐事薯条，咸咸脆脆的，口味一直如此。男人们把朗姆酒倒进可乐杯里，我们一起为我们所有的旅程，为这个美丽的夜晚，为这个城市的良好氛围干杯。教堂的钟声敲了十下、十一下、十二下。盒子里还有酒，仍然有乐手拿着吉他和长笛到处游荡，仍有工匠打开厚厚的黑色天鹅绒包装拿出珠宝，还有人问我们来自哪里、叫什么名字。

那里有个留着巫师般长胡子的无家可归的老汉，似乎每个人都认识他。他走进广场，身后跟着六只或八只毛茸茸的小狗。他允许它们跃上他的大腿，坐在他的粗呢大衣上。他开口要了很多次香烟。每一次嘉碧都会递给他一支烟，然后举起打火机打出火苗，让他凑上前来点烟。

时钟敲了一点钟，我还是一点也不累。嘉碧脸颊泛红，几缕头发散落在眼角，鬈曲着。我们被邀请前往一处夜店。"免费饮料啊！"一个男人用英语喊道。"咱们走吧！"嘉碧身旁的那群人欢呼着，我们于是成群结队地走下山丘，浩浩荡荡地朝市中心走去。

接着出现的是：一个脖子上有文身的大块头门卫，一个穿着蓝色紧身连衣裙的苗条女人从上往下拍打着我的身体进行检查，一个天花板低垂的房间里灯光闪烁，红绿相间，红白相间，金红相间。房间里人声鼎沸，音乐高亢。我能感觉到周围挤满了人，但看不见他们。嘉碧拿着我的夹克，示意我她将我们俩的夹克藏在了角落里一把矮椅子下面。我们跳起了舞。我的身体还记得那些舞姿，我的四肢在酒精的作用下变得如液体一般柔软。我腰上的手不是嘉碧的，挨着我的臀扭动的屁股也不是她的。我不在乎。我不想要的某种感受正在渐渐离开我。我举起双臂，手指自己跳起舞来。我的身体在转动，灯光让每个人都变得清晰可见，但那只是一瞬间。

下一幕的场景是：我们爬着楼梯，没人看着，没人跟着。我不怕他。我们向上走的时候，音乐逐渐消失，他握着我的手，走得不太快。在一个幽暗的房间里，我转向他，这个人冲我吼出他的名字，但我没有听到。他的头发有股干花和发蜡的味道，他的双手抚着我的身体,有轻有重,他的嘴吻上了我的唇,不太重,也不太深。许久没有这种体验了,我充满了渴望。

我觉得我并不介意他的举动。他的唇非常甜美。他没有催促我,也没有给我压力。你叫什么?马库斯。你呢?凯蒂。

"凯蒂。"他呢喃着,然后又说了一次。有人掀开了帘子,走到我们身边,正好透进了一小束光。我们身边多了一个人。不要紧。这红酒的气息、红酒的味道,还有那些从她后兜里抽取出来的香烟。

要很久以后我才想起了 E:她的秀发、她的气息,不是发蜡或是鲜花的味道,也许是麝香,还有挥之不去的一股椰子味。我会为之悲伤,就像过往的许多次一样,怀念我们相拥时身体的感觉,但这次悲伤有了一个微微不同的样子,那是一种终结。这个晚上我将她留在了帘子后面,我想知道她是否也已经离开了我。第二天早上,我会伸出手去摸索她,但她不会在那里了。我会提醒自己,我并没有背叛她。我躺在自己的床上,躺在寒气之中,我会再次跟她道别。离别有那么多个阶段:最后一吻,最后一封电子邮件,最后一通电话,最后一个玩笑,最后一次相依而卧,第一次卧于他人之侧。

我腰上的双手越来越暖。它们游走于我的衣下,抚摸着我的肌肤,我发出了一个自己从未听过的声音。早晨我们会醒过来,再次成为陌生人,但在这天鹅绒般的黑暗中,我们共浴爱河。

接下来几天,我和嘉碧一起上街闲逛,看看教堂黑黝黝的内堂，走进售卖羊驼毛、女式发夹或手机的商店。我们会像以前那样在市场上吃午饭，在柜台上花五十美分买一碗热面条、汤、胡萝卜、辣椒和土豆。当我们吃完碗中的东西，那个女人会继续往我们碗里添加食物。"都是包括在内的。"嘉碧第一次解释说。

只有一次，嘉碧问我是否想谈谈。我的脸红了起来，说话也结巴了。我告诉她，我还没准备好。"你觉得内疚吗？"她问我。我耸了耸肩，她说："你不该内疚。"

她向我伸出手来握住了我的手。"那只是一个喝醉酒的夜晚。"她说。她把嘴唇涂成了焦红色。"只是几次亲吻。"

嘉碧的抚摸与 E 的完全不同。我意识到，从现在开始，总会有不同的肤色，头发有不同的长度，指尖划过的方式也会不同。每一次我们重新开始，这一点我们都会再次了解。

第三部分 夏天

旅行就是一种隐逸。

——保罗·索鲁《老巴塔哥尼亚快车》

马丘比丘

这条路线跟往常的每一次一样,从乘坐班车开始。这一次走的是"嬉皮士之路",这是前往马丘比丘的另一条路。"火车就不要搭了,"我在昆卡遇到的法国人曾经说,"班车加上两条腿,你就能到那里了。"

于是我开始了为期四天的旅行,这一趟始于驶离库斯科的一辆班车。我们离开了这个城市的土坯砖、从印加时期传承下来的街区,还有它的赤褐色屋顶,然后我们的车一路攀爬来到了积雪覆盖的山峰。这些山连云叠嶂,白雪皑皑。

"我真是怕了。"我对邻座那个矮个子的秘鲁男人说。他穿着一件熨烫平整的白衬衣和一件羊毛背心。

"别担心,"他对我说,将一只慈父般的手搭在我的胳膊上,"从这里就开始暖和了。"

从库斯科去马丘比丘的旅行者有几种选择。最轻松的是坐火车,这也是最直接、开销最大的选择。涵盖几条著名徒步旅行道的路线,其中就包括印加古道,这种选择可以带着游客领略一条很多人行走过的古老路线,但花费也很多。还有就是"嬉皮士之路"——背包客的选择,低成本、低技术含量,对我来说则是完美的。回程我则要奢侈一回,去坐火车。

我们来到这条道路的最高点,四周可见霜雪覆盖的山峰,然后就开始下山。那个穿羊毛背心的人凑近我身边望着窗外。

"我们会下降大概三千米,"他说,"那是这一趟车程结束之后我们所处的位置。"我的耳朵嗡嗡作响。我们的车在山间环绕盘旋,在山间的红土路上纵横驰骋,曲折下行,直到高山灌木被绿草、马蹄莲和桉树所取代,最后映入眼帘的是香蕉树扁平的石灰色叶子。那人解开扣子,脱掉背心。在圣玛丽亚下车的时候,我浑身冒汗,听到咖啡地和大蕉田那头河水的声音,那些庄稼是当地人在他们商住合一的屋子后面种植的。我晚上在这个小镇上过夜,住在一家旅馆里,那里的房门全都锁不上。整晚我都能听到男人喝酒的声音。他们开始安静地交谈,收音机嘤嘤嗡嗡,酒瓶哐哐当当,但到了午夜,他们唱起了歌,最后我就是伴着这样的声音入睡的。

第二天,我徒步前往圣特雷莎①,穿过到处都是白色圆形石头的漫滩,偶尔还能见到水花飞溅的瀑布。这条路并不难走,毕竟这是"嬉皮士之路",我们所有嬉皮士都能很快熟络起来。有一群来自智利的学生、两位脖子上戴着昂贵的相机的瘦骨嶙峋的法国男子,还有一位来自阿根廷的母亲和她十二岁的儿子。他的名字叫安德烈亚斯。他悄悄靠近我,建议我们一起练习英语。我们用简单的词汇慢慢聊着天,向对方描述自己的旅行。

"我在写一本书。"我说。

"你打算起什么书名?"他问我。我跟他说我还没有决定,他沉默了一会儿。

"你是开玩笑的吧?"他终于咯咯笑着说了一句,接着就问起了

---

① 秘鲁的一个区,位于该国南部库斯科大区的拉孔本西翁省。

我的名字。他想了一会儿，然后抬头看着我。"你可以管这本书叫《凯蒂历险记》。"他建议道。

这一天我们很早启程，又结束得很晚。沿着河边走挺艰险的，一会儿是沙地，一会儿又是石头，有时小道陡峭，紧贴着河岸，有时我则必须涉水，从一块石头跳到另一块石头上。我到圣特雷莎的时候天色已晚，我又找了一家房门锁不上的旅店入住。老板人很和善，还给我泡了杯塞满可可叶的茶。夜晚的圣特雷莎非常沉寂，我只醒了一次，是被落在屋顶上的骤雨吵醒的。

第三天我再一次溯河而行，又看到了那群智利学生、那对阿根廷母子和挂着相机的法国人。我们沿着这条路线走，跨过浑圆的岩石，经过涌着水的人工洞穴，走过大蕉田地。午饭时分，我们走出了漫滩，沿着一条土路前进。智利学生给了我杏仁，我则跟大家分享葡萄干。我们啜饮着自己带上的水，看着白色的太阳在天空中慢慢挪过。即使前一天晚上下过雨，道路上还是尘土飞扬，每当有卡车隆隆驶过，我们都会紧紧闭上眼睛，用胳膊挡住脸。

我们转过一个弯道，队伍中突然有人喊了一声"看啊"。我们的眼前出现了这座山，伟大的马丘比丘，它的小山冈和它的彩虹旗，那是印加的旗帜，一面小旗在我们头顶飘扬着。

"就是那儿了，"我们互相说着，"就是那儿了。"虽然阳光普照，突然之间，我却全身发冷。我们渐行渐近，慢慢地走过水电站，走过马丘比丘入口的大门，走过铁路起点。

在这条路线上的最后一晚，我在温泉镇过夜，昆卡的旅馆老板说这座镇子是全秘鲁最糟糕的小镇。这个说法我不能苟同。尽管价格过高、过度铺砌，而且还过于干净，但位于两座绿色山脉之间的

马丘比丘　　269

山谷里的温泉镇，显然比我去利马的路上经过的那些摇摇欲坠的沙漠棚屋要好得多，一路上的村庄整个都被垃圾和灰蒙蒙的天空所笼罩。我浅睡于昂贵的温泉镇，天没亮就起床，与其他睡意蒙眬的嬉皮士一起走完我这趟旅程的最后一段路。

天上飘着微雨，我们一言不发地走着。谁也没带照明工具。我们沿着陡峭的石道鱼贯而上，时不时地抬头看看，每个人都大汗淋漓。慢慢地，天边露出了鱼肚白，我们的脸庞和双手也随之泛起了亮光，但太阳还是没有露面，雨势也没有减弱。我们一直走着，大家现在都是同志了，但最终到达公园大门的时候，我们大失所望。

因为这与我们的期待大相径庭。我想我们一直盼望的是这处遗址在我们眼前展开，大门开启迎接我们，但我们从没有想过会有这样一眼望不到头的游客队伍在等候进场。我们没想到会有这么多巴士并排停放，将废气排向天空，还有那些手中拿着小旗子走来走去的导游，以及，这场雨。我们这支队伍中没人带防雨夹克。到大门口的时候，雨开始滂沱而下。攀爬途中的静默不见了，取而代之的是雨水冲击地面的声音，还有游客不同语言的抱怨声。我没有穿够衣服，正瑟瑟发抖。我们全都是。大家在雨中排着队，眨着眼，皱着眉。

挤在游客队伍当中，我们慢慢地往前挪动。所有人都必须出示护照，我们将证件贴近身体拿着，以免它们被雨弄湿。每个人都湿漉漉的，雨水顺着我的棒球帽帽檐、我的衬衣袖子、裤腿、鞋带和鼻子滴落下来。我想起曾经拥有过的阳光明媚的日子，想起一路徒步来到这里，抬头在天空中寻觅一抹微蓝。时间一分分流逝，最后我们终于进门了,也经过了护照检查点,我有一种强烈的感觉,觉得好事就要来临了。

但接下去依然是等待。每个人在检查点的屋檐下挤成一团。我推搡着,但每个人都纹丝不动。警察出现了,吹响了他们的警笛,猛推着穿过人群,从耐心的导游、抱怨不已的游客和啼哭的孩童身边走过。现在这条队伍都是湿漉漉的雨衣,嘀嗒滴水的头发,还有从松树枝条上流入我们衣领的雨水。我是去不到那里了,我心想,就在那时,人群中出现了一个缺口。我看到一条通路,赶紧挤了上去。

终于我看到了这座"失落之城",但这初眸不是我心心念念的美好时刻。我在人群的推搡中眺望着遗址,而遗址则在雨雾中若隐若现。我看不到那些环绕梯田、石柱和断墙颓瓦的著名山峰。云雾涌动,遮蔽了这座城市。我攀上高处,抛下那些拍着湿嗒嗒的照片的游客和撑着雨伞的导游。我沿着梯田攀爬,终于,所有人都退去了,此刻唯余静寂。当我又一次转身时,我再次看到了这座城市。云层散去了些许,城市显现出来,在雾霭中平添了几分神秘之感,这片废墟就像古老的文字,在它们的远处,是那些闻名于世的起伏跌宕的峰峦。

他们也都出现在这里,每一个教过我要热爱这群山的人。我仿佛看到了父亲的脸庞,他就走在我的身边,还有他的朋友们,"大个子帮",这些男人无论春夏秋冬都会带着自己的女儿爬山,教她们滑雪,告诉她们不要哭哭啼啼。我还看到我的初恋情人,虽然我不知道他现在住在何处,好些年也没有跟他说过话了,他却正在我身旁,他的头发在风中轻扬,他的四周有群山环绕。

马丘比丘

"没有一座城市能让你窒息,"他曾经对我说过,"只要你记住你的来处。"当我在波士顿的夜色中哭泣,哀叹那些山峦遥不可及时,是他对我说,无论我何时决定回归,山都会在原处一直等待着我。

我爬山的时候,那些让我知道群山就是我的归宿的人其实都在陪伴我。我没有他们的照片,也没有他们的一缕头发,或是他们所写的信,可以在风中飘洒,但我的回忆里都是他们回响于山径的脚步声。在我的脑海里,有一只手牵引着我,那是爸爸弯下腰拉着我爬山。还有回忆中他们微汗的气息,以及肌肤在雨中发亮的样子。

后来我的思绪是,我在那座城市之巅凝眸之时,他们会有感觉吗?他们是否会在桌旁,在花园里,在窗前抬起头想起了我?他们是否在自己的梦里见到过这精灵一般的山峰呢?

我在蒙蒙细雨中走下石阶,从穿着防水短风衣的游客身边走过。有些人微笑着,大多数人一言不发地低垂着头。许多游客挤在太阳神庙前面,在雨伞底下颤抖着,不时地瞄着水淋淋的天空。两个一身昂贵户外装束的金发"合众国人"拍摄着雨雾中废墟的照片。

"我们会有一大堆这破玩意儿的照片。"一个姑娘大声对另一个说道。我只能看到她们的后脑勺,别致的马尾辫凸显了她们的金发。其中一个脖子上有一只怪异的蝴蝶文身。

"一大堆。"那个朋友兴高采烈地附和着,按着她自己的数码相机的快门。"真希望在这里能登上我们的脸书账号。"她又补充道,从口袋里拿出她的苹果手机，闷闷地看着它。

在这里，这两个姑娘的声音听起来特别刺耳，就像一把刀破空的声音。再往上些，风会将她们的声音盗走，甩在古老的石砖上，再让云朵收去破碎的只言片语。

也许是雨点抹去了她们那与我的极其相似的口音，于是散发出去的只有我们的气息，那与林中风声和慢慢平静下来的土地相吻合的气息。

离太阳神庙面前那群人有点远的一顶大雨伞下坐着一位上了年纪的导游。我走过去在他身边坐下，打开水壶喝起水来。我在口袋里翻找出一包曲奇饼干，递给他一块。这个导游的皮肤就像坚果的果皮，褐色的，有些皱褶，但看不到血管。他转过来打量着我，双眼的样子让人吃惊：绿色的眼珠上面有焦金色的斑点。他盯着曲奇看了一会儿，然后拿起一块，很快地放进嘴里，就那么拿着慢慢舔。

"你不该带食物上来的。"用舌头把最后一块曲奇碎从牙齿上卷下来之后，他对我说。"但对你嘛，"他放低了声音，用袖子擦了一下嘴说，"我就破个例吧。"

我差点就没赶上回库斯科的火车。我是一路小跑才从太阳神庙赶到温泉镇车站的。

在火车上小小的盥洗室里，我呵出来的气在镜面上结成了水珠。小瓷盆上也有水汽凝结。我把湿衣服换成干爽的脏衣服。我的手由白变红，而我的头发，当我对着小镜子照的时候才发现，它们已经又脏又乱，结成了一缕缕。其他乘客衣着入时，喝着泡沫塑料

马丘比丘

杯里的咖啡。我旁边的女人则对乘务员送来的饼干不屑一动。我狼吞虎咽地吃完了我的那一份，她们又给了我多送了一些，我欣然接受，她们冲我莞尔一笑。我知道我的模样，像一只刚从雨中跑进来的可怜的猫。我津津有味地吃完了所有的饼干。

秘鲁　普诺

巴士从库斯科向南缓缓驶向的的喀喀湖①，行驶了六个小时，越过冬季干燥的平原，穿行过许多散落着各色塑料袋的秘鲁城市。傍晚过后我们到达沼泽地，绕过一个弯道，才见到了湖，那是一个海洋一般大的湖，有着海洋般湛蓝的颜色。这条路一直延伸到普诺，那是湖边一座连绵起伏的陶土色城市。我邻座的女人说在这里可以看到玻利维亚。

在班车终点站，我排队买第二天早上去科帕卡瓦纳②的单程票。排在我前面的老人用结结巴巴的西班牙语对卖票的女人说着话。老人又高又瘦，长耳朵，白胡子。她跟他说了班车出发的时间。他摇摇头，又说起了英语。接着就轮到她摇头了。他拉开背包的拉链，在里头摸索着掏出一本破旧的字典。

我走上前去，将那个女人提供的信息翻译给老人听：他的班车是八点钟出发，他必须提前十五分钟到达，车票是三十索尔，目的地我没听明白。那个女人一直等着，伸出一只手，而他则数起了钞票。

走出车站来到人行道上，老人向我表示了感谢，还提议我们

---

① 位于玻利维亚和秘鲁两国交界的科亚奥高原上，是南美洲地势最高、面积最大的淡水湖，还是世界上海拔最高的大船可通航的湖泊。
② 玻利维亚和秘鲁交界的一个小镇。

一起拼出租车到市中心去。"你定好旅馆了吗？"他问道。我摇了摇头，举起自己的旅行指南，耸了耸肩。售票处的女人给了他一张城里旅馆的传单，上面广告说那里的房间有青柠绿的墙面，窗户里还能透进曚昽的阳光。

"还包含早餐。"他指着传单底部一张印有吐司和刀叉的图片对我说。出租车司机将车窗放了下来，湖面飘来一股咸腥味，还有盘旋的海鸥刺耳的叫声。

我们入住了那家旅馆，要了两个对门的房间，之后那位长耳朵的老人过来拍了拍我的门，邀请我共进晚餐。我非常感激他的邀请，因为我早就知道，在一个几近空无一物的房间里，一个嗞嗞作响的灯泡听起来都震耳欲聋。夜晚可以是那么漫长。屋外夜幕已经降临。我们步行穿过普诺，走过一些旅行社、药店和烘焙店，经过那家三层楼的市场。这家市场正在收摊，许多妇女将生鸡肉和生牛排收拾停当，正擦洗着白色的柜台。广场上伫立着一座宏伟的大教堂，老人说："咱们进去吧。"

于是我们从厚重的双扇门溜进去。大教堂昏暗而华丽，有古老的木地板和粉刷成白色的拱形天花板。我们瞻仰了抹大拉的玛利亚和圣母的神龛，还有钉在十字架上的耶稣，然后是在抹大拉的怀里流着血的耶稣。在玻璃窗后面，我们看到圣徒、教堂的医生和门徒的身影。空气中有浓浓的焚香味道。每座雕像前都有火光摇曳的蜡烛。我们的脚踩在地板上吱吱作响，引得坐在长椅上的几个人转过头来。他们的目光掠过我，落在老人身上，老人的腿和胳膊在教堂高耸的横梁上投下长长的阴影。

我们在普诺主街一家开在楼上的咖啡馆里吃饭，点了鳟鱼、鳄梨、沙拉和炸薯条，老人请我共享一瓶酒。他点了红葡萄酒，味道又浓又好，使我们都暖和起来。

"说说你自己吧。"他说。于是我告诉他我的旅行始于八个月前的危地马拉。我说我每离开一个地方，背包都会变得更沉重。在喝了第二杯酒之后，我承认，有时候我非常想家，弄得自己无法思考。我已经走了这么远，我对他说，但有时我想要的只是一张熟悉的脸、一间熟悉的房间和一餐以前吃过的饭。我承认我想妈妈。老人非常绅士地听着我的倾诉，小口吃着东西，小口抿着酒。接着他又往我们杯里倒了酒，我的那杯先倒。

轮到他介绍的时候，他解释说自己是德国人，经常旅行。几年前他骑自行车从中国到雅典，骑行了七个月。他游历过整个欧洲、北美的大部分地区、亚洲的部分地区，还到过澳大利亚的几个地方。从五月份起他一直在秘鲁，按行程在南美还要待两个月。

"以前我是一名土木工程师。"他对我说，但一直没有提起孩子、妻子或房子。他只说他在德国的家安在黑森林附近，那里非常漂亮。

他说他在的的喀喀湖最神圣的岛屿太阳岛上过了一晚。他一大早就醒了，没法再入睡，于是收拾好行李，步行离开旅馆。

"那感觉多好啊，"他说，"我是个老人，那一刻我漫步在月光下，独自一人。"他回忆着，笑了起来。

"我是个老人，"他又说，"自由自在的老人。"

秘鲁　普诺　277

返回旅馆的途中，天空下起了冰雹。这让那位德国老人开心地大笑起来。"下雪了！"他惊叹道，"下雨啦！"我们回到酒店时，他亲吻了我的脸颊，又给了我一个长时间的亲密拥抱。"我喜欢轻抚你。"他说，我却没有丝毫尴尬。拥抱一下还是很不错的。我的酒店房间有绿油油的墙壁、嗞嗞作响的灯泡，从床罩到铺着地毯的地板都散发着陈年的烟味。

"晚安。"我对老人说，看着他走过大堂，走进一个跟我的房间一模一样的房间，然后关上了门。

玻利维亚　科帕卡瓦纳

　　玻利维亚被认为是所有拉丁美洲国家中最原汁原味的。我在旅途中遇到的人要么非常热爱它——它是那么美丽，要么非常厌恶它——它是那么穷。一年中的每一天都有至少一个的节日要庆祝，这个国家也因此而闻名。但我发现那些都是在非常小的区域内庆祝的节日。我了解到玻利维亚是一个古老的国家，两万多年以来一直有人居住，这个国家充满了各种各样的文化，每个社区都有不同的方言、颜色和神圣的日子。玻利维亚有三十七种官方语言，人口也是多种族混合的：土著克丘亚人和艾马兰人，德国人、英国人和日本人，还有墨西哥人和巴尔干人。这个国家普遍信奉罗马天主教，尽管不同的城镇对罗马天主教有不同的解读，因为玻利维亚的宗教仍残留着很多前哥伦比亚的活动形式，这一点在危地马拉也是一样。

　　玻利维亚的幅员也很辽阔，四十万平方英里的国土面积，安第斯山脉由北至南绵延过整个国家。玻利维亚和秘鲁共同拥有的的喀喀湖，但对此两者存在很大分歧。玻利维亚东北部是森林，在西南部你会发现一些世界上最大的盐滩。和秘鲁一样，玻利维亚也有许多矿场，大部分矿场的银都被开采殆尽，那些银满足了十六世纪西班牙帝国扩张的需要。现在，锌和锡是玻利维亚最大的出口商品之一。不过，正如十七世纪一样，该国出口原材料，加工则在其他国家进行。这种做法使玻利维亚人无法拥有纯熟的技艺，只有本国出产的原材料才有价值。至于成品——汽车、锂电池、加工石油，这些的制作工艺则传授于其他地方，而利润恰恰就产生于那里。

直到十九世纪八十年代，玻利维亚有了属于自己的太平洋海岸，楔入现在的智利北部。今天的玻利维亚是贫穷的内陆国家，整个呈现疲软的态势，主要原因是革命、边境战争、干旱以及种植古柯违反了全世界的意愿。玻利维亚是世界上第三大可卡因生产国，仅次于秘鲁和哥伦比亚，其他两个国家每年轮流位居首席和次席。玻利维亚著名的社会主义者、总统埃沃·莫拉莱斯以反对美国对古柯的禁令而著称，也因为他总体上是一个为民之人而闻名。在过去十年中，玻利维亚已经采取行动，将农业、水、原油和天然气国有化，但代价往往很高。

简而言之，这个国家以贫穷和毒品而闻名。事实是，某些资源意味着它有可能快速发展，但对于国内投资者的限制（眼见美国在拉丁美洲所造成的损害之后，我觉得这些限制也不是没有道理的）以及该国贫困人口的高比率使得整个玻利维亚非常贫穷。我在美国的朋友和家人仍然觉得很害怕。我在玻利维亚缴交的入境费比任何其他国家的人都要多——确切地说，要多出一百三十五美元。班车上的其他人都从秘鲁溜进玻利维亚，他们只需向海关点头，连签证都不需要，而我则不得不在办公桌前站十到十五分钟，回答各种问题，递钱，等待入境盖章。后来我向班车司机道歉，他在发动机的轰鸣声中冲我嘟哝了几句抱怨。

科帕卡瓦纳长途车站里有成群结队穿着 T 恤和人字拖鞋的年轻人。他们抓着背包带子，和拉客仔讨价还价，想以最优惠的价格前往拉巴斯。科帕卡瓦纳是一个湖边小镇，远处有褐色的光秃秃的山丘，雪山底下的湖面附近有一条木板栈道。我走在狭窄而繁忙的街道上，那里挤满了咖啡馆、货币兑换点和出售套在半身人体模型上的廉价服装的商店。我在一条偏僻街道上的一家旅馆前按了蜂鸣器，然后就听到一阵杂乱的脚步声。一个穿着睡衣的女人走到门口，身后还有两个孩子在看着我。

"四点钟会有间空房。"她对我说，然后指引我穿过乱七八糟的厨房，走到一个壁橱前去存放我的背包。这间房要价是三十玻利维亚诺①，她告诉我，我在心里进行了换算，大概是三美元。

在隔壁的网吧里，我向家里发送了几封轻松欢快的电子邮件，向大家保证我已经安全进入玻利维亚。我边打字边暗笑。肤色泛白、梳着脏辫、戴着耳机的游客吵吵嚷嚷地走过街道。透过窗户，我可以看到男女侍者等候着午餐忙碌时刻的到来。敞开的门里传来烹肉的味道，还有湖水的气息，大海一般的咸味。这只是一个地方，我又一次对自己说。

科帕卡瓦纳的大天主教堂可追溯到十七世纪。外墙刚粉刷过，栅栏包裹着花环。停在街上的出租车和汽车装饰着丝带、人造花和五彩纸屑。一辆出租车的引擎盖上有一支蜡烛正在燃烧。妇女们在蓝色防水布棚下的桌子上摆卖各色糖果，就像昆卡人在"七日节"

---

① 玻利维亚货币单位，与人民币大致相当。

那一周所做的一样，只是这些是不同的糖果，教堂也是另一座教堂。映衬着粉刷过的墙壁、棕色的群山和蓝色的天空，这些人造花似乎绽放得更为绚烂。玻利维亚的一切感觉是那么鲜明：空气中交织着碳烤玉米、拔丝糖、尿液和香烟烟雾的气味，还有一股隐隐的洒落出来的酒味；孩子们尖叫打闹，教堂里站在祭坛旁点着蜡烛的老妇忙作一团；街道在街角由亮而暗，由满而空，然后在下一个转弯处，再次拥挤而明亮起来。

我徒步穿过科帕卡瓦纳，先是走上那片小小的沙滩，海岸边有很多脚踏船排成一排。我走过旅游区，午休时分这里显得昏昏沉沉，不过看上去凌乱而又真实，多姿多彩。接着我往北走到城市的最高点，一座岩石山丘。我已经习惯了这种高度，感觉自己很有劲。很庆幸这一天阳光普照，我脱下毛衣，朝道路对面下山的一个个大家庭露出了微笑。教堂钟声响起，我记起这天原来是星期天。人们瞥了我一眼，目光敏锐而又好奇，他们斜睨着我，微微点头，但没有不停地喊我"外国妞"。即使是一群群的男孩子也都是一句话没说。

一个个像神龛一样的十字架伫立在山顶，不少人家在上面拍照，吃着野餐当午饭。我回到城里时，房间已经准备好。这是一个三楼的小房间，有一扇窗户可以俯瞰街面，另一扇窗外则是阳台，可以看到下面的庭院。微风在两扇窗户之间禽动。房间有点潮湿、有点脏。这房间是我以前从未见过的。事实上，它很怡人，在这么高的位置，房间很安静。我能闻到湖面吹来的风带着淡淡的咸味。我即刻就睡着了，天黑后才醒来。

海滩边木板路上的咖啡馆供应鱼和米饭、沙拉和豆类、桑格里亚酒①和啤酒。很多人在那里闲逛，更多的人则坐在塑料桌前的塑料椅上。十几岁的少年互相传递着酒瓶，成群结队、大摇大摆地走来走去，一阵风掠过，一股大麻的香味飘过沙滩。我走进其中一家咖啡馆，那只是一间烹饪小屋，四根横梁上铺着防水布作为屋顶。我选了一把塑料椅子坐下。年轻的服务员过来推荐用香料腌制的鱼。这间店在海滩的远端，比其他地方更安静，我听到厨房里传来尖细的音乐声，还有人在水桶里洗碗碟的声音，侍者口袋里的硬币咣当作响。鱼煮好之后，他将它送过来，然后又拿着一升啤酒和两个玻璃酒杯走了回来。

"可以吗？"他问道。因为他善意的目光，也因为我的盘子上堆得高高、热气腾腾的鱼和土豆，我微笑着点了点头。

他叫弗拉维奥，生于拉巴斯，在科帕卡瓦纳住了有三年。我吃着鱼，他呷着啤酒，看着外面的人步履蹒跚地走过。他说他心仪的地方是秘鲁，想在利马找一份餐厅的工作，他可以多挣些钱，但现在他住在这里，存着钱，吸着大麻。接着他鬼鬼祟祟地笑了一下，匆匆环顾了一下餐厅内部。厨房传来的声响都停了，海面上满月低垂。他从胸前的口袋里掏出一支弯曲的大麻烟卷，冲我眨眨眼，把它点着了，深吸了一口，然后咳嗽起来。接着他又吸了一口，这次咳嗽没那么剧烈了，他又抿了一口啤酒。我再一次大笑起来。弗拉维奥觉得我在嘲笑他。我找不到对应的西班牙语词汇来解释是什么让我觉得那么好笑——是我所身处的地方，还有之前人们的担忧，今晚的玻利维亚肯定和他们头脑中的任何一个地方都不一样。又或

---

① 葡萄酒加水果和柠檬饮料或白兰地调制而成。

玻利维亚　科帕卡瓦纳　283

者这正是他们想象的场景——一个幽暗有风、气氛暧昧的夜晚,一个手里拿着大麻烟卷的陌生小伙子。

"要吗?"弗拉维奥问我。的的喀喀湖面上挂着一轮圆月,我吃得很饱。我接过弗拉维奥的烟卷,吸了一口。

满载游客的渡轮"突突突"地从科帕卡瓦纳港慢慢驶出,晚点了十五分钟。在晨光中,我可以看到因为没有月亮而显得丑陋的港口,那更像是一片有几个码头的海滩。港口满布着脚踏船,有数百艘之多,还有独木舟、皮艇和一艘奇怪的帆船,帆船侧翻着,像一匹沉睡的马。海滩上有垃圾,有些地方的沙子变黑了,几条狗转来转去,嗅来嗅去,又抬起它们的腿。游客坐在咖啡馆外面的柳条椅上,墨镜遮住了眼睛,手里拿着咖啡杯。

我们前往太阳岛,这是湖上最神圣的岛屿,据说是印加太阳神的诞生地。渡船缓缓前行。我们看到了一些树,偶尔能见到一丛桉树或进口松树,但大部分时间,我们看到的海岸线都是光秃秃的,寸草不生。这样寒冷的夜,这么少的雨水,植被无法再生。我数了一下,在这艘渡船上只有一个当地人,一个瘦削的女人,骨感的脸庞,闪亮的黑发,正对着抱在膝上的孩子喃喃耳语。其余的乘客都是游客,他们说着响亮的德语、低沉的法语,或是安静的阿根廷西班牙语。我的导游手册解释说,的的喀喀湖的湖面横跨三千平方英里,湖水来自安第斯山脉融化的积雪。

过了很久,渡轮的船舱里充斥着汽油味。人们开始用围巾捂住鼻子和嘴巴,窗户也打开了。一名和家人坐在一起的德国男子站起身来,怒气冲冲地走到船舱后部的控制室。他混杂着德语和西班牙语对着控制室里的人尖叫："处理掉这气味啊！"我想他是在喊叫，不过船上马达轰鸣，我也很难确定。"看看我们——我们都不能呼吸了！"开船的几个人点了点头，垂下了目光。

"好的，好的。"他们对德国人说。

"好的，好的。"他学着他们说。"赶紧做点什么呀。"他大声说。接着他涨红了脸，推搡着回到自己的座位上，拿起了书，但他的目光依旧冒着火。不过几分钟后那股气味倒是消失了，这个男人让自己的小孩站在他的大腿上朝窗外张望。

渡船的第一站是尤曼尼港口，我下了船。游客在青草茵茵的海岸和布满石子的小海滩上游荡，等待着那艘船将他们带回大陆。山坡上，梳着长辫、用背带背着婴儿的妇女沿着山路匆匆往山下走。

"城镇就在那上面。"一位老人对我说。老人手里拿着一本船票坐在轮渡售票处边上。他对着那些石板台阶做了个手势。"去吧。"他催促着我，好像觉得我在这个海滩上已经待得太久了。

这里的空气既清新又稀薄，我必须经常停下来喘气。我在铺着鹅卵石的小道上绊了一跤，庆幸我之前付钱让科帕卡瓦纳的旅馆老板把我的背包存放在她的卧室里。回头望去，我能看到蓝得不可思议的湖面，在光秃秃的山丘映衬下显得更为清丽。褐色和蓝色，褐色和蓝色……这个岛的颜色是沙漠的颜色。树木粗矮，被风吹得萎靡不振，枝条低垂到地面。褐色和蓝色的岛屿，还像岩石一样坚硬。

尤曼尼是一个出入只有一条路的镇子。没有车，街道空荡荡的。寥寥几家店铺卖着比萨饼、香烟或岛上地图，但没人到外面来抽烟或聊天。没有摩托车的嗡鸣，唯一能听到的只有风声和偶尔传

玻利维亚　科帕卡瓦纳

来的远处的犬吠。

我在路边看到一家青年旅社的标志，便沿着一条弯曲的石路走过去，路旁的草很矮，但非常翠绿，这条小道通向一个有小门廊的两层楼房。斑秃的草坪边缘是悬崖，下面的湖水清晰可见。我按了一下蜂鸣器，里面马上传来一位女士的应答声。她开了门，但没有邀请我进去。她穿着一条长裙，小腿上戴着保暖腿套，长辫子里编进了纱线，她的头上戴着一顶橄榄绿的德比帽。

"有事吗，女士？"她问道，声音低沉。我提出要个房间。

"房间多得很呢。"她说着，让开一条小缝正好够我挤进去，然后转身关上了门。她把钥匙圈塞进围裙口袋里，上下打量着我，仔细看了看我沾着泥的靴子、褪色的黑色牛仔裤、黏糊打结的头发和不均匀的雀斑。

"你从哪里来？"她问道，但听语气这不是一个必须回答的问题。这只是一个普通的问题，一个标准的问题。我告诉她是美国，她什么也没说。她带我参观了粉桃色的房子，指明了唯一的洗手间、白色的大厨房，以及大厅里的木制桌椅，又带我看了空出来的卧室。房间阳光遍洒，床上有一条亮黄色的编织毯子，地板是由吱吱作响的细长木板搭成的。那个女人拿了我的钱，三十玻利维亚诺，相当于三美元。"早上有早餐。"她说，又在围裙口袋里摸索着，在一条带有紫色塑料标签的链子上取下一把铜钥匙。"别把钥匙弄丢了。"她警告了我一句，走出去，拉着门将它关上。

我出去的时候就把门锁上，尽管我没在房间里留下什么。我的背包里没有多余的东西，连睡衣和多余的鞋子都没有。在洗手间里，我把冰水泼在脸上，四周的墙壁散发着雪松的香味。我用衬衫抹干了手和脸，走进大厅，那个女人正在那里擦着地板。

她告诉我有一条环岛小径。她走到窗前指给我看，建议我先走东边，一路穿过尤曼尼，直至悬崖边。她说如果我还有力气的话，我可以从镇子的西面绕回来。整段路程要花七个小时。她指着钉在墙上的黄色地图勾勒出了这条路线。我跟她告别，祝她愉快，她给了我同样的祝福，我将她留在阳光明媚的房间里，打扫着已经一尘不染的地板。

尤曼尼镇上的每一栋房子似乎都是一房二用，兼做餐馆、店铺或旅舍。那些比萨、廉价房间和冰镇啤酒的街招都是用英语写的。虽然到处是拼命招揽生意的海报，可街上还是空荡荡的。

尤曼尼的色彩就是土地的颜色。少数几栋粉刷过的房子的主人选择了柔和的色调：灰蒙蒙的金盏花色、淡桃红色、灰褐色。这就好像这座镇子已经成为地球褪祛色调的一部分。我走出了尤曼尼，一种新的沉寂出现了，那是水面轻拂的风带来的。我脚下的石头被泥土和沙子所取代。眼前又出现了一些高大的松树，散发着淡淡的辛辣气息。

我来到一个检查站，一个独眼老人卖给我一张票，要价是十五玻利维亚诺。我开始看到一些游客：几群阿根廷人、智利人、一对对法国夫妇和德国家庭。我从三个"合众国"女孩身边走过，她们的声音清晰而响亮，我们用西班牙语打了招呼。最后，我终于看到了岛屿的最北端，那是一座山丘，山丘底下是著名的太阳岛遗址。太阳神诞生在这里，几十年来这里一直是印加人的麦加朝圣地。

今天，游客在那些断墙颓垣间闲逛，互相拍着照。一个女人独自在废墟中心的桌子上吃午饭。这张桌子和周围的椅子都是用圆形

玻利维亚 科帕卡瓦纳　　287

石板做成的，我想知道最大的那张是不是远古的原版石板，但找不到可以问的人。一个穿着宽松的黑色T恤的女孩摆着姿势，让她的男朋友拍照，一个坐在石阶上的身穿紫色风衣的红发中年妇女拿出了一个三明治。

在废墟的另一边，海岸是一弯白色新月的形状，环绕着绿松石色的海水。游客拉上风衣拉链，一阵阵强风突然呼啸而来。我徒步走下沙带，走下用平缓的浅色石头搭建的陡峭台阶，那些都是一座古老火山残存的岩石。沙子很细，走近看并非白色，而是灰色、金色、粉色，略带淡紫色。我记起了那个老人，记起他夜宿此岛的那个夜晚，月华如水。

这条回家的路线沿着岛的东部边缘向南蜿蜒，弯弯曲曲地经过一排排油漆过的建筑，那些房子全都面向白色的海滩。岛的远处是它的妹妹——月亮岛。镇上有两只大猪的雕塑矗立在沙地里，赤裸上身的年轻人玩着飞盘。嬉皮士在沙滩上搭起帐篷，把珠宝摊在毯子上售卖。这些手镯和项链是用厚厚的蜡线制成的，上面点缀着来自世界各地的银和石头，我觉得应该是阿根廷、尼加拉瓜、委内瑞拉和基多的夜市。

那些工匠大都身形瘦削，皮肤黝黑，有乌黑的头发和眼睛。他们透过墨镜注视着白色沙滩的边缘。他们的衣着比较寒酸，紧贴着身体，像皮肤一样。我从他们身边走过，但他们并没有看我。我听到他们叽叽喳喳地说着西班牙语，试着猜测他们来自哪里。有一次嘉碧曾告诉我，所有的工匠都来自阿根廷。

"你好。"他们头也不抬地说。"你好"这个词现在开始听起来只有最后一个音节：嗷，嗷，嗷。

最后，我走到了海滩尽头，小路又变成了布满岩石的草地。猪在山坡上拱着土，寻找午餐时分人们掉落的面包屑。小径再次变得陡峭起来，蜿蜒在山脊上，我西面广阔的天空与大海的颜色完全吻合，海水像冷月的银色碎片一般涌上了海湾。

在一个小村庄里，坐在路边椅子上的睡意蒙眬的女人穿着橙色的连衣裙，帽子带系在颌下。她们的裙子是用黄色、金色和闪亮的绿色织物制成的，上面绣有银色刺绣。我经过的时候向她们问好，她们点点头看向别处。我问一个扶着自行车的小男孩，那些女人穿成那样所为何事。"过节呀。"他回答道，看都不看我一眼，就跳上他的自行车，踩着踏板往山下去了。

我来到一座红白相间的小教堂底部的广场。喇叭里响起了欢快的音乐，一些妇女坐在折叠椅上，喝着塑料杯里的橙汁汽水。她们穿着鲜艳的蓝色和火红的衣服，戴着白色的帽子，紫色的帽带在下巴上打成了蝴蝶结。

"下午好。"我对他们说。"下午好。"她们嘟哝着回应我。另一个游客，这就是我的身份。我向她们问路，她们点点头，看着我身后的男人，又往塑料杯里倒了些橙汁汽水。男人们肩上戴着亮片肩垫。他们的上衣、裤子和宽边帽要么缝上了密密的亮片，要么有一层层鲜艳的色块，或是缝有闪闪发光的紫色绸带。

"这是什么节日？"我问她们，她们一边呷着橙汁汽水，一边看着她们的男人，疑惑地面面相觑——这是什么节日？最后，最年长的女人大声说："圣塞巴斯蒂安！"

"圣塞巴斯蒂安。"其他女人一个接一个地说，点了点头，喝着杯子里的饮料。

玻利维亚　科帕卡瓦纳

我站了一会儿，看着一群群的男人互相低语。女人们仍然坐在椅子上，一个男孩带来了另一瓶橙汁汽水和一袋薯片。我意识到我在等待某样可以标志这个地方和这个节日的东西，某支舞蹈或某一首歌。脑子里掠过的这个思绪让我感到很尴尬。我算什么呢？就这样等着看这个下午将如何展开，想知道会发生些什么故事，想知道还有哪些像这样的日子会被铭记。我是一个游客，仅此而已，我的脸看起来和其他背包客别无二致。突然间，我明显地感觉到自己不属于这里。男人们站在那里，双手搁在臀上，漂亮的衣服闪闪发光。女人们喝着饮料。我继续前行，无人留意。当海水和尘土的空虚再一次填满我周围的空间，我暗自庆幸起来。

玻利维亚　拉巴斯

　　这是去拉巴斯的旅程。首先映入眼帘的是浩瀚的湖，比天空更蓝，在土地、田野、道路和房屋连绵不绝的无情褐色的映衬下，这种蓝色简直令人激动。班车从科帕卡瓦纳四周的群山里往上爬坡。我们最后看了一眼那个美丽的海滨小镇，然后登上了山顶，小镇随之消失在视野中。接着我们看到的是牛羊在吃草，猪拱着土，驴子拉扯着拴着它们的绳子，跺着蹄子点着头，让风扑扇着它们的耳朵。我们来到一个轮渡站，每个人都下了车，支付一点五玻利维亚诺，乘坐快艇穿越狭窄的水域。巴士独自搭乘驳船，我们在科帕卡瓦纳半岛的另一边等着。我买了橘子，晒着太阳坐在店铺旁吃起来。

　　拉巴斯由西班牙征服者阿隆索·德门多萨建立于1548年，以世界海拔最高的首都著称。我的旅游指南提醒说，安第斯山脉簇拥着的这座城市正好坐落在海拔一万二千英尺线下，保暖的衣服是必不可少的。确实如此，从沐浴在阳光下的湖畔科帕卡瓦纳一路过来，透过车窗吹进来的风越来越冷。我们穿上毛衣，把披肩围在肩上，猛然拉上窗户。科迪勒拉山[①]绵延起伏，近在咫尺，最高的山峰在傍晚的阳光下熠熠发光，略带粉红。看来唯一铺过的道路就

[①] 世界上最长的褶皱山系。纵贯南北美洲大陆西部。北起阿拉斯加，南到火地岛。

是我们所处的那条路。伸展开去的街道都是泥路或碎石碎砖路，妇女们在人行步道上摆卖水果。我们又经过一片片机修店，男人蹲在地上修着油腻腻的自行车。这里有卖厨具的商店：木汤匙、金属抹刀、锅碗瓢盆。还有卖灯泡、电线、灯罩和风扇的商店，卖切奶酪的滚轮刀的商店，这些轮刀紧紧挨在一起，像一道黄色的彩虹。每一类商店都是群集的，每家店的商品陈列都一样。

我们来到了拉巴斯郊区。那里大多是砖砌建筑，这条路上的所有东西看起来都是半成品。墙还未完工，屋顶也只是半铺着瓦，许多窗户没有玻璃和栅栏，而且公路两边总有些尘土飞扬的道路延伸出去。许多人在拐角处等巴士，排了好长好长的队，乘客耐心的神色让我很意外。有些抽着烟，有些看着书，有些看着手机，还有些低头看着孩子。夜幕初临，但没有人探身到街上去张望巴士。微型车和最小的巴士上都漆着名字和信息："你的蜜唇""耶稣为我们而死""伊娃·罗莎"，还有"玻利维亚我的爱"。巴士是轰鸣驶过又战栗着停下的艺术品。它们展示了彩绘的鲜花、精致的十字架，或玻利维亚的名胜：盐滩、山峰、大湖和神圣岛屿。

最后，它终于出现了：心心念念的山谷，涟漪般荡漾开去的城市，红顶建筑簇拥在一起，在傍晚的阳光下闪闪发亮的拉巴斯。我听到数码相机和手机拍照的声音，但除此之外，车厢里静默无声。

据我所知，拉巴斯市本身没有为观光客提供便利的区域，也没有像基多的马里斯卡尔街区那样聚集了廉价旅馆、酒吧和餐馆的地带。我怀念利马那个可以自由闲逛的米拉弗洛雷斯区，甚至不允许自己回想与库斯科的邂逅。尽管床很大，看起来很舒服，我在拉巴斯入住的酒店房价实在很高,房间里的热水还出了故障。前台经理答应早上就会有水,又指引我去市场逛逛。

我告诉遇到的第一个卖奶酪的男士我要一点奶酪。"至少要买十份。"他说,并用刀指着转盘给我看大概有多少,眼睛没有看着我。太多了,足够吃三天,不等我吃完肯定就坏掉了。"我能买五份吗?"我问,他别过脸去。我站在那儿等了一会儿,但他对我不理不睬,也没有什么好讨价还价的。"好吧,那就十份。"我说,但他假装没听见,我震惊而又尴尬。

接下来是买面包。面包应该很容易买吧。所有女士排成一排,一堆堆面包卷摆在她们面前,那些面包隔天就会变质。当然,她们会乐意清货的。我慢慢地从那些箱子旁走过,直至遇到一个女人,她有一些卖相不错的棕色面包卷。

"多少钱?"我问她。

"要买多少?"她问道,目光没有在我身上停留。

"两个。"我说。

"四个?"她说。

"两个!"

"一个?"她问道。终于,倚靠在她身上的小男孩——也许是她儿子,站开来说:"两个。"

"哦,两个。"她说着,翻了个白眼。

她动也不动,也不报价。我等着她伸手拿了个塑料袋,挑了两个面包卷,跟危地马拉小贩的做法一样。最后她终于开口了。

"什么?"我倾向前问道。她又说了一遍,我还是没听懂。我不敢再问她什么了,只是给了她一个比索,暗自祈祷了一声。谢天谢地，她掏出零钱递给我，我觉得交易最终是成功了，哪知道她却一直盯着我身后街对面的摊档。

我挑了两个面包卷，向她要了一个袋子。

"一个什么？"她叹了口气问道。

"一个小袋子。"我说了一声，但已经站起身打算离开了。我知道一开始我就应该放弃。

"只是买两个面包卷是不可以提供袋子的。"她说，声音大得街上每个人都可以听到。

三天里，我只跟酒店经理说过话，其他就再没有什么人了。我把面包当早餐吃，然后就一直走。其中一些街道让我想起了几年前的布拉格，那时我也是独自旅行。布拉格很冷，地上有积雪，但这两个地方有点相似。桥梁和楼房并不完全一样，但它们都是凋敝的灰色，街道都是崎岖不平的陡峭石路。有一条巫婆街，售卖着动物头骨、草药和牙齿。古柯博物馆是几个小小的房间，挤满了游客，墙上贴满了报纸文章、手印海报和旧照片，游客在包装着可卡因的人体模特旁边互相拍照。巨大的峡谷将城市分隔开来，红色深谷点缀着巨石和松树。市中心井然有序，玻璃大楼林立，有公园和整洁的广场，山坡上是妩媚动人的街区。我走路，拍照，吃着面包和奶酪，然后早早回到房间里写东西，页面上的文字总是会回到把我带到这里也带我离开的巴士。拉巴斯对我的存在十分漠然，不管怎样，我已经爱上了这种汽车之旅。我渴望着座位底下把我带到别处的轮子。

玻利维亚　苏克雷

南行的道路旁平原起伏，远处田野里有些人在弯腰劳作。狗睡在街上。敞开窗户的小木屋里，袋袋薯条挂成一排，招牌上是出售汽油和冰镇汽水的广告。偶尔路旁会有低洼的沼泽，太阳落山后很长一段时间，巴士到达了奥鲁罗。这座城市在我的车窗外徐徐展开：水泥砌成的房子、路面未铺的街道、马路牙子上的狗、坐在木凳上抽着烟的男人。这里没有大型杂货店，也没有连锁餐馆，只有卖炸鸡的小摊和许多窗户满是灰尘的家具店。

我走了三家酒店，在第四家的四楼找到了一个房间，是一个小房间，照明来自一个没有灯罩的嘶嘶作响的灯泡。前三家旅馆都客满了。浴室有一扇装了栅栏的小窗，可以看到外面的夜景。冷飕飕的空气灌进房间，空气中弥漫着鸡肉的味道。我关上窗，但仍然能听到巴士缓缓进站和摩托车隆隆驶出的低沉轰鸣。单人床又薄又凹，地板上的瓷砖也有破损的地方。我知道，这种类型的房间，如果你由得它去，就会让你变得充满苦楚与悲伤。我提醒自己，这只是一个房间，只有一个晚上。我希望躺在床上，等待睡意来临，等待清晨到来，等待这肮脏房间里的一晚尽快结束，但是我的肚子咕咕作响。我最近吃到的正经一餐是那天的早餐：在旅馆里吃的烤面包和鸡蛋，前台那个人睡眼惺忪地盯着电视机。我走出旅馆，走过炸鸡摊。在灯火通明的大餐馆里，一户人家坐在一起，但他们也在吃着炸薯条和炸鸡。

我走进一家街角餐厅,看上去又大又空又干净。收银机上面的菜单显示的是菜肴的图片——不是炸鸡。我怀疑这里价格更高,所以才会这么空荡。我要了一瓶浓汤和羊驼肉片,又点了一杯啤酒。我独自坐在窗边,酒在我胃里慢慢沉淀。我等着他们上餐。东西上桌的时候,我吃起了颗粒状的浓汤,煮过头的玉米又硬又咸,土豆一样的口感,肉片也是一样的咸,但我还是全吃了,付了账,然后走进弥散着炸鸡味的夜色中。不知怎的,食物让我的心情轻松多了。我愉快地向酒店前台的女士道晚安,她抬起头惊讶地看着我,好像彼此心知我会回到那个又小又脏的房间,而且第二天早上就会离开。

曾经,苏克雷是拉丁美洲最重要的城市,因其出产优质金属、得天独厚的地理位置和肥沃的乡村而倍受珍视。1809 年,苏克雷钟声敲响,标志了玻利维亚独立运动的开始[①]。直到十九世纪,苏克雷一直是玻利维亚司法和文化之都。现在,它以其汇聚了该国殖民地时期的建筑而闻名。苏克雷之于玻利维亚,就相当于安提瓜之于危地马拉,或昆卡之于厄瓜多尔。

巴士沿着亮闪闪的白墙和碧草如茵的迷人市中心行驶,我从车上可以看到乞丐在浮躁的游客中穿行。班车停在了一个白色水泥砖砌成的车站,舒适干净,有苏打水出售。我在第一个街角左拐,然后独自步行。还有好几个小时天才会黑,我感到很高兴。走路真

[①] 1809 年 5 月 25 日,在此爆发南美洲反对西班牙统治的第一次起义。

好，我的肌肉放松，缓解了拥挤的座位的压力。空气中弥漫着甜玉米、香烟和鲜花的味道。我微笑着，想起了炸鸡之夜、局促的酒店房间、整夜的交通嘈杂声。旅行的时刻充满仁慈。

我找到一家两层楼的旅馆，房费是三十玻利维亚诺。我的房间在酒店后部的楼上，狭小空间里塞进了两张床，还有一个壁橱，壁橱里有几个弯曲的铁丝衣架。有一张带椅子的桌子，地板是光滑的，带着金色的污渍。我想象中这是一个曾经辉煌过的地方。我想起了昆卡的那家酒店，当时一直下着雨，油漆慢慢地从墙上剥落。在那里，法国背包客和一个来打扫房间、做早饭的漂亮女孩一起消磨时间，我却在潮湿的街道上漫步。我遇到了马特；我搭了便车；我心烦意乱地离开了那座城市，想念着E。很高兴我离开了。

在这里，我把外套和毛衣从背包里拿出来，挂在弯曲的铁丝衣架上，又把剩下的东西放在床下，随身带上老式的铜钥匙和几个玻利维亚诺。已经是八月了，我心里想着。日子一天天过去，我开始意识到，现在的每一天都是甜蜜的。到十二月，日子将满一年。一年，我曾经向自己许诺过。

有些日子里，我想着要留下来。找一份工作能有多难呢，我盘算着。租一个房间，一直说西班牙语，选择一个我喜欢的地方，然后留下来？之后我想到了显而易见的结局：它将成为另一份工作，我的眼睛将沉闷于细节。我会想家，日子会变得无聊。我渴望这次旅行。我会想起我见过的所有地方，那些相互交融的地方，一座山脉绵延着变成另一座山脉，旅馆在我脑海中不断交错变换。普诺的一个老人、维尔卡邦巴一个乐呵呵的家伙、穿梭沙漠的巴士上一个友好的姑娘。我的思想就像我的身体一样，一路起伏颠簸。

不过今天我身处玻利维亚的苏克雷，所以我走出门去，走入阳光中，去参观。

教堂和博物馆展示了苏克雷的富庶，熠熠发亮的金属从山上开采出来，融成十字架和其他用于祭拜的物品。这里的市中心比较平坦。到处都是导游，从几百年的历史建筑敞开的大门里可以看到他们。屋顶金光闪闪，装饰着古老的饰线，镶嵌着十字架。我寻找着市场，想到了嘉碧，她曾说市场是城市的心脏，到一个新地方能做的最好事情就是找到这么一个市场。我很高兴看到偌大的地方生机勃勃的样子，我走在汤、巧克力、水果和奶酪摊间，有些摊档还挂着一块块滴着血的肉。市场散发着甜面包和花草茶的香味。一个穿着粉色皱褶围裙、身材丰满、为人和气的女人递给我一塑料杯玉米饮料，她那瘦骨嶙峋的男洗碗工警惕地看着我。"喜欢吗？"胖女人问，我点了点头，因为它又甜又有坚果味。我把整杯都喝了，她又倒些给我，对我的感谢报以大笑。她还给了我油炸蜜糕片，一直等我吃完她才收钱，不到一个玻利维亚诺。

在外面的街道上，一个衣服破烂的老人坐在马路牙子上，用手吃着果冻。我见过待售的果冻——在托盘上、纸杯里，年轻人穿行在人群中一边叫喊一边兜售。我记得我小时候仅有一次病得很厉害，可能得了流感，或者食物中毒，但我在沙发上躺了好几天，连水都喝不了，唯一能吞下的食物是果冻，吃了几天那黄绿色的玩意儿后，我恢复了健康，而且再也不吃果冻了。我看了看老人手中的果冻，又抬头看了看教堂发亮的白墙和它的圆顶反射出来的金色光芒。

298　巴塔哥尼亚之路

我在苏克雷住了三个晚上，除了市场上的那个女人，我没和其他人说过话。我爬到山坡上去俯瞰城市。有一天，我去市场买了一把剃刀。这是离开基多之后我买的第一把剃刀，回到酒店房间，我将它从提包里拿出来查看。这把剃刀锃亮又好看，塑料和金属部分都是蓝色的，但深浅不一，双刃刀片锋利而洁净。我知道它会在某一次淋浴中被弄坏。我已经很久没有剃腿毛或腋毛了——数不清是几天还是几个星期。

我已经开始从餐馆的桌上和酒店早餐厅的塑料架上拿餐巾，因为上哪儿也找不到卫生纸，我知道要是拿走一卷纸会占去包里很多空间，但是餐巾可以整齐方便地折叠起来放进我的口袋里。在苏克雷的第三天，我醒过来，穿上过去三天一直穿的衬衫和过去三周一直穿的毛衣。我的衣服闻起来也不臭。不管怎样，还有谁会注意到呢？我沾了点水梳头，照了镜子。我看起来很整洁，算是干净，一副休息得很好的样子。

我养成了带着装满食物的危地马拉塑料袋到处走的习惯：凯莉留下的在利马买的半瓶橄榄油，吃了一半的长条面包，切好的牛油果和胡椒，还有一棵花椰菜，全都没有发霉，也没有变成棕色。半瓶红酒已经微酸，但我今晚还是要喝。我想，这样一来，那些挨饿的人就走运了，因为总会剩下几个面包卷，我知道我是吃不完的。我买了几个散装的青苹果，因为一大袋子跟两三个散装水果价钱一样，所以我习惯把食物而不是硬币拿给那些在人行道上乞讨的人。我不知道他们是会对我提供的食物嗤之以鼻或大笑不止，还是会把它们吃了。我从不回头看。

我在基多一家大型地下商场里买的红色手表已经开始让我失望了。有时它会慢下来，然后突然就不走了，我必须转动旋钮才能把它弄好。它透明的塑料表面永远都是水涔涔的，数字几乎看不清。我开始认为我那靠不住的手表暗喻着我的思绪。我忘记了八月在七月之后，一个星期有七天，一个周末是两天。我现在饿了才吃。当太阳照进房间，或是门外地板吱吱作响时，我就会醒来。见了那个把去往下一个城镇的车票卖给我的女人，我也许会问她今天是什么日子，她则会像看疯子一样看着我，然后翻个白眼。今天是星期天，她会说，我会记起日子对我来说反正也不重要，我会把车费从柜台上递过去。当我必须知道时间的时候，我就看看我的手表，希望它没有撒谎。如果我错过了班车，我发现过后总会有另一辆。

我想知道还要多久才能回到轻松洗衣的日子，每天的衣服都换洗一新的日子，热水淋浴时清洗一下剃刀的日子，或是毛巾不会永远湿透的日子。我会习惯有五六条牛仔裤、五双鞋、四个手提包、两种香水可选的日子吗？我会习惯香水的味道吗？走到街上闻到香水，我还会再打喷嚏吗？我会像以前那样，每天早晨上班前在镜子前仔细化妆吗？我会习惯自己画眼线的样子吗？还是说从现在开始，我一画眼影、刷睫毛涂唇膏就觉得自己很放荡呢？多久以后我会忘却那种满不在乎的感觉，只是找点东西供下一餐果腹就行了，仅仅带了够三天穿的衣服，打开背包看着衬衣长裤卷在一起，惊讶于自己所拥有的这一切？

不知道我会多么迅速地回到重新渴望获取的心境，获取除了午餐、房间和车票之外的东西？要过多久我就会注意到日子、日期、月份，还有具体到分钟的时刻？要过多久我就会开始匆忙的生活，开始瞻前顾后,开始购买、许愿、索求、存钱,又开始焦虑不休?要过多久,我就会忘掉那个拿着果冻的男人,那个擦洗柏木地板的女人,那个希望与人接触的老人,那个给我端来炸鱼和啤酒的小伙子和广场上遇到的那个留长发、戴绿色珠宝、西班牙语说得跟本地人一样好的姑娘?要过多久,我又会开始梳头?要过多久,我会再次需要一个闹钟?

玻利维亚　波托西

在玻利维亚波托西参加一个银矿旅游团要花十美元。我买了一家小旅行社的旅游票，这家旅行社离主广场不远，广场上阳光明媚，在青砖碧草上留下斑驳的影子。音乐是凄厉激烈的鼓声，从一扇高高的敞开的窗户里倾泻下来。空气中弥漫着速溶咖啡和炊烟的味道。在砖砌建筑之间，我可以看到波托西山，一座黏土色的三角形峰峦，俯瞰着绵延开去的城市。这座山的外号是"富饶山"，它被剥得光秃秃的：没有任何树木，没有人家，只有曲折盘旋的道路，在山坡上起伏。

波托西是玻利维亚最大的城市之一，在拉巴斯南面，乘巴士大概需要十二个小时。它曾经是南美洲最宏伟的城市之一。旅行社里留着胡子、上了年纪的推销员把我的护照号码抄写到他的记录本上，告诉我"富饶山"在十七世纪使西班牙人都发了财。他是个肩膀宽厚的矮个子，说话慢条斯理，但毫不犹豫，像是已经多次向外国人做过介绍似的。那些西班牙人千里迢迢地带来了许多人手，有印加人的后裔和非洲奴隶，为搜刮那些闪闪发光的矿产。他在我的门票上盖了一个"已付"的墨戳，然后很顺溜地把那张纸片从桌面上推过来给我。

"祝你玩得愉快。"他很真诚地说，然后礼貌地笑了笑，握了握我的手，好像和我交易是一种乐趣似的。

我的旅伴是一个比利时男人和他的两个十几岁的儿子。旅行社把我们都介绍给我们的导游,一个头发乌黑亮泽的小个子女人。她穿着毫无生气的灰色裤子和橄榄色的羊毛衫。不过,她的漂亮还是显而易见的:棕色大眼睛和飘逸的头发。

"她还是我的女儿。"旅行社的推销员宣布道,两个人都露出了一个怪笑。他用西班牙语对她说了些话,但速度太快了,我听不懂。他祝愿我们一切顺利之后,回到了旅行社。我们爬上一辆小巴,车子的滑动门黏黏糊糊,车内是导游衣服的颜色,座位干净,但没有安全带。我们出发了,我、三个比利时人和一个漂亮导游进入了一座玻利维亚矿场。

登山之前我们必须为矿工买礼物。我们的导游解释说这是传统。她带我们去可以购买古柯叶、瓶装果汁、烈酒和香烟的地方。这个位于城镇边缘的店铺里所有东西都是塑料袋包装的,价格标签整齐地贴在每个袋子上。

我想给矿工带点食物,曲奇饼和玉米蛋糕,就是我在玻利维亚没完没了地颠簸乘车时买给自己吃的食品,但是导游摇了摇头。

"他们不在矿井里吃东西。"她告诉我,后来我才发现矿工不在那里吃午饭的原因——硅尘和砷颗粒会很快地覆盖到食物上。矿洞里漂浮的颗粒都是微小的有毒碎片,所以她拿出了装透明液体的塑料瓶,上边贴着"饮用酒",还有一包包厚厚的手卷香烟。"这些是给矿工最好的礼物。"她说,我打了个寒战。这么说来,最健康的选择似乎是一袋古柯叶,矿工整天咀嚼古柯叶提神,同时赶走饥饿感。我还买了两大瓶橙汁,我的导游硬邦邦地点点头表示同意。

她对我说干古柯叶子曾经是矿工唯一的薪酬。她和旅行社的推销员一样，只是直接说出了事实，从她的表情来看，她并不期待有什么回应。

我们坐在轰隆作响的面包车上，朝着波托西山的终点驶去。其间我和几位比利时人聊了起来。他们去过秘鲁，两天前刚到玻利维亚。"我们匆忙来到这里，"小儿子说，"都不知道是为了什么！"

我称赞那几个比利时人的英语说得好。

"没有配音就是好啊！"大儿子喊道，"我们都是靠看电视学的！"我们讨论了欧元和美元的区别：十玻利维亚诺兑换一欧元，七玻利维亚诺则可以兑换一美元。

"对瑞士人来说汇率就更好了，"那几个比利时人说，"他们有的是钱！"

面包车停了下来，我们纷纷下车，在寒冷的晨风中把外套裹得紧紧的，再次想起我们现在身处玻利维亚，站在一座压榨劳工血汗的山丘顶上。我们领到了头盔和橡胶靴子并穿戴齐备，矿工蹲在路边看着。我们经过由石头和灰色胶合板建造而成的矿道斜坡，矿物就是从那里运出来的，还经过了存放工具的小锡棚。一群年纪比我轻的小伙子打打闹闹，把一袋袋石头装进一辆皮卡的后厢。他们和我们的导游调情，导游倒是不以为意。她的生活我由此窥见一斑。这座矿是固定的，今天的游客与其他日子的游客没什么区别——苍白的肤色，浅色的眼睛，只是匆匆过客。对他们而言，我们仅此而已，我想，其实我已经遇到过许多这样的情况了。这就是旅游者的困境，不管她怀揣多大的善意。说白了我总是个陌生人，一个局外人，一个挣钱的来源，另一张要喂的嘴。

导游向我们分发前照灯，我们将灯系上，跟着她走进银矿。她告诉我们，入口的石拱门是当年遗留下来的。

  里头很冷，一进去就觉得比外面冷得多。挂在天花板上的冰柱滴着水，我们脚下的泥水掺和着泥浆。我们呵气成烟，一个接一个小心翼翼、笨手笨脚地走入黑暗中，隧道变得越来越小，最终我们都弯下了腰，有时撞到头，有时绊倒在铁轨上。好几次，我们都需要侧身站着，为推着装满石头的手推车走过来的矿工让路。他们行动迅速，佝偻着身子奔跑着，经过的时候看也不看我们。他们的衣服和皮肤上覆盖着一层薄薄的白灰。在他们看来，我们这些游客的行为一定非常奇怪——花钱进入这条漆黑寒冷的矿道，在我们的前照灯的照耀下，矿道中数以百万计的微粒飘浮着。既奇怪又正常吧，我想，毕竟这座矿山是镇上的收入来源。即使透过戴在耳朵上、盖住口鼻的口罩，我也能闻到那种刺鼻的潮气。

  没过多久，水消失了，冰柱缩小了，我们陷入了一种令人窒息的干燥。我们继续下行，爬了梯子，低头绕过突出在我们面前的尖石。偶尔墙壁上会闪现出金黄色——这是一种毫无价值的矿物的可爱纹理，但大多数时候只是一种浅浅的土灰色。装过苏打水或白酒的空瓶子扔在铁轨边上，蒙上了一层白灰，显出些古老的意味。有时我会闻到一股尿骚味，或是隐隐的香烟气味。我们经常要手膝着地，爬着前进，那些时候我挺害怕的，因为一切看起来离我都非常近，我徒手之下的岩石又是那么松散。在美国，你永远找不到这样的旅游线路。

  那位比利时父亲有一次转过身来问我是不是还好。我点点头，很庆幸有他在身边，他是他两个儿子的父亲，对我也是父亲一样的存在。他的声音在面具之下听起来瓮声瓮气的。

我们经过一个供奉着泥人的神龛,这个泥人有一根勃起的大生殖器。"那是矿坑大叔①。"导游对我们说。矿工每周五都向"大叔"祈祷,以防隧道墙壁坍塌,防止炸药在离他们的手脸太近的地方爆炸。他们把点燃的香烟塞到他嘴里,恳求他让矿物质出产得更多些,让矿脉闪亮而又厚实。"饮用酒"的空瓶散落在"大叔"周围,成堆的酒瓶排列在矿洞的墙壁上。"大叔"的眼睛是大理石做的。我们的导游点着了一支烟,把它插在"大叔"涂了蜡的嘴唇间,然后我们离开了,留下"大叔"在那里抽烟,那张怪异逼真的脸目送我们离去。

导游告诉我们,这座矿山开掘于 1651 年。随后几十年间,数百万人死在矿井内或矿井到山上的途中。数百万?我用英语对比利时爸爸咕哝着,不知道她说的数字我是否听对了,但他只是扬起眉毛耸了耸肩。"我想她就是这么说的。"他告诉我。于是我开始寻思我们刚刚走过了多少没有标记的坟墓,有多少鬼魂不得不住在这些难以忍受的隧道的墙壁里,看着我们摇摇晃晃地从他们跟前走过去。空气中的粉尘越来越厚,我们开始咳嗽起来,而我们一路看到的大多数矿工嘴上什么也没有戴。

我们发现这次旅程还包括与矿工的对话。大家停下来和一个男人交谈,他说他独自采矿,没有儿子或侄子帮忙。他看起来挺苍老的,年纪与我的祖父相仿,但他说自己才五十六岁。他在矿山工作了二十年。他指给我们看一条矿脉——一条又长又弯的黑线,在隧道侧面一直延伸上去。他用石锤去砸它,但什么也没有掉下来。

---

① 西班牙语意为"伯父、叔父",当地人认为这个"矿坑大叔"是地底世界的主子,是个类似魔鬼的存在。

"这很难。"他说,嘴里鼓鼓地塞着一团古柯叶。他告诉我们,剩下来的银都是便宜货色,大部分矿工现在能找到的是锡、铜或铅。他从矿脉上劈下来的一袋石头能让他赚到三十玻利维亚诺,他有时一天能装满五袋。"不过,不是最近。"他承认道,用胳膊抹了抹脸,在前照灯的光柱中,我们看到他脸上的粉尘被抹得一团糟。

几位比利时人带了几瓶阿司匹林和几卷绷带作为礼物送给老矿工。"阿司匹林。"他们解释说。看到他一脸茫然,他们又补充道:"头痛可以吃。"他查看了这包细长的药片。"我应该每天吃一片吗?"他问道,"每天晚上吃?"他不知道阿司匹林。在这矿里待了仅仅一小时我就觉得额头和脖子根都突突作痛,真的无法想象他竟然没有像我一样的反应。他把阿司匹林装进口袋,向比利时人致谢,然后继续他的工作。

我们又与另一个坐在岩石上的矿工交谈。他嚼着古柯叶,把黑色的树叶渣吐到地上。他说他二十岁,脸上汗涔涔的,人长得英俊,肌肉发达,脖子上系着一条方巾,看样子曾经是红色的。我想起了我的二十岁,刚从名牌大学毕业,下午流连于图书馆,晚上和朋友们一起喝酒,或者坐在餐馆的桌边吃着意大利面。我记得我曾经做过一份兼职,在一家优雅的餐厅里招待富有的银行家、家庭主妇、教授和律师,这些人都来自波士顿阔佬扎堆的郊区。我会带顾客去干净的白色餐桌边,然后走进洗手间擦拭大理石洗手台,再给自己补补妆。

"我已经在矿山工作五年了。"这位年轻的矿工说。他的叔叔经营一家合作社。我们递给他果汁和古柯叶,他笑了,把后者装进口袋,又拿起瓶子喝了一大口。"谢谢你们。"他用英语对我们说,然

玻利维亚 波托西

后退到一边,让我们通行。"不客气。"几个比利时人说。我突然想到他们三个,两个比利时男孩和那个矿工年龄其实差不多。但欧洲人看起来很年轻,他们的皮肤是半透明的,有一张快嘴,谈吐不凡。他们还穿着条纹羊毛衫。

我们再次开始向上走,这时候我才意识到下面是那么密不透风,矿洞深处热得不行。现在我又能感觉到寒冷,冰柱重新出现。我开始在前面寻找隧道尽头真正意义上的光。我想离开这个矿。我已经不能呼吸了,鼻子和喉咙积满了粉尘。我的头怦怦地痛,石头割破了我的手,没有防护的肌肤——我的双手和脸,感觉非常紧绷,都快干裂了。最终,我们看到了面前的一束阳光,再次步入晴空之下,我们眨着眼,冲彼此微笑起来。

"我再也不想这样做了。"年纪最小的比利时男孩宣称。他父亲弯着腰查看他旅行裤上撕破的一个洞。还是那群年轻人正在给一辆不同的卡车装货,依旧打打闹闹,还跟我们的导游开着玩笑。他们的手是矿洞里那种岩石的苍白颜色,他们的目光落在了我们身后。

玻利维亚　图皮萨

我从波托西山脚启程是第四天早上四点，但旅店老板还是把早餐摆了出来：面包、黄油、果酱、暖水壶里的热水、茶包和杯子。我想到几个月前在维尔卡邦巴一个漆黑的早晨，想起那一碟阻吓蚂蚁的水。玻利维亚的这个黎明是一种不同的黑暗，这种黑暗又冷又脆，好像随时会碎掉。今天是星期天，我在空荡荡的街上急匆匆地来回奔跑，寻找着出租车，我呼出的气变成了清新的烟雾。一辆出租车拐过一个街角，速度慢了下来。我坐到了副驾驶座上，我们沿着沉睡的街道行进，收听收音机里低声播放的新闻。

没有去图皮萨的班车。图皮萨是离阿根廷最近的边境城镇，也是我计划中的下一站。几个男人站在一辆开往苏克雷的破旧蓝色货车边抽烟，我向他们出示了四天前买的票，他们耸了耸肩。"试试另一个车站。"一个穿运动裤的大块头建议。他把烟蒂扔到地上踩熄，对我说："跟我来。"他吃力地走进屋里，其他抽烟者观望着。我跟着穿运动裤的人走了进去。

他找到了一个小售票处，上面的标志与我的车票上所盖的戳是一样的。他朝茶色玻璃窗探身望去，想引起别人的注意。另一个人推开窗户，我们看到有个女人坐在一张简易床上，一个婴儿站在她的膝盖上又蹦又跳。她朝那个男人点点头，看了看我，然后转过身来，随手锁上了身后的门。显然，她不需要看票。"这边走。"她说。她的孩子被她揽在腰间，咿咿呀呀地说着话。我转向那个人，告诉他不用等我，我非常感谢他的帮助。他眯起眼睛看了我一眼，看得出我的西班牙语他没听懂。我跟着那个带孩子的女人，他则跟着我。

我们一路走着，那个女人解释说我预订的巴士走不了。

"但我们做了其他安排。"她说。我们匆匆穿过车站，来到另一个极小的售票处，那是上百个售票处中的一个。带孩子的女人拿起我的票，从柜台上递过去。柜台后的女人年轻漂亮，扎着一条光滑精致的辫子。她开了一张新的车票，慢慢抄写着我名字中她不熟悉的字母组合。

"楼下，向右转。"她说。抱孩子的女人又跑了起来，这次是下楼。"快点，"她说，"我们走吧。"我跟着她，穿运动裤的男人还跟着我们俩，有些气喘。我们来到了巴士跟前，我和他握了握手，他红着脸耸了耸肩。我伸手掏出了一点钱，把钞票递给他，但他拒绝了。他摇着头，脸上红晕褪去，于是我把钱收起来，给了他一包曲奇饼，从危地马拉到玻利维亚到处可以买到的每包十美分的那种，标签各不相同，但甜甜的干脆饼干味道是一样的。他把饼干塞进口袋，朝班车努了努下巴。带孩子的女人已经走了。我上了车，慢慢往车尾走去。我望了一眼窗外，想再看看穿运动裤的男人，结果发现他也不见了。

有几家人坐在我身后。我能听到孩子的声音，但看不到他们，还有两位母亲。她们把毯子堆在我的椅背上，聊着天，无视孩子们的尖叫。车里总共大概有五十个人坐在座位上，还有大概六个人站在过道里。又有几个人上了车，裹着大披肩的脸色红润的男人。然后我们从波托西车站"突突突"地驶出来，街道两边的屋顶和人行道上的白线在清晨阳光下闪着光。

我递给邻座的女人一个玉米蛋糕，她像我一样裹着毛衣、披肩、围巾和手套，看上去和我一样年纪。她微笑着接受了蛋糕，但没有吃，也不说话。年轻的小伙子打听我的名字，问我是否有男朋友；年长的男女对我表示关心，并指出一些地标给我看。孩子们跟我说着我听不懂的事情，他们的口音还没有形成，问问题的时候也是呢哝细语。我邻座的女人则朝我微笑，然后把目光移开。我很感激这种宁静，这一轮初阳，还有那酥脆的下了蜂蜜的小蛋糕。

不过，我们一离开航站楼周围的环形交叉路口，我就发现坐在这辆车的后部太可怕了。出城的路上布满了减速带，我们时不时就被抛向空中，我小心翼翼地不让舌头伸出来。每次巴士一摇晃，婴儿们就会尖声啼哭，母亲们颤抖起来，乘客呻吟着，重新调整坐姿。我计算着经过减速带时我咬到了几次嘴。有一段时间，我们身边是锡皮屋顶的建筑，屋顶上吱吱作响的金属上压着旧轮胎、水泥砖或土块。然后，城市的景色逐渐消失，随之出现的是沙漠、高高的平原、浅金色的沙子，还有一簇簇仙人掌伸向淡紫色的天空。

这条路从水泥路面变成了土路。公路被一堆石头路障阻断了，我们在那里开下了水泥路，沿临时道路隆隆前进。我想一定是路上在施工的缘故，因为我们的路线就是沿着这条水泥路行驶，走了好几英里。我们旁边的水泥路面看上去那么光滑、平坦而又舒适，我们却沿着它在座位中上下颠簸。我身后的婴儿哭号着，前面的男孩打开了窗户，尘土飞了进来。我闭上眼睛，但不可能睡得着。我紧咬着牙，不去想有关玻利维亚的不良情况。把你自己带到某个地方去吧,我的大脑对我说。于是我去了维尔卡邦巴:一次闷热的徒步旅行之后河水给我的感觉如此凉爽,铺满了石头。

我在图皮萨找到一家四层楼高、带有天台的旅馆。房间里除了两张床就没有别的了。我从街上一个女人那里买了一杯食物,她把泡过的膨化玉米装进泡沫塑料碗里,加上炸土豆和几条细条的牛肉,上面则淋了红酱汁。"辣吗?"我问她。"没那么辣。"她回答说,即便如此,吃完我还是得不停喝水。

我结识了两个高大的英国人,他们一直陪我到凌晨两点,喝着酒看《虎豹小霸王》①。他们知道里面的每一句对白。我发现环绕这个镇子的红色的横峰侧岭一直绵延到北部和南部,清晨时呈粉红色,日落时则是紫罗兰色。我参观了"魔鬼之门",那是两块狭窄的红砖色巨石板,高两百英尺,两侧是红色尘土和自我离开秘鲁北部之后所见到过的最大型的仙人掌。我在一条空荡荡的公路尽头一间摇摇欲坠的房子里看到了狗,我走过时它们不停地吠着,吓得我够呛,于是我捡起石头打算需要时就朝它们扔过去,不过最后这些狗并没有伤害我,它们只是吠叫,然后躲回到建了一半的土坯房建筑群里,回到那些堆满旧轮胎和干枯树木的院子里。

我在这个国家的独立日庆祝活动中发现了一个小镇。游行从周五持续到周日凌晨,乐声澎湃。街上的女士们卖浇上巧克力的甜甜圈、煮玉米、玻璃杯装的吉开酒和纸杯装的炸薯条。一位老人一边喝着啤酒,一边旋转着手动旋转木马,坐在小马上的孩子们尖叫

---

① 1969 年改编自真实事件的美国电影,1970 年获得几项奥斯卡奖。

着让他多转几次。那天晚上，我与坐夜班火车去乌尤尼的英国人道过别，然后爬到床上，枕着庆祝音乐入睡。我的闹钟在凌晨三点响起，正好让我来得及坐上前往玻利维亚边境的班车，这时我又听到音乐声从火车站前面的广播喇叭里传来。我背着包走到街上，在漫天星辉下走过，希望那个在街角赤膊尖叫的醉汉不要注意到我。这个镇子和白天一样热闹。街上到处都是步行回家的人，为庆祝国家独立日喝得醉醺醺的。

在路上

"我冻僵了。"我前面的女孩对她旁边的男人低声说,听口音他们是英国人。两个人在一起蜷缩在座位上,共用一条毯子,让我好生羡慕。我们在等凌晨四点离开图皮萨前往边境小镇比亚松的巴士,在那里我可以在护照上盖到戳,然后进入阿根廷。我把夹克拉紧一点,真希望此刻戴上了自己的帽子和另一件夹克,还希望能有一杯热茶。最后,巴士晚点半个小时驶离车站,向南行驶。司机打开车内灯和收音机。我闭上眼睛想睡觉,心里恨死了他。

比亚松的建筑物沿着冰冷空旷的街道均匀分布,赫然耸立在我面前,黑暗的窗户像一双空虚的眼睛。人行道破破烂烂的,上面是一棵棵纤细的没有叶子的树,灰色的天空冷冷低垂。一位澳大利亚姑娘颤抖着从这辆来自图皮萨的巴士上下来,我们一边沉默地朝边境走去,一边舔着我用最后三个玻利维亚诺买来的卡拉梅尔糖①。边境有一座桥,桥上立着一块牌子,上面写着"玻利维亚",古色古香的白色字体。我回头看到牌子的另一面写着"阿根廷"。就这样,我们过桥入境。我最后看了一眼玻利维亚,惊讶地发现泪水在我眼中涌动。

我低声告别这个国家,那里有绵亘不断的沙漠和光秃秃的山

---

① 一种焦糖味太妃糖。

丘，街上有带奶酪轮刀的女人。编织着纱线的长辫子，颠簸的道路，一簇簇小土屋和袅袅炊烟。羊驼，阵阵冰雨，破碎的人行道。一路旅行下来，我的感觉就像一个三天都穿同一套衣服的流浪者，作为班车上唯一的"外国妞"，颠簸前行。我们来到海关办公室门口，不少像我一样背着大背包的白人已经在那里等候了。我要离开一个特别的地方，一个仍旧沉浸在另一段时期的国家，一个依附于一段古老的前殖民地历史的国家。我要离开，去往一个能让我想起家的地方。在那里，玻璃铺面将取代街头小贩，铺过的道路将取代破碎的道路；在那里，时髦的服装将唤醒我对自己所缺乏的东西的渴望。

从边境向南行进是一趟美妙的旅行。我坐在澳大利亚女孩旁边的座位上，斜靠着欣赏这辆干净的巴士、柔软的座位，还有从这辆双层巴士二层所能看到的景色。我们脚下的道路是么平坦，沿途的风景——金色的田野、远处的山峦、岩石彩虹般的颜色以及清晨的蓝天让我们陷入沉默，只顾着向外张望。我刚想着这种景象我会习惯的，突然巴士就颤抖着停了下来。我以为是到了休息站，虽然我们只行进了两个小时，可接着司机沿着过道走了过来。他说了几句我听不懂的话，他的阿根廷口音把单词揉成一团融在一起，形成了一种顺滑而难以辨别的声音。他召集起几个人，接下来我知道的是，我感觉到他们在推车，让车轮得以向前滚动，而发动机是熄了火的。最后，巴士发出隆隆的响声，男人们回到车里，红着脸大笑着。我们又出发了。

"豪华巴士不过如此。"澳大利亚女孩笑着说。她的名字叫

Else，发音是艾尔萨。"这是个荷兰名字。"她说。我们一起大声回忆载我们穿越玻利维亚的摇摇欲坠的班车，那些车窗嘎嘎作响、格栅敞开的巴士，彼此都惊讶于自己能顺利走完这一路的旅程。

我的第一个阿根廷之夜是在胡胡伊度过的。胡胡伊是一个温暖的山谷城市，索鲁很是欣赏。艾尔萨继续前行去往更大的城市萨尔塔①，但我觉得很有必要停下来。在索鲁笔下，胡胡伊"美丽而湿润，高度恰好，让人愉悦，而不会让人产生任何'弯曲症'②。花朵上的雨水为夜晚空气添上了些许香气，河上吹来清新的微风"。

不管怎么说，我想悄悄地走进阿根廷，细细品味这些仍在哺育本土根系的城市。我知道布宜诺斯艾利斯与我所认识的每一个大都市没有什么不同。我不着急赶往那里。我漫步在胡胡伊沐浴阳光的街道，欣赏着高大优雅的门庭，古老的殖民地风格建筑墙壁上柔和的色彩，从白天开到深夜、供应真正的牛奶咖啡的咖啡馆。我买了葡萄酒，和经营旅馆的老太太共享。厨房散发着巧克力、泥土、苹果和松树的气息。夜晚的空气十分柔和，暖得盖一床薄衾就够了。早晨淋浴的水很热，阳光涌进来时，贴着白瓷砖的浴室里热气蒸腾。富足，水落到身上时我想起了这个词。我意识到，身体会立刻记起它离开了许久的东西：皮肤上的热水、一块热馅饼，或者一杯极其新鲜的白葡萄酒。

---

① 位于阿根廷西北部，是重要的葡萄酒产区。
② 减压病所致的局部疼痛。减压病是由于高压环境作业后减压不当，体内原已溶解的气体超过了过饱和界限，在血管内外及组织中形成气泡所致的全身性疾病。

在萨尔塔，我入住了市中心南面一个粉刷过的街区尽头的一家旅馆。旅馆内外涂上了各种你可以想象到的色彩。一只灰猫住在这里，这只猫晚上睡到我床上，白天则在楼梯上跑上跑下，在相连的屋顶上蹿来蹿去。房主是一对二十多岁的夫妇，穿着宽松的裤子，留着蓬松的鬈发。第一天晚上他们给我倒了杯葡萄酒，然后和着一位来自科尔多瓦①的客人的吉他声唱起歌来。女主人叫玛迪娜。那几个小时像波浪泛起涟漪般地荡开去，我意识到我已经有很多个夜晚，甚至好几个星期没有这样抿着葡萄酒跟同龄人聊天了。玛迪娜的香烟烟雾袅袅升起。午夜过后，我们爬上一辆出租车，来到市中心。玛迪娜坐在前面，与司机一起嚼着古柯叶，车窗外掠过萨尔塔夜晚的灯光。我们在拥挤的酒吧里喝着价格低廉的超大塑料杯啤酒，玛迪娜喝醉了，跟一些黑皮肤黑眼睛的家伙在角落里跳起舞来。我看着玛迪娜在房间里飞舞着，啤酒在手里渐渐温暖起来。我们回到旅馆时，太阳刚刚照亮天际，我瘫倒在床上，筋疲力尽，兴奋不已，好长一段时间无法入睡。

去往距离布宜诺斯艾利斯以北四个小时车程的罗萨里奥②，花费了几乎一天一夜的时间。我是第二天早上到达的。这座城市的街区有无数的咖啡馆、水果和蔬菜摊，还有一些书店和汽修店。百货商店的招牌上写有汉字。我们在街上疾驰，司机和我聊着天。他问

---

① 阿根廷第二大城市，科尔多瓦省首府，位于科尔多瓦山脉东麓，普里梅罗河畔。
② 阿根廷第三大城市，重要河港。地处阿根廷东部巴拉那河下游西岸。

我来自哪里、我觉得阿根廷怎样。他咒骂前面慢行的司机，并对着街角一个靠在自行车上的人拼命按喇叭。那辆自行车后面的餐厅墙面漆成了柠檬绿。罗萨里奥飞掠而过，我们穿过市中心去了我的旅游指南所推荐的旅馆。

我们最终将车停在旅馆外面，司机指了指一栋优雅却多少有些粗糙的三层石头建筑，阳台上有弧形的黑色栏杆，风中梧桐的枝条低拂着那一扇扇长窗。我把手伸进皮夹掏出一张面值一百比索的钞票，这是除了被我叠成一小摞、夹在驾照后面的二十块钱美元之外，我仅有的一张纸币了。司机捻弄了一下钞票，又将它递还给我。

"假的。"他说。

我把钞票举到灯前，用手指搓着纸，意识到这张钞票比我见过的其他钞票略小，也更为方正。这张纸摸上去很薄，还没有水印。被欺骗得如此彻底让我很是尴尬。事实上，尽管从萨拉城到波托西我见到的每一个卖主都会拿起钞票对着灯光，用指尖捻弄一下，我自己却从没这么做过。我应该是觉得既然每个人都检查过了，那交到我手里的钱就没问题了。现在拿着这张假钞，我感觉整个人都被掏空了，倒不是钱的问题——一百比索约为二十美元。我回想起汽车站，在那里我拿出一张五百比索的钞票付车费，然后拿回了找零。然后，我意识到那天是在萨尔塔，阳光是那么柔和，我所漫步的公园里景色又是那么优美。

我拿出一张九个月前在波士顿一台自动提款机里取出来的面值二十美元的钞票，递给了司机，但他拒绝了。

"小心点。"他对我说，然后一直等到我走到旅馆那又高又重的大门前，按下门铃，推开门之后，他才把车开走。

我在旅馆空荡荡的房间里打开背包，拿出东西，店主给了我咖啡和面包，又递给我干净的床单和毛巾。我心里想的是，这已是尾声了。到达各个陌生的城市，出行依靠导航，弯弯绕绕的出租车行程，钞票在一只只手中辗转，我从一个地方到下一个地方之前必要的对话……这一切都是将从我生活中消失的事物。我将去布宜诺斯艾利斯，按计划在那里教书三个月，然后回家。

因此，各式各样的口音切换，一片片的街边市场，正午的阳光，现在，看这座城市的每一眼都让人觉得无比珍贵。它们是值得细细品尝的蜜滴。每一次到达，无论地方多么不同，方式总是一样的。城市总是首先出现在巴士的车窗外：郊区，密集的建筑群，有时候还有工厂，最后是车站。班车停下来后我总是有一种不想下车的感觉。无论车程多长，一个熟悉的座位，特别是与车外未知的世界相比，总会带给你挥之不去的舒适感。

在罗萨里奥，我租住的房间有两扇通向一个小阳台的法式落地门。街对面的喷泉将水喷洒到鹅卵石铺就的广场地面弯曲的图案上。日落时分，我沿河散步，很晚的时候才在一家户外咖啡馆里吃了意大利面。空气甜丝丝的，我不想睡觉。我对这个地方只有些许了解，但我已经喜欢上了它。

妈妈发来一封电子邮件，祝我在布宜诺斯艾利斯好运。我想象着她和爸爸仔细查看着地图，根据我自己偶尔发回家的电子邮件追踪我的路线，眯着眼睛寻找图皮萨、乌尤尼、胡胡伊和萨尔塔。

我回信告诉她，今晚我睡在罗萨里奥一座殖民地风格建筑三楼的一家旅馆里，卧室的墙壁是薰衣草色的，隔壁房间里那个双眼无神的巴西人邀请我去看电影，但我没有答应。

那天晚上，我的梦境就像一帧帧画面：秘鲁锯齿状山脉中一座圆形的山峰、玻利维亚一片无尽的盐滩、厄瓜多尔的密林、尼加拉瓜的鹅卵石、安提瓜街头咖啡的味道、夜色沉沉的边境线和一条无边无际的红土路。

我梦见鸟儿从敞开的窗户飞进来，啄食着地板上的面包屑。我梦见山上的学校，街面雨水横流的市场，还有挤满了人的烘焙店。背着小孩款式背包的男人，比我更能数钱的孩子。圣诞节的危地马拉，复活节的厄瓜多尔，情人节的尼加拉瓜，那时热辣辣的太阳很早就升了起来。我梦见我的老师和学生，梦见在街角卖橙汁的人。卡洛斯的黑眼睛，嘉碧的微笑，还有拉斐尔拉着我凑近他的样子。我梦见一个我还没见过的布宜诺斯艾利斯：街上的音乐会，一条褐色泥河，一个拥挤的星期日市场。人行道上的面包店、酒吧和探戈，风中飘散的香火气和香烟味。

第四部分　秋天

好火车全都跑得不够远。

　　　　——保罗·索鲁《老巴塔哥尼亚快车》

阿根廷　布宜诺斯艾利斯

布宜诺斯艾利斯出乎我的意料。郊区到处都是廉价五金店、停车场、外墙淌着雨水的公寓楼，还有公园，根本不是我期待看到的样子。天际线与我所见过的其他任何城市没有两样，就是远处的几幢高楼，在多云的天空下显得闷闷不乐。至于公路，它已经带我去了很多地方：危地马拉城、基多、利马、苏克雷和拉巴斯。这是一条同样的道路，我知道，与第一次把我带到纽约市，穿过查帕瓜、白平原、弗农山和皇后区的道路别无二致。这条人行道可以给出暗示，但它永远不会说话。

巴士上的人开始换起了座位，低声交谈。他们伸长脖子，看着窗外的人流越来越密集，街区越来越拥挤。我最能感受到的就是我的呼吸加快了。我们的心跳也加快了。就是如此，我们一边等待一边思考。

巴士在一个滴着水的黑暗车站慢慢地停下来，每个人都下了车。没有人朝我这边看。我们到站了！我想告诉我旁边的女人，但她正在收拾她的包，用手指拨弄头发，心里想着另一个人，一个在等待她的人。我拿起自己的包，用手梳了梳自己的头发。天哪，车外没有人在等着我，突然间一阵疲惫向我袭来。我原以为我会有很多感受，毕竟这是闪闪发亮的布宜诺斯艾利斯，但现在，在这低垂的灰蒙蒙的天空下，面对这刺骨寒风，我能感觉到隐隐的刺痛。布宜诺斯艾利斯标志着旅程的终点，而我，还没准备好。

出租车司机没有跟我交谈。他说我的话他听不太懂，仅此而已。我对他说天气实在太冷了。他笑得很假，没有回答。我们在宽阔干净的道路上行驶，经过贫民窟，经过公园，最后经过巴勒莫区的摩天大楼群。我们看到白色的雕像，整齐的草坪，甚至是道路上的白线。密封的车窗外面无声地出现了影影绰绰的建筑物，我看到了我去过的上百个地方，因为这是每个城市所有富裕区域都会吹嘘的冰冷而非凡的公园。突然间，我希望能有一张纸片从挡风玻璃上飘进来，或者出现一个男人截停这辆车来洗车，或者有一个单手抱婴儿的蹒跚老妇拿着糖果和杂志沿街兜售。街上有这么多车，头顶有飞机飞过，但周围没有一丝一毫的生气。我想看一眼日间高挂的月亮，但这座城市什么也没有，所以我乘车穿越其间，一声不吭，努力眨着眼，忍住孤独傻气的泪水。

那天晚上，我漫步街头。我的想法是，如果走路，总有我能去的地方，没有什么像一个空荡荡的酒店房间一样让人窒息。我徒步穿过巴勒莫区，穿过旧城，穿过新城，穿过商住公寓街区。雨渐渐消退，光在流动变化，你可以看到远处粉红的天际线。太阳划破了云层，像我用刀切开早餐面包一样。街上的水坑闪闪发亮，因为是春天，树上的叶子刚刚开始在我头顶舒展开来。街角的小售货亭里的男人卖给我一盒果汁，要价比通常售价低，因为我掏遍了袋子找不到零钱。

"你觉得我的城市怎么样？"他问道，握了握我的手。

我邂逅了一个手工艺品市场，穿着破洞牛仔裤、留着胡须的男人们指尖上耷拉着半支烟，站在那里看着不住观察他们的我。女人们坐在自己手工制作的帽子、毛衣、背心和披肩旁边编织着。有人在编一个手环，一个小女孩牵着她妈妈的手。狗从人群中凑着鼻子往前走。熏香的气味飘浮在一切之上，除此之外，我还能闻到大麻微弱而刺鼻的味道。有人弹着吉他，一个女孩在唱歌。一个摊档上一位面容和善、眼睛明亮的老人从座位上抬起头来，他面前摊开的丝绒布上摆着一百多个形态各异的贝壳。我细细查看着贝壳，用手指摩挲着它们抛过光的波点外壳，老人一句话也没有说。"我觉得我抚摸到了大海。"我对他说，然后就后悔了。出租车司机认为我的西班牙语难以听懂。但这位眼睛明亮的老人微笑起来。"闻闻看。"他说。我嗅到了盐味。一个头发又长又黑的女人走在我前面，她的高跟鞋咔嗒作响。一个人用十根带子牵着十条狗。我身边一座建筑物上落了一些碎砖头，大楼外的白色金属桌上放着几杯葡萄酒。

突然间，我对这里的一切感激不尽：针织围巾，雨水的气息，空气中飘来的面包味，餐馆窗户后面一个穿白围裙的服务员，一辆漆成粉色和绿色的车。在这个城市里，还有其他的市场，其他的生活，其他形态迥异、蜿蜒伸展的街道。走过那么多年头，有过那么多剥落的漆面，这个城市的历史血脉深植，我怎么能以为那些空荡荡的公园和封闭的汽车就是一切呢？有时候，你要耐心等待具有象征意味的事物出现在你面前。

阿根廷　布宜诺斯艾利斯

黑暗突然降临在我的周围，暖暖的，带着一丝春天的气息，虽然我知道我必须回到租住的房间，但我还是继续走着，因为现在我最渴望的就是迷失在这里。

我第一次参观奥卡山大道上的公寓那天，人行步道上种着一排排的蓝花楹。三个月后，它们会开花。我检查了一下地图下面的号码是否和门上的号码相符，然后颤颤巍巍地吸了口气，按下了蜂鸣器。我提醒自己，不喜欢的话不必接受。网上贴了很多公寓出租的广告，有很多可以供一个旅行者窝上几个月的地方。不必租下我看的第一间房子。

但我意识到，其实我之所以紧张，是因为我已经喜欢上了这个地方。隔壁的玻利维亚水果摊和那家店员都戴着纸帽的意大利冰激凌店都很吸引我。在这种打工者轻松随意的热闹氛围中，我觉得很自在。我甚至还喜欢上了那些灰头灰脸的凋零的蓝花楹。我吸气再呼气，再次按响了蜂鸣器。

几分钟后，一个女人出现在大堂里。她看上去年纪很大，但也许那只是她的姿态和她靠在栏杆上慢悠悠地朝我走过来的样子给我的错觉。她开门的时候，我看到她的眼睛有点不对劲，她一只眼睛盯着我的时候，另一只眼睛却向左上方斜去。不要啊，我不由得在心里自忖道，尽管后来我羞于承认。我之前所想象的是一群年轻人住在一起，也许是一个放克乐手，或是一个和我同龄的年轻姑娘，她也许可以跟我一起去咖啡馆。结果却是这位留着白色短鬈发、长着奇怪眼睛的老太太。她扶住门，邀请我进去，嘴里说道："你一定是凯蒂。"我想象过这是一座像我在基多所住的房子,大堂里有个拉斐尔,大堂那头有个卡洛斯,那里弥漫着互帮互助的友好氛围。但这不是基多,这是布宜诺斯艾利斯,我不能妄下断言,也决不能指望什么,因为在路上,我永远不知道事情最后会是什么样子。

这个女人冲我热情地笑了笑。"我叫艾丽克斯。"她说。我跟着她进了电梯。

在她二楼的公寓里,有个小阳台俯瞰银行提款机、蔬菜水果店和小熟食店的小阳台,我想象着小熟食店摆满了奶酪和葡萄酒。这套公寓有一种长期住人的拥挤感觉,但很舒适。空气中有一种温暖的带着烟味的静谧。书和杂志堆放在小咖啡桌、电脑桌和书架上。厨房很小,但如果我想搬进去的话,里面的日常用品一应俱全,艾丽克斯指着一套搅拌碗、放着餐具的抽屉和冰箱里为我预留的空间向我保证说。

一只大黑猫出现了,在门口眨着眼睛。它靠在门框上,蜷缩在墙角,发出一种介于哭声和疑问的声音。"那是皮鲁乔。"艾丽克斯说着,弯腰一把将它抱了起来。它在她怀里伸直了四条腿,但没有反抗。她使劲地吻了一下它的脑袋。"希望你喜欢猫。"她说。我点了点头,她将猫向我递了过来。

最后,说服我交出手中余额的主要是皮鲁乔。不过,其他一切也是原因所在。这条街不是旅游区,但历史悠久,充满活力。公寓离地铁口很近。我的房间有一扇窗户、一对桌椅、两个壁橱、两张单人床——一张比另一张凹陷得更厉害。一盏干净的吊灯将光线洒落在木地板上。艾丽克斯的妹妹薇琪长着一个瘦小的鼻子和一双聪明的黑眼睛，她下班回来时亚历克斯正在带我去看猫脚浴缸。薇琪用力握了握我的手，挂好她的提包——一个手织的单肩包，像我在危地马拉看到的款式，然后坐下来点燃了一支烟。

她们身上有某种气质让我立刻就喜欢上了她们。她们邀请我一起入座，加热了肉馅卷饼，还问我能否弄明白她们昨天刚买的MP3播放器怎么用。

"婊子养的。"薇琪双手拿着那个小小的玩意儿仔细查看着。艾丽克斯把皮鲁乔抱在自己的大腿上。

"皮鲁乔多大了？"艾丽克斯问薇琪。

"别喊了！"薇琪大声说，"他七岁。"

艾丽克斯生气地哼了一声。"他五岁。"她对我说。薇琪拿着那个小小的MP3，坐在座位上嘟哝了一句："六岁。"艾丽克斯点了点头。"它六岁。"她对我说，然后吻了一下皮鲁乔毛茸茸的黑色脑袋。

在我的新居所门口，我用她们给我的钥匙开了门。我向坐在那里盯着电脑看的艾丽克斯和正在厨房开着一瓶葡萄酒的薇琪问好。我走进有着黄白色墙壁的新租的房间，里头有一个没有门的壁橱、一组书架，床上有几条不成套的毯子，还有一条折叠好的毛巾。

这个租住的房间窗户正对着下面长满了杂草的庭院，风从窗户的小缝隙里钻进来。我感到这里与巴勒莫相距甚远。这里的建筑挨得更近，人们更加贫困，杂货店更拥挤，东西也更便宜。在这里，我们聊天的时候，薇琪和艾丽克斯会互相把对方的话说完。"该死的！"看着电视里那些男性政治家游行经过，她们冲着电视大喊。我放下背包，坐在桌旁写了起来。

周末，艾丽克斯和薇琪会带我穿行于巴拉加斯和圣泰尔莫一带。她们从小在布宜诺斯艾利斯的这些街区长大，能够向我指出自己居住过的老建筑，还有曾经伫立着一些很美妙的老咖啡馆的地方。她们俩都曾离乡远行过两次，第一次是出于政治原因跑到欧洲去，第二次则是因为经济去了墨西哥。她们每一次回来都是因为阿根廷的情况有所改善，她们希望成为变革的一部分。这些年她们把自己的空房间出租给过几十个外国人，英语教师和像我这样来学语言的学生。

今天，我们参观了圣泰尔莫市场，那里的货品堆积如山，流浪狗嗅来嗅去，四处闲逛。乞丐们畏缩在角落里，女人们卖着挂在衣架上的衣服和玉米棒子。市场上还有一盒盒来自二十年代的褪色明信片和一摞摞唱片等着来淘货的人。这里有假钻石和假红宝石胸针，还有些丝带，曾经的白色已经褪成了金色。在市中心，有一盒盒二手鞋，价格比一双新鞋贵得多，因为它们都是多年前手工精心制作的，皮革变得非常柔软。旧留声机里流淌出来的音乐环绕着我们。老妇们则卖着镶金线的古董盘子。

在这里，不经觉间，时光可以倒流一百年。这里没有手机铃声。商贩们戴着贝雷帽，用烟斗抽着烟，在我用手指摩挲那些旧的银手镯和白镴汤匙时，他们从手中的报纸抬起头匆匆看我一眼。一切都覆着一层薄薄的岁月烟尘。

外面的市场延伸到街头街尾，覆盖十几个街区。工匠们的手镯是用大麻纤维和蜡线做成的，放在胶合板桌子或天鹅绒毯子上售卖。他们解释说,他们的项链上镶嵌着从尼加拉瓜、巴拿马、哥伦比亚和秘鲁收集来的矿石和贝壳,全都是这些匠人所见过的遥远之地。他们吸着香烟,目光柔和。

然后我们拐过街角,看到了一群人,紧紧挤在某样东西周围,我们无法看清是什么。那里回荡着一首古老探戈曲子的录音,甚至是吉他弹奏,其间还有小提琴哀伤的旋律。人群让开了一些,围得没那么紧了,我看得出原来是一曲街头探戈。两位舞者中有一位老人,他微笑着,好像从来没有像现在这样快乐过。他闭着双眼,引领着女舞者旋转起来。他们舞蹈的空间太小了。这个女人穿着一件带流苏的红色丝绸连衣裙,化着浓妆。

她小心地弯曲膝盖,抬起腿,然后准确地踏着大提琴的低音节拍,将腿放下。

老人陶醉在遥远的地方,也许是天堂。这个女人却在我们身边,她满头亮橙色的头发,头顶白色的发根清晰可见,眼睛睁得大大的,动作干净利落。

人行道上的其他人也跳起舞来。高跟鞋发出咔嗒声,男人们兴奋地舞动着。布宜诺斯艾利斯风格的探戈是如此亲密,大腿贴着大腿,手拉着手,唇尖的低语传入耳朵。我目不转睛地看着。女人们的脚尖划过地面,双腿抚过舞伴的小腿。一个穿着牛仔裤的女人稍微扭动了一下臀部,让开路让舞伴向前迈进一步。一个戴墨镜的男人向后仰着头。人群气喘吁吁地摇摆着。艾丽克斯把手放在我的胳膊上,我扭头看着她,却发现她闭着双眼。

哦,这些起舞的人用身体倾听着每一个音符,他们的动作无拘无束,从容自若。小提琴声宛如轻抚,大提琴痛苦的弦音却深入骨髓。这就是布宜诺斯艾利斯的黑暗魔力：它的市场、它的人行道、它的故事都是既美丽又血腥。这就是它的居民：一个侧步轻舞的老人和他的红发同伴；一群乐匠弹奏着吉他；两个姐妹，两次流亡国外，对布宜诺斯艾利斯的爱意却从未消退。

因为我想做志愿者，所以很容易就找到一个愿意接收我做英语教师的社区中心。我通过他们的网站给这个机构发电子邮件，几小时内就得到了答复。回邮是用英文写的。一个叫维拉的女人邀请我在城乡接合部的一个地点会面。当我告诉她我住在巴拉加斯时，她写道："路程要预留一个半小时的时间。"但我对与成年人一起工作的前景感到兴奋，我们的电子邮件交流也很友好。当我告诉薇琪关于中心的事时，她咧嘴笑了，但艾丽克斯在电脑屏幕前后仰着身子，皱起了眉头。

"不是这个城市的好街区。"她说。

"是个好街区，"薇琪说，"别吓到她。"

"不算很好啦，"艾丽克斯耸耸肩说，"不过既然你要去，就得小心点。"

"小心为上。"薇琪说，艾丽克斯点了点头，硕大的皮鲁乔在她的足踝间绕起了圈。

最终这趟巴士之旅花费了一小时十五分钟。我和维拉见面的地方是埃娃·庇隆[①]大道上的一家咖啡馆。巴士沿着这条以这个国家所爱戴的女人命名的街道走过二十个街口，我才按照对方的指引，

[①] 阿根廷前总统胡安·多明戈·庇隆的第二任妻子，曾是阿根廷的第一夫人。

在固特异轮胎标志对面的加油站下了车。透过咖啡馆窗户的强化玻璃，看着附近的人来车往，心想这还不错。也许这里的居民都是打工阶层，街边的墙是粉刷过的白色水泥砖，宽敞的人行步道上斑斑的口香糖渍和碎纸屑。但这里树木扶疏，我们的头顶有一方亮闪闪的蓝天。咖啡馆很小、很干净，咖啡和饼干立刻就送到了我桌上。几分钟后，维拉来了。不知怎么的，我马上就知道是她，因为她身材高大，令人印象深刻，圆圆的脸庞和深色的波浪头发，两只耳朵上晃悠着两只不同的耳环——一只是一根羽毛，一只是一个贝壳，每根手指上都戴着镶宝石的戒指。她也认出了我，笑着走了过来。她是"合众国人"口音，但以阿根廷方式亲吻了我的脸颊，接着她告诉我，即使到这里已经一年，她依然不会在这条街上独自行走。这一切无论看起来多么亲切，其实都离布宜诺斯艾利斯的"隐匿之城"非常接近。

我们正处在这座城市最糟糕的街区，维拉确定地说。倒不是说会发生些什么事情——她说到目前为止也没出过事，但走得越深入，你就会发现更多瘾君子、更多疯狗和更多枪支。警察则越来越少。"那些警察，"她压低了声音说道，"会在制服外面套上橙色夹克，腆着大肚子在埃娃·庇隆大街上趾高气扬地来回巡逻。他们会冲你微笑，你走开的时候他们会仔细打量你，如果你问路，他们会友好地帮你指明方向。但他们不会走进埃娃·庇隆大道两侧的街道里。"

离开公寓之前，我上谷歌搜索了"隐匿之城"，发现了《纽约时报》上一篇关于西班牙裔聚居区的特别报道。在这篇图文并茂的文章里，记者追踪了一位未透露姓名的四十五岁的"帕寇"吸食者在自己街区的行踪。摄影师抓拍到了这个女人，她靠在肮脏的墙壁上，衣着随便，一副营养不良的样子，她手里拿着可卡因烟管。"帕寇"是可卡因膏的别称。据文章称，这些毒品从玻利维亚源源不断地流进来，光这座城市就有数十万人吸毒。我看过那些照片，几乎是满心愧疚地很快关上了电脑。我能听到艾丽克斯和薇琪在厨房里争吵。其中一个嚷嚷着要皮鲁乔离开水槽。"我要走了！"我打电话给她们，尽量让语气显得很轻松。

我和维拉转过街角，按响了一扇朴素的白色大门上的门铃。我们望着街道的远端，街上空无一人，只有几辆破旧的汽车停在路边，还有一条狗睡在人行步道上。尽管如此，维拉所说的那些话、那篇文章、人们的警告，还有这个地方午后的空荡，都让我感到恐惧如暗流涌动。天空变幻着，灰色的阴影掠过我们头顶，穿过树梢的风变得异常柔和。

但是一个面容和善的红发女人打开了门。她的皮肤看起来就像她这辈子每一天都在阳光下度过似的。她穿着粉色荷叶边围裙、白色运动鞋和牛仔裤。她亲吻了我的脸颊，身上一股面包味。"这是伊莉莎。"维拉说。伊莉莎那富有弹性的步态和眼角的皱纹看起来并没有混乱街区的感觉。她身上散着温暖和烘焙的气息，我的恐惧消散了。她锁上门，我们跟着她穿过大厅，走进一个小厨房。厨房里塞满了箱子和椅子、一张大桌子和一对面包烤箱，还有一个很深的方形水槽。烤箱上放着一盘棕色的烤小圆面包，咸味的。维拉看到了我的目光。"吃一个吧。"她说。伊莉莎去把托盘拿过来给我和维拉。我们把面包塞进嘴里，有咸味的和甜味的。在未来的年月里，我会闻到这样的面包味，记起自己坐在城乡接合部一个温暖的厨房里，到了那里，铺水泥的街道变成了土路。

社区中心有几个教室、一个小庭院和两个锁不上门的洗手间。"太多孩子把自己锁在里面了。"维拉道歉说。该中心为各个年龄段的学生提供英语课程，每门课程都由一位志愿者讲授。正好那时有几个人走了进来，是几个又瘦又高、穿着有领衬衫和卡其裤的年轻人。他们做了自我介绍：米奇和内特。他们来自明德学院[1]，是来读交换生的。他们走向面包烤箱，盯着里面看。"炸鸡。"米奇说，内特拿起几个盘子。两个家伙好像好几天没吃饭似的，坐在餐桌旁狼吞虎咽，吃了一个又一个咸面包卷。

"你也可以吃些鸡肉，"维拉对我说，"全天都有午餐供应。"

结果我的第一节英语课的学生不是成年人，而是十个英语流利的八岁小孩，女孩们的英语尤其好。维拉说，大多数志愿者只待三到四个月，但我可以看到，即使在短暂的时间里，他们也对学生进行了良好的培训。不用我说，学生们就自动自觉地拿出了笔记本，最后十五分钟的课堂上，他们还要求玩游戏。他们一直跟我聊天，急于回答我的问题。我们玩刽子手拼词游戏，我告诉他们可以轮流挑选单词，只要是英语单词都可以。我们拼了"蓝色""乡村""可口可乐"。他们离开时都亲吻了我的脸庞。

几天后，同一个课时却只来了两个十四岁的女孩。我想知道所有八岁的孩子都上哪儿去了，但维拉解释说，我正被转到成人班，这两个姑娘是我的第一批学生。她们用西班牙语告诉我，她们的英语很好，但当我问起她们的名字，她们却一脸茫然地看着我。我们

---

[1] 美国的顶级文理学院之一。

复习了字母表、疑问词,但最终师生都轻松地说起了西班牙语。她们的口音很重,口齿不清,说上一两句我就得让她们重复一次,但她们很耐心。不敢相信她们是那么年轻。我上高中的时候,没有一个同学跟这两位十四岁的学生有什么相似之处,那些同学都留着长长的头发,坐下之前都得先把头发撩开,她们曲线玲珑,声音迷人,指甲涂成黑色。下课后,她们也和我吻别。"再见。"她们大声叫着,鞋跟在水泥地上咔嚓作响。

我继续去社区中心,一周四天。最后,我的每一节课开始有了同一批学生,尽管有些日子里一个学生都没来。那样的下午我就去教七八岁的孩子,他们和他们的老师明德来的内特建立了一种轻松融洽、嬉闹打趣的关系。有些时候我的班有十个人来上课,但我最好的学生是胡安,他英语说得很慢,西班牙语说得也很慢,所以几乎每个词我都能听懂。他四十岁,有一双年轻的手,黑色的头发里有个地方开始变秃。每次上课他都穿同样的蓝裤子、同样的海军蓝毛衣,下面是同一件衬衣领口,但所有衣服都熨烫干净。在我们学习家庭词汇的那天,我问他有多少姐妹,有多少叔叔,有多少宠物。他说堂表亲太多都数不过来了。"我有很多堂表亲。"他告诉我。"多少呢?"我问道。"我有很多堂表亲。"他又一次说道。

胡安告诉我他是个厨师,现在正在学法式烹饪,但他想学英语,这样他就可以带孩子离开"隐匿之城"去美国了。他笑着对我说,那样的话他就得把狗留下。他背了一个小小的背包,里面装着他的东西,这款背包我在这片大陆经常看到成年男子背在身上。这是一个儿童背包,接缝处都开裂了,看得出缝过十几次。我看着他把有关家庭的词汇从黑板上抄到笔记本里，心里想着，上帝啊，这些背包每次都让我受不了。胡安的这个背包搁在地上，又小又瘦，它所装的唯一东西似乎就是他今天课堂上拿出来的笔记本。每天下课后他都会亲吻我的脸颊。"再见。"他对我说，然后走到街上，向北走，走向他和妻子、两个女儿、三个儿子和两只宠物共住的公寓。他朝着那个街区走去，那个连警察都不会去的街区，那个别人警告我们不要去的地方。

在回家的巴士上，我留意到下班回家的人和放了学的穿着校服的学生中挤着一些乐手和小贩。声音高亢、嗓音甜美的男孩们唱着歌，没有伴奏，他们也毫不羞怯。欧洲侨民带着吉他、单簧管、长笛、手风琴上了车。有一些老人一边用古老的立体声录音机放着探戈音乐，一边唱和。那个温暖的下午，车里上来一个小女孩，她那清亮纯净的歌声让我流下了泪水。这些人把音乐带到车上，将乐器和硬币杯子拿上车，然后又把杯子清空，把两比索的纸币和五十美分的硬币装进口袋，还有其他人的巴士票、其他人没用的零钱。他们就像之前我遇到的探戈舞者，热爱着自己的艺术，表演时都会闭上眼睛，投入到他们正在演奏的音乐中。我看着这一切，忘记了家，忘记了她。我的思绪自由自在地拥抱着当下。

除了音乐，车上还总会有人兜售东西。皮肤黝黑、衣着干净、手脚敏捷的男人会在下午时分穿行在巴士里，那时有足够的空座位可以坐下来。他们往我们大腿上放下笔、发夹，或是装着针线和剪刀的塑料盒。他们放下了一双袜子、平装的全城公交路线指南，或是装护照的皮革架子。有一次竟然是自行车打气筒。他们是操控这些通道的专家,擅长清查他们放下的商品,搞清谁要下车。有些人机械地大声喊叫着:这样的价格你上哪儿找啊。他们会把钢笔和荧光笔套装举得高高的。但大多数人都不说话,只是把东西从箱子里拿出来放下去。我们把这些东西拿起来,在手中翻看着,但他走回来的时候,我们通常会把东西还回去。当然,有些人确实提供了我们需要的东西、我们一直想买的物品,这样的时候,我们就拿出钱包付钱。

当然也有不弹奏音乐或贩卖黑市笔的人。他们没有乐器,声音也不悦耳。他们风里来雨里去的,弄得头发干枯,皮肤发黄。有一个流浪者留着乱蓬蓬的长长脏辫,很难搞清楚性别。我觉得应该是个女人,这是根据她在过道上来回走动的光脚丫的尺码,还有她那身早已看不出款式的宽松的脏衣服看出来的,她的衣服耷拉在她瘦兮兮的肩膀上,拍打着她的髋骨。这一位从我们这一排排坐着的乘客间走过,把一张旧报纸扔到我们腿上。她咕哝着,低下头,小心地放下报纸,以免漏掉任何人。当她倒回来拿回报纸时,我们把它们当作钢笔、袜子或护照皮夹一样交还给她。"可怜的小家伙。"我旁边的女人说,随后巴士停了下来,她拿起手提包,推开卖报纸的女人,匆匆走下了阶梯。

今天,一个剃光头的男孩通过他的手机播放音乐。这是一个设置为流行模式的低缓二重唱,有几个人听得摇头晃脑。窗户开着,空气呼呼地吹进来,几乎湮没了手机的声音。学生们、祖母们和坐在大人腿上的小小孩们环顾四周,看着其他人的脸,通勤者将目光转向手中的书籍,所有人都随着巴士的颠簸左摇右摆。

一天,一个失明的小伙子上了车。他眼睛紧闭,胸前的背带里

阿根廷 布宜诺斯艾利斯

裹着个婴儿。他很年轻，年纪比我还小。他一把坐在随身携带的便携式扬声器上，开始对着麦克风唱歌。他看不见，但很轻易就在拥挤的巴士上找到了个位置。他稳稳当当地坐着。婴儿一直很安静。他女朋友跟在他后面，他坐着而她站着。这个姑娘身材苗条，面容姣好，是个眼睛明澈的人。他一曲唱毕，她拿起了麦克风。

"他是个盲人。"她说，然后诉说起他对音乐的热爱、他们刚出生的小孩、公共艺术的重要性，以及他们对午餐的渴求。

"谢谢，女士们先生们。"她说，然后盲人小伙子把麦克风拿回来继续唱歌。他女朋友留着漂亮的长黑发，眼睛很大。她手里拿着塑料杯走来走去，这时他把孩子放在膝上，让他蹦跳着，自己则低声哼唱。巴士慢了下来，大家匆忙下车，我连在口袋里找一枚硬币的时间都没有。

你可能搭乘这些巴士一辈子，却总也看不到事情的全貌。有些乘客可能今天早上已经在床垫底下找过钱，却一无所获。也许他们比司机本人还更了解巴士路线，因为他们已经坐过很多回巴士了。他们会带把吉他背在肩上，或者准备一展歌喉，也有的只是伸着双手。有一次，一个非常小的男孩拿着几袋苹果上车卖。他看起来小得还不怎么会说话。但是这些巴士是一种生命力，在这里，做你必须做的事并不丢人。那些孩子不应该在这里，但我们可以买他们不得不卖的东西。十比索可以换来你的午餐、葡萄酒，二十比索可以换来一晚安眠的铺位。

宪法站[①]外面一直坐着一个盲妇。当通勤者和游客蜂拥而过

[①] 指位于城市南部的宪法火车站，是当地城际列车"罗卡线"的重要枢纽。

时，她手里拿着一个塑料盘子喊着那几句老话。"我是个盲人。"她告诉我们，眼睛紧闭着，就像那个抱婴儿和麦克风的男人。"行行好，给我一枚硬币吧，因为我瞎了。"她倾听着硬币落在盘子里的叮当声，倾听着匆匆而过的脚步声。她坐那里什么也看不见，一直用一种机械的声调哼着那几句话。"行行好，给我一枚硬币吧，因为我瞎了。谢谢你，一枚硬币。"她的声音从不颤抖，眼睛也从不睁开。她将手中的塑料盘子伸出来，你永远看不到她把硬币放在口袋里。"行行好。"她对着步履匆忙的人群说道。"我瞎了"。

艾丽克斯和薇琪要去乌拉圭的一个温泉镇度周末，让我负责照看皮鲁乔。艾丽克斯在她离开前说："只要确保它有饭吃就行了。"然后她笑了。我们都知道我肯定会喂这只猫的，甚至是喂得太饱，还会宠坏它。艾丽克斯和薇琪把皮鲁乔称作我的男朋友，因为我一踏进公寓它就会冲我飞奔而来。它会搭住我的双腿站起身来喵喵叫。"它爱上了她！"它在我卧室门口喊叫，整个下午睡在我床上的时候，薇琪总会这么说。"渣男皮鲁乔！"艾丽克斯则坐在电脑前半眯着眼睛说。

艾丽克斯和薇琪离开的第一天，皮鲁乔乖乖地吃东西。到了晚上，小红碟子就空了。"好的，晚餐！"它边喊着边打转央求着我，我醒觉过来。但是食品橱柜的门打不开，被卡住了，任何推拉和咒骂都不起作用。"对不起，皮鲁乔。"我对它说，它搭在我的小腿上呜咽着。不过它也不用喊太久，因为我马上抓起钱包跑去买猫粮了。

第二天艾丽克斯和薇琪回家看到我买的那袋猫粮，她们都说不合适。薇琪把它从皮鲁乔的碗里倒进袋子里,把袋子的顶部卷起来递给我。艾丽克斯解释说:"这种猫粮会让猫得肾病。"她用臀部抵住橱柜的门,用手掌使劲拍打着。柜门呼哧一声打开了,她拿出那袋合适的猫粮,装满了皮鲁乔的碗。艾丽克斯告诉我,她有一个朋友的猫在很小的时候莫名其妙地死了,后来她们发现是肾脏问题。这可怜的猫一辈子吃的都是我买的那种猫粮。

"好吧,我们可以把它扔了。"我说,练习西班牙语动词"echar",这个词含义很多,就像英语动词"to put"一样。

"不,不。"艾丽克斯笑着说。她问我是否知道这个街区的教堂,就在哥伦比亚广场后面。"把食物带到那里吧,"她说,好像这是世界上最自然的解决办法,"那里的猫多得不得了,把这袋猫粮拿去给它们吃。"

于是我站起身来,拿着我的钱包和钥匙,走进厨房去拿那袋猫粮,出门去傍晚繁忙的奥卡山大道。我穿过街道,走过广场,来到宏伟的教堂前,教堂粗糙的外墙漆成了珊瑚色。这个下午它看起来温暖而且光芒四射,教堂周围是摇曳的棕榈树和脚踝高的青草。

还有猫。

如果你仔细看,猫无处不在。它们懒洋洋地卧在草丛中、枝丫上和建筑物门口的角落里。它们栖息在台阶上,躲在岩石后。我摇了摇那袋猫粮,它们慢慢地向我走来,伸着懒腰,竖起耳朵,不急不躁。我不是经常光顾这个地方的老奶奶,但它们都认得袋子里猫粮的声响。

我把食物从教堂周围的栅栏间倒到里面的草地上。那些猫等我走开了才凑上前去。我转过身来,看到它们在那儿一边安详地吃着，一边摇着尾巴。这天下午，天气暖和得都可以穿 T 恤和裙子了。这条后街上的空气在黄昏薄雾中感觉有些闷，也有些潮湿，树阴下是街面的鹅卵石和大快朵颐的猫。

在西班牙语学习上，艾丽克斯和薇琪给了我极大的帮助。她们的口音轻松解决了双"l"组合，通常那是个无声的发音——"llamar"这个词，"叫、名叫"的意思，发音为"yamar"，结果说出来成了 jamar；单词"yo"和"ya"发成了"show"和"sha"。我逐渐习惯了像"我"和"已经"这样常见词的词形转换，最终我喜欢上了布宜诺斯艾利斯口音，因为它听起来非常熟悉。我自己也开始使用它，因为如果我按我在危地马拉学到的发音说出一些单词，艾丽克斯和薇琪就会取笑我。

我与艾丽克斯和薇琪一起探索古老的巴拉加斯区，在一条叫做兰宁的街道上，每栋房子的每一面墙都用马赛克镶嵌成装饰画。微小的彩色方块嵌入明亮的油漆中，勾勒出波浪、圆点和抽象的漩涡，这让兰宁街萌生了光彩。有一次逛街的时候，艾丽克斯告诉我，高中时她和朋友们曾跳上一列驶向北方的火车，去了乌拉圭。那时候，她在火车上睡了几个月，到处旅行，抽大麻，断断续续地以教英语生存下来。"我一直喜欢英语。"她用西班牙语说。

我们参观了现已废弃的老火车站。它的天花板很高、很雅致，不难看出它曾经忙碌而又热闹。光线依然透过倾斜的窗户照射进来，但现在仅有老鼠和来喝酒睡觉的流浪汉会使用这个车站。我们漫步走过老城，艾丽克斯和薇琪谈天说地，吵吵闹闹，互相取笑。她们说话很有戏剧性，尤其是薇琪，当她真的充满激情地说起某件事时，会提高嗓门，举起手臂。她俩还老是吵架。"不，艾丽克斯！"维琪也许会尖叫起来，"那顿饭我们付了四十比索，不是三十比索！"她们倒不是真的吵架，只是一起生活的时间长，自从艾丽克斯视力下降不得不停止教书时就开始了。

我也开始零碎地了解了她们的故事。她们两次流亡，就像我搬进来时她们告诉我的那样。第一次是1983年，那时"肮脏战争"①已经开始，艺术家、律师、企业主和教师不停失踪。艾丽克斯和薇琪有些朋友如果受刑时间长的话，可能会让她们俩也受到牵连，所以艾丽克斯去了意大利，薇琪则去了西班牙并在那里结了婚。她们在1986年回国。2002年，比索崩盘，货币贬值，没有人能找到工作。那一次，这两个姐妹去了墨西哥，她们在那边有些熟人。她们把所有的现金都放在手提箱里，在墨西哥与家人的朋友待了一年。有一次我问她们回来的感觉如何，她们说她们会害怕，也许还有怀疑，不像以前那么热爱这个城市了。不过，每次她们回到布宜诺斯艾利斯，都会更加支持这座城市，发现这里充满希望，愿意留下来实施变革。"我们看到情况正在好转，"艾丽克斯说，"我们想成为变革的一部分。"

一天下午，在公寓里，我注意到一张以前没看过的照片。薇琪和艾丽克斯站在一个留着辫子、穿着危地马拉款式的绣花衬衣的矮个子女人旁边。过了一会儿我大吃一惊。"那是吉戈贝塔·门楚吗？"我问维姬，她点了点头。当门楚流亡国外时，她来到了阿根

---

① 二十世纪七八十年代阿根廷军政府执政期间左翼人士遭到迫害的时期。

廷，薇琪和艾丽克斯以及其他一些朋友一起协力为她提供食宿。我记起我在危地马拉亲眼见过和没有见过的农场。尽管薇琪告诉我，若是她说了一个生词就要制止她，但有时候我还是让她继续说下去，我时不时就会听漏一个词，直到最后，我所能做的只是眼睁睁地看着她，理解在她眼睛发亮、手舞足蹈之时嘴里偶尔蹦出的那几个强烈的语气词。

我在室内焦急地踱着步，艾丽克斯和薇琪则一直取笑我。"她穿了一身黑，低胸上衣，还化妆！"薇琪对艾丽克斯说，艾丽克斯的眼睛解读不了这么多细节。"不知道她什么时候才回家呢？"我坐下来，脸都红了，抑制着自己伸手去拿薇琪的香烟的冲动。

阿方索迟到了半小时。我们是前一周在我与艾丽克斯和薇琪一起参加的一场探戈活动上认识的。他在佛蒙特州住过一年，我们因此聊了起来，边聊边看着舞者在场地内翩翩舞动。他稍稍撩了我一下，我给了他电话号码，第二天他就给我打电话了。这段时间我们一起外出过一次，去吃寿司，后来他把我送到家，一本正经地跟我吻别。其实我想要更多，多一点点就好。他的衣服是白蓝搭配——白裤子，蓝衬衫，他的皮肤晒得黝黑，牙齿方正、整齐而又明亮。他很性感，跟他交谈也很轻松。他能让我向前看，而不是频频回想起她。

他没有打电话告诉我今晚要迟到，最后出现时也没有向我道歉。他只是微微一笑，亲吻了我的脸颊，走到艾丽克斯和薇琪跟前又依样做了一次。他弯下腰轻拍了一下比鲁乔，然后直起腰问我是否喜欢吃阿拉伯菜。他说的是西班牙语，我不得不让他重复了两次，艾丽克斯和薇琪则拼命地忍住不说话。我没听懂"阿拉伯"这个词，因为他把"r"音吞了，又把"b"发成了"v"。

"我们要不要说英语？"第三次也是最后一次尝试之后，他用英语问我。我噘起嘴。"只是那个词没听懂啦！"我抗议着，他们三个都笑话我。我们出门上了街。薄暮冥冥，等巴士的队伍也很长。阿方索打开了他的车门。我关上车门时，门刮擦到了路缘石。"你一坐车就沉下去了！"他说了一声，但并不生气。他习惯了门划过高高的路缘石所发出刺耳的声音，还开玩笑说如果我的体重稍微轻一点，车就不会陷得那么厉害了。不过，我知道他只是打趣，因为几天前的晚上他还说我应该多吃点东西，然后点了两份甜点。

我们开车到巴勒莫，又经过布尔里希，经过赛马场和巨大的榕树，经过青柠色的中餐馆和小加油站，我打定主意不因为他迟到而生他的气。我喜欢坐他的车，很难相信我也有过这样的自由。现在，汽车是一种奢侈品，阿方索轻车熟路地到处晃荡。其实就算我指出他迟到了，他也会提醒我这不是他的错。"我没有手表啊，记得吗？"他会这么说。我不得不承认我也用过同样的借口。所以算了吧，我在座位上往后一靠，看看城市的灯光在车窗外掠过，心里对自己说，难道时间这种奇怪而缓慢的流逝不正是这个地方最美好的一面吗？我从危地马拉一路旅行到布宜诺斯艾利斯来，但没有发现其他地方会像这里这样对待时间的。我离美国越远，时间好像就越宽松——在大汗淋漓的热浪中变长了，或者完全被无视了，时钟停摆一小时，手表也丢了。然而，只有在这里，在这个阶层分化的大都市里，你才能真正让点滴时间集中起来。它们就像滴落在你舌尖上的柠檬汁，应该被吮吸、品尝，最终让人久久回味。

阿方索驶入了巴勒莫，当我们沿着豪尔赫·路易斯·博尔赫斯大街兜风时，他把音乐开得大声些。我很喜欢这条街的名字，还有它日渐灰白的带绿色雨篷和爬藤植物的公寓楼。这条街道延伸到巴勒莫商住公寓街区后，两旁便有了昏暗的小酒吧，营业到深夜的服装店将粉红色的灯光洒落到街道上。阿方索告诉我，车载音响里的歌声来自一个在布宜诺斯艾利斯长大的阿拉斯加人。我们开车在夜色中的街道转悠，听着他那淳朴粗犷的歌曲。"我喜欢这里的灯光，"他第一次带我出去时告诉我，"夜晚的布宜诺斯艾利斯有种魔力。"

我们疾驰过一些酒吧，那里挤满了二十多岁的时髦青年，他们抽烟接吻，把夜晚变得暧昧而性感。及膝的细高跟鞋、紧身牛仔裤和皮夹克。女孩们留着闪着光泽的长直发，她们的男朋友紧紧搂着她们的腰，亲吻着她们。我们沿着以中美洲国家尼加拉瓜和哥斯达黎加、洪都拉斯命名的一系列街道行驶。我用西班牙语告诉阿方索，我喜欢这座城市的这一带，因为这里的街道让我想起了我南行的起始地。"你最喜欢哪一个？"阿尔方索问，我毫不犹豫地告诉他："尼加拉瓜。"我告诉他我喜欢那里的炎热、那里的诗人，我喜欢玉米岛的蓝色水域，还有格拉纳达的夜晚阳光把一切染成粉红色的样子。

我们到达阿拉伯餐馆，那里挤满了人，我们不得不将自己的名字加进长长的候餐名单中。一个秃顶男子站在门口，郑重其事地拿着这份名单。他抽着烟，带着情侣进进出出，等待他喊名字的人应该有三四十人，都站在塑料雨篷下，站在这个甜蜜而又出奇温暖的春夜中。

"我们去喝杯啤酒吧。"阿方索写下我们的名字后建议道。"要等多久?"我问他,他告诉我够时间喝杯啤酒。我也不急了。这就像他迟到却不道歉。在这里,时间就是这样。阿根廷人不像秘鲁人、厄瓜多尔人和中美洲人那样使用"ahorita"这个词,其他国家的人每天连做饭都像上了发条一样,非常准时。"ahora"的意思是"现在";"ahorita"是"马上""此刻""咱们走""走吧"。这是一个我听过无数次的词,一个我仍然不能发得很准确的词,发不出"ah"音,变成"or",再变成"eat"。

没有了"ahorita"很适合阿根廷。不管怎么说,此刻什么也没有发生。如果你建议马上做什么事,你会看到惊讶的表情,听到"哼"的一声笑。"现在吗?"那人会问,然后朝你眨眼。"马上?"然后每个人都会再点一杯饮料,几分钟会慢慢变为几个小时,当你再次看表时,你不会相信指针所指的时间。在这里,九点意味着十点半,早餐意味着早午餐,咖啡意味着稍微提前的晚饭,而你的就寝时间慢慢变成了黎明。你会不由自主地沉醉在这里的时间推移中。晚上六点不再是一个可行的晚餐时间,你在晚上九点喝着咖啡,而不必担心当晚能否睡得着。

阿根廷的时钟一天二十四小时不停地滴答作响,凌晨四点、清晨七点,一切皆有可能。午夜时分吃晚餐,夜里三点、五点,我疯狂做梦。火车上拉斐尔坐在我身旁;一个年轻漂亮的黑发姑娘在去古巴的路上;我哥哥叫醒了我,告诉我时间,只是在梦里他是个小男孩,只有两三岁的样子,他的头发颜色很浅,眼睛睁得很大,脸蛋红扑扑的。直到精疲力竭的时候我才睡着,却被雨声吵醒,或是被准备出门上班的薇琪的淋浴声吵醒。

不知道我走的时候是否会带上这只钟,一只像达利画中那样软塌塌的已经变形了的钟。我想知道,多久之后这样的时间才能从我身上消失——这种停滞的、怎么解读都可以的时间。"立刻"这个概念还有多长时间能够这样无拘无束?我在这里度过的这几周时间在我面前铺展开去,但因为我现在身处这个国家的时间之中,我知道,日子不必细数。

尽管阿拉伯餐馆里里外外都挤满了人,但这附近的街道空无一人。我和阿方索凑到安静的酒吧的窗户前往里张望,那里的凳子和柜台闪闪发光,没有人。"好吓人。"我说。"这是恶性循环,"他告诉我,"这地方是空的,所以没有人进去;没有人进去,所以这里一直空荡荡。"我练习用西班牙语说"恶性循环",口音遭到阿方索的取笑。接着他挽起我的胳膊,指着一家门口放着两张餐桌、周围有几个侍者站着抽烟的小比萨店说:"这儿吧。"

他点了一大瓶啤酒,配送的零食是几碟薯条、花生和饼干。"我快饿死了。"他一边说,一边把啤酒倒进扁圆的玻璃杯里,又伸手抓起了一把花生。他问我吃了没有,我告诉他吃过了。"几个小时前。"我说。"我是不能等到午夜才吃晚饭的。"我开玩笑说,他耸了耸肩。"已经是午夜了吗?"他问,又假装看了看手腕上那不存在的手表。然后他笑了,又抓了一把花生,瞄准我衬衫的 V 领,朝我扔了一个。我们喝完啤酒,他跟服务员聊起了天。我们坐了一会儿。"应该轮到我们了。"阿方索最后说,我站起身的时候,他帮我整理了一下大衣。

阿根廷　布宜诺斯艾利斯

确实如此。我们回到那家阿拉伯餐厅，庭院里仍然人满为患。但我们在门口只等了两分钟，拿着名单和香烟的人就喊出我们的名字。他没有带我们进去，只是指引我们走过一排桌子再上楼。"那张放着银器的桌子。"他说毕，又看了一下名单，说出下一个名字。我们落座之后，阿方索连菜单都不看就点菜了。我喜欢他这么做。至今他的选择还没让我失望过。他一口气报出了菜名，又点了一瓶白葡萄酒。接着他们上了一个垫着餐巾纸的篮子，里面是热腾腾的面包片，然后是苏打水，之后是一盘又一盘的菜肴，葡萄叶包饭、油炸鹰嘴豆饼、肉馅饼、芝士砂锅炖菜，还有一个果馅饼和柠檬沙拉。葡萄酒很冰，喝起来有着鲜花和橘子的味道。我们没有用叉子，而是用手抓起东西吃。过了一会儿，甜点也上来了，是蜜糖果仁千层酥，饮品是我喝过的最好喝的咖啡，甜而不腻，浓郁又带点颗粒感。每咬一口蜜糖果仁千层酥，你都需要闭上眼睛，因为眼睛一睁开，你就会被各种感觉席卷。我饱了，我困了。我身处天堂。

离开之前，我看了看手表。现在是凌晨三点，餐厅依旧客满，侍者们忙得团团转。我瞥见阿方索看了我一下又摇了摇头。我把衬衫袖子拉到手腕上遮住了手表。

"时间在这里是另一种动物，"阿方索说，"它是你并不熟知的另一样东西。"我们穿过餐厅走向门口，从桌椅、食客、侍者和候餐者中挤过去，他将我拉近他的身边。"所以别把时间放在心上。"阿方索低声说，把我推出了门。

他是对的。在这里，时间是一条河，而且因为它流动如水，所以努力想攫住时间也是很傻气的。在人行道上，阿方索停下脚步，牵起我的手，倾身亲吻了我。我喜欢他带我领略这个夜晚。巴勒莫的一棵垂柳从我们头顶轻垂下来,几乎碰到了人行道,空气中满是春天甜蜜的气息。阿方索的双唇吻上我的时候,我心里想的是时间。在这里,西沉的斜阳不再标志着时间进入下一个小时,而是闪闪的微光和长长的树影。今天晚上并不意味着那一分一秒的时间或是早晨的渐渐临近。它是月华,是咖啡,是乘风而来的并不遥远的夏日。

有时我总有些粗心大意,有一个春夜,我实在是太不走运了。阿方索提出要陪我走回家,但我拒绝了。"路途并不远。"我对他说。他正打着呵欠,伸着懒腰,我并不介意自己走过四个宁静的街区。

但这个晚上,街上除我之外空无一人。周围太安静了:没有鸟鸣,没有关车门时的乒乒乓乓,没有汽车喇叭声,也有没有窗户开关时的吱吱呀呀。只有几辆汽车停在路边和马路牙子上,还有几辆忽地从街面驶过。我匆匆走着,再走几百码我就能走到奥卡山大街,我知道那里的商店和酒吧是一直开着的。

就在那时,我看到了他。

他骑着单车经过我身边。我瞥了他一眼,加快了步伐。他看了我一下。这个人穿着一身黑,黑帽子一直拉下来遮住了耳朵,黑夹克,黑背包,黑色牛仔裤。"嗨,"他低低地说了一声,"外国妞。"

但我还是没有跑起来,只是快步走着,突然间他下了车,走到了我身后。"外国妞,"他说,声音大了起来,"把一切都给我。"

接着他从后面箍住了我。我全身冰冷,动都动不了,也说不出话。一切,一切,是指什么呢?我走过那么多黑暗的巷道,从那么多黑色的人影边上走过,每一次都没事啊。很滑稽的是,我心里突然想到，原来遇到歹人是这种感觉。

"给我。"他又说了一声，把我箍得更紧。我可以感觉到他的气息落在我脖子上，还闻到他身上的味道：烟味、淡淡的古龙水味，还有汗水、麝香和没洗的脏衣服混合的气味。我想他的气味我是永远不会忘记的。"求你了。"我终于说得出话来，说的是英语，因为我的西班牙语突然间全忘光了。我也忘了怎么挣扎，幸好我至少能张开嘴。"放我走吧。"我咕哝着说。我记起"求你了"这个词西班牙语怎么说，于是就说了，然后又说了一次。

他奇迹般地松开了手。我的肌肉恢复了记忆，我趁他这一松手，拔腿就跑，因为那一刻我的身体知道该怎么做了。一切，一切。我和我的身体沿着街道飞奔，奔向奥卡山大街的明亮灯光。我一直没有回头，直到跑到家门口找到了钥匙才敢回望一眼。我整个人颤抖着把钥匙插进锁孔，然后从里面把门反锁再跑上楼去，一颗心怦怦直跳。

屋子里漆黑一团，我躺在床上听到了皮鲁乔在我房间门口用爪子挠地的声音。我努力放缓呼吸，费了好长时间。谢谢你，我低声对那个也许正在倾听我说话、保佑我的神明说。也许我是在感谢那个男人，感谢他松开了手，感谢他没有对我做出每个女人都害怕的事情，那样的伤痛，任何女人事后都是无法克服的。那天晚上，我梦见一条通往山间的土路，我的手放在门把上，心跳得很快。醒来的时候，我闻到了血腥味，那种腥气充斥着我的鼻孔。但是我睁开眼睛气味就消失了，皮鲁乔的爪子在我门外的地板上咔嗒作响。

你没事了，我提醒自己，重新想起他放开我、让我逃走的那一幕，心里暗暗发誓以后不会再这么愚蠢了。

那天晚上，我梦见了外祖母的木版画：农舍、苹果树、哀伤的男女。还有第三个人，那个背着背包的旅人。在我的梦里，那个人就是我。我用手捂住自己的脸，将眼泪与微笑一起掩藏起来。旅行时刻充满宽恕。

我的梦境变幻着：现在我感受到一个男人的气息喷在我脖子上，还有他的胸膛贴着我后背的温热。我醒来时还能闻到他身上的气味：香烟、古龙水、汗味和麝香味。在我未来的生活里，我在其他男人身上也能闻到那样混合的气味，在街上，在上班地点，在杂货店里，我都能闻到他的气味，我的心跳突然就会快了些许。

太阳初升，我躺在床上听着薇琪拧着水龙头的声音。她咳嗽，往洗涤槽里吐痰，皮鲁乔在我门上抓挠着。我起身将它放了进来。灰霾天空中太阳光渐强，一缕红光从我的窗户外透进来，落在我的床上。邻居已经在弹奏他的钢琴了。

早上我搭巴士向北去往终点。今天的天空是纤尘不染的纯蓝。我在车上独占一个座位，所有的车窗都敞开着，车厢里如此明亮，我可以忘却前一晚所发生的事情。我的心跳终于缓下来，双手停止了颤抖。我在大学停车场下了车，徒步穿过校园，沿河行走。对许多人来说，这条河就是一片坟场。河边这片碧草苍苍的狭长地带官方名称叫纪念公园，纪念1969年至1983年间被阿根廷的独裁政府关押、杀害或者绑架而后失踪的人。

首先是一系列的标志牌，风吹拂着我的头发，我细细地读着。我拍了一些照片，几年后还可以再看看。此刻我心里仍不大相信河面的宁静与蓝得通透的天空。这里的静谧是断断续续的，清劲的风

阿根廷　布宜诺斯艾利斯　　351

起伏不定。其中一个标志牌上画的是福特猎鹰，黄色的菱形标志牌上是一辆车的黑色轮廓，这辆车因从街上秘密绑架人而臭名昭著。有一块牌子上写着，在那段岁月中有许多孕妇拘禁，但怀孕也没能让她们免遭酷刑。这些妇女通常沦为失踪者，她们的婴儿则落入军官及其妻子之手。

有一个标志牌用白色画出了尸体轮廓，下面是一个数字：30,000。

在这排标志牌的半道上，我注意到远处水中有某样东西。过了一小会儿我才看清那是一个溺水者，双臂高举着。我看了很长一段时间才确定那是一座雕塑，一尊塑像，不是一个幸存者，这处雕塑的目的只是提醒我们不要忘记在这河里消失的那些鲜活的生命。

我走到了纪念公园的中央，那里有一面墙，上面镌刻着九千个名字。每个名字都有属于自己的一块石头，这些石头均来自巴塔哥尼亚高原。名字是按字母顺序和年份排列的，最初的失踪者列在最前面。年龄作了标注，某位妇女失踪时是否怀孕也做了说明。那里有三万块石头，但只有九千个名字，纪念墙并未完工。新的信息依旧源源不断地补充进来，而现在距离纪念墙的首次设立已经过去了二十年。

我站在拉普拉塔河河边，呼吸着咸兮兮的风。闭上双眼，我想我可以感觉到身边有某些东西围绕着我，那是本能的感觉，觉得自己其实并非独自一人。阳光透过蓬松的云层照射下来，温暖了我的手臂。当我睁开双眼时，那种并非独处的感觉依然存在，我小臂上的寒毛竖了起来。我想起之前的那个夜晚，虽然最终我安然无恙，但我的心狂跳不止。我想起基多一所学校地板上的碎玻璃，想起一座金碧辉煌的教堂墙根下吃着果冻的老人，想起一小时挣一美元的怀孕的老师。我想起了呼啸的枪声，还有里奥班巴街边成排待售的指甲钳。从危地马拉到布宜诺斯艾利斯，那么多痛苦赤裸裸地摆在我面前。那么多悲伤的故事，那么多我从不知晓的事情，那么多从来没人教过我们的事物，那么多我曾经被赋予且觉得理所当然的事物。

我摩挲着那些石头，抚摸着一个个名字。有些石板缝中插着一些花朵。在我的这个年纪，这些姓名的主人都是诗人。他们是教师、医生，为人父母。那个时候他们也是我这个年纪，是一些人的男女朋友、丈夫或妻子。他们是音乐家、旅行者、读者和爱人，所有人的人生都才刚刚开始。

在路上

我提前告知她们的那天，艾丽克斯噘了一会儿嘴——"你要离开我们？"然后她和薇琪就在克雷格列表网站上发布广告了。因为夏季刚刚开始，网上即刻就有了不少对房间感兴趣的人。她们带两个来自斯堪的纳维亚半岛的美女参观了我的房间，这两个十几岁的年轻人用英语跟我们聊天，仔细查看了浴缸、冰箱，还有每一扇窗户的景致。来看房的还有一个西装革履的印度人。他站在门口，手里拿着礼帽，细细打量着。最后是一个扎着长长脏辫、打了鼻钉的姑娘租下了这间房。她是美国人，但说着一口极标准的西班牙语。我离开的第二天她就会搬进来。

于是我们仨——我、艾丽克斯和薇琪发现自己开始细数着最后的一切：最后的晚餐，最后一瓶葡萄酒，艾丽克斯最后一次把我洗好放在晾干架上的碗碟拿下来再洗净。还有最后一次淋浴，我心想，我最后一次开门、开窗，最后一次放皮鲁乔进门。

缓缓走路、细细品尝和双耳倾听的能力——这一切将会离我而去吗？还有在一面开裂的墙或是碎玻璃中看到美的能力？我过去曾以为我需要的东西很多，以为因为我所需要的我并没有完全得到，于是我不能停止渴求，不能停止细数。在我的国家，我们拥有最新的产品，我们对自己说它们会拉近我们与他人的距离，但事实上它们将我们分隔得更远。我们觉得打扰他人、匆忙选择、拥堵的白天和短暂的夜晚都是理所当然。带上我吧,布宜诺斯艾利斯说,于是我开始轻抚各种东西:一棵棵树干,窗户上弯曲的熟铁栅栏,表面凹陷的汽车上生锈的金属,闪着光泽的高高百叶窗上温暖的木头。好像触摸这个地方能把它印在我的皮肤上,这样当我离开的时候,这座城市也会跟着来。

过后我收拾了行李说着再见。我哭了。艾丽克斯把皮鲁乔抱到窗边。她们挥着手,我也在人行道上挥手回应。我叫了辆出租车到雷蒂罗[①]车站。我想起了外婆站在某艘轮船的船尾,手搭凉棚,未知的世界渐渐向她靠近。

那天晚上,汽车从布宜诺斯艾利斯驶出,驶上潘帕斯高原的时候,我睡着了。在群星之下,我紧裹着夹克取暖,抵御着强劲的空调,一夜无梦。

我们在露珠闪烁的明亮清晨到达了目的地,所有人下车后我才站起身来。我跟旁边的空座位说了再见,让拉客仔帮我拿背包。他们称我为"我的爱",并祝我好运。

我在科尔多瓦投宿的旅馆有着红黄相间的墙,后面有漂亮的庭院和长长的木制餐桌。我在这里遇到了一个名叫艾芙的爱尔兰女孩。长长的脏辫盘绕在她脑后,整个裹在围巾里。她说,她旅行了两个星期。她的眼睛又大又蓝,旅伴是她最好的朋友,也是一个法国女孩,叫玛丽安娜。科尔多瓦是阿根廷的大学城,阳光普照,河水轻流,令人心旷神怡。

[①] 布宜诺斯艾利斯的一个区,火车和巴士总站位于此区,是阿根廷最大的交通枢纽之一。

"要回家了，你有什么感觉？"太阳下山后，我们坐在庭院里，端起了一杯红酒，艾芙问我，"你害怕吗？"

"我们就别再谈这个了吧，"我说，"享受此刻就好。"艾芙拿出她的吉他一边弹奏起来，一边跟我聊着。她让我想起了我上大学时的一个朋友，她也是将头发辫成脏辫，自己卷烟抽，睁着清澈的蓝眼睛静静地听我说话，就像艾芙现在这样。

不过过了很久，她再次问起了这个问题："你害怕吗？"这次我没有避而不谈，而是告诉她我真的心怀恐惧，害怕回家时我会失去些什么。我害怕我会忘记，害怕我在此度过的时光会渐渐消逝，而且责任会在我这个每一段回忆、每一个感悟的拥有者。

"没人知道我去过哪里。"我对艾芙说，让我意外的是，她自然而然地伸手握住了我的手，好像我们平时聊天经常这么做似的。"拥有这一切经历的是我，"我解释说，"我回到家里，其他人确实不知道，那里没有人见过我在这里的样子。"

"我知道你的意思，"她说，"旅行之中你绽放如花。等你回到家里，你与你最爱的人待在一起，但在那里，有些东西却失去了。那些东西你永远都无法拿回来，因为你很安全，因为你在家中。"她抿了一口红酒，闭上了眼睛。"那种失落是世界上最令人难过的事情。"

那一刻，虽然她仅仅上路了两周，而且正在计划未来八个月的旅行，但她看上去也快哭了。"你绽放如花。"她又说了一句，我才意识到，虽然我几乎身无分文，虽然我身上的衣服也很脏，虽然经历了这一切之后我暂时没有工作，但我意识到我正在绽放，毫不畏惧，此刻也许是我最自由的时刻。

大雨落下之后我们又谈了很久。透过玻璃窗，我们可以看到屋里的人在歌唱：两个人弹着吉他，一只口琴低声吟回。那群人都闭着眼睛，让歌声和在一起。这群人聚在一起歌唱为的是它所带来的快乐和团结。一首歌可以变成一条丝带，将人们围住，拉近他们的距离。我们倾听着音乐，倾听着外面露天平台上的雨声，倾听着树枝在风中不停拂着墙壁的声音。我想起了我在朋友的博客上看到的鲁米①的一段话。"取下一件乐器，"我读到的是，"跪下来亲吻大地，有成百种方式。"

第二天，我搭乘巴士前往米娜克拉韦罗，一个有三万居民的城镇。在这座城市里，一条琥珀色的河流缓缓流淌，在阳光下泛着光。河岸是柔软的白沙，柳树将枝条垂进那一片清凉之中。一座座桥梁连接着被河流分隔开来的市镇。我傍晚时分到达，漫无目的地在这座小城里转悠，对长长的夏日心存感激。人们走出家门，在公园里闲坐。我向一间小店里的男人打听哪里有旅馆可以投宿，他推荐了河边的一家。旅馆里一位让婴儿坐在自己腿上的美丽长发女子帮我开了间房。她开门的时候，两只大橘猫在她腿下绕来绕去。她的先生是一位黑眼睛、深肤色、肌肉发达的男士，正在花园里干着活，我们走过时，他冲我笑了一下。

后来我们三个人在花园里聊天的时候，他们递给我一杯啤酒，跟我说可以去距离米娜克拉韦罗八公里的诺诺镇。我一早就出发了。巴士穿过一个山谷，谷底有河水流淌。那位长发女子说诺诺的博物

---

① 莫拉维·贾拉鲁丁·鲁米（1207—1273），伊斯兰学者，在波斯文学史上享有极高的声誉，与菲尔多西、萨迪、哈菲兹并称"诗坛四柱"。

馆是镇上最主要的景点,从巴士站步行过去,一路风光旖旎。

我沿河走了三英里,身边没有一辆车经过。这座宏大的博物馆的藏品原来都属于一个人。我步入馆内,看到了各种头骨、玩偶、十字架、汽车零件、数百盏灯、旧牙齿、旧火柴盒、贝壳、骨头和一只双头牛。我在一个个落满灰尘的房间里转悠,这些房间全都散发着一种古旧的气息,而且又各不相同。有一个的气味就像我外婆的蒸汽浴室里发热的石头,另一个是我父母家地窖的气味,还有一个陈列着扑克牌、棋盘游戏和旧画作的房间,闻起来有干花的味道。有一面墙上挂着十几套餐具。这里收藏了三十台老式收音机、四十台老式缝纫机。还有博物馆宣称的阿根廷最大奶牛的标本——长近二十英尺,高八英尺。这里的一个个玻璃陈列柜里有骨头、几十个圣母玛利亚雕像、一百把形状和颜色千奇百怪的抹刀。事实上,这个地方是一道彩虹,老旧与新颖混杂,闪亮与晦暗混杂,红色、棕色和靛蓝混杂。

我走回巴士站的途中,一辆汽车停在我身边。"要搭便车吗?"司机喊道。他是个上了年纪的男士,一直等着我跑到他的车前,坐到副驾驶座上。在这里,路边有河水流淌,一千个骷髅头陈列在一栋红顶屋子里,但我并不害怕。在这个掩映在山谷中的镇子里,我觉得非常放松,像是打着赤足的那种自由。这个男士开得非常、非常慢,也没有问我要去往何处。汽车和巴士从我们身边驶过,还有轻便摩托车和一匹马。这突然繁忙起来的交通让我有些错愕。我们的前方扬起了滚滚烟尘。

他问的都是标准化的问题:我来自哪里?我做什么工作?我打听了他的工作。"我嘛,"他说,"我卖香肠。"我费了好一阵子才想起西班牙语中这个词叫"fiambre",又费了一阵才意识到他是博物馆门口手里拿着香肠串向过往车辆兜售、劝说司机们尝一尝的那个人。

"我看见过你!"我对他说。"我记起来了,"那一刻他也记起来了,"你是那个独自逛博物馆的女孩!"

现在我们可聊的事情就多了。我们讨论了博物馆、他的工作(曾经在科尔多瓦当药剂师,现在在诺诺镇卖香肠)。我们驶过的时候,他将他的房子指给我看。那是一座农场风格的白色小屋,有一个漂亮的小小庭院和几棵树。"你的生活真惬意啊。"我说,一只手搁在纤尘不染的仪表盘上。车上的几面镜子看样子也刚擦拭过不久。

"这车真不错。"我又补充道。

"你觉得我年纪有多大?"他问道。我瞟了他一眼,看了看他红润的脸颊、渐渐后退的发际线和那个大肚子。他看样子至少有六十岁。

"四十……二吧。"我对他说。他咧嘴一笑,点了点头。

"嗯,"他说,"我已经过了四十二岁生日了。"对话转到了我的年纪——他猜测我二十七岁。我们聊起城市生活会消磨人,聊起这些烟尘和人行道,太阳在我们前方渐渐西沉。

"我得告诉你一件事。"短暂沉默之后他说。他停顿了一下,摇下车窗冲路边走过的一家人挥了挥手,然后又把车窗摇上来挡住尘土。"你知道我怎么会说我过了四十二岁生日吗?"他瞥了我一眼说,"我可是比这个年纪老多了的。你觉得应该有多老呢?"

"五十……一。"我猜道。他大笑起来。

在路上

"七十五岁!"他喊道,一只手拍了一下前额。"七十五。"我又一次告诉他,他的生活看起来有多好,这里的树木唱着歌,琥珀色的河流在石头间奔流。他在巴士站让我下了车,倾身过来亲吻了我的脸颊。

"谢谢!"我对他说。

"不客气了,闺女。"他回答道。"祝你走运。"然后他就走了。

在米娜克拉韦罗,我吃到了长在市中心那座桥上的又大又甜的黑莓。在旅馆里,我走过去坐在河边,那位先生用背带背着他的娃娃,走上前来。我们彼此打了声招呼,然后再无交流。这里的空气很潮湿,像衣服一样贴在我们身上。我吃着米饭和豆子,夜班服务员——一个爱尔兰来的红发小伙子跟我说起,自从八年前在这儿遇到一个女人,他就再没回过家。他给我们泡上了两杯茶,对我说他一年前结婚了,他的家人今年秋天要从爱尔兰过来看望他们。

"我们就要当爹妈了。"他不好意思地承认道,声音里有不加掩饰的高兴,我不由自主地凑上去拥抱了他。

那天晚上我上床睡觉的时候,心想,这一切我要永远记住。

我回到科尔多瓦原来的那间旅馆,睡了一觉,第二天早上搭班车回到布宜诺斯艾利斯。我要搭乘的前往拉瓜迪亚机场[①]的航班两天后起飞。

太阳下山后,我出门去找夜市。科尔多瓦的夜市据说是拉丁美

---

① 纽约三大机场之一。

洲最大的市场之一。从一个把黑发扎成一根粗辫的姑娘那里,我买了一个编织的手镯,上面缀着一块矿石,是米娜克拉韦罗那条河的颜色。这个黑辫子姑娘帮我将手镯系在手腕上,然后将石头很仔细地摆正。这块矿石闪着金色、黄色和褐色的光泽,有些烟灰色。我在街灯之下转动着手镯,两个人一起欣赏起姑娘的手艺来。

我递钱过去,她数了数,之后我转身离开。那边站着一个女人,她的黑发烫成大波浪,其间点缀着些羽毛,身上穿着紫色长裙。我走近一步看,发现她画了黑眼线和绿眼影。她正在跟一个高个儿的金发男孩聊天。她没看见我,但我心里很清楚。

"嘉碧。"我叫了一声,她看着我。

接着她尖叫起来,我们笨拙地向对方跑去,我的心跳得厉害。

"嘉碧,"我又喊了一声,"你去哪儿了?"

当晚我们一起住在我下榻的旅馆里,喝着啤酒直至深夜。她跟我讲述了库斯科一别之后的经历,当时她动身去玻利维亚,遇到了一位来自西班牙的吉他手。他身无分文,人却十分出色,于是嘉碧跟随他去了东部的圣克鲁斯。在那里,他们住了一间弃屋,在街上弹唱挣钱。我注意到嘉碧看上去瘦了些。

"最后我不得不甩了他,"她大笑着承认,"下一个问题!"

她伸手抚摸我的头发,说我看上去不一样了。"头发长了,颜色也浅了。"她说。我很感激她没提到那些干枯开衩的发梢。她打量着我的脸庞,直视着我的双眼,点着了一支烟。

"你黑了,也瘦了,"她断言道,"你走路的样了—— 也不同了。"她抿了一口啤酒,耸了耸肩。"你看上去已经融入这里了。"

这个潮湿的夜晚,我们在这个街区里转悠。在一栋房屋前,一

在路上　361

个小女孩正推着一辆婴儿车穿过前门。我停下来帮她。"要进去还是出来?"我问道。"进去。"她说,于是我们俩一起把车推了进去。

回到旅馆,我们看到一对说着葡萄牙语的中年夫妇坐在桌子前。他们邀我们一起吃点他们的腰果,喝点葡萄酒。我们四个一直待到很晚,努力理解对方的话语。他们说葡萄牙语,我们主要说西班牙语,有时则是英语。他们亲吻我们,道了晚安,我们才意识到太阳已经开始将天边照亮。我不相信那一刻的时间,也不容许自己在意时间。我和嘉碧互相偎依着,懒懒散散、睡意蒙眬地走上楼梯,走向我们各自的床。

这个夜晚,嘉碧睡在我身旁,我想起了风。它呼啸着吹过乌里托尔科山①,吹过米娜克拉韦罗,吹过我见到过和不曾见过的那些小镇。它席卷这片大陆,穿过这些狂放而壮阔的国度,也渗入了我的内心。我们都有自己的旅行路线,有时我们也会如随波逐流的河中之叶,因机缘巧合而再次相遇。我会独自离开这座城市,乘飞机离去,但我永远都渴望这风,这个地方,还有此刻已经融在一起的这些城市、镇子和山丘。愿这些乘风而来的画面能在今晚到来;愿它们入梦而来,这样当我醒来时,可以感受到静止不动的风景。愿这些地方像一幅幅刺青,随着年月的流逝而淡去,却永远不会消失无踪。

---

① 阿根廷山峰,位于该国中部科尔多瓦省,因很多神秘现象而闻名。

阿根廷　布宜诺斯艾利斯

　　黑暗之中，我眨着眼睛，环顾房间，猜测着。我知道这不可能是我家——那是本能的认知。那么，我此刻身在何处呢？哪一座城市？哪一个国家？接着有些东西揭示了这个房间的所在——桌子的形状、窗外透进来的光线，我于是都记得了。这是布宜诺斯艾利斯，这是圣特尔莫①，这是查卡布科大街上的一间旅馆，我是昨天住进来的，当时那个女人坐在厨房里抽烟，没有起身把钥匙递给我。前一晚我住在科尔多瓦，嘉碧睡在另一个铺位上。我又一次身处布宜诺斯艾利斯，那趟巴士是最后一程了。我现在记起来了：我很快就要回家。

　　旅行之初，我的梦境都是关于家的，我梦见我屋后林子里那厚厚的雪，梦见妈妈的厨房。在萨拉城，我看到了父亲的双手。在格拉纳达的街道上，我听到哥哥的笑声。我梦见了爱人的肌肤。在夜里我记起了离别的一切，早上醒来，家的记忆依然填满了我的胸膛。那些梦留下了一阵痛楚、一种空虚的平静，一切感觉那么遥远，我因此而哭泣。

　　过了一段时间，梦境变了，梦里都是异域风景。我和陌生人穿过一片碧绿的海面，水下是色彩艳丽的珊瑚。我进了一座古城。我

---

①　又称古董街，是布宜诺斯艾利斯最古老的街区。

正爬上一座山峰，空气越来越稀薄，我的呼吸急促又极其困难。晚上我不再想家，开始做梦而不是辗转反侧。一切可能都在夜晚出现，整个世界纷至沓来。我一路颠簸，没人认识我。这就是自由。

在最后这些渐渐滴落的日子里，这个房间可以是任何一个房间。现在我忘记了我的梦，只记得它们带来的情绪，而不记得具体的内容。有时我在尖叫，有时哭泣，更多的时候是笑得厉害，把自己都吵醒了。这些梦中有陌生人，尽管我听说过，梦中看到的每一张脸庞都是你以前看到过的某张脸——也许是在街上，也许是多年前，那时你只是张望却没有看清楚，也不知道你将会记得那些情景。我醒来寻找着一丝线索：这是哪个城市？哪个国家？有那么多不熟悉的光柱透过窗帘缝隙，那么多吱吱作响的床，还有那么多午夜闲逛为的是去喝上一杯。我的梦汇聚在一起，像一首首歌曲，像手工编织的一块布上不同的颜色。当清晨来临时，我醒来，恍然不知身在何处。

最后这一个旅馆房间门上薄荷绿的油漆正在剥落，牵牛花蔓生在栏杆上，一个室外的水槽让我记起希拉里在危地马拉的住所用的那一个。我们可以在这里洗衣服，然后把衣服挂在露台的晾衣绳上，它们会在风中拍打着隔壁楼房碎裂的水泥墙。浴室地板上有排水管，没有浴帘。有一个小厨房，里面有个双炉头的炉灶，没有冰箱。我的房间里有一张单人床、一张小桌子和两把椅子，还有一杯、一盘、一碗、一叉、一刀、一勺，一个玻璃杯，一块肥皂，一条折叠好的毛巾，一扇敞开的窗户。最后入住的这个旅馆房间真漂亮。

没人知道，我心想。在这里没人能找到我，没人知道要到四十九号房来找我。墙壁刷成了两种粉红色，一边比较旧，一边是新的。

没人知道。

我的手表早已经不行了。它一直嘀嗒作响了好几个小时，但我拿着它比对车站、邮局和电视上的时间，就看到它完全停摆了。我开始习惯不为了看时间而戴手表，戴着它是为了提醒自己，这里的时间多么自由。我所拥有的就是当下，不用管是几点钟。不管怎么说，我的身体遵循的是另一套时间——累了就睡觉，饿了就吃饭。我步行许多英里，但直到回来也不知道自己走了多少路。

在动身回家的倒数第二个早晨，我把换洗的衣服拿到街角的那个地方，那个掩映在浓密树阴下、一直紧锁着的地方，要进门必须先按铃才会有人放行。在这个地方上班的是那个为人友善的男人，那个英俊男人有着和蔼的目光和磨损的双手。他有个年纪很小的儿子，小孩每天下午过来帮他叠衣服。

今天，这个男人没有问过我的姓名就填写了单据。"你还记得呀？"我问他，虽然我只告诉过他一次。

"怎么能忘呢。"他回答道，将收据递给了我。凯蒂，上面写着。这是我的西班牙语名字。他是个长得很好看的人，身上散发着洗涤剂的气味，今天他还记得我的名字。别放过这一切，我踏出门外，走进阳光之中，走进微醺和风之中时，一个声音告诉我。没有什么比现在更重要，它说，现在你拥有了你需要的一切。

致　谢

非常感谢：

罗伦·摩根·韦迪肯，谢谢你的睿智、信任与忠诚。

艾丽西亚·埃里安、玛丽塔·艾佛哈特、萨斯查·费恩斯坦、道格拉斯·格洛佛和菲利普·格拉汉姆，谢谢你们的洞察、鼓舞和帮助。

丽莉·巴洛菲特、伊莲·丹尼尔、茱莉亚·戴思乐、奥斯丁·艾切伯格、理查德·哈特松恩、罗宾·麦克阿瑟、派亚·米勒和安吉拉·史密斯·柯克曼，谢谢你们关切慈爱的反馈，不厌其烦地读了一稿接一稿。

肯德拉·贝利、凯特·布罗德、凯蒂·舍布·博格斯、布鲁克·艾伦斯通·菲利普斯、拉斐尔·厄尔哈德、萨曼莎·菲尔兹、莱奥纳多·费尔南德兹、赫密达、贝瑟尼·卡森·基尔帕德里克、丹尼尔·基尔帕德里克、希拉里·基尔帕德里克、瑞秋·列维兹·维尔勒、亚历桑德拉和薇琪·罗姆班、加布里埃拉·马顿·罗德里戈兹、伊丽莎白·麦卡希尔、邓尼根·马利特、艾芙·尼·穆楚、霍利·穆顿、卡尔·帕桑特兹、凯蒂·洛克、卡西迪·罗杰斯、琳恩·希皮拉、拉维尼亚·斯帕尔丁、多娜·泰博尔和科林·杨格戴尔，谢谢你们的友谊。

帕米拉·阿勒塔·希尔、米利恩·萨根、萨巴·苏莱曼和莫妮卡·维尔玛，谢谢你们的引导。

安德鲁·吉福德，谢谢你使这本书的出版成为可能。

还有我的家人：我的父母——珀尔和伍兹·麦卡希尔，我的哥哥——戴维·麦卡希尔，谢谢你们的爱、鼓励与支持。

我的丈夫——戴维·福利斯特，谢谢你所做的一切。